LUISE
DIEKHOFF

Gezeiten
kinder

LUISE
DIEKHOFF

Gezeiten kinder

ROMAN

HEYNE

Dieser Roman, wenn auch zu Teilen auf realen Begebenheiten
und Figuren basierend, ist ein fiktionales Werk.

MIX
Papier aus verantwortungsvollen Quellen
FSC® C014496

Penguin Random House Verlagsgruppe FSC® N001967

Das dem Roman vorangestellte Zitat stammt aus: Hilde Domin,
Gesammelte Gedichte, Frankfurt am Main 1987.
Mit freundlicher Genehmigung der S. Fischer Verlag GmbH.

Originalausgabe 03/2022

Redaktion: Steffi Korda
Printed in Germany
Umschlaggestaltung: t.mutzenbach design
unter Verwendung von akg-images/
Thomas Kläber, Shutterstock.com (Tamara Kulikova, PA AOY)
Satz: Leingärtner, Nabburg
Druck und Bindung: GGP Media GmbH, Pößneck
ISBN: 978-3-453-27353-5

www.heyne.de

Für uns, denen der Pfosten der Tür verbrannt ist,
an dem die Jahre der Kindheit
Zentimeter für Zentimeter
eingetragen waren.

(Hilde Domin, *Herbstzeitlosen*)

Für meine Eltern

DESENSIBILISIERUNG, De-sen-si-bi-li-sie-rung: das Vermindern von Reaktionen durch bekannte Reize; das Vermindern von Überempfindlichkeit. Auch als Therapieanwendung zum Beispiel bei Allergien (Immunisierung; Im-mu-ni-sie-rung)

(aus Hannas Notizbuch)

PROLOG

ANFANG MAI 1945

Um einen Sandhasen zu fangen, benötigt man eine im Sand vergrabene Schlaufe vor dem Eingang des Hasenbaus, Geduld, Körperbeherrschung und langsam schwindendes Tageslicht. Das hatte der Junge von seinem Vater gelernt, und so lag er bewegungslos in den Dünen, den Blick konzentriert nach vorn gerichtet, das Ende des Seils ums Handgelenk geschlungen.

Die ersten Tiere kamen ins Freie, hoben schnuppernd die Nasen und schlugen sorgsam einen Bogen um ihn. Das machte nichts, denn nur die alten Tiere kannten den Trick, mit dem die Inselbevölkerung ihre Fleischtöpfe aufbesserte. Jungtiere waren nicht nur argloser, sie schmeckten auch besser.

Also wartete er. Das konnte er gut.

Da – ein Geräusch! Schwach und genau auf der Linie zwischen Himmel und Meer, an der Wahrnehmungsgrenze von menschlichem Gehör und dem wesentlich feineren eines wilden Tieres. Der Wind zerfaserte es in ein kaum merkliches auf- und abschwellendes Stakkato.

Der Junge aber nahm es wahr. Im ruckartigen Davonstürmen der Sandhasen wie in seinem eigenen beschleunigten Herzschlag und dem Zittern seiner Hände. Er lauschte mit dem ganzen Körper, spürte den Vibrationen nach. Ganz langsam legte er den Kopf in den Nacken und wandte den Blick nach oben in den Himmel, wo tiefe Wolken einander jagten – der perfekte Sichtschutz für Überraschungsangriffe und Sturzflüge.

Die Sirene schwieg. Der Luftlagemeldestelle schien keine Warnung vorzuliegen. Ob die Bomber abgedreht waren? Der Junge lauschte. Keine Flakschüsse. Kein hohes Schrillen, keine Rufe, keine hastigen Schritte. Niemand suchte die nächstliegenden Keller auf.

Sicher fühlte er sich dadurch nicht. Ruhe war ebenso trügerisch wie Lärm.

Vorsichtshalber drückte er das Gesicht in den Sand. Vater sagte, alles ändere sich, längst sei Norderney kein Ziel mehr, nur noch Wegmarke auf dem Kurs der Rotschwänzchen nach Berlin und Schrottplatz auf dem Weg zurück, wenn überflüssiges Gewicht abgeworfen wurde.

Tante Rena fand es logisch, dass sie in letzter Zeit verschont geblieben waren, immerhin fischte ihre Seenotrettung immer häufiger auch abgeschossene Piloten der Alliierten aus dem Meer.

Der Bürgermeister behauptete, der Feind habe kaum mehr Bomben, die er abwerfen konnte – nicht nachdem er versucht hatte, Helgoland zu versenken.

Der Junge aber wusste es besser. Das Motorbrummen nahm er so deutlich wahr, als säße es in ihm, und er hasste es. Hasste alles, an das es ihn erinnerte: das Osterfest vor vier Jahren, das traditionsreiche Eiertrudeln den Dünenabhang hinunter; leises Sandknirschen; das siegreiche Lachen seines besten Freundes Robert, weil er schon wieder gewonnen hatte. Auf nichts anderes hatten sie geachtet, sich sicher gefühlt. Erst als das Brummen zum Sirren geworden war, hatten sie nach oben geschaut.

Dann war der Himmel explodiert.

Nun beruhigte sich die Luft, beruhigten sich die Hasen und das Flattern in seinem Bauch. Woandershin flogen die Bomber, über andere Städte, Menschen, Freunde. Trotzdem brachte es der Junge nicht über sich, den Kopf zu heben.

Seine Hüfte schmerzte. Die linke über dem kaputten Bein. Gerechte Strafe, fand er. Glück gehabt, nannten es die anderen. Aber war es wirklich Glück, wenn einer lebte und der andere nicht?

Plötzlich stolperten Schritte durch die Dünen, nicht weit von ihm entfernt. Er bemühte sich, leise und flach zu atmen. Stellte sich vor, dass der Wind ein Laken aus Sand über ihn gebreitet hätte, das ihn gänzlich versteckte.

»Nun macht schon«, drängte jemand heiser. »Wir haben nicht die ganze Nacht Zeit.«

Das folgende Murmeln bestand weniger aus Wörtern als aus Stöhnen. Nur eine Person schien zu widersprechen, wollte wissen, wohin, wo die anderen seien.

Dem harten Ratschen einer entsicherten Waffe folgte Stille.

Der Junge kniff die Augen zu und wartete zitternd, doch es kam kein Schuss. Dafür ein einziger Schlag, ein kurzer Schmerzensschrei. Jemand fiel. Hart genug, dass er glaubte, die Erschütterung des Aufpralls unter sich zu spüren. Sie waren höchstens einige Meter entfernt, und er ahnte: Diesmal durfte er sich nicht erwischen lassen, käme kaum mit einer Verwarnung und einer väterlichen Ohrfeige davon, weil er jemandem einen Kanten Brot zugesteckt hatte.

Wer waren die Leute, und was taten sie hier? Um diese Uhrzeit kehrten die letzten Arbeiter in ihre Lager zurück, die Soldaten in ihre Kasernen oder auf die Stützpunkte. Die Randdünen nahe der Siedlung, in denen sie sich nun befanden, lagen jedoch einzig auf dem Weg zu einigen Unterständen oder Geschützbunkern.

»Ihr zwei! Aufheben und tragen!«, bellte jemand. »Oder lasst sie liegen, nur steht sie dann ganz sicher nicht mehr auf.«

Ein Ächzen war zu hören, schwankende Schritte, die kleine Gruppe setzte sich wieder in Bewegung. Das Letzte, was der Junge verstand, war »Geduld« und »Hilfe«.

Er schnaubte leise auf. Wörtern vertraute er ebenso wenig wie Geräuschen, Menschen oder dem Gefühl von Sicherheit. Je nachdem, wer sie benutzte, bedeuteten Wörter etwas anderes: das eine, das Gegenteil, alles dazwischen.

Einige auf der Insel hielten die Truppen der alliierten Streitkräfte, die inzwischen angeblich Berlin eingenommen hatten, für Hilfe. Andere setzten darauf, bis zum letzten Mann weiterzukämpfen.

Und dann gab es noch jene, die – das Danach fest im Blick – Feuer entzündeten, um zu vernichten, was ihnen gefährlich werden konnte: Aufzeichnungen, Briefe, Flaggen, Tagebücher, Uniformen.

Für ihn bedeutete *Hilfe* das Gleiche wie *Zukunft*. Oder *Befreiung*. Oder *Vergessen*. Eine Aneinanderreihung von Buchstaben.

Das schlingernde Stolpern und heftige Atmen entfernte sich, er zählte langsam in Dreierschritten – *drei, sechs, neun, zwölf* ... Tante Rena hatte ihm den Trick beigebracht. Er hatte ihr anfangs nicht geglaubt, aber es half, seine Gedanken einzufangen, wenn sie mal wieder in alle Richtungen davonstürmen wollten und Platz machten für Schlagschatten, Dämmerung und Grauen.

Etwas krachte. Ein Knirschen wie Metall auf Metall, die folgende Stille nur untermalt vom leisen Rauschen der Wellen. Dann eilte eine einzelne Person an ihm vorbei zurück Richtung Ort. Der Wind und sein Herzschlag verwischten alle Geräusche bis auf die der Sandhasen. Wie immer um diese Uhrzeit waren sie auf der Suche nach Fressbarem.

Bis hundertzweiundsechzig hatte der Junge gezählt, dann wagte er, sich auf die Seite zu drehen. Er zog das Seil mit der Schlaufe zu sich, wickelte es auf und steckte es weg. Es würde Kartoffeln ohne Fleisch geben. Immerhin war er diesmal unverletzt.

Mühevoll kroch er auf den unbefestigten Weg zur Nordhelm-Siedlung zu. Noch traute er dem linken Bein nicht ganz. Es war kürzer geblieben als das andere.

Gerade wollte er sich aufrichten, da ertasteten seine Finger im aufgewühlten Sand etwas Rundes, Hartes. Es hing an einer Kette und glänzte golden in dem spärlichen Licht.

Ohne zu zögern steckte der Junge das kalte Metall ein. Später würde er es sich genauer ansehen, zu Hause, nach dem Abendessen. Wenn sein Vater sich unbeobachtet fühlte, eine seiner Lieblingsplatten auflegte und in den Sessel neben dem alten Grammofon sank, das Hochzeitsfoto auf dem Schoß.

KAPITEL 1

NORDERNEY-FÄHRE, ENDE APRIL 1962

Unter Hannas Fingerspitzen vibrierte die Reling der *MS Frisia III*, als hätte ihre Vorfreude das Schiff angesteckt.

Das Ziel ihrer Reise war von hier aus nicht mehr als ein lang gestreckter Schatten am Horizont, und Hanna war sich nicht einmal sicher, ob das, was sich in der Ferne aus dem Meer erhob, tatsächlich Norderney war oder eine der Nachbarinseln. Baltrum lag nur einen Steinwurf – oder besser eine Fahrrinne – vom einen Ende Norderneys entfernt, Juist nur unwesentlich weiter auf der anderen Seite.

»Aufgereiht wie eine Perlenschnur«, hatte Hannas Mutter einen der vielen Nordseeführer zitiert, die sie aus der Bibliothek mitgebracht hatte. Hanna hatte sich über die Fantasielosigkeit gewundert. Wenn überhaupt, sahen die meisten der ostfriesischen Inseln – Wangerooge, Spiekeroog, Langeoog und Norderney – aus wie Seepferdchen. Damit ließen sich wunderbare Geschichten für die Kinder erfinden.

Nur noch drei Tage, dann trat Hanna ihre Stelle im Kindererholungsheim Strandhafer an, und mit ihr ihre Cousine Evi. Diese hatte heimlich ihre eigene und Hannas Bewerbung dorthin geschickt.

Ohne Evis Wagemut hätte sich nach der gemeinsam absolvierten Kinderpflegerinnen-Ausbildung nicht viel verändert. So war es von jeher gewesen: Evi kam auf Ideen, Evi stürmte voran, Hanna folgte. Wie oft waren sie deshalb in Schwierigkeiten geraten! Die freigelassenen Schlachtschweine, das umgekippte Jauchefass, in dem sie nach einem Schatz gesucht hatten. Als sie über den Apfelbaum auf das Stalldach geklettert waren und dabei den einzigen Ast abgebrochen hatten, der noch Früchte trug …

Auf der anderen Seite: Ohne die unerschrockene Evi hätte Hannas Familie sie nie gehen lassen. Hanna wäre geblieben, wo alle sie kannten, wo sie wusste, was von ihr erwartet wurde.

Nun lag ein wundervolles Nichts vor ihr wie ein sorgfältig verpacktes Geschenk, und dafür war Hanna ihrer Cousine dankbar. Sie atmete tief ein, aus und noch mal ein, konnte das Salz auf der Zunge schmecken. Der Wind zerrte an ihren Haaren und dem Schal, überhaupt, der Wind: Wie konnte er hier so anders sein? Voller neuer Gerüche und Vorahnungen und – wie konnte Wind so glücklich machen?

Normalerweise hielt Hanna sich zurück. Sie wusste sich zu benehmen. Wer wollte schon unangenehm auffallen? In diesem Moment allerdings, inmitten der kreischenden Möwen, die der Fähre von der Insel aus entgegenflogen, inmitten der regenbogenfarbenen Gischt konnte sie nicht anders: Sie legte den Kopf in den Nacken, schloss die Augen vor dem grellen Sonnenlicht und lachte überschwänglich.

»Na, steigt dir die gute Luft zu Kopf, oder sind das bereits die ersten Erfolge der Thalassotherapie?«

Hanna öffnete widerstrebend die Augen und sah ihre Cousine kopfschüttelnd an. »Thalassotherapie? Warum kann man nicht einfach Meerwasserbehandlung sagen?«

Evi lehnte entspannt neben ihr und lachte. »Vielleicht, weil sich alles, was sich von einer alten Sprache ableiten lässt, besser klingt? So, als wäre es schon jahrhundertelang erprobt?«

»Aber das ist es doch auch. Norderney hat schließlich das älteste Seeheilbad.«

»Von mir aus.« Evi zwinkerte ihr zu. »Und jetzt vergessen wir mal das Vorsintflutliche und richten unsere Aufmerksamkeit auf …«, Evi drehte Hanna an den Schultern herum und machte eine ausladende Geste, »… die Gegenwart!«

Hier vorn am Bug standen einige Menschen plaudernd zusammen, wesentlich mehr drängten sich auf dem Sonnendeck über ihnen ans Geländer oder warteten in der Reihe vor der kleinen, drei Stufen erhöhten Aussichtsplattform beim Fahnenmast.

Vier Kinder, mit ihren Eltern unterwegs, lachten und schrien und deuteten ununterbrochen in unterschiedliche Richtungen. Einige Alleinreisende hielten sich krampfhaft Reiseführer vors Gesicht, deren Seiten vom Wind hin und her geknickt wurden, als wäre es von größter Wichtigkeit, die darin abgebildeten Schwarz-Weiß-Aufnahmen mit den strahlenden Farben des Vormittags zu vergleichen. Eine junge Frau, das blau-weiß gemusterte Tuch malerisch um die Hochsteckfrisur geschlungen, reckte elegant eine Hand mit einem Stück Brötchen in die Luft und ließ sich lachend fotografieren, während die Möwen mit gefährlich gebogenen Schnäbeln wetteifernd auf den Leckerbissen herabstießen.

Evi zog Hanna durch die Tür in den Innensaal, durch den man das obere Freiluftdeck erreichte. Tische und Stühle waren am Boden festgeschraubt. Trotz des schönen Wetters waren im hinteren Bereich einige Sitze belegt. Hanna stutzte. Die Kinder, zwischen etwa drei und sieben Jahre alt, saßen ganz still, die meisten mit auf den Tischplatten gefalteten Händen, und starrten aus den Fenstern. Andere schienen zu schlafen.

Bevor Hanna ihre Cousine auf diese seltsame kleine Versammlung aufmerksam machen konnte, lief Evi auch schon strahlend die Stufen hinauf an die frische Luft. Hanna folgte ihr, und die Sonne vertrieb das triste Gefühl von eben.

»Augen links!«, befahl Evi.

Hanna drehte den Kopf. Ein frisch verliebtes Paar starrte einander entzückt in die Augen, ohne zu bemerken, dass andere Fahrgäste neidisch auf ihren Platz blickten, dessen Aussicht an sie verschwendet war. Einige Kinder kicherten hinter vorgehaltener Hand. Wettergegerbte Männer zogen heftig an ihren Pfeifen und stießen weißen Rauch aus, den ihnen der Fahrtwind sofort entriss, als habe er nur darauf gewartet.

Evi stupste Hanna in die Seite und sah vielsagend an einer

fröhlich aussehenden Dame mit blumigem Kleid und noch blumigerem ausladenden Hut vorbei. »Ich habe«, flüsterte sie ihr zufrieden zu, »gleich mehrere unbegleitete Herren entdeckt.«

Hanna unterdrückte ein Auflachen. Aber natürlich! Das hätte sie sich denken können. Hätte Evi für Pilze ein ebenso gutes Auge wie für alleinstehende Männer, wäre ihnen in den letzten Jahren sicher so manches durch Bitterlinge verdorbene Ragout erspart geblieben!

Langsam schlenderten sie an der Reling entlang, und Hanna sah sich um.

Unbegleiteter Herr Nummer eins: Hut, Sommersprossen, breites Lachen, abgestoßene Stiefel.

Unbegleiteter Herr Nummer zwei: laut, raumeinnehmend, gut gekleidet, mit Flachmann, dem er regelmäßig zusprach.

Unbegleiteter Herr Nummer drei: gelockerte Krawatte, ruhig, entspannt und offenbar gar nicht so unbegleitet, da die Dame vorn rechts zu ihm zu gehören schien.

Unbegleiteter Herr Nummer vier …

Jemand würgte und schluchzte. Hanna spürte, wie Evi neben ihr erstarrte. Ihre Cousine war nicht besonders gut mit Körperflüssigkeiten. Oder Krankheiten. Oder, wenn sie schon dabei waren, mit Kindern. So gerne Hanna Evi hatte – deren Gründe für die Ausbildung zur Kinderpflegerin waren ganz andere gewesen als ihre eigenen.

Hanna hätte am liebsten weitergelernt, nach dem Pflegerinnenexamen noch das zur Krankenschwester gemacht. Doch das hätte mehr Lesen bedeutet, mehr Fachbegriffe, scheinbar wahllos zusammengesetzte Wörter, bei denen Hanna stets unsicher war, wo das eine aufhörte und das nächste begann. Eine Schwäche, die sie sorgsam geheim hielt. Nicht einmal Evi wusste davon.

Evi hatte mit Büchern kein Problem, dafür aber mit dem Durchhaltevermögen. Genau das allerdings, hatte ihr Vater bestimmt, galt es, ihm zu beweisen, bevor er ihr erlauben würde, in das Familienunternehmen einzusteigen. Evis direkter Weg ins Lichtspielhaus-Imperium Germania führte über eine Ausbildung, egal welcher Art, und ein Jahr Arbeitserfahrung. Ein Jahr, das erst in drei Tagen beginnen würde. Bis dahin hatten die Cousinen Zeit, sich einzugewöhnen.

Daher wunderte sich Hanna nicht, als Evi umdrehte und versuchte, möglichst viel Abstand zwischen sich und die unglücklichen Würgegeräusche zu bringen. Da es die meisten der Anwesenden ähnlich hielten, konnte Hanna bald sehen, was los war: Auf dem Boden vor dem Geländer kauerte ein etwa neun- oder zehnjähriges Mädchen. Es hatte den Hals weit zwischen die lackierten Metallstangen gesteckt und beide Hände so fest darum geklammert, dass die Knöchel bläulich schimmerten.

Wie in einer Zirkusmanege drückten sich die Zuschauer an den Rand und beobachteten das Schauspiel. Der nächste Brechreiz durchzitterte die Kleine, ihre Schulter rundeten sich, doch nur ein Schluchzen und ein trockener Husten folgten.

Da sich niemand für das Mädchen verantwortlich zu fühlen schien, lief Hanna hinüber und ging neben ihm in die Hocke. »Dreh den Kopf nach links und gucke in Fahrtrichtung«, schlug sie vor. »Auf die Insel oder den stillen Horizont. Das soll helfen, habe ich gehört.«

Die Kleine hickste. »Gehört?«, krächzte sie und drehte Hanna das pausbäckige Gesicht zu. »Aber sicher bist du nicht?«

»Nein, tut mir leid, das ist meine erste Schiffsreise.«

Das Mädchen spuckte aus und sah wie Hanna, die sich weiter vorbeugte, dabei zu, wie sein Speichel nur wenig später auf einer Fensterscheibe des unteren Decks landete und dort vom Fahrtwind verteilt wurde. »Ich war schon vier Mal hier«, sagte es und seufzte. »Und bis ich zu alt bin, dauert es noch.« Es hickste wieder, gefolgt von einem Rülpsen und einem Naserümpfen.

Eilig fischte Hanna ein Kräuterbonbon aus ihrer Umhängetasche und hielt es dem Mädchen hin. »Das heißt also, du kennst dich auf Norderney aus«, versuchte sie abzulenken. »Dann verrate mir mal, wo ich am besten laufen kann.«

»Am Strand?« Die Kleine steckte sich das Bonbon in den Mund. »Da, wo der Ort aufhört, kannst du rennen und rennen und rennen. Da ist nichts außer Sand und Dünen, Wasser, manchmal ein Strauch.«

Hanna horchte auf. Das hörte sich himmlisch an. Als könnte man auf der unbewohnten Hälfte der Insel ganz allein sein mit sich und seinen Gedanken. Für jemanden mit fünf Geschwistern eine Rarität.

»Na, und dann sind da natürlich noch die Bunkerreste. Angeblich kann man in einige sogar reinklettern!« Aufgeregt riss das Mädchen die Augen auf, das runde Gesicht schon etwas rosiger als noch vor ein paar Minuten. Dann ließ es plötzlich wieder die Schultern hängen. »Aber nur, wenn du mutig genug bist.«

Hanna verstand. Zu den Mutigen schien die Kleine nicht zu gehören. Oder die Mutigen hatten sie nie gefragt, ob sie mitkommen wollte. Auch Hanna hatte ihre Brüder früher erpressen müssen, damit sie mitspielen durfte.

»Es heißt, dort spukt es«, flüsterte das Mädchen. »Und gefährlich ist es auch! Wer dabei erwischt wird …«

»Leni!«, unterbrach da eine Stimme. »Was machst du denn? Sag bloß, du hast schon wieder genascht?«

Hektisch schluckte das Mädchen den Rest des Bonbons hinunter und richtete sich auf.

Die ältere Dame, laut dem Namensschild an ihrem Kragen *Schwester Erika*, kam rasch näher, seufzte und lächelte Hanna entschuldigend an. »Ich hoffe, Leni hat Sie nicht belästigt.«

Hanna schüttelte den Kopf, doch bevor sie etwas entgegnen konnte, hatte die Betreuerin Leni am Oberarm gepackt und zog sie mit sich in Richtung Unterdeck. »Was hast du dir nur dabei gedacht«, hörte Hanna die Frau noch zischen. Leni selbst blieb stumm.

Nachdenklich blickte Hanna dem ungleichen Duo hinterher, da tutete die Fähre, und die Insel wurde größer. Dächer waren zu sehen, dahinter erhoben sich linker Hand metallene Hebezüge und Kräne vom Strand. Reparaturarbeiten, vermutete Hanna. Zwar hatte die Februar-Sturmflut hier nicht wie in Hamburg Leben gefordert, dafür jedoch einigen Schaden an Gebäuden, Straßen und Sicherungswerken angerichtet. Hanna hatte darüber gelesen: eingestürzte Schutzhallen für die Badegäste mussten neu errichtet, Böschungen wieder aufgeschüttet, Ruhebänke aufgestellt werden. Ja, am Nordstrand wurde sogar die Strandpromenade neu gestaltet. Statt bisher eines Wandelgangs entstanden dort zwei – ein unterer mit Abschrägung zum Wasser und ein oberer mit weitem Blick über das Meer und die auf der anderen Seite liegende Kaiserstraße. Bald würden dort wieder ungestört Kurgäste flanieren können, und zwar doppelt so viele wie zuvor. Überhaupt hatten die Insulaner nicht lange gezögert, gemeinsam zugepackt, Schäden behoben und aus so manchem Wiederaufbau eine Renovierung gemacht. Wie auch bei dem erst kürzlich verbreiterten Inselhafen, den die Fähre jetzt ansteuerte.

Weiter entfernt ragten Backsteingebäude auf, eines davon musste Heim Strandhafer sein. Rund sechzig erholungsbedürftige Kinder konnten hier auf einmal versorgt werden. Die meisten blieben sechs Wochen, manche aber – oft Kinder mit Asthma oder Hautbeschwerden – benötigten ausgedehntere Aufenthalte. Ein Vorteil von Hannas zukünftiger Arbeitsstätte war die Anwesenheit nicht nur eines, sondern sogar zweier Ärzte im Haus, die sich um die medizinische Versorgung und Behandlung kümmern konnten. Etliche der anderen auf der Insel angesiedelten Erholungsheime setzten einzig auf die wohltuende Wirkung von Meerwasser und Seeluft und waren gezwungen, für ernsthaftere Erkrankungen einen der privaten Ärzte rufen zu lassen oder ihre kleinen Patientinnen und Patienten in das Seehospiz zu bringen.

Der private Träger Strandhafers aber, eine Gesellschaft mit Sitz in Nordrhein-Westfalen, hatte offenbar Geld. Kurz nach dem Krieg hatte er das Gebäude übernommen, rundum erneuern lassen und die damals auf Norderney arbeitende Dr. Waldeck als Leiterin eingesetzt.

Hanna freute sich darauf, die Ärztin kennenzulernen. Ganz besonders aber freute sie sich auf die Kinder. Schon seit Wochen hatte sie sich Spiele für unterschiedliche Bedürfnisse ausgedacht – einige regten zum tiefen Einatmen an, andere sorgten für gesunde Bewegung, und wieder andere lenkten die Konzentration auf anderes als juckenden Hautausschlag. Das nächste Jahr, da war Hanna sich sicher, würde ganz unterschiedliche Herausforderungen mit sich bringen. Endlich konnte sie zeigen, was alles in ihr steckte!

KAPITEL 2

Rita war wütend. Wütend auf Peter, den sie kein einziges Mal Papa genannt hatte, egal wie nachdrücklich Mama darauf bestand. Wütend auf die zwei ältlichen »Tanten«, die sie begleiten sollten, aber ständig auf den Gang traten, weil man sonst »ja keinen einzigen klaren Gedanken fassen konnte«. Auf die anderen Kinder im Zugabteil war sie wütend, die keinen Moment ruhig waren, sondern schrien und zeterten, heulten und wimmerten. Hunger hatten sie und Durst, vermissten ihre Eltern, die Oma oder Geschwister. Besonders schlimm waren die Kleinen, die nichts verstanden und immer wieder die gleichen Fragen stellten: *Wo fahren wir hin? Wo ist meine Mama? Wie lange dauert es noch? Kann ich bitte wieder nach Hause?*

Rita presste die Stirn gegen die kühle Fensterscheibe. Die Sonne knallte ihr mitten ins Gesicht, und hinter ihren zugekniffenen Augenlidern explodierte ein Schwall an Farben – pulsierendes Rot, schreiendes Orange, sengendes Gelb und dazwischen frisch gestanzte Löcher, tanzende schwarze Flecken. So musste Zorn aussehen, wenn man ihn malen könnte.

Rita ballte die Fäuste, bis sie die kleinen feinen Nadelstiche spürte, die ihre Fingernägel hinterließen, wenn sie sich in ihre Haut gruben. Es half. Etwas. Ähnlich wie ein Wackelzahn. Man musste nur vorsichtig sein, nicht übertreiben, dann ließ es sich eine ganze Weile auf dem fein gesponnenen Schmerz balancieren, und währenddessen verlor alles andere an Schärfe.

Rita presste ein bisschen stärker und dachte an das Märchen von der Schneekönigin. Wie gerne würde sie den Platz tauschen mit Kay, all das Durcheinander in ihr würde sie eintauschen gegen einen wohltuend kühlen, spiegelnden Splitter im Herzen. Oder im Bauch. Denn von dort ging bei Rita alles aus: die flatternde Angst, die stumpfe Traurigkeit, das gefräßige Unwohl, das Hässliche, Neidische, Wütende. Das, weshalb Mama sie nicht mehr wollte.

Weshalb sonst hatte sie Rita weggeschickt? Bald gab es ein neues Kind, ein richtiges. Felicitas sollte es heißen, wenn es ein Mädchen würde. Oder Felix. Das bedeutete Glück. Dieses Kind war Glück, weil es nicht nur zu Mama gehörte wie Rita, sondern auch zu Peter.

Die Bedeutung ihres eigenen Namens kannte Rita nicht. Mama hatte nur gesagt, dass sie nach ihrer Tante, der Schwester ihres Vaters, benannt worden war. Sie war im Krieg gestorben. Die eine hatte Rita nie kennengelernt, an den anderen konnte sie sich kaum erinnern. Mama sagte, ihr Vater sei nicht einmal lange genug geblieben, um Rita das Fahrradfahren beizubringen.

Rita trug einen abgelegten Namen, und nun, da Mamas und Peters Glücksbaby bald kam, war auch sie selbst nicht länger nötig.

Nur wenig entfernt von ihr knackte und schmatzte etwas. Der dicke Johannes aß schon wieder. Er schien unzählige Brote, Kekse und Bonbons dabeizuhaben, verstaut in jeder einzelnen seiner Hosen-, Jacken- und Koffertaschen. Und er hatte immer Hunger.

Rita klickte mit der Zunge gegen den Gaumen, knirschte mit den Zähnen, schnalzte. Alles, nur um das Kaugeräusch von gegenüber zu übertönen. Umsonst. Egal was sie versuchte, sie hörte Johannes' Zähne mahlen, seine Lippen schmatzen, das Schlucken und das feucht-eklige Saugen, wenn etwas in den Zahnzwischenräumen stecken geblieben war. Als wäre das nicht genug, vermischte sich der Geruch von Leberwurst mit dem von Kümmel und Marmelade, dazwischen lag der süßliche Duft der erhitzt schluchzenden Kleinkinder, das Maiglöckchen- oder Veilchenparfüm einer der Tanten, und irgendeiner der Zwerge hatte die Hosen voll.

Exakt in diesem Moment biss Johannes krachend in einen Apfel – und etwas in Rita riss mit einem hohen Ton entzwei. Sie holte aus und schlug zu. Johannes' Apfel flog in hohem Bogen davon. Er knallte an die Scheibe zum Gang und zerbarst genau vor dem erschrocken aufgerissenen Krähenfußmund einer der alten Tanten.

Alles wurde still. Bis auf das Kreischen in Rita. Erst als der Zug plötzlich bremste und sie nach vorn geschleudert wurde, als alle erschrocken durcheinanderriefen, als Johannes schützend die Arme vors Gesicht riss, da begriff Rita, dass das Sirenengeräusch nicht in ihrem Kopf war. Es kam aus ihrem Mund.

KAPITEL 3

Stampfend und langsam war die Fähre an die Anlegestelle im Hafen herangefahren, während Hanna Evis und ihr Gepäck aus dem Unterdeck holen gegangen war. Nur widerstrebend hatte sich ihre Cousine von einem hochgewachsenen Mann verabschiedet, mit dem sie sich angeregt unterhalten hatte, und war Hanna schließlich zur Hand gegangen.

Auch jetzt noch, als sie den brav in Zweierreihen marschierenden Kindern auf die Insel folgten, reckte Evi den Hals, um ihren neuen Bekannten im Auge zu behalten. Dass dieser, ohne zu zögern, mit langen Schritten an sämtlichen hier wartenden Menschen und den wenigen Fuhrwerken vorbeischritt, also offenbar von niemandem erwartet wurde, schien ihr zu gefallen. Hanna lächelte in sich hinein. Während für Evi Unterhaltungen mit Männern zu ihrer neu gewonnenen Freiheit dazugehörten, freute Hanna sich auf ihr gemeinsames Zimmer im Logierhaus Fischer: groß genug für zwei Betten, einen Kleiderschrank und einen Schreibtisch war es, und die Dusche auf dem Gang musste mit nur vier weiteren Parteien geteilt werden! Keine Brüder, die sich in die Toilette einschlossen, um verbotene Zeitungen oder Comics zu lesen. Keine langwierigen Rituale, mit denen Tante Ernie den Raum blockierte vor ihrem wöchentlichen Kaffeekränzchen.

Ungeduldig wartete Hanna, bis das letzte Gebäude der Hafenstraße hinter ihr lag und sie endlich einen Blick auf den Strand erhaschen konnte. Erst ein Mal hatte sie Meeresstrand von Nahem gesehen, während eines Zelturlaubs mit zwei ihrer Brüder und deren bestem Freund in Italien. Hier an der Nordsee aber blendete der Sand nicht flirrend die Augen, er schimmerte unaufdringlich in Perlweiß, Lichtgrau und Silbergold. Kurz davor erstreckte sich laut des Inselplans das Argonnerwäldchen mit dem Heimatmuseum. Viel märchenhafter konnte es kaum mehr werden.

Hanna legte einen Zahn zu. »Wollen wir ein Stück am Strand entlang?«

Evi schüttelte entschuldigend den Kopf. »Später gerne. Erst muss ich dieses Monstrum loswerden.« Ihr eigens für die Reise angeschaffter Lederkoffer schlug bei jedem Schritt gegen ihre Beine. Gleichzeitig rutschte die neue Handtasche beständig von ihrer Schulter. Statt vorwärts zu laufen, stolperte Evi im Zickzack. Und sie waren noch nicht einmal bei den ersten Häusern des Orts angelangt!

Einen letzten sehnsuchtsvollen Blick warf Hanna auf die tanzenden Schaumkronen der Wellen, dann nahm sie ihrer Cousine die wild herumschlenkernde Handtasche ab.

Evi atmete auf. »Danke, schon viel besser!« Ruckartig wuchtete sie ihren Koffer über die unebene Straße und ließ Hanna vorauslaufen. Diese hatte sich den Weg vom Hafen an Heim Strandhafer vorbei zu ihrem Quartier in der Broschüre des Gastgeberverzeichnisses markiert. Zwar standen darauf nicht sämtliche Straßennamen, doch wenn sie sich links des Wasserturms hielten, müsste beides zu finden sein.

Einfach war das allerdings nicht. Jedes Mal, wenn Evi eine Pause einlegte, versuchte Hanna sich zu orientieren. Dann klapperten Pferdekutschen an ihnen vorbei über die Pflastersteine, Menschen liefen kopfschüttelnd um sie herum.

Sie bogen ab, erst links, dann rechts, und fanden sich vor dem Kurhaus wieder. Beeindruckt umrundeten sie den schön gestalteten Platz, liefen am Wellenschwimmbad vorbei und entdeckten ein leuchtendes, rot-weiß gestreiftes Runddach, das von der Strandpromenade hinter der Grünfläche hervorblitzte. Rot-weiße Strandliegen standen neben geschickt verteilten Parkbänken. Auf einer saß ein Mädchen mit Zopf, weißer Haube und rotem Schultertuch. Es ließ die Beine im Takt zu den Klängen des Akkordeons baumeln, das der alte Herr neben ihr spielte. Rot schien hier eine beliebte Farbe zu sein. Ein seltsam anmutendes Gefährt, vorn Auto, hinten Ähnlichkeit mit einem offenen Zugwaggon, erstrahlte in fröhlichem Rot-Gelb, während es mit seinen sicher zwanzig Fahrgästen überraschend geräuschlos an ihnen vorbeizog. Es gab eine Tomatenbar mit – wie zu erwarten – signalroter Frucht auf dem Schild, ein *Salon de Haute Coiffure* warb mit geschwungenen roten Buchstaben, wie auch die Lotto-Toto-Annahmestelle am Ende der Straße, in der sich gleich drei Kaffeehäuser Konkurrenz machten. Jedes mit einer kleinen Eigenheit: Da gab es *Kaffee und Konditorei Fröhlich*, dann das *Central-Cafè* und schließlich *Conditorei und Cafe Drühl.* Sich zu schreiben, wie man wollte, damit man sich voneinander absetzte, gefiel Hanna. Das war doch mal ein absolut nachvollziehbarer Grund, auf allgemeingültige Rechtschreibung zu pfeifen!

Doch auch diverse Bars und Restaurants reihten sich aneinander, von bodenständig wirkenden Läden wie der *Friesenschänke* und *Klabauterklause* bis hin zu den etwas zwielichtig klingenden Etablissements *Entrenous* und *Le Bal.*

Angesichts des hinter ihnen liegenden Argonnerwäldchens und des sich daran anschließenden Parks namens Napoleonschanze schienen nicht nur die Farbe Rot, sondern auch französische Bezüge eine feste Größe auf der Insel zu sein. Dabei hatte Hanna eher erwartet, dänische oder niederländische Einflüsse vorzufinden.

Als sie nun in Richtung Inselmitte abbogen und die Cafés nach und nach Wohnhäusern Platz machten, seufzte Evi hinter ihr enttäuscht. Hanna aber erfreute sich an der ungewohnten Architektur. Fast schien es, als wären die überdachten Glasvorbauten an den Gebäuden Pflicht. Oder ein aus der Not geborener Vorteil. Selbst bei starkem Wind, kalten Temperaturen oder Regen ließ es sich dort bestimmt entspannt frühstücken, Zeitung lesen, spielen oder ruhen.

Ein weiterer Blick auf den Stadtplan bewies: Bald musste das Heim Strandhafer zu sehen sein. Falls sie nicht falsch abgebogen waren. Wieso konnten die Straßen auch nicht gerade verlaufen?

Evi stellte ihren Koffer ab, rieb sich das Handgelenk und sagte beiläufig: »Ich habe übrigens einen Arzt kennengelernt.«

Hanna blieb stehen. »Was?«

»Auf dem Dampfer!« Evi schüttelte sich die Locken auf. »Während du gute Samariterin gespielt hast. Er ist Allergologe, Hautarzt und Fachmann für Immuntherapie.«

Allergologe. Immuntherapie. Hanna versuchte sich vorzustellen, wie man die Wörter trennte. Wäre sie allein, würde sie jetzt nach ihrem Notizbuch greifen, damit sie nicht vergaß, die richtige Buchstabenfolge später zu überprüfen und aufzuschreiben. »War das der Dunkelhaarige, dem du hinterhergeguckt hast?«

»Na, sooo dunkel war er nun auch nicht«, wehrte Evi ab. »Schließlich ist er Deutscher.«

Hanna unterdrückte ein Seufzen. Natürlich hatte Evi diese Information schon im ersten Gespräch herausgefunden. Sosehr sich ihre Cousine damit brüstete, eine moderne junge Frau zu sein – vor einigen elterlichen Überzeugungen schien Evis Emanzipation haltzumachen. Womöglich konnte da so ein Inseljahr helfen?

Hanna deutete nach vorn. »Das müsste die Luciusstraße sein.«

»Müsste? Sag bloß, du hast dich verlaufen.«

Hanna zuckte mit den Schultern. »Wir sind hier auf einer Insel, wir werden kaum verhungern, falls wir mal falsch abbiegen. Schau da!«

Vier Türmchen aus rotem Backstein begrenzten das Heim Strandhafer an jeder Ecke. Den zweiflügeligen Eingang zum Hauptgebäude erreichte man über einen Vorplatz, der von einer hohen, frisch renovierten Mauer mit einem Tor umrundet wurde. Das geschwungene Gitter, vor dem sie nun stehen blieben, war geschlossen.

Evi betrachtete das Gebäude zufrieden. »Sieht ganz ordentlich aus. Und ist zum Glück nicht weit von unserer Unterkunft. Endlich ausschlafen!«

Hanna musste lachen. »So bis sechs Uhr, meinst du, damit wir rechtzeitig zur Frühschicht erscheinen?«

Evi streckte sich gähnend. »Ich hoffe, sie geben uns viele Mittagsdienste.«

»Kaum. Neue müssen nehmen, was übrig bleibt – wir sollten uns auf Früh- und Nachtdienste einstellen.«

»Gegen Nächte hab ich nichts.« Evi zwinkerte gut gelaunt. »Ganz in Ruhe mit einem jungen schnieken Arzt.«

Hanna schüttelte amüsiert den Kopf und wollte Evi gerade dabei helfen, ihr Koffermonstrum einige Meter weiter zu schleppen, da ertönte von der anderen Seite der Mauer ein unheimliches Kratzen und Scharren. Hannas Nackenhaare stellten sich auf. Nur Sekunden später tauchte hinter dem Gittertor eine seltsame Gestalt auf. Mit nach vorn gekrümmten Schultern stützte sie sich auf einen Besenstiel. Das Gesicht mit dem dichten Bart auf den Boden Boden gerichtet, schien der alte Mann sie argwöhnisch aus den Augenwinkeln zu beobachten.

»Oh, hallo!« Umsonst bemühte sich Hanna, seinen Blick aufzufangen. »Entschuldigen Sie, wir wollten uns Heim Strandhafer nur mal von außen ansehen.«

Er bewegte sich nicht. Es sei denn, das zaghafte Nicken seines Kopfes war Absicht.

»Wir treten am Montag hier unseren Dienst an«, schob Evi nach und strahlte ihn an, »als Kinderpflegerinnen.«

Das schien zu wirken. Kurz sah er hoch und sofort wieder weg. Hanna stutzte. Hatte sie sich eben verguckt? Sein Gesicht passte überhaupt nicht zu seiner Haltung und dem Grau seiner Haare. Es wirkte, als sei er höchstens Mitte dreißig.

Evi zuckte mit den Schultern und griff nach ihrem Koffer. »Der redet wohl nicht mit uns.« Sie gab sich keine Mühe zu flüstern.

Mit dem Besen in der Hand wandte sich der Mann von ihnen ab.

»Einen Moment noch!«, bat Hanna. »Zum Logierhaus von Hilde Fischer, biegen wir da besser hier ab oder die nächste Querstraße?«

Der Mann stockte. Dann drehte er sich zögernd ein Stückchen zurück, hob einen Arm und wies in die entgegengesetzte Richtung. Hanna musste sich anstrengen, sein Murmeln zu verstehen: »Am einfachsten geht ihr zur Winterstraße. Dann die vierte Straße links.« Nur wenige schlurfende Schritte später war er wieder hinter der Steinmauer verschwunden.

Hanna sah ihm verwundert hinterher.

Evi kicherte. »Strandhafer hat sein eigenes Faktotum.« Gespielt zog sie eine Schulter in die Höhe und humpelte übertrieben einige Schritte weiter. »Esmeralda!«, raunte sie dabei heiser und traf den Tonfall von Anthony Quinn als Quasimodo erstaunlich gut. Aber sie hatte den Film im Lichtspielhaus ihrer Eltern auch mehr als ein Mal gesehen.

»Psst!« Eilig zog Hanna Evi weiter. »Mach dich nicht lustig! Wir wissen nicht, was mit ihm los ist. Erinnerst du dich an Norbert, den Freund meines Vaters, der konnte nach dem Krieg auch nicht mehr …«

»Der Krieg!« Evi stöhnte. »Hanna, der Krieg ist seit fast zwanzig Jahren vorbei. Außerdem hat mich Quasimodo sicher nicht gehört. Der ist viel zu beschäftigt damit, sich die Ohren mit den Schultern zuzuhalten. Wahrscheinlich sind ihm die Kinder zu laut. Lass uns unsere Pension finden und die Insel unsicher machen. Noch haben wir drei freie Tage.« Kurz zögerte sie und fügte hinzu: »Ich kann ja ab Montag besonders nett zu ihm sein. Was meinst du, rückt das dann das All wieder ins Gleichgewicht?«

Hanna musste lachen. Das All? Evi kam wirklich auf die seltsamsten Ideen. Aber mit einem hatte sie recht: Die nächsten Tage sollten sie dazu nutzen, Norderney zu erkunden. Und ihrem Orientierungssinn auf die Sprünge zu helfen.

KAPITEL 4

Rita saß auf dem viel zu großen, viel zu hohen und viel zu harten Stuhl vor dem Schreibtisch der Heimleiterin und baumelte mit den Beinen. Nicht etwa, weil sie besonders fröhlich war oder sich sehr wohlfühlte. Nein, sie tat es schlicht und einfach, weil das eigentlich nicht erwünscht war. Mit den Beinen baumelten nur kleine Kinder. Keine über zehn. Und schon gleich gar keine, die gut erzogen waren. Gut erzogene Kinder nämlich machten kleine, gut erzogene Schritte, schlenkerten weder mit den Beinen noch zu sehr mit den Armen beim Laufen und hielten den Kopf gerade. Sie schrien nicht, beschmutzten sich nicht, sie widersprachen nicht, redeten nur, wenn sie dazu aufgefordert wurden, taten, was von ihnen verlangt wurde, aßen auf, hatten kein Heimweh, logen nicht und vor allem: Sie bissen keine anderen Kinder.

Das alles war Rita erst von Oberschwester Margot, dann von der Heimleiterin Dr. Waldeck und anschließend noch einmal von einer Frau, die sich als Schwester Frieda vorgestellt hatte, erklärt worden. Rita wusste nun auch, dass sie hier im Heim niemanden wie sie gebrauchen konnten: eine Beißerin.

Dabei hatte Rita Johannes gar nicht beißen wollen. Nun gut, sie hatte ihm den Apfel aus der Hand geschlagen. Aber dann hatte der Zug gebremst, und sie war gefallen. Überall so viele Töne, manche davon aus ihrer Kehle, und plötzlich hatte Johannes ihren Fall gebremst. Weich war er gewesen, und dann war da sein Arm in ihrem Mund – ein Unfall!

So recht schien ihr das niemand zu glauben. Außerdem gab es noch ein anderes Problem: Rita stand nicht auf der Namensliste des Heims. Rita war das recht, denn außer dem erst später dazugekommenen jungen Arzt mochte sie hier niemanden. Eigentlich hatte er sie sich gleich noch ansehen wollen, aber die grimmige Schwester Frieda hatte sie am Oberarm gepackt und hierherverfrachtet.

Wie lange sie wohl schon hier saß? Inzwischen hatte sie von ihrem Stuhl aus das gesamte Zimmer betrachtet: zwei Fenster, zwei Heizkörper, ein langer Stahlschrank mit fünf Türen und Schlössern, zwei Stühle, ein riesiger Schreibtisch, sieben Stifte, ein Spitzer, kein Foto. Aber ein Bild an der Wand ihr gegenüber. Ein Mann in weißem Kittel war darauf, das Kinn so weit erhoben, dass Rita versucht hatte, ihm in die Nasenlöcher zu sehen. Aber sein kurzer, borstiger Oberlippenbart hatte das verhindert. Und natürlich die Tatsache, dass der haarige Mensch nur gemalt war.

Ritas rechte Schuhspitze stieß gegen den Tisch. Etwas klapperte in einer der vielen Schubladen.

Was würde mit ihr geschehen? Zurückschicken ging nicht. Außerdem hatte Rita zwar nicht auf der Liste gestanden, aber erst mit ihr waren sie vollzählig, hatte eine der Frauen gesagt und den anderen etwas vorgerechnet, das Rita nicht verstanden hatte.

Das war, nachdem die anderen Kinder alle in Gruppen zum Ankommen eingeteilt worden waren. Ankommen hieß: Abduschen des Reisestaubs, Überprüfung auf Läuse und Flöhe und ärztliche Eingangsuntersuchungen. Erst danach gab es frische Kleidung, warmen Tee und Abendessen.

Ja, Rita hatte genau hingehört vorhin in der großen Eingangshalle, als der Tagesablauf erklärt worden war, die Hausordnung und die Regeln. Und sie hatte sich alles gemerkt. So wie immer.

Beim Gedanken an Abendessen allerdings schüttelte sie sich. Sie wusste, dass sie zu dünn war. Aber es gab nun mal so viele Dinge, die sie nicht herunterbrachte. Suppen und Soßen, die sie mit traurigen Fettaugen anschauten oder eine zarte Haut bildeten, durch die sie mit dem Besteck nicht stoßen wollte. Dass die Erwachsenen also dachten, sie könnte einen Jungen beißen – mit Absicht –, war verrückt!

Noch einmal trat Rita mit dem Schuh gegen die Schreibtischplatte, stärker diesmal. Es klapperte lauter, als fielen Metallgegenstände übereinander. Ob die Heimleiterin hier die Notschlüssel aufbewahrte wie der Schulwart zu Hause? Falls die Spindschlüssel der Mädchen nach dem Sport alle fehlten. Falls der Kleinste der Klasse mal wieder in den Keller gesperrt worden war oder sich in die Toilettenparzelle geflüchtet hatte und sich weigerte herauszukommen. Ersatzschlüssel waren wichtig!

Von weiter weg rumpelte etwas, auf dem Gang wurden Schritte laut, dann öffnete sich die Tür.

Dr. Waldeck blieb im Rahmen stehen, als wäre sie sich nicht sicher, ob sie eintreten wollte oder nicht. Vielleicht aber hatte sie von dort auch nur den besseren Blick. Über ihre rechte Schulter spähte die Oberschwester in den Raum.

»Problem gelöst.« Die Heimleiterin sah Rita an. »Es handelt sich offenbar um eine Verwechslung. Aus irgendeinem Grund hat dein Arzt dich bei uns als Margarethe Pribeznik angemeldet anstatt als Rita Nussberger.«

Rita blinzelte und schwieg. Ihren viel zu langen Taufnamen mochte sie sowieso nicht. Und was ihren Nachnamen betraf: Niemanden hier ging es etwas an, dass sie am liebsten weder den ihres Vaters noch Peters tragen würde. Nur konnte man sich den nun mal nicht aussuchen. Schon gar nicht als Zehnjährige. Als Zehnjährige wurde man nämlich nicht einmal gefragt, ob man adoptiert werden wollte oder nicht.

»Das haben wir also angepasst«, sprach Dr. Waldeck da weiter, »und müssen jetzt nur noch ein Bett für dich finden. Vorausgesetzt, du versprichst, niemanden mehr zu beißen?«

»Das war keine Absicht«, flüsterte Rita zum wiederholten Male. Warum glaubte ihr nur niemand?

»Was war das?« Oberschwester Margot ließ Rita nicht aus den Augen, und Rita ahnte, dass von ihren nächsten Worten sehr viel abhängen würde.

Zitternd holte sie Luft. »Ich verspreche«, sagte sie langsam und deutlich, »niemanden zu beißen.«

»Gut.« Oberschwester Margot nickte knapp. »Sonst müssen wir uns etwas einfallen lassen. Einen Maulkorb zum Beispiel. Dann wird es allerdings mit dem Essen etwas schwierig, und laut deinem Arzt müssen wir dafür sorgen, dass du in den nächsten Wochen Gewicht zulegst.«

Rita zuckte zusammen. Maulkorb? Sie hatte sich verhört, oder? Unsicher blickte sie von der Oberschwester zu Dr. Waldeck und dann zu Schwester Frieda, die nun vortrat und ihr bedeutete aufzustehen. Doch ihre Gesichter waren ausdruckslos.

»Raus mit dir.« Die Heimleiterin machte eine ungeduldige Geste. »Schwester Frieda begleitet dich in den Waschraum, zur Eingangsuntersuchung und hilft dir mit dem Auspacken.«

Rita unterdrückte ihre erste Reaktion – ein Kopfschütteln. Stattdessen fuhr sie sich fröstelnd über die Arme.

Dass sie das alles prima allein konnte, würde sie am liebsten sagen. Koffer ausräumen und duschen und überhaupt. Aber irgendetwas in Friedas Augen hielt sie davon ab zu widersprechen. Vielleicht die Tatsache, dass die Schwester kein einziges Mal geblinzelt hatte, während sie Rita abwartend fixierte.

KAPITEL 5

Der Wind auf der oberen Promenade blies so unregelmäßig, als wollte er mit ihnen spielen. Unsicher sah Hanna an sich herab.

Vor dem halbhohen Spiegel in ihrem Pensionszimmer hatte sie sich in Evis Kleidung hin- und hergedreht und ihrer Cousine recht gegeben: Fast mondän sah sie darin aus. Wie eine der neuen Frauen aus Evis Lieblingsillustrierten, den Strickpulli in die hochtaillierte Hose gesteckt, die sie größer aussehen ließ, als sie in Wahrheit war.

Nun aber, auf dem Weg in den Ort, wurde Hanna mit jedem Blick der ihnen Entgegenkommenden unsicherer. Die Meeresbrise ließ den Stoff der Hosenbeine flattern, und bei jedem dazugehörigen Geräusch ertappte sie sich, wie sie erschrocken die Hände vor sich hielt. Dabei trug sie gar keinen Rock, der unschicklich aufflattern könnte.

Evi lachte. »Du tust es schon wieder!« Mit großen Schritten marschierte sie voran. Spaziergänger, die sie und Hanna mal mehr, mal weniger beifällig begutachteten, grüßte sie mit ausgewählter Freundlichkeit und erntete selbst bei jenen ein Lächeln, die zunächst kritisch das Gesicht verzogen hatten.

Hanna lief hinter ihrer Cousine her. In Evis Windschatten ging vieles einfacher. So war es schon immer gewesen. Evi genoss Aufmerksamkeit und bewegte sich ganz natürlich darin. Hanna blieb lieber etwas zurück und beobachtete. Das half ihr, den Überblick zu behalten.

»Da vorn ist es!« Evi deutete auf ein Gebäude, dessen kreisrunde Form Hanna an das Wilhelmsbader Karussell erinnerte: Die kleine Anhöhe, auf der es thronte, fiel auf einer Seite zu der beliebten Kaiserstraße mit dem Strandhotel Germania hin ab, auf der anderen Seite zum Meer. Über den deckenhohen Fenstern schien das Dach fast zu schweben, und als hätten sie eine Choreografie eingeübt, schoben sich auf der dazugehörigen Terrasse und im Inneren Silhouetten hin und her – manche mit, manche ohne Kelche voller Eis oder Eiskaffee.

Erst als Evi ihre Hand ergriff und sie näher zu den geöffneten Türen zog, begriff Hanna, dass hier keine Zauberei im Spiel war, sondern Musik. Aus einer Ecke tönte die unverwechselbare Stimme von Freddy Quinn und goss ein tief sitzendes Heimwehgefühl in eine Melodie. Die Jukebox gab den Takt vor, in dem Bestellungen aufgegeben, cremige Eiskugeln geformt, Sahne geschlagen, Milchshakes geschüttelt und Grießbrei mit zähflüssigem rotem Sirup verziert wurden. Hanna war begeistert. Da störte es auch nicht, dass sämtliche Tische der Milchbar besetzt waren. Viel entscheidender war: Wie viele Eissorten konnte sie probieren, bevor es als vollwertiges Abendessen galt oder ihr schlecht wurde?

Die Auswahl war etwas ganz anderes als das Capri-Orangeneis, Vanilleeis mit Schokoglasur oder Vanille-Erdbeer-Schoko zwischen zwei Waffeln, wie man es bei Latschka in Offenbach kaufen konnte. Hier hatte das Eis sämtliche Farben des Regenbogens, selbst ungewöhnliche wie violettdunkles Blau, frühlingszartes Grün oder Knallorange. Eine Sorte war mit Schokoladesplittern versetzt, andere mit Pistazien-, Walnuss- oder Mandelstücken. Hanna fiel es schwer, sich zu entscheiden.

Evi lehnte einen Ellenbogen auf die polierte Bar, winkelte das Handgelenk ab und stützte elegant das Kinn auf ihre Finger, während sie den Ober anlächelte. »Einen trockenen Martini, bitte«, bestellte sie mit ihrem besten Holly-Golightly-Augenaufschlag. Seit sie Anfang des Jahres *Frühstück bei Tiffany* im Kino ihrer Eltern gesehen hatte, gab es ein neues Vorbild in ihrem Leben. Nun stibitzte sie sich auch noch einen Trinkhalm aus dem Behälter hinter der Theke und hielt ihn derart kultiviert zwischen Zeige- und Mittelfinger, als erwartete sie, dass ihr jemand Feuer gab.

Neben ihnen verschluckte sich jemand an unterdrücktem Lachen und hustete dann in die manierlich vor den Mund gehobene Hand.

Lässig lehnte sich der Barmann ihnen über die Theke entgegen. »Ich würde ja gerne, Fräulein Hepburn«, raunte er Evi zu und bewies damit, dass er genau wusste, auf wen sie anspielte, »aber wir schenken keinen Alkohol aus.«

»Oh«, auch Evi beugte sich vor, »nicht einmal … unter der Theke, wenn jemand einen Irischen Kaffee bestellt?«

Entschuldigend schüttelte ihr Gegenüber den Kopf. »Nicht einmal dann, es tut mir leid.«

»Mach den beiden einfach einen Pharisäer ohne Rum«, mischte sich da der junge Mann, der neben Evi an der Bar wartete, ein. »Oder mögt ihr lieber heiße Schokolade? Dann bleibt die Tote Tante eben nüchtern, bis ihr euch zu mir und meinen Freunden gesellt habt.« Hannas und Evis perplexer Gesichtsausdruck sprach wohl für sich, denn seine Erklärung folgte schnell: »Tote Tante, also Schokolade mit Rum, ist hier so etwas wie ein Traditionsgetränk. Ich bin übrigens Bruno«

»Sehr erfreut, Bruno, ich bin Evi, und Tote Tante klingt … verführerisch.« Nur Evi schaffte es, einen Satz, in dem eine verstorbene Verwandte auftauchte, verheißungsvoll klingen zu lassen.

Hanna schüttelte den Kopf, als der Barmann nun nach einer Flasche Sahne und dem Zucker griff. »Für mich nicht. Ich hätte gerne einen Milchshake mit«, sie deutete auf den entsprechenden Behälter hinter der Eistheke, »Sanddornbeeren.«

Beide Männer stutzten.

Evi legte einen Arm um sie und drückte sie an sich. »Jedem Tierchen sein Pläsierchen und einen Milchshake für mein Cousinchen Hanna.«

Bei einem, das wurde Hanna schnell klar, würde es nicht bleiben. Schon beim ersten vorsichtigen Zug am Strohhalm wusste sie: Sie hatte ihre erste Inselliebe gefunden. Erst kam die Süße, dann explodierte die fruchtige Säure. Als hätte jemand eine Kugel Vanilleeis in frisch gepressten Zitrusfrüchten gebadet und einen Spritzer »Das hast du noch nie geschmeckt« beigemischt. Davon könnte sie sich die nächsten Monate ernähren. Davon und von Sanddorneis, von Joghurt mit Sanddorn und Butterbrot mit gezuckertem Sanddorn. Ob es auch Sanddornmarmelade gab? Auf dem Weg zu dem Logierhaus hatte sie Schilder gesehen, auf denen für »einheimische Sanddornprodukte« geworben wurde. Dort musste sie demnächst einmal vorbeischauen. Die Beeren schienen hier im Übermaß zu wachsen, doch Hanna hatte sie trotz ihrer vierundzwanzig Jahre noch nie gekostet.

Beglückt nahm sie weitere Schlucke, während sie Evi und ihrem neuen Bekannten mit deren zwei sahnebehaubten Kakaos zu einigen dicht beieinanderstehenden Tischen auf die Terrasse folgte. Eilig wurde zusammengerückt, und Hanna nickte einem jungen Mann zu, der ihr den Stuhl neben sich anbot. Er zwinkerte ihr zu, während er Bruno auffordernd seine Kaffeetasse entgegenhielt. Der zog eine Thermoskanne aus der Tasche seines achtlos über die Stuhllehne geworfenen Mantels und gab eine Runde bernsteinfarbene Flüssigkeit aus. »Das ist das gute Zeug«, sagte er und bedachte Evi besonders großzügig. »Nicht irgendein Kartoffelschnaps wie zu Opas Zeiten.«

Zufrieden machte es sich Hannas Sitznachbar mit seinem aufgebesserten Kaffee in dem Metallstuhl gemütlich. Die Sonne tauchte hinter einer Wolke auf und brachte seine Frisur zum Glänzen, die Hanna an ihren Großvater erinnerte. Für Pomade hatte der zwar kein Geld ausgegeben, aber mit manchmal leider schon einige Tage altem Fett ebenso glänzende Ergebnisse erzielt. Zum Glück roch der junge Mann neben Hanna besser, wenn auch eine Spur zu süß nach Rosenwasser.

»Leute, das hier sind Evi und ihre Cousine … ähm …«

»Hanna«, half Hanna Bruno weiter und nickte in die Runde.

»Evi und Hanna also.« Bruno machte eine ausladende Geste.

»Vun Harten willkomen op uns Eiland. Dit hier sünd mien Bröörs en Deerns. Steffi, Carolin, Pepe, Marie und Eddie. Denn man Proost!«

Und schon hielten alle ihre Tassen und Gläser in die Mitte. Das vielstimmige »Prost« wurde von genießerischem Gemurmel abgelöst und von Pepe, der Bruno den Vogel zeigte, bevor er sich zu Evi beugte. »Bröörs en Deerns nennt er uns sonst nie«, vertraute er ihr an. »Der alte Angeber spricht nämlich nicht mal richtig Platt!«

»Aber einer von euch, oder wie?«, wehrte sich Bruno lachend, und alle redeten durcheinander.

Es dauerte nicht lange, da waren Evis Anekdoten über ihre Ausflüge nach Frankfurt interessanter als das Thema Sprache und Dialekt. Hanna lehnte sich zurück und genoss die Sonnenwärme auf ihrem Rücken, das Stimmengemurmel und die Meeresbrise.

»… erst da verstanden wir, dass wir eine Halbweltdame vor uns hatten«, schloss Evi ihre Geschichte und sah sich auffordernd um. »Und jetzt raus mit der Sprache, was könnt ihr uns über das Kindererholungsheim Strandhafer erzählen? Da fangen Hanna und ich nämlich nächste Woche als Pflegerinnen an.«

»Strandhafer, ja?«, begann Bruno. »Nun, das war schon immer ein Kinderheim, seit dem 19. Jahrhundert.«

»Ich dachte ein Hospiz?«, widersprach Pepe ihm und grinste. »Das kann dem Seehospiz Kaiserin Friedrich gar nicht gefallen haben. Das war lange Zeit das einzige am Ort.«

»Jedenfalls«, kürzte Steffi, die das Thema nicht besonders interessant zu finden schien, die Heimhistorie ab, »wurde es irgendwann während des Kriegs umfunktioniert, und dann beherbergte es statt Kindern verwundete Soldaten.«

Hanna richtete sich interessiert auf. »Es war ein Lazarett?«

»Ja«, antwortete Marie, zwei Stühle links von Hanna. »Wie die meisten öffentlichen Gebäude hier.«

Hanna nickte. Das war bei ihnen daheim nicht anders gewesen, während des Kriegs und danach. Eine Weile waren Hanna und ihre Familie in einer Turnhalle nur wenige Kilometer von ihrem Geburtshaus untergekommen. Beengt war es dort gewesen, aber sie und ihre Geschwister hatte das wenig gestört. Kinder legten eben mehr Wert auf andere Dinge. Heim Strandhafer aber sah weitläufig genug aus, um den sechzig kleinen Kurpatientinnen und -patienten Platz zu bieten.

»Schön, dass es wieder zu seinem eigentlichen Nutzen zurückgefunden hat«, fand sie.

Eddie neben ihr lachte. »Zurückgefunden klingt fast, als hätte das Gebäude das selbst geschafft. Ich weiß noch, wie es Ende der Vierziger ausgesehen hat.« Er verzog das Gesicht. »Aber dann haben ein paar Menschen da sehr viel Geld reingesteckt. Der Kurtourismus muss sich echt lohnen.«

»Na, ich weiß nicht«, mischte sich nun das erste Mal Carolin ein. »Dr. Waldeck hat sich nach Kriegsende um die Flüchtlingskinder gekümmert. Das tut niemand, dem nur die Bezahlung wichtig ist.«

»Wer ist Dr. Waldeck?«, hakte Evi aufmerksam nach.

Sie verlor jedoch sofort das Interesse, als Carolin erklärte: »Die Heimleiterin«, und damit klarstellte, dass es sich nicht um einen netten, freundlichen und vor allem männlichen Arzt handelte.

Hanna verbiss sich ein Lachen und wandte sich Marie zu, die zustimmend nickte. »Und Heimangestellte«, sagte diese, »verdienen nie übermäßig viel. Wenn ich da an Ursel denke …«

Eddie hob die Hände. »Ach, Schwesterchen, mach Evi und Hanna doch nicht unnötig Angst! Nur weil deine Freundin es dort nicht länger als drei Monate ausgehalten hat. Kommt halt nicht jeder mit Regeln, Ordnung und Disziplin klar.«

»Verschone uns mit deinen Soldatensprüchen!« Marie rollte genervt mit den Augen. »Seit Eddie seinen Dienst an der Waffe geleistet hat, ist er nämlich endlich ein echter Mann! Vor allem in den eigenen Erzählungen.«

»Ach, das mit der Disziplin«, mischte sich Evi schnell ein und lockerte die Stimmung wieder auf, »wuppen wir schon. Wir tun einfach, was von uns erwartet wird, und halten brav den Mund. Kein Problem für uns, oder, Hanna?«

Unwillkürlich musste Hanna lächeln. Ihre Cousine und den Mund halten? Nun, das wäre wirklich etwas Neues. »Ich freue mich jedenfalls sehr, hier zu sein«, sagte sie diplomatisch.

»Das kannst du auch.« Eddie rutschte näher und strahlte Hanna an. »Immerhin bist du auf der attraktivsten Insel der Welt!«

Sein Tonfall gepaart mit dem selbstbewussten Blick verunsicherte sie – was sollte sie darauf entgegnen?

Zum Glück griff Evi ein. »Ist das so?«, wollte sie amüsiert wissen. »Und wo findet Hanna all diese … Attraktionen?«

»Also, eine sitzt direkt neben ihr.« Während seine Freunde kicherten, beugte sich Eddie zu Hanna und strich sich über die glänzende Frisur. Hoffentlich musste er heute niemandem mehr die Hand schütteln.

»Wenn du willst, zeige ich dir alles: das Fischer-Heimatmuseum, das Postamt, das Kap, die Cafés und Tanzlokale. Und den Leuchtturm. Dahinter hört die Zivilisation auf, und es gibt nur noch Natur.«

»Das ist doch Quatsch, Eddie!«, widersprach Marie. »Wie soll da nur Natur sein, wenn alle paar Meter Überreste der Flaktürme, des Lagers und der Bunker zu sehen sind?«

Hanna horchte auf. Hatte nicht auch die Kleine auf der Fähre etwas Ähnliches angedeutet? »Bunker und Flaktürme?«

»Kaum mehr was übrig.« Eddie winkte ab. »Die meisten wurden längst gesprengt oder sind unter Sand begraben.«

Marie schüttelte den Kopf. »Also, romantisch ist was anderes, vor allem, wenn einem bewusst wird, was dort alles passiert ist.«

Eddie seufzte. »Du musst wirklich aufhören, diesen lästigen Piratensender zu hören, Schwesterchen! Das damals hat mit dem heute doch nichts mehr zu tun. Aber«, fragend drehte er sich zu Hanna, »ich zeige dir gerne alles, wenn du dich dafür interessierst.«

Noch während Hanna zögerte, begann Evi zu nicken. »Das tut sie«, sagte sie. »Zumindest mehr als ich. Ist eine Familiensache.« Hanna erstarrte. Was machte ihre Cousine denn da?

»Aber«, sprach Evi schon gut gelaunt weiter, »da eine moderne junge Frau sich zuerst immer einen Überblick verschaffen sollte: Hanna und ich würden uns freuen, wenn du uns die Insel zeigst.«

»Wie könnte ich zu zwei so schönen Begleiterinnen Nein sagen?« Im Sitzen deutete Eddie zwei kleine Verbeugungen an und konzentrierte sich auf Hanna. »Also, dann«, er ließ sie nicht aus den Augen, »haben wir eine Verabredung.«

KAPITEL 6

Der unbehandelte Stein war rau, kühl und feucht unter Wilkos Hand, als er sich daran aufrichtete. Unzufrieden betrachtete er den Blumenstrauß zu seinen Füßen. Trotz aller Mühe sah er erschreckend armselig aus. Die welken Blumen hatte Wilko aussortiert und frisches Wasser nachgefüllt. Doch auch die erst einige Tage alten Ranunkeln ließen die Köpfe hängen. Die Verkäuferin hatte ihn gewarnt, ihm Bartnelken angetragen, umrundet von Immergrün.

Davon standen hier so einige in den Plastikvasen. Nelken aber mochte Wilko nicht. Nelken mitzubringen fühlte sich an, als erfülle er eilig eine Pflicht, um nächste Woche nicht mehr daran denken zu müssen.

Vergissmeinnicht wären eine Idee, Margeriten, vielleicht Narzissen für die Farbe?

An seinem nächsten freien Tag würde er wiederkommen. Mitsamt Blumen, Harke und kleiner Schaufel.

Auf dem Weg zur Straße hielt er die Augen auf den Horizont gerichtet. Wollte das *Unvergessen* nicht lesen, das fast auf jedem dritten Stein stand. Als würde es wahrer, wenn man es einmeißelte.

Die verblühten Blumen warf er in einen bereitgestellten Container, winkte Herrn Rudolf, der wie immer am frühen Abend seine Frau und Tochter besuchte, und trat auf die Straße.

Weit vor dem Deich bog er nach rechts. Weg von den flanierenden Menschen, die taten, als würde sie der Anblick der restlichen Sturmflutschäden persönlich beleidigen. Weg von dem zu lauten Lachen der Inselgäste, die sich freitags überall auf den Terrassen zu Grüppchen zusammenfanden. Beständig ließen sie ihre Blicke schweifen – nur nichts verpassen! Immer auf der Suche nach Ablenkung, nach etwas anderem als dem Jetzt.

Die Nordhelmsiedlung wirkte dagegen beinahe ausgestorben. Wenn ihm hier jemand begegnete, dann kannte man sich. Nickte kurz, hob eine Hand und beließ es dabei. Wilkos Nachbarn hatten schon vor Jahren aufgegeben, mehr als ein paar Sätze mit ihm wechseln zu wollen.

Ver-giss-mein-nicht, Nar-zis-sen, Mar-ge-ri-ten – in seinem Kopf wandelten sich die Wörter in einen Rhythmus, dem seine Schritte folgten, und Wilko nickte zufrieden. Seinem Vater würden diese Blumen gefallen, und auch Robert hatte leuchtende Farben gemocht. Er würde ein paar davon in Anpflanztöpfchen setzen und zum Weiterwurzeln bei ihnen eingraben.

Eine Straßenecke weiter unterbrach ein Knarzen und Kreischen Wilkos Takt. Ein Kleinkind, nicht älter als vier oder fünf, schwang auf einer Schaukel vor und zurück. Jedes Mal, wenn es nach vorn flog, dem Himmel entgegen, schrie es begeistert auf: »Höher, Mama, höher!«

Die Frau hinter ihm lachte. »Noch drei Mal, dann geht es ins Bett, versprochen?«

»Höher!«

Das Quietschen der Schaukel war durchdringend, lauter als das fröhliche Lachen des Kindes. Wilko dachte an die Stufenleiter im Heim. Die hatte sich vorhin ganz ähnlich angehört. Hätte er nur daran gedacht, erst das Scharnier zu ölen, dann hätte er nicht etliche Minuten unter der Zimmerdecke des Badetherapiesaals festgesessen.

Nur noch kurz die Glühbirne austauschen hatte er wollen und die Leiter dazu hinter der Tür aufgestellt. Rittlings daraufhockend, war es ein Leichtes gewesen, die Glasabdeckung der Lampe aufzuschrauben. Unbewusst musste er das Gemurmel aus dem Büro der Oberschwester gegenüber schon länger wahrgenommen haben, dann aber waren die Stimmen plötzlich laut geworden.

Dabei wurde Oberschwester Margot nur selten laut. Musste sie auch nicht. Ein strenger Blick genügte.

Margots Anweisungen hinterfragte man nicht. Nur einen gab es, der sich nicht daran hielt: Dr. Gebhardt, der neue Arzt. Wilko wusste nicht genau, ob dem jungen Mann die Weitsicht fehlte oder ob er es auf einen Kampf anlegte – ein ebenso tollkühnes wie gefährliches Unterfangen, das nur mit der Vernichtung eines der beiden Gegner enden konnte.

Der heutige Abend jedenfalls schien auf eine Kriegserklärung hinauszulaufen. Dr. Gebhardt hatte sich vor dem Gespräch mit Margot nämlich der Rückendeckung von Heimleiterin Dr. Waldeck versichert. Worum es genau gegangen war, hatte Wilko nicht herausgefunden, aber der Streitpunkt war eindeutig Margots Dienstplanung gewesen. Schon seit Wochen waren sie unterbesetzt, woran der gut aussehende Arzt, glaubte man dem tränenreichen Abgang der letzten Kinderpflegerin, nicht ganz unschuldig war. Um sowohl den regulären Tagesablauf wie auch Dr. Gebhardts Licht-, Wasser- und sonstige Therapien zu gewährleisten, fehlte mindestens eine Schwester oder eine Pflegerin, besser noch zwei, und dazu ein paar zupackende Praktikantinnen.

Im Ringen um das verbleibende Personal gingen Oberschwester und Arzt keinen Millimeter aufeinander zu, und wer dabei zwischen die Fronten geriet, musste sich darauf gefasst machen, dazwischen zerrieben zu werden.

Wilko hatte sich gehütet, seine Deckung aufzugeben, bis er sicher sein konnte, dass die Streithähne das Stockwerk verlassen hatten. Dr. Gebhardt mit federnden Schritten in Richtung Ausgang und Feierabend, Oberschwester Margot, ohne Zeit zu verlieren, in den vierten Stock, um sich bei der Heimleiterin Dr. Waldeck über ihn zu beschweren.

Wie das Kräftemessen ausging – der Montag würde es zeigen.

Inzwischen war Wilko an seiner Kreuzung angekommen. »Mar-ge-ri-ten«, nahm er seine rhythmische Wortabfolge wieder auf,

»Nar-zis-sen.« Und plötzlich hatte er eine Tenorstimme im Ohr, eine italienische Textzeile: »Non ti scordar di me.« Vergiss mich nicht.

Wilkos Vater hatte Operetten- und Musikfilme geliebt, unzählige Plattenaufnahmen gesammelt. Und obwohl er nie eine andere Sprache als Deutsch beherrscht hatte, hatte er diese eine Zeile stets voller Inbrunst mitgesungen, sich weitere zusammengereimt und vernuschelt. Wie man es tat, wenn man einen Text nur nach Gehör mitsang.

Wilko folgte der anschwellenden Musik in seinem Kopf. Manchmal, so wie jetzt, wünschte er sich, er hätte Tanzen gelernt.

In einer seiner ältesten Erinnerungen drehten sich seine Eltern am Silvesterabend im Kreis. Die Möbel des Wohnzimmers zur Seite gerückt, schwebten sie dazwischen umher und sahen sich dabei tief in die Augen. An diesem Abend war eine andere Platte aufgelegt worden, eine mit deutschem Text, den alle mitsingen konnten. So deutsch wie nur irgendetwas, denn die Musik stammte aus des Führers Lieblingsoper. Die letzten Zeilen des Duetts würde Wilko nie vergessen: »Jeder Druck der Hände deutlich mir's beschrieb. Er sagt klar, es ist wahr, es ist wahr: Du hast mich lieb.«

Damals, mit gerade einmal fünf, hatte Wilko noch nicht gewusst, was ein Walzer war. Drei Jahre später war er mit dem Vater allein gewesen, und die Nacht vor dem Jahreswechsel war zu einer weiteren stummen geworden, in der sie einander gegenübersaßen, als wären sie an zwei weit voneinander entfernten Ufern gestrandet, zwischen ihnen ein unüberwindbarer Ozean.

Das Gartentor schwang mit leisem Quietschen auf. Rechts und links des Weges blühten Wildrosen.

»Deine Mutter wollte etwas anderes«, hatte Wilkos Vater ihm einmal kopfschüttelnd erklärt, als sei ihr kleiner blühender Garten eine weitere Enttäuschung. »Aber auf Inselboden gedeiht nicht alles.«

Das galt für Pflanzen ebenso wie für Menschen.

Der Weg zwischen Straße und Haustür war kurz. Zu kurz für einen Vierviertelkt und eine Drehung, selbst wenn Wilko sie sich zugetraut hätte.

Sein Schlüsselbund klimperte. Ohne hinzusehen, erfühlte Wilko den eigenen zwischen all den Kinderheimschlüsseln. Er war der einzige, der keiner Erklärung bedurfte, kein angehängtes Schildchen, auf dem *Waschküche* stand, *Keller*, *Vorratsraum*, *Heizungsanlage* oder *Isolierzimmer I* oder *II*.

Kaum hatte er die Tür hinter sich abgesperrt, hängte er erleichtert den Mantel auf. Es gab keinen Grund, das Haus heute noch einmal zu verlassen.

Seine Tante fand, Wilko sollte sich einen Hund anschaffen. »Damit du rauskommst, selbst wenn du nicht arbeiten gehst«, sagte sie, als wäre das die Lösung aller Probleme. »Hilft auch gegen Einsamkeit.«

Wilko schüttelte den Kopf, als er jetzt daran dachte. Er mochte Rena, ihre wohlmeinende Art aber ertrug er selten. Für eine, die genau zu wissen glaubte, was andere brauchten, verstand sie erschreckend wenig. Nach jedem Gespräch mit ihr fühlte er sich noch unzureichender. Von wegen, das Leben ging weiter. Das Leben fand statt. Und Wilko sah ihm dabei zu.

Die Küche ließ er links liegen, essen konnte er später, und öffnete die Tür zum Keller. Das Licht war düster, der Mörtel zwischen den Ziegelsteinen spröde und die Treppe immer noch dieselbe: grob behauene Holzstufen, ein wackliges Geländer. Exakt so hatte es hier vor rund siebzehn Jahren ausgesehen, als der Keller der einzige Raum gewesen war, in dem Wilko noch nicht nach seinem Vater gesucht hatte, nachdem er zu spät heimlich in sein Zimmer gestiegen war, durch das Fenster gestürzt und keinerlei Reaktion darauf zu hören gewesen war.

Das Seil um Vaters Hals war ihm als Erstes aufgefallen. Neu hatte es ausgesehen. Wie extra für dieses Vorhaben angeschafft. Dann hatte Wilko bemerkt, wie niedrig der Balken war, an dem das andere Ende befestigt war. So niedrig, dass es einer absoluten, brutalen Zielstrebigkeit bedurft haben musste, sich daran das Leben zu nehmen.

Dahinter, dass Wilko die Treppe und den ersten Kellerraum gelassen hatte, wie sie waren, vermutete Tante Rena eine masochistische Ader, eine Art Selbstbestrafung. Wilko aber fühlte sich nicht schuldig. Zumindest nicht daran. Ihn allein zu lassen war die Entscheidung seines Vaters gewesen.

Nein, der wackelige Kellerzugang und die Feuchte, in der nur Geister, Schimmel und andere Pilze gediehen, verbargen, was sich dort unten noch befand: Eine Mauer hatte Wilko errichtet, eine Tür eingepasst, einen Abzug gelegt, penibel Dämmplatten angebracht. Kein Ton drang von dem heraus, was in diesen knapp zwanzig Quadratmetern geschah. Zumindest nicht ohne Wilkos Wissen. Was dort unten vor sich ging, blieb sein Geheimnis. Und nur er wusste die Absurdität zu schätzen, dass er, den kaum jemand bemerkte und der für die meisten unsichtbar blieb, ausgerechnet in diesem privaten Bunker eine Art Freiheit gefunden hatte, die mit nichts zu vergleichen war.

Hier unten war er ein anderer Mensch.

Wilko schloss die Tür hinter sich und genoss die Abwesenheit anderer Töne, die trockene Wärme, die die richtige Umgebung für seine Kostbarkeiten bot: Nirgends überlebten Erinnerungen besser als in Musik.

Der Teppich auf dem mit Beton ausgegossenen Boden nahm dem fensterlosen Raum das Gefühl einer Zelle. Die spärlichen, abgelebten Möbelstücke, einige gemalte Filmplakate hinter Glas und der kleine Cocktailtisch mit dem blitzblanken Tauchsieder neben losem Tee taten das Übrige. Und dann waren da natürlich noch die Regale. Vom Boden bis zur niedrigen Decke standen darin dicht an dicht seine Schellackplatten.

Wilko griff nach den Tagebuchaufzeichnungen, aus denen er in der letzten Zeit zitiert hatte, blätterte die Kladde bis zur markierten

Stelle auf und legte sie auf den kleinen Tisch neben das Mikrofon. Dann drehte er sich um und fuhr mit den Fingerkuppen zärtlich über die lange Reihe von Plattenhüllen.

In den letzten Jahren hatte er die Sammlung immer wieder neu geordnet, nach Alphabet, nach Künstlern, nach Stimmung. Erst als er sie nach Jahreszahlen sortiert hatte, wusste er immer, wohin er greifen musste.

Vorsichtig zog er die gesuchte Platte hervor und setzte sich. Die Sprungfedern unter dem verschlissenen grünen Überzug des alten Ohrensessels ächzten. Er drehte das abgegriffene Buch um, schaltete das Mikrofon an, überprüfte den Ausschlag und ließ den Tonarm herab.

Die Nadel traf auf die erste Rille, es knackste. Wilko atmete auf. Er liebte diese ersten, staubigen Sekunden vor dem Einsetzen der Musik. Das herzklopfende Warten darauf, was folgte. In diesen Momenten war alles möglich. Nichts bewies das Zusammenspiel von Vergangenheit, Gegenwart und Zukunft so deutlich wie dieses kurze statische Rauschen.

Noch bevor die Geigen einsetzten, schloss Wilko die Augen und wappnete sich. Rena irrte. Es ging bei all den Wiederholungen nicht um Schuld, Strafe, Verlust oder Leid. Es ging um die Suche nach dem Sinn dahinter.

Er beugte sich über das Mikrofon und holte tief Luft. »Schön, dass Sie wieder eingeschaltet haben, denn auch heute geht es: *Gegen das Vergessen.*«

KAPITEL 7

Der erste Blitz weckte Rita noch nicht. Der nur kurz darauf folgende Donner und das erschrockene Wimmern neben ihr rissen sie aus dem Schlaf. Orientierungslos tastete sie um sich – das Bett war zu klein, rundherum Gitter, das klumpige Kissen höher als zu Hause. Dann folgte der nächste Blitz, und sie sah sich schlaftrunken um: Vier Betten standen in dem Raum, zwei an der Fenster-, zwei an der gegenüberliegenden Seite, Ritas in der hinteren linken Ecke. Geweißelte Wände, das Bild eines Vogels an der Wand. Ein Kiebitz, erinnerte sie sich. Sie war im Kiebitz-Zimmer. Mit drei weiteren Mädchen zwischen fünf und sieben.

Ihre Kleider für den nächsten Tag lagen auf dem Hocker neben ihrem Bett. Den restlichen Inhalt ihrer Tasche hatte Rita unter Schwester Friedas strengem Blick fein säuberlich in das Schrankregal mit dem Schild K4 auf dem Gang geräumt. K stand für Kiebitz, Nummer vier war ihr Bett.

Das Foto von ihrer Mutter und Peter hatte sie nicht hervorgeholt, sie hatte es umgedreht nach unten in das Regal gesteckt. Dorthin, wo niemand es sehen konnte. Ein Hin-und-her-Gefühl war es gewesen, als die Schwester die Schranktür abgesperrt und den Schlüssel an sich genommen hatte. Auf der einen Seite ein »geschieht euch recht«, auf der anderen ein Vermissen. Rita war froh gewesen, ins Bett gehen zu können.

Jetzt aber war es mitten in der Nacht, und sie war furchtbar wach. Das Gewitter machte ihr nichts aus. Peter hatte erklärt, wie Donner und Blitz entstanden, und auch wenn sie ihm nicht hatte zuhören wollen, hatte sie sich gemerkt: In einem Gebäude war sie sicher.

Das Wimmern neben ihr klang klein und verloren, wie die Welpen in dem zugeschnürten Sack im Fluss hinter ihrem Haus.

Rita hielt sich die Ohren zu, aber es nutzte nichts.

Die kleinen Hunde hatte sie gerettet. Ihr Nachbar war ganz rot im Gesicht geworden und hatte gebrüllt. Die Tiere hatten gestrampelt und gefiept. Rita war, ihre Beute vorsichtig in den Armen haltend, losgerannt und hatte dagegen angesummt, das erste Lied, das ihr in den Sinn gekommen war: »Schlafe, kleine Rita, schlafe«, Mamas Gutenachtlied für sie. Zwei Strophen bis zu ihrer Wohnungstür. Fünf, bis Mama und Peter den Wüterich von nebenan losgeworden waren.

»Was sollen wir nur mit ihnen anstellen?«, hatte Peter gefragt, während er Ritas Mutter aufs Sofa geholfen hatte, die wegen des empfindlichen Glückskindes keine heftigen Bewegungen mehr machen durfte. Ganz ruhig war er gewesen, hatte die Hunde später bei Kollegen von ihm untergebracht, und Rita hatte gedacht, sie hätte alles richtig gemacht.

Nur eine Woche später stand die Reisetasche im Wohnzimmer, und Mama hatte begonnen, Namensschildchen in Ritas Kleider zu nähen.

Gerade wollte sich Rita zur Wand drehen, als das Deckenlicht aufflammte. Erschrocken setzte sie sich auf.

»Was ist hier los?« Erika, die Nachtschwester, sah müde aus. Und empört. Beinahe hätte Rita sie nicht erkannt. Dabei hatte sie sich vorgestellt, als sie vorhin die letzte Runde durch alle Zimmer gemacht hatte. »Ihr sollt schlafen!«

»Das Gewitter«, flüsterte eines der Mädchen von der anderen Seite des Zimmers, Lydie. »Ohne Mimi habe ich Angst!« Zitternd zog Lydie die Bettdecke bis zum Kinn und machte sich so klein wie möglich. »Und Mimi ohne mich auch.« Die Kleine schluchzte leise. »So allein im Keller.«

»Im Keller?« Schwester Erika kam ein paar Schritte näher. »Was redest du denn da? Niemand ist im Keller.«

»Doch! Meine Mimi! Frau Frieda hat gesagt, ich darf sie nicht behalten.«

Nun lächelte Erika plötzlich und sah dabei sehr viel netter aus. »Ach, dein Kuscheltier. Bist du dafür nicht schon viel zu alt?« Sie beugte sich über Lydies Bett und sprach beruhigend weiter. »Wenn du in den nächsten Wochen lernst, ohne Mimi einzuschlafen, sind deine Eltern sicher sehr stolz auf dich.«

»Aber Mama hat sie mir genäht.«

Erika schüttelte fest den Kopf. »Deine Mama würde nicht wollen, dass du deine Zimmergenossinnen wach hältst, nur weil du trotzig bist.« Entschieden richtete sie sich auf. »Wenn ich der Oberschwester morgen früh sagen muss, wie ungehorsam das Kiebitz-Zimmer heute Nacht war, dürft ihr nicht mit an den Strand. Also legt euch hin und seid ruhig.«

Sofort ließ sich Rita zurücksinken. Hoffentlich würde Lydie den Mund halten. Nicht an den Strand zu dürfen wäre gemein! Vor allem, wenn die Strafe sie alle beträfe, nur weil eine von ihnen ein Angsthase war. Überhaupt schien es Rita, als wäre ihr Verbleib im Kiebitz-Zimmer eine ganz besonders hinterlistige Maßregelung nur für sie. Ausgerechnet zu den kleinen Mädchen hatte Frieda sie gesteckt. Ständig stiegen diesen Tränen in die Augen und Rotz in die Nase. Sie schnaubten und schnieften aus Heimweh, weil es zu dunkel war, zu hell, zu laut oder zu ruhig. Und natürlich wegen des blöden Kuscheltiers!

Rita kniff die Augen zusammen und legte sich die Hände über die Ohren.

»Auf den Rücken, und Hände über die Bettdecke«, verlangte die Nachtschwester. »Wie oft muss ich das noch wiederholen?« Ihre Schritte kamen näher, dann schepperte etwas gegen das Fußgitter an Ritas Bettgestell. »Auch du, Fräulein! Ausnahmen gibt es nicht!«

Rita winkelte die Beine in ihrem zu kurzen Bett seitlich an und tat wie geheißen. Dass sie froh sein konnte, überhaupt ein Bett zu haben, hatte Schwester Frieda ihr erklärt, längst waren alle in der richtigen Größe vergeben gewesen, als klar war, dass sie bleiben durfte. Erst am Montag habe der Hausmeister wieder Zeit, ein passenderes für sie zu suchen.

»Und jetzt Augen zu.« Erika wandte sich zum Gehen. »Dann kommt der Schlaf von selbst.«

Kaum schloss sich die Tür, streckte Rita erleichtert die Beine durch die Gitterstäbe am Fußende. Zumindest würde sie diese Position davor bewahren, sich auf die Seite zu drehen. Hoffentlich.

Da! Ein Lichtstrahl! Unscharf fiel er durch den fadenscheinigen Vorhang, wanderte von links nach rechts über die hintere Wand des Raumes und verschwand.

Von der anderen Seite des Zimmers begann erneut leises Wimmern. Rita ballte die Fäuste und zählte leise. Doch kein Donnern folgte. Dafür kam das Licht wieder und mit ihm das nächste Aufschluchzen. Dabei hatte Lydie doch gehört, was passierte, wenn sie keine Ruhe gab!

Das Schluchzen wurde lauter.

»Lydie, sei still!«, zischte Tillie neben Rita. »Sonst kommt die Tante noch mal und dann …«

»Aber«, jetzt begann Lydie wirklich zu weinen, »ich kann nicht anders, ich …«

»Drück dein Gesicht fest ins Kissen«, schlug Elke, die Vierte in ihrem Zimmer, ängstlich vor, »damit dich niemand hört!«

Wieder durchmaß der Strahl das Zimmer. Wieder schluchzte Lydie ängstlich auf. Wieder fehlte der Donner.

Rita schlug die Bettdecke zurück und stand leise auf. »Das ist nicht das Gewitter«, flüsterte sie.

»Nicht?« Die Kleinen setzten sich in ihren Betten auf.

»Nein!« Vorsichtig schlich Rita zum Fenster. Als sie den Vorhang zur Seite schob, blendete sie der Lichtstrahl, und für ein paar Sekunden tanzten violette Flecken vor ihren Augen.

»Was ist es dann?«, wisperte Elke beunruhigt.

Rita spähte hinaus. Über den wolkenverhangenen Himmel bewegte sich das Licht langsam und stetig zum Meer, dann verschwand es einige Sekunden und kam auf der anderen Seite wieder. Es drehte Runden. Immer die gleichen, in immer dem gleichen Tempo, beruhigend und unbeirrbar.

»Ich weiß nicht«, gestand Rita. »Aber es ist kein Blitz. Ich glaube, es kommt von weiter weg. Vielleicht ein Leuchtturm.«

Tillie klatschte in die Hände und unterbrach sich sofort erschrocken. »Meinst du, Rita, er macht das für uns?«, wollte sie atemlos wissen. »Passt er auf uns auf?«

Rita antwortete nicht. Was für eine dumme Frage. Sie ließ den im Kreis wandernden Strahl ein weiteres Mal über sich streifen und verschwinden. Dann zog sie den Vorhang wieder vors Fenster und drehte sich um. »Ja«, bestätigte sie. »Er passt auf uns auf.« Eine Lüge. Aber eine aus gutem Grund. Schließlich wollte Rita an den Strand. »Und deshalb wird jetzt auch nicht mehr geheult!«

Ohne ein weiteres Wort schlüpfte Rita unter ihre Bettdecke und kuschelte sich ein.

Schlafe, kleine Rita, schlafe …

Auf dem Gang vor ihrem Zimmer wurden Stimmen laut, Schritte liefen hin und her. Rita drehte sich eilig auf den Rücken, winkelte die Knie an, legte die Arme rechts und links von sich auf die Bettdecke, schloss die Augen und dachte daran, was man alles falsch machen konnte: falsch liegen, falsch schlafen, falsch duschen, falsch stehen, falsch essen, falsch atmen.

Ob es hier grundsätzlich mehr Falsch als Richtig gab? Oder lag das an den Erwachsenen? Gab es in der Welt der Erwachsenen nicht genug Richtig für viel zu viel Falsch?

KAPITEL 8

»Lass uns am Park entlang, da ist es netter.« Entschlossen bog Evi in die Querstraße, an deren Ende ein stiller Teich zwischen Bäumen, Sträuchern und Wiesen glitzerte.

»In Ordnung, aber keinen Zwischenstopp!« Hanna warf einen Blick auf die kleine silberne Ansteckuhr am Revers ihrer taubenblauen Tracht mit dem weißen Oberkittel. Kurz nach sieben. In weniger als einer halben Stunde begann ihre erste Schicht. Und wenn Hanna eines nicht wollte, dann zu spät kommen.

Evi aber hatte recht, das hier war der schönere Weg. Wind fuhr durch die Baumkronen und kräuselte das Wasser des kleinen Teichs, auf dem die Schwäne so entspannt dahintrieben, als hätte sie jemand hypnotisiert. Wer genau hinsah, konnte auf der linken Seite die Mühle *Selden Rüst* – selten Ruhe – durch das Laub der Bäume blitzen sehen. Ein Relikt hatte Eddie das Bauwerk während ihres Spaziergangs gestern genannt, das trotz des Namens nun nach hundert Jahren doch stillgelegt worden war. Auch die Bibliothek hatte er Evi und ihr gezeigt, ihnen – für kältere Jahreszeiten – das Wellenbad ans Herz gelegt und darüber gelacht, dass die beiden Neulinge immer wieder verblüfft stehen geblieben waren. Die Inselstraßen hatten mit Evi und Hanna Spott getrieben. Auf dem Plan mochten sie gerade, parallel und geordnet verlaufen, in Wahrheit warteten sie aber mit Krümmungen und Biegungen auf. Lief man jedoch lange genug geradeaus, hatte Eddie ihnen versichert, landete man irgendwann unweigerlich am Meer. Nur wenige Straßen endeten abrupt am Friedhof, an der weitläufigen Heimanlage des Seehospizes Kaiserin Friedrich, an den kleinen Holzbaracken hinter Heim Strandhafer oder daneben am Schwanenpark, wie

Hanna die Napoleonschanze für sich nannte. Ein Überbleibsel der Besetzung durch niederländische und französische Truppen, hatte Eddie ihnen erklärt, mit dessen Hilfe verhindert werden sollte, dass Waren von England eingeschmuggelt wurden.

Eine Entenfamilie watschelte schnatternd über das Gras. Hanna musste lachen, als Evi die Hände an den Mund legte und zurückschnatterte – sehr zur Verwunderung einer alten Dame, die weiter unten am Ufer auf einer Bank saß und Brotkrumen verteilte.

Hanna zog ihre Cousine weiter. Wäre es nach ihr gegangen, hätten sie ihr Logierhaus ein paar Minuten früher verlassen. Doch früh aufzustehen war für Evi eine Qual. In müdem Zustand dauerte bei ihr alles doppelt so lang, insbesondere wenn es darum ging, sich fein zu machen. Dass ihr erster Eindruck picobello sein sollte, dem hatte Hanna gar nicht widersprochen, doch weshalb ein falsches Haarteil wesentlicher Bestandteil einer Pflegerinnenkluft zu sein hatte, ging dann doch an ihr vorbei. Dabei, so hatte Evi morgengrummelig erklärt, war es ganz einfach: Man wusste schließlich nie, wann man wem wo begegnete. Und damit meinte sie sicher nicht Oberschwester Margot, Heimleiterin Dr. Waldeck oder ihre zukünftigen Kolleginnen. Seit ihrem Geplauder auf der Überfahrt hatte sich Evi ein neues Ziel gesetzt. Der Wunsch, einen netten jungen Arzt kennenzulernen, schien den bisherigen vertrieben zu haben, in dem es um bekannte Schauspieler oder Sänger gegangen war.

Eine Glocke schlug Viertel nach, und Hanna legte einen Schritt zu. »Das da vorn ist, glaube ich, bereits ein Türmchen vom Heimgebäude.«

»Siehst du«, Evi nickte munter, »solange du mir folgst, findest du immer den richtigen Weg!«

Hanna musste lachen. »Was für ein Glück, dass ich dich habe.« Evi hakte sich unter. »Finde ich auch. Also«, sie machte einen kleinen Ausfallschritt, »beides. Ich meine: du und ich – wir, hier.«

Hanna nickte so ernst wie möglich. »Das war mal wieder wahre Dichtkunst.«

Sofort machte Evi große Unschuldsaugen und zitierte: »Im Hinblick auf mein feuchtes Laken: Ich möchte vor allem dichter werden.«

Kichernd liefen sie weiter. Ihre Lieblingswitze von Heinz Erhardt verfehlten nie die Wirkung, halfen selbst gegen die Unsicherheit, die nagend in Hannas Magengegend saß.

Beschwingt zog Evi sie durch ein Eisentürchen der Mauer, die auch die Rückseite des Heims umspannte. Weiße Bettwäsche knatterte im Wind und bauschte sich zwischen den parallel angebrachten Leinen. Ein altes Holzboot lag auf einer Seite und lud zum Klettern ein. Einige Schaukeln quietschten leise, farbenfrohes Sandspielzeug lag ordentlich neben einem Sandkasten, und jemand hatte sich sehr viel Mühe gegeben, zwischen den Sträuchern und knorrigen Bäumen ein schmales Blumenbeet zu bestücken. Die Blüten nickten mit den bunten Köpfen und strahlten mit den Farben der Plastikförmchen und -schaufeln um die Wette.

Die Tür des Hintereingangs war versperrt. Schulterzuckend drehte sich Evi um, und gemeinsam umrundeten sie und Hanna das Gebäude. Vor dem Haupteingang ließ Hanna ihre Hand für einen Moment nervös auf den sonnenwarmen Ziegelsteinen liegen. Was wären ihre ersten Aufgaben? Würden sie die Heimordnung verinnerlichen müssen? Möglichst schnell die Akten der Kinder durchlesen? Würde sie damit zurechtkommen, ohne aufzufallen?

»Bist du so weit?« Als Evi sich gegen die Eingangstür stemmte, schwang diese leicht auf.

Im Eingangsbereich blieben die Cousinen staunend stehen. Legte man den Kopf in den Nacken, konnte man bis zum Dach hinaufsehen. Vom Erdgeschoss bis in den vierten Stock führten auf beiden Seiten Treppen zu einer Galerie pro Etage mit jeweils vier abgehenden Räumen. Hinter den rechts und links gelegenen Schwingtüren mussten sich weitere befinden.

Die Wände der Treppen zum ersten Stock waren mit Porträts gewichtig aussehender Männer gesäumt. Nur in dem kleinen

Alkoven der rechten Biegung hing das einsame Bild einer Frau: etwa fünfzig, grauhaarig, entschlossen. Ihre Augen schienen Hanna direkt anzusehen, ihr rechter Mundwinkel krümmte sich, als wäre es ihr nicht gelungen, ein kleines Lächeln zu unterdrücken. Lebendig wirkte das Porträt, Respekt einflößend und zugleich nett. Das musste Dr. Waldeck sein, die Heimleiterin.

Bevor Hanna es sich versah, lächelte sie zurück. Dass Heim Strandhafer von einer Frau geleitet wurde, hatte sie aufhorchen lassen, als ihr Vater ihr das erste Mal davon erzählt hatte. Als wäre es ein Zeichen dafür, dass auch Hanna und Evi sehr viel mehr offenstand, als sie ursprünglich vermutet hatten.

Zunächst allerdings mussten sie die Oberschwester ausfindig machen und sich bei ihr melden. Hanna warf einen beunruhigten Blick auf ihre Uhr. »Wir haben nur noch zehn Minuten und wissen nicht mal, wohin.«

Unbeeindruckt lief Evi die rechte Treppe hoch. »Dann folgen wir am besten den Geräuschen.«

Und tatsächlich: Auf dem Weg nach oben wurden Stimmen laut, Wasserplätschern, knappe Ansagen.

»Maren, hör auf herumzuspielen!«

»Leni? Gerade du solltest nicht an Seife sparen!«

»Jetzt konzentrier dich endlich mal, Ingrid!«

Fast hatten sie die erste Galerie erreicht, als ein lang gezogener Schrei durchs Treppenhaus schallte. Erschrocken starrten Hanna und Evi sich an. Mehrstimmiges Gelächter folgte.

»Je länger du brauchst, desto eisiger wird es!«

»Da ist wohl noch jemand nicht abgehärtet!«

»Gelobt ist, was hart macht!«

»Na dann: Wasser marsch!«

Der Schrei wurde gellend.

So schnell sie konnten, rannten Hanna und Evi die letzten Stufen hinauf. Gegenüber stand die Tür zu einem gekachelten Waschraum auf: links Toilettenkabinen mit geöffneten Türen und davor aufgereiht einige Kleinkinder nur in Unterhemden auf Töpfchen kauernd. Auf der rechten Seite eine lange Waschrinne bis zu den Duschkabinen, ganz am Ende kniete ein Mädchen am Boden, eine Badekappe auf dem Kopf hielt es sich die zitternden Hände vors Gesicht. Die anderen bespritzten es lachend mit Wasser.

Hanna trat vor und sah sich kopfschüttelnd um. »Was ist denn hier los?«

Erst da bemerkte sie die junge Frau in einer ähnlichen Tracht wie ihre. Sie hatte sich hinter die Kleinkinder zurückgezogen, ihre Frisur war aufgelöst, auf ihrem Rock waren feuchte Spritzer zu sehen.

Hannas erstem Impuls – zu fragen, wie sie helfen konnten – kam Evi mit einem gut gelaunten »Guten Morgen« zuvor. »Wir sind die neuen Pflegerinnen Evi und Hanna Grimm.«

»Dem Himmel sei Dank!« Die junge Schwester strich sich über die Haare und kam auf sie zu. »Ich bin Marion.« Sie warf einen erschöpften Blick in die Runde. »Am liebsten würde ich euch gleich hierbehalten. Aber zuerst müsst ihr euch bei Oberschwester Margot melden. Dritter Stock, linker Gang, gegenüber von dem Saal für die Badetherapien.«

»Danke!« Hanna zögerte, aber Evi zog sie aus dem Raum und die Treppe empor.

Der Flur des dritten Stocks war dunkel und verwaist, nur durch eine offene Tür fiel vom Innenhof her Sonnenlicht herein. Hanna lief darauf zu, an zwei Isolierzimmern, wie auf den Schildern zu lesen war, vorbei, und warf einen neugierigen Blick in den offen stehenden Raum: Neun große Badezuber standen in Dreierreihen hintereinander. Vor ihnen, an der Fensterseite zur Veranda, stand ein Metalltisch, ähnlich dem Pult eines Lehrers. Im gekachelten Boden waren Abflüsse eingelassen, die glänzenden Wände waren schmucklos. Das musste der Therapiesaal sein. Erst letztes Jahr war er neu ausgestattet worden, hatte Hanna in der Broschüre des Heims gelesen. Es roch nach Turnhalle und etwas Scharfem, das sie an die Samstage zu Hause erinnerte, direkt nach dem wöchentlichen Reinemachen.

»Hanna?« Evi winkte ihr von der gegenüberliegenden Seite des Ganges zu. »Das Büro der Oberschwester ist hier!« Sie grinste. »Und wir haben noch ganze fünf Minuten.«

Evi hob die Hand und klopfte energisch an die Tür.

KAPITEL 9

Es war hell und ruhig, als Rita das nächste Mal die Augen aufschlug. Sonnenlicht fiel gedämpft durch die geschlossenen Vorhänge ins Zimmer, die anderen Mädchen gähnten. Die Nachtschwester hatte nicht noch einmal in ihr Zimmer kommen müssen.

Dann wurde die Tür aufgestoßen und knallte an die Wand. »Aufstehen, ihr seid dran mit der Morgentoilette. Lasst eure frische Kleidung hier, anziehen tut ihr euch anschließend. Dann macht ihr eure Betten und geht in den Speisesaal. Das Zimmer, das dort zuerst vollständig anwesend ist, erhält eine Belohnung.«

Und schon eilte die Schwester aus ihrem Zimmer und wiederholte die gleiche Befehlsreihe in den anderen. Auf dem Gang wurden hektische Schritte und unsichere Stimmen laut. Irgendwoher schlug ein Gong.

Rita sprang auf. Der Waschraum, das wusste sie von gestern, lag gegenüber der Treppe. Wenn sie sich beeilten, wären sie in weniger als einer Minute dort, und wenn alles gut lief, in fünf wieder zurück. Sie konnten gewinnen!

Das dachte sie zumindest. Bevor sie sich umdrehte – und in drei fragende Gesichter blickte. Die Kleinen hatten offenbar keine Ahnung, was sie tun sollten. Oder aber, wie man sich beeilte.

Trotzdem brachten sie die erste Station, den Waschraum, in Rekordzeit hinter sich. Schwester Marion war derart mit den Töpfchenbabys beschäftigt, dass sie die Katzenwäsche des Kiebitz-Zimmers nicht bemerkte. Heimlich verdrückten sich Rita und die anderen Mädchen.

Zurück in ihrem Zimmer allerdings folgte das nächste Problem: Sie alle mochten ihren Müttern schon mal zur Hand gegangen sein, hatten Kissen aufgeschüttelt oder Decken glatt gezogen, doch keines der Mädchen hatte jemals ganz allein sein Bett gemacht.

Seit Ritas Mama wegen des in ihr wachsenden Babys viel liegen musste, deckte Rita morgens sämtliches Geknitter und alle Falten mit einem bunten Überwurf zu. Einmal in der Woche bezog die Haushaltshilfe die Betten frisch.

Hier aber gab es keinen Überzug und keine Angestellte, hier gab es nur Schwester Marion, die ihnen hektisch erklärte: »Das Laken oben und unten straff unter die Matratze falten. Die Bettdecke an den Seiten einstecken. Und das Kissen kommt obendrauf. Beeilt euch.«

Sie taten ihr Bestes. Die Kleinen zogen und zerrten, Rita steckte und stopfte. Trotzdem sah das Ergebnis aus, als wären Schneewittchens Zwerge auf den Betten herumgehüpft. Also wandten sie den Rita-Trick an: Strichen die Oberseite der Bettdecken glatt und stopften alles andere darunter.

Schwester Marion warf einen gehetzten Blick in ihr Zimmer, schnipste mit den Fingern und winkte die großen Mädchen vom Zimmer gegenüber zu sich. »Daran könnt ihr unordentlichen Eiderenten euch ein Beispiel nehmen!«

Unordentliche Eiderenten? Rita musste kichern. Der Name war lustig, und sie war erleichtert. Ihre kleine List hatte funktioniert.

Die Blicke der getadelten Mädchen aber sprachen Bände.

»Besser Ente als Schnepfe«, fauchte Angelika, die Zimmerälteste, Rita auf dem Weg zum Frühstück zu und versetzte ihr einen Stoß mit dem Ellenbogen. Der Schmerz in ihrer Seite zeigte Rita: Sie hatte sich eine Feindin gemacht. Eine, deren Zimmergenossinnen im Gegensatz zu ihren keine kleinen Kinder mehr waren.

Nun saßen sie im Speisesaal, an jedem Tisch ein Zimmer, die älteren Mädchen am anderen Ende des Raumes. Ritas Anspannung ließ langsam nach. Es half, dass Reden beim Essen ungesund war und deshalb erst wieder ein Wort gesprochen werden durfte, wenn man den Saal zum Fertigmachen für einen Strandspaziergang oder eine Therapieanwendung verließ. Selbst die Kleinste aus ihrem Zimmer, Tillie, deren Hände, Beine und Mund nur selten stillstanden, bemühte sich, ihre hektischen Bewegungen zu reduzieren.

Rita schloss die Augen. Das Nicht-durcheinander-Reden war gut, machte eckige Töne stumpfer und erträglicher. Einzig die Kaugeräusche vom Nachbartisch waren unmöglich auszublenden. Die dicken Jungs zerkleinerten ihr Knäckebrot, als wollten sie es bestrafen, allen voran Johannes, der Junge aus dem Zug, den Rita aus Versehen gebissen hatte. Nur durch einen schmalen Gang von Rita getrennt, war er auf seinem Stuhl möglichst weit von ihr weggerutscht. Und auch wenn Rita den Kopf gesenkt hielt, ihr Gehör funktionierte tadellos, bombardierte sie mit trockenem Knacken und Schlucken, feuchtem Schlürfen und Schmatzen, und plötzlich waren auch die anderen Töne wieder da: Lydie, das Mädchen mit dem Kuscheltier, blies neben Rita mit gespitzten Lippen in ihren Kakao. Tillie gegenüber schlug immer wieder klatschend mit ihrem Löffel in den sämigen Frühstücksbrei, und irgendwo kratzte und kratzte und kratzte eines der anderen Kinder mit dem Besteck in seiner Plastikschüssel herum, um auch an die letzten Reste heranzukommen.

»Halt still!« Rita griff über den Tisch und hielt Tillies herumtanzende Hand fest.

Das Mädchen riss die Augen auf, nickte aber stumm und begann, den Löffel hin- und herzuschwingen.

Rita seufzte, da bemerkte sie aus den Augenwinkeln eine Bewegung am Nachbartisch. Der Junge neben Johannes wedelte mit der Hand in der Luft herum. »Tante Frieda?«, rief er, als er nicht sofort bemerkt wurde. »Die lange Dünne da hat gesprochen!« Johannes machte sich in seinem Stuhl so klein wie möglich, während sein aufgeregt rotgesichtiger Sitznachbar mit ausgestrecktem Zeigefinger auf Rita zeigte.

Für einen Moment stellte sich Rita vor, wie es wäre, den weichen Finger einzufangen und ganz fest zuzudrücken. Oder mit ihrem Grießbrei auf den offen stehenden Mund des Jungen zu zielen. Oder ihn mit Teig zu beschmieren, bis er von oben bis unten eingekleistert wäre. Was hatte der Bäcker anschließend noch mal mit Max und Moritz gemacht?

»Sie hat was?« Schwester Friedas Stimme fuhr wie ein Peitschenhieb durch Ritas Rachefantasien.

Die älteren Mädchen auf der anderen Seite des Saals kicherten schadenfroh. Angelika drehte sich auf ihrem Stuhl, um nichts zu verpassen.

Mit festen Schritten hielt Frieda auf die Tische der Kleineren zu.

»Geredet hat sie!« Der Junge plusterte sich auf. »Ich habe es genau gehört.«

»Und was hat sie gesagt?«

Rita blieb stumm. Der miese kleine Verräter! *In dem Ofen glüht es noch. Rein mit ihm ins Ofenloch!*

Nun, da alle Augen auf ihn gerichtet waren, stand er eifrig auf. »Halt still«, wiederholte er Ritas Worte mit so viel Inbrunst, als hätte Rita ein böses Wort benutzt.

Schwester Friedas Augen verengten sich. »Wie bitte?«

»Sie hat *halt still* gesagt, zu der da.« Jetzt zeigte der Junge auf Tillie und den in ihrer Hand herumtanzenden Löffel. Der Schein der Deckenlampe spiegelte sich auf der Wölbung des Löffels, als könnte er Blitze schleudern. Tillie schluckte und legte ihn behutsam neben ihren Teller.

Frieda sah von Tillie zu Rita, auf die leeren und die eine noch halb volle Schüssel. Dann trat sie einen Schritt zurück und hob die Stimme. »Kinder, jetzt könnt ihr was lernen.« Unsanft ließ sie ihren Fingerknöchel auf Tillies Kopf herabsausen. »Nummer eins ist ein Zappelphilipp, und wir wissen alle, was mit diesem geschah: Er fing sich eine Tracht Prügel ein.« Sie umrundete den Tisch und wiederholte die Prozedur – klopf, klopf – mit Rita. »Nummer zwei hier redet, obwohl es nicht erlaubt ist. Das gibt einen Minuspunkt für das ganze Zimmer.« Gemächlich schlenderte sie weiter, bis sie hinter dem Jungen neben Johannes stehen blieb. Von seinem Wichtig-Gesicht war nicht mehr viel übrig, als ihr Knöchel nun drei Mal auf seinen Kopf hinabsauste. »Nummer drei zögert nicht, mir Bescheid zu geben, dass jemand gegen unsere Regeln verstößt. Wer also, glaubt ihr, verdient eine Strafe?«

Die Kinder blieben still, ahnten, dass es sich um eine Fangfrage handelte, denn jeder, der nun etwas sagte, machte sich durch Reden ebenfalls schuldig. Auch Rita hielt den Atem an und beobachtete, wie die Haut über dem Rest ihres Breies spannte und bei jeder Bewegung Tillies zitterte.

»Ganz einfach«, Frieda klang fröhlich, »alle drei.«

Rita sah weg, als sie Tillies ängstlichen Blick bemerkte.

»Wenn sich jemand falsch verhält, will ich das wissen. Aber du, Kleiner«, fast liebevoll legte Frieda eine Hand in den Nacken des Jungen und schüttelte ihn sacht, »gewöhnst dich besser daran, mich anzusprechen, wie es sich gehört. Ich bin nicht deine Tante. Ich bin Schwester Frieda. Verstanden?«

Sein Kopf ging vor und zurück, hoch und runter wie der einer mechanischen Puppe, aber aus seinem geöffneten Mund kam kein Ton.

»Gut, dann üben wir das gleich mal. Wer bin ich?«

Noch mehr Kopfnicken. »Schwester Frieda«, krächzte der Junge und sank in sich zusammen, als sie ihn losließ.

»Gut. Dann will ich mal nicht so sein. Immerhin ist heute euer erster Tag. Das nächste Mal kommt ihr nicht so leicht davon.« Damit klatschte Frieda in die Hände und stellte sich neben Ritas Tisch. »Außerdem habe ich von Schwester Marion gehört, dass die Kiebitze heute Morgen einen vielversprechenden Anfang gemacht haben, ihr Zimmer war tadellos.« Als die Hand der Schwester fest auf ihrer Schulter landete und sie die verkniffenen Blicke von Angelika und ihren Kameradinnen bemerkte, wünschte Rita sich, es wäre bei den Kopfnüssen geblieben.

KAPITEL 10

Mit den Händen im Spülwasser lauschte Hanna nach den Kindern. Seltsam still war es im Speisesaal, ganz anders, als es bei ihnen zu Hause am großen Esstisch zuging. Wie konnte es sein, dass eine Familie von neun mehr Lärm machte als all die Kinder hier? Gerti, die Küchenhilfe, brachte die nächste Fuhre Geschirr, die die Kinder zur Durchreiche trugen, wenn ihr Tisch mit dem Frühstück fertig war. Bunte Schüsseln mit klebrigen Grießbreiresten, Teller mit Knäckebrotkrümeln. Bald würde Hanna das Wasser wechseln müssen.

Der Abwaschdienst selbst störte sie nicht. Wenn sie aber daran dachte, wie es dazu gekommen war, spürte sie, wie ihr die Hitze ins Gesicht schoss. Nur zum Teil aus Scham und schlechtem Gewissen. Sie fühlte sich auch ungerecht behandelt.

Als die Oberschwester Evi und ihr heute Morgen die Tür ihres Büros geöffnet hatte, hatte sie keine Zeit mit Nettigkeiten verschwendet. Statt einer Begrüßung war eine Strafpredigt über die Cousinen herabgegangen. Schludrig, unpünktlich und verantwortungslos waren nur drei der Wörter gewesen, mit denen Oberschwester Margot sie, ohne sie zu kennen, belegt hatte.

Dienstbeginn in Strandhafer, hatten sie erfahren, war nicht gleich Schichtbeginn. Pflegerinnen, Betreuer und Schwestern hatten eine halbe Stunde vorher zur Übergabekonferenz zu erscheinen. Und diese hatten Evi und Hanna verpasst.

»Es ist eure Aufgabe, immer informiert zu sein«, hatte die erzürnte Oberschwester erklärt. »Wenn ihr nicht über die Kinder, die aktuellen Maßnahmen und die Probleme Bescheid wisst, kann ich euch auch keiner Gruppe zuteilen.« Mit abgezirkelten Bewegungen war sie vor ihrem Wochenplan hin und her gelaufen und hatte immer wieder den Kopf geschüttelt. »Da stellt man zwei hessische Mädchen vom Land ein, um weniger Arbeit zu haben, und stattdessen hat man mehr.«

Hanna hatte genau gehört, wie Evi neben ihr Luft holte, doch bevor ihre Cousine auch nur einen Piep von sich hatte geben können, war Hanna ihr warnend auf den Fuß gestiegen. Es würde ihnen nicht helfen, wenn zu all den negativen Attributen auch noch vorlaut und respektlos hinzukämen.

Das Ende vom Lied war, dass Oberschwester Margot sie erst nach der Mittagsruhe zwei altgedienten Schwestern zugeteilt hatte. Bis dahin galt es, in der Küche und dem Hauswirtschaftsraum auszuhelfen. »Das dürftet ihr ja wohl schaffen, oder? Beim Abspülen und Wäschewaschen braucht man schließlich weder Eigeninitiative noch Verstand.«

Hanna hatte sich auf das Wort konzentriert – In-i-tia-tive; Ini-ti-a-ti-ve? – und versucht, die Beleidigung an sich abprallen zu lassen. Natürlich war es ärgerlich, dass Evi und sie nicht sofort einsatzbereit waren, und es tat ihr leid, dass sie dieses organisatorische Detail überlesen hatten. Trotzdem hatte sie das Gefühl, dass es hier um mehr ging. Irgendeine Laus musste der Oberschwester schon vorher über die Leber gelaufen sein.

Anstatt also die Kinder kennenzulernen, ihnen und Schwester Marion beim Zähneputzen, Anziehen, Waschen oder Essen zu helfen, anstatt sich gemeinsam mit ihnen auf ihren Ausflug, auf Sandburgen, Lieder und Spiele zu freuen, schrubbte Hanna nun Töpfe, die ebenso groß waren wie die, in denen ihre Großmutter früher die Wäsche der ganzen Familie gekocht hatte. Sie spülte Schalen, Teller, Löffel und Tassen, die auch aus einer Kiste mit Strandspielzeug hätten stammen können: alle aus Plastik und fröhlich bunt. Außer einigen Krümeln und angetrockneten Resten waren sie verhältnismäßig leer. Hausschweine würden hier vergebens auf leckere Abfälle warten. Aber wer täglich Strandspaziergänge machte, brauchte wohl ordentlich Energie.

»Ordnest du etwa nach Farben?«

Hanna ließ den Spüllappen fallen und fuhr herum.

Gerti wies amüsiert auf das Geschirr, das Hanna zum Trocknen aufgereiht hatte: Violett hinter violett, blau hinter blau, rot hinter rot, orange hinter orange. Ein Regenbogen.

»Ach das.« Hanna zuckte mit den Schultern. »Ich war mir nicht sicher, ob es ein System gibt. Ob die roten vielleicht für die Großen sind, die blauen für die Kleinen und so weiter.«

»Eigentlich nicht.« Gerti stutzte. »Aber das ist eine gute Idee. Das sollten wir Karin sagen, der Küchenchefin. Und vielleicht auch den Schwestern.«

Hanna sah sie verwundert an. »Ach ja?«

»Natürlich. Angenommen, die Moppel haben rot und die Knochengestelle grün – dann sehen die Schwestern sofort, wenn welche versuchen zu schummeln. Das tun die ständig.« Gerti griff sich ein Handtuch, begann abzutrocknen und verdrehte die Augen. »Tauschen untereinander die Teller. Auch wenn es etwas gibt, was einem der Feinschmecker da draußen nicht behagt! Du ahnst nicht, wie lange das Essen dauert, wenn Spinat auf dem Speiseplan steht.« Sie stapelte violette Schüsseln ineinander.

Hanna nickte. »Einer meiner Brüder mag auch keinen Spinat. Wer neben ihm saß, bekam seine Portion immer gleich auf den Teller gekippt.«

Gerti verzog das Gesicht. »Schick den Lauser hierher, wir biegen ihn schon zurecht.«

Hanna grinste. »Der Lauser ist inzwischen sechsundzwanzig und isst noch immer keinen Spinat.«

»Genau deshalb«, Gerti hob einen Zeigefinger, »heißt es *Wehret den Anfängen.* Ich gebe deine Idee nachher gleich weiter!« Schwungvoll beugte sie sich vor. »Alles, was hilft, die Blagen zu kontrollieren, ist gut. Sonst tanzen die dir ganz schnell auf der Nase herum.«

»Hmm.« Hanna dachte an die Szene im Waschraum am Morgen. An das eine Mädchen, das von den anderen tyrannisiert worden war, weil Schwester Marion die Gruppe ganz allein beaufsichtigen hatte müssen und ihre Augen nicht überall haben konnte. Dann warf sie einen Blick zur Küchendurchreiche, wo wie von Geisterhand das nächste Tablett mit Geschirr aufgetaucht war. »Gerade«, widersprach sie vorsichtig, »sind sie aber doch fast unheimlich brav.«

Gerti schnaubte auf. »Lass dich da mal nicht täuschen. Deine Freundin in der Waschküche wird dir nachher sicher ein Liedchen davon trällern. Da kann es noch so oft heißen, wir nehmen keine Bettpinkler, es schmuggeln sich immer wieder welche dazwischen.« Mit mehr Nachdruck als nötig verfrachtete Gerti den ersten Geschirrstapel ins Regal. »Da fragt man sich, was die Eltern eigentlich überhaupt noch machen. Außer ihre Problemfälle auf uns abzuwälzen, damit wir sie zurechtstutzen.«

Hanna sah Gerti unsicher an. Wie abschätzig sie über die Kinder sprach! Fast, als stünden sie auf gegensätzlichen Seiten. Dabei sollten sie doch alle dasselbe Ziel haben – dass sich ihre kleinen Patientinnen und Patienten erholten. Hätte sie das Geschirr nur nicht geordnet. Offensichtlich sorgte das nun für noch mehr Kontrolle.

Ihre stumme Verblüffung schien Gerti als Zustimmung aufzufassen. »Aber du machst das sicher. Musst nur ein bisschen aufpassen, da oben nicht bei den Falschen anzuecken.«

Hanna folgte mit dem Blick Gertis gestrecktem Daumen zur Decke. »Wen genau meinst du?«

»Eigentlich alle über uns.« Gerti kicherte. »Direkt unterm Himmel, wie es sich gehört, hat Frau Dr. Waldeck ihre Residenz. Eine Etage drunter ihr neuer Etepetete-Arzt Gebhardt samt seinen gruseligen Laborzimmern und Oberschwester Margot. Und im ersten und zweiten die Blagen und die armen Deerns, die sie Tag und Nacht am Hals haben. So wie du.«

»Ich habe mir meinen Beruf ausgesucht«, entgegnete Hanna und hörte selbst, wie steif sie klang. »Ich freue mich auf die Kinder.«

Gerti winkte ab. »Das sagen anfangs alle.«

Hanna lächelte verkrampft. Sie wollte sich nicht streiten. Nicht an ihrem ersten Tag. Nicht, nachdem der schon mit einem schlechten Beigeschmack begonnen hatte. Sich mit Gerti weiterunterhalten wollte sie aber auch nicht. Gehässigkeiten schlugen Hanna auf den Magen.

Sie ließ Gerti stehen und ging zur Durchreiche, um das nächste Tablett mit Schmutzgeschirr zu holen. Im Speisesaal dahinter saßen die noch verbliebenen Kinder zu viert, sechst oder acht mit geradem Rücken an ihren Tischen. Nur eine kleine Gestalt hockte von den anderen abgesondert und ließ den Kopf hängen. Jene, die ihre Teller, Schüssel und Tassen zur Küche brachten, machten einen großen Bogen um sie, reckten aber neugierig die Köpfe, um einen Blick zu erhaschen. Außer dem zu groß wirkenden Kitteloberteil und dem nur wenige Millimeter langen Bürstenhaarschnitt war jedoch nicht viel zu erkennen.

Erst als Hanna sich freundlich bei dem nächsten Kind für das schmutzige Geschirr bedankte, schoss der Kopf der Kleinen herum, als würde sie ihre Stimme erkennen.

Hanna starrte sie erschrocken an. Leni von der Fähre! Was war mit ihr passiert?

SEPARIERUNG, Se-pa-rie-rung: etwas oder jemanden voneinander trennen. Etwas [auch chemisch] voneinander abtrennen, abspalten, aber auch: voneinander fernhalten, vereinzeln, abspalten, isolieren oder ausmustern, ausrangieren, aussortieren

(aus Hannas Notizbuch)

KAPITEL 11

»Wartet, wir können nicht so schnell!« Hanna lief hinter dem vierjährigen Manuel den Weg zum Sandwall empor. Das letzte Kind ihrer Gruppe verschwand hinter der Anhöhe in Richtung Meer. Noch ein paar Sekunden war Schwester Rebeccas wippende Turmfrisur zu sehen, dann war Hanna mit Manuel allein. Zaghaft setzte er einen Fuß vor den anderen, den Blick fest auf den Boden vor sich gerichtet, als rechne er damit, dass sich dort jederzeit ein Abgrund auftäte.

Dass sich der Junge überhaupt vorwärts bewegte, war schon ein Wunder. Ohne ersichtlichen Grund, hatte Schwester Rebecca erzählt, ließ er sich manchmal auf den Boden fallen, kauerte sich zusammen, schloss die Augen und rührte sich nicht mehr. Wehe derjenigen, die dann versuchte, ihn vorwärtszuschieben, an die Hand zu nehmen oder gar aufzuheben, um ihn zu tragen. Manuels heftige Reaktion darauf hatte ihm den Spitznamen *Heuler* eingebracht. Bisher war Hanna allerdings weder Zeugin von Manuels markerschütterndem Kreischen geworden, noch hatte sie einen der jungen Seehunde mit gleichem Namen entdeckt, die manchmal zur großen Freude der Kinder am Strand von Norderney eine Verschnaufpause einlegten.

Manuel summte vor sich hin. Eine Melodie konnte Hanna nicht erkennen; nach zwei schiefen Takten begann er wieder von vorn. Eine Biene erhob sich pollenübersät und schwerfällig vom Strandflieder und trudelte gefährlich nahe an Manuels Kopf vorbei. Er stutzte, das Gesicht zwischen Staunen und Unbehagen.

Hanna ging neben ihm in die Knie und sah dem wackelige Kurven fliegenden Insekt hinterher. »Ich glaube«, murmelte sie so leise, dass ihre Worte sich wie ein Kokon um sie beide legten, »sie hat sich ein paar Pollen zu viel aufgeladen. Siehst du, wie sie in der Luft hin und her schwankt?«

Manuel kniff die Augen zusammen und starrte in den Himmel.

»Viel Glück für deinen Weg zum Bienenstock, kleine Biene!«, rief Hanna, dann wandte sie sich wieder an den stummen Jungen. »Und wie die Biene machen auch wir uns jetzt auf den Weg zu den anderen, was meinst du?«

Manuel senkte den Kopf, vielleicht ein Nicken. Dann hob er einen Fuß und machte den nächsten Schritt. Hanna blieb neben ihm, ohne ihn zu bedrängen.

Natürlich konnte man nicht unablässig Ausnahmen machen, das wusste sie. So funktionierte eine Gruppe nicht. Aber Rebecca hatte vorhin mit dem Kinn auf Manuel gewiesen und gesagt: »Du kümmerst dich um den Heuler. Die anderen halte ich in Reih und Glied.« Dann war sie zackig voranmarschiert, ohne sich auch nur ein Mal umzudrehen. Die Kleinkinder ihrer Gruppe waren Hand in Hand zu zweit in einer Reihe hinter ihr hergestolpert wie ein ängstlicher Tausendfüßler.

Hanna ahnte, was dahintersteckte. Neue erhielten nicht nur die unbeliebtesten Schichten, sondern auch die Problemfälle unter den Kindern. Sicherlich spitzte Rebecca auf der anderen Seite des Sandwalls nun die Ohren, ob und wie Hanna mit Heuler Manuel zurechtkam. Der Schwester hatte von Anfang an etwas nicht daran gefallen, dass Oberschwester Margot Hanna ihr für eine der Strandgruppen zugeteilt hatte, das hatte sie instinktiv gespürt.

Fast hatten Hanna und Manuel im Schneckentempo die kleine Anhöhe des Weges erreicht, als ihnen eine Schar älterer Kinder aus einem anderen Heim in Zweierreihen entgegenkam. Ihr geübter Gleichschritt folgte dem Takt eines Liedes. »Für den goldnen Sonnenschein, für die Luft, so klar und rein«, sangen sie voller Inbrunst. Hanna trat zur Seite, um sie passieren zu lassen. Flankiert wurden sie von zwei Diakonissinnen in schwarz-weißer Tracht mit Haube. Die Kinder sahen in ihrer sonnengelben Strandkleidung alle gleich aus. Aus voller Kehle dankten sie für Wasser, Brot und Freunde in der Not.

Manuel versteckte sich Schutz suchend hinter Hannas Beinen. Erst als sie alle an ihnen vorbeigezogen waren und die Melodie kaum mehr zu hören war, machte Hanna den nächsten Schritt.

Schon konnte sie die andere Seite des Walls herabblicken. Der Sand glitzerte weißgolden, dunkler dort, wo die Wellen den Strand benetzten und cremefarbenen Schaum anspülten. Etwa zwanzig Meter von ihnen entfernt saßen die restlichen Kinder ihrer Gruppe auf dem Boden und fuhren mit Händen und bloßen Füßen durch den Sand. Rebecca stand mit dem Rücken zum Meer, die Hände in die Seiten gestemmt, den Kopf hoch erhoben, und rührte sich nicht einmal dann, als Hanna ihr zuwinkte.

Fest entschlossen, die Verkniffenheit der anderen nicht an sich heranzulassen, zuckte Hanna mit den Schultern. Dass Manuel und sie ohne einen seiner gefürchteten Schreikrämpfe bis hierhergekommen waren, verbuchte sie als Erfolg.

Gerade als sie eine Hand auf seine Schulter legte, drauf und dran, ihm ein Wettrennen die Anhöhe hinunter vorzuschlagen, erstarrte er und fiel in den Sand wie eine Marionette, deren Fäden gekappt worden waren. Kaum auf dem Boden, steckte er den Kopf zwischen die Knie, begann zu wimmern und schlang schützend die Arme um sich.

Verwundert sah Hanna sich um. Was hatte den Jungen erschreckt? Eine Fähre lief den Hafen an, weiter draußen waren einige Boote zu sehen, ein Dampfer tutete einen lustigen kleinen Gruß. Links von ihnen saß ein Sandhase in den Dünen und hob schnuppernd das Näschen. Hinter ihnen traten die letzten Kinder des Diakonissenheims singend auf den gepflasterten Weg, stampften feuchten Sand von den Füßen und verschwanden. Rechts stritten sich drei Möwen kreischend um einen Kanten Brot und jagten im Kreis um eine verwahrlost aussehende Strandrosenstaude herum. Vorsichtig ließ sich Hanna im Schneidersitz neben Manuel nieder, schloss wie er die Augen und konzentrierte sich. Nahm den Wind wahr, die Wellen, fernes Gemurmel und verzerrte Melodieschnipsel, die zeternden Möwen.

»Hörst du das Sandrieseln?«, fragte sie Manuel leise und lugte zu dem Jungen hinüber. »Ganz sacht liegt es unter den Vogelstimmen und dem Wind, den Menschen und den Schiffen.«

Manuel furchte die Stirn und verstummte. Dann drehte er mit noch immer geschlossenen Augen lauschend den Kopf hin und her.

»Ich glaube«, wisperte Hanna, »das sind die Sandwürmer. Hast du schon mal einen Sandwurm gesehen?«

Manuel zog die Nase kraus und zuckte vorsichtig mit den Schultern.

»Ich auch nicht. Nur ihre Sandhäufchen und Sandlöcher und auch ihre Sandpupswürste.«

Ein zaghaftes Kichern war zu hören.

»Wo Sandpupswürste sind, muss es auch Sandwürmer geben, oder?«

Manuel zögerte, dann öffnete er die Augen und nickte mit ernster Miene.

Hanna senkte die Stimme zu einem Flüstern. »Wollen wir nachsehen, ob wir einen finden?«

Statt einer Antwort stemmte sich der Junge wie ein Welpe in die Höhe – auf alle viere, den Hintern in die Luft. Dann richtete er sich auf, ohne nach Hannas Hand zu greifen, und marschierte Schritt für Schritt los.

Ungeduldig mit einem Fuß tappend, sah Rebecca ihnen entgegen. »Auf Dauer können wir uns diese Bummelei nicht erlauben, damit das klar ist!«

Hanna nickte. Manuel stapfte an Rebecca vorbei, und bevor diese ihn ansprechen konnte, trat Hanna zu ihr. »Irgendetwas hat ihn erschreckt. Vielleicht lässt er sich deshalb fallen und schreit.«

Rebecca zog die Augenbrauen hoch. »Überreizt ist er, nichts

weiter. Die Schuld der Eltern natürlich. Einen schönen kleinen Tyrannen haben sie sich da herangezüchtet. Aber hier läuft das anders, und wenn er das nicht bald begreift, bleibt er das nächste Mal, wenn er Theater macht, in seinem Zimmer.«

»Aber … ich dachte, die Seeluft ist ein wichtiger Bestandteil der Therapie?«

Rebecca sah Hanna an, als hätte sie einen dummen Witz gemacht. »Die Strandspaziergänge sind nur dazu da, die Kinder zu beschäftigen. Luft gibt es schließlich überall und umsonst.«

Lautlos zählte sie die Sonnenhütchen der im Sand sitzenden und herumkrabbelnden Kinder und nickte, als sie bei elf angekommen war. »Das hier«, seufzte sie dann, »ist gar nicht meine Aufgabe. Normalerweise unterstütze ich Dr. Gebhardt bei den medizinischen Anwendungen.« Und mit einem genervten Seitenblick schoss sie hinterher: »Zumindest, solange nicht irgendwer dazwischengrätscht.«

Hanna stutzte. Sie war sich keiner Schuld bewusst, ahnte aber, dass Widerworte keinen Sinn hatten. Also bemühte sie sich um ein freundliches Lächeln und darum, das Thema zu wechseln. »Das heißt, Sie kennen die Akten der Kinder?« Sie ging in die Hocke und hielt einen der Kleinen davon ab, sich eine Faust voll Sand in den Mund zu stecken. Dann sah sie bittend zu Rebecca auf. »Würden Sie mir das Wichtigste zusammenfassen?«

Rebecca kniff konzentriert die Augen zusammen, als nähme sie die Kinder das erste Mal wirklich wahr, dann winkte sie ab. »Die Krabbelkinder sind meist sowieso nur hier, weil ihre Mütter überlastet sind und Ruhe vor ihnen brauchen.«

»Aha?« Hanna setzte sich und nickte Rebecca aufmunternd zu. Kaum begann Hanna damit, Sand übereinanderzuschichten, machten es ihr etliche kleine Hände eifrig nach. Sogar Manuel sah interessiert zu. »Und ansonsten?«, versuchte Hanna es noch einmal. »Auf was muss ich achten? Besonders heftige Überempfindlichkeiten, Allergien, Ausschlag?«

Rebecca drehte sich weg. »Um sie zu unterhalten und ihnen die Hintern abzuwischen, brauchen Sie das nicht zu wissen.«

Hannas Ohren begannen zu glühen. Anstatt etwas zu entgegnen, fuhr sie mit einer Hand durch den Sand, bis eine Grube entstand. Die darunterliegende Schicht war kühler, feucht und damit gut geeignet, ihren Sandberg abzustützen. Das war schließlich ihre Aufgabe, richtig? Sandburgen bauen, Lieder singen, die Kleinsten aufs Töpfchen setzen und bloß keine Grenzen zu den ihr höher Gestellten überschreiten. Wie hatte Gerti aus der Küche gesagt? »Pass auf, dass du bei keinem da oben aneckst.« Offenbar geschah das schneller, als man dachte.

KAPITEL 12

»Rita?« Tillie zappelte in ihrem Bett herum. »Rita, mir ist langweilig!«

Rita atmete tief ein – so tief, dass ihre Lungenflügel brannten und sie beim Ausatmen bis zwanzig, dreißig und mehr zählen konnte. Das, hatte der Arzt ihrer Mama gesagt, half gegen Krämpfe. Es half aber auch gegen das Reißen von Geduldsfäden, gegen Krach aus der Wohnung über ihnen oder gegen schlechte Schulnoten. Und es half, ein Zuviel an Zeit in kleine Stückchen zu zerteilen.

Das Einzige, wogegen es nicht half, war das würgende Unruhegefühl, das Rita überfiel, wenn sie anderen beim Kauen, Schmatzen, Schlucken zuhören musste oder, wie jetzt, beim tränenreichen Schniefen, Rotzhochziehen und Jammern.

»Riiiiiitaaaa!«

Tillies Stimme, ein quengeliges Auf und Ab, grub sich mit kleinen, spitzen Zähnchen durch Ritas Gehörgang bis mitten in ihren Kopf, und sie vergaß, bei welcher Zahl sie gewesen war. »Wie lange müssen wir noch liegen?«

Rita zuckte mit den Schultern, ohne achtzugeben, ob Tillie das sehen konnte. Was sollte sie schon sagen? Selbst wenn sie eine Uhr hätte und ihr die korrekte Minutenanzahl verriet – neununddreißig? Fünfundvierzig? –, Tillie könnte damit nichts anfangen und würde einige Atemzüge später dieselbe Frage stellen, diesmal noch ungeduldiger, noch mauliger, noch näher an der Heul- und Schniefgrenze.

Mit zusammengekniffenen Augen konzentrierte sich Rita auf das dumpfe Orange und das bläuliche Violett hinter ihren Augenlidern, wo die Sonne eben noch einen schmalen Streifen auf die

Zimmerdecke über ihr gemalt hatte. Sie füllte und füllte und füllte ihre Lungen mit Luft, die nach staubigen Gardinen roch, nass zusammengeknäulten Waschlappen, nach aufgewärmter dicker Suppe und ganz leicht nur nach Tillie, deren glattes Haar irgendwie nach Apfel duftete.

Als ihre Lungen fast platzen wollten, presste Rita die Luft in kleinen Stößen wieder heraus und stellte sich vor, man könnte ihren Atem sehen wie die ruß- und hitzegefüllten Dampfwolken einer Lokomotive. Wie Rauchzeichen über einem Lagerfeuer, eine geheime Botschaft, die der Wind bis nach Hause blies, durch Mamas Fenster. Ein *Hol mich nach Hause.* Ein *Ich will auch immer brav sein.* Ein *Bitte, lass mich nicht hier zurück!* Aber zu Hause wären die Fenster zu, damit Mama und ihr Glückskind sich keinen Zug holten.

Außerdem hatte Ritas Mutter sie hierhergeschickt!

Wenn Rita aber spurlos verschwände, dann würde Mama begreifen, was sie getan hatten. Die Schwestern würden zu Hause anrufen und sagen: »Tut uns leid, Frau Nussbaum, wir wissen nicht, wo Ihre Tochter ist. Wir können nur hoffen, dass ihr nichts zugestoßen ist.« Das hätten sie dann davon, Mama, Peter und das Glückskind. Dann bekämen sie Angst um Rita und wären traurig. Mama würde weinen und ihre Große vermissen, aber sie wäre selbst schuld daran!

Rita sah sich am Strand liegen, die Kleider nass, die Haare von den Wellen über das bleiche Gesicht gespült. Neben ihr auf dem Boden kniend Mama und Peter. »O nein!«, würden sie rufen. »Bitte nicht! Wir schicken dich auch nie wieder weg!« Mama griffe nach ihr, aber Rita bliebe bewegungslos, und ihre Haut wäre viel zu kühl …

Fast konnte Rita die Verzweiflung ihrer Mutter spüren, so heftig schlug sie über ihr zusammen, dass selbst ihre Wut mit jeder Welle kleiner wurde.

Dann begann Tillie zu heulen, und die wohlige Trauer, noch längst nicht ausgekostet, verpuffte.

Wütend schlug Rita mit den Fäusten auf die Bettdecke und richtete sich auf. Wieso konnte sie eigentlich nirgendwo Ruhe haben? Wieso musste sie sich mit den Kleinen abgeben? Und weshalb hatte sie heute Morgen nur über die Eiderenten gelacht? Damit hatte alles angefangen!

Am Ende des Frühstücks hatte Rita geglaubt, in Sicherheit zu sein, und sämtliche Schalen ihres Tisches ineinandergestapelt: rot oben, grün unten, ihre eigene, noch volle gelbe, unauffällig in der Mitte, eine Ampel. Voller Vorfreude auf ihren Ausflug hatte sie das Tablett zur Durchreiche in die Küche balanciert.

Erst da hatte sie Läuse-Leni bemerkt. Ganz allein an einem großen Tisch hatte sie den kahl geschorenen Kopf bei jedem Kichern und Flüstern weiter gesenkt.

Nur einen kleinen mitleidigen Moment hatte sich Rita ablenken lassen. Mehr hatten die Eiderenten nicht gebraucht. Ein ausgestrecktes Bein, ein Stoß in den Rücken, und Rita war der Länge nach hingefallen. In hohem Bogen war das Geschirr durch die Luft geflogen, dann klappernd über den Linoleumboden gerollt, und Ritas kaum angerührter Frühstücksbrei hatte sich in schleimig-klumpigen Schlieren überallhin verteilt.

Jemand hatte schadenfroh gekichert, jemand extralaut gerufen: »Da hat wohl jemand nicht aufgegessen!«

Schwester Frieda hatte Rita vom Boden hochgezogen, geschüttelt und verlangt, dass sie aufhob, aufwischte, abtrocknete. Anschließend mussten alle vier Kiebitze zurück auf ihr Zimmer, denn das war die Regel: Die Verfehlung eines Kindes traf das gesamte Zimmer. Nicht aufzuessen gehörte dazu.

Während die anderen also nun am Strand spielten, lagen sie, die Arme an den Seiten, Beine ausgestreckt, Augen geschlossen, auf ihren Betten. Und Rita konnte sich auf eine doppelte Portion Abendessen freuen. Als Aufpäppel-Ausgleich.

Schon der Gedanke daran füllte ihren Mund mit zu süßem Speichel, den sie ohne zu würgen nur in winzigen Schlucken herunterbrachte. Im Rest von ihr tobte heißkalte Wut auf die Eiderenten und Schwester Frieda, auf Läuse-Leni und auf Tillie, die noch immer nicht stillhielt.

Rita ballte die Fäuste, bis ihre Fingernägel in die Haut der Handinnenfläche bissen. Sie würde nicht weinen! Auf keinen Fall! Weinen war für Schwächlinge!

Tillie zog die Nase hoch und stieß mit dem Fuß gegen das Gitter ihres Bettes.

Klonk.

Wenn Schwester Frieda auch nur einen Mucks von ihnen hörte, hatte sie gesagt, wenn sie auch nur ein einziges Mal zu ihnen ins Zimmer kommen musste und etwas wäre nicht, wie es sein sollte, dann sähen sie auch morgen das Meer nur von Weitem.

Warum hatte sie ihnen nicht einfach nur den Nachtisch gestrichen wie für Johannes und sein Zimmer, weil die Flussneunaugen stehen geblieben waren und geglotzt hatten? Das wäre Rita wesentlich lieber gewesen.

Klonkklonkklonk.

Rita drehte sich zur Seite. »Tillie! Hör auf!«, zischte sie.

Der Körper der Kleinen vibrierte, als würde sie sich jeden Moment von ihrer Matratze erheben, ruckelnd durch die Luft schweben und gegen Türrahmen und Fenster stoßen. Manchmal kam es Rita vor, als säße so viel Unruhe in Tillies überwachem Kopf, dass ihr Körper nicht hinterherkam.

»Mir ist langweilig!« Tillie wischte sich mit einem Ärmel über das feucht glänzende Gesicht.

»Ich will Mimi!«, mischte sich Lydie weinerlich ein.

Rita knurrte. Nur damit sie die beiden für ein paar Sekunden nicht hören musste.

Zumindest schien der Gedanke an Lydies Kuscheltier Tillie abzulenken. »Kann man Mimi an- und ausziehen?«

Lydie schüttelte den Kopf. »Nein, sie hat doch ein Fell. Das ist gelb. Und orange und braun und rot und ein bisschen schwarz und grün und weiß.«

Elke neben Lydie lachte auf und hielt sich schnell eine Hand vor den Mund. »Dann ist sie bunt!«, flüsterte sie.

»Sag ich doch.« Lydie nickte. »Sie ist bunt, hat viele Arme und Beine und einen Schnabel und …«

»Lydie!«, knurrte Rita warnend. »Halt den Mund, wenn Frieda uns hört …«

Lydies Unterlippe zitterte, ihre Augen begannen gefährlich zu glänzen. »Einen Schnabel hat sie. Mama hat sie für Theo gemacht, aber Theo hat sie mir geschenkt!«, raunte sie bockig.

»Wer ist Theo?« Elke beugte sich zu Lydie.

Tillie steckte sich den Daumen in den Mund und begann daran zu saugen. Erst langsam, dann immer schneller.

»Mein großer Bruder.« Lydie klang stolz, und Rita biss die Zähne zusammen. Lydie hatte also einen Bruder. Einen, der dieselben Eltern hatte wie sie, und eine Mutter, die extra für ihn ein gelbbuntes, ganz besonderes Kuscheltier genäht hatte, eines nur für Theo, aber dann …

Tillie zog ihren Daumen mit einem feuchten *Plopp* aus dem Mund, fuhr sich damit unter der Nase entlang, steckte ihn wieder zwischen die Lippen und nuckelte weiter.

In Ritas Ohren begann ein leises Rauschen. »Also gehört Mimi eigentlich deinem Bruder?«, hörte sie sich fragen, ihre Stimme wie von weit her. Dazwischen klopfte ihr Herz zu langsam und zu laut, schmatzte Tillie an ihrem Daumen, schwappte das Rauschen von Ritas Ohren in ihren Kopf und so heftig darin herum, dass sie das Gleichgewicht verlor. »Aber dann kamst du und hast sie ihm weggenommen. Weil du ein Baby bist.« Nun saß auch noch ein stacheliger Kloß in Ritas Kehle und wollte weder hinauf noch hinunter. »Du hast ihm Mimi weggenommen wie sein Kinderzimmer.« Stachelig wie eine Kastanie. »Und seine Mama auch.« Rita ballte die Fäuste. »Armer Theo!«

»Gar nicht!« Lydies Stimme wurde schrill. »Theo hat mich lieb!«

Aus Ritas Mund kam ein mickriger, gemeiner Laut. Auch der

war stachelig. Rita musste husten. »Lieb«, würgte sie hervor und schüttelte heftig den Kopf. »Dein Theo wünscht sich sicher, es gäbe dich gar nicht.«

Aus Lydies Augen kullerten Tränen, so plötzlich, dass sie mit dem Schluchzen gar nicht hinterherkam.

Rita starrte sie zornig an. Der Stachelball erschwerte ihr das Atmen. Dabei war Lydie, die Heulsuse, ein Glückskind, und Glückskinder verdienten kein Mitleid – sie bekamen schon so viel, ohne irgendetwas dafür tun zu müssen!

Schräg gegenüber öffnete sich die Tür zum Schwesternzimmer. Die Kinder zuckten zusammen und ließen sich blitzschnell auf ihre Betten zurückfallen. Lydie kniff ihre Augen so fest zu, dass die Tränen seitlich in ihr Kissen tropften und ihr Gesicht aussah wie das der Töpfchenkinder am Morgen. Vor dem Frühstück sollten diese alle groß machen. Denen, die es nicht konnten, stand später am Tag ein Einlauf bevor.

Während die Tür gegenüber ins Schloss fiel, wurden vom Gang zwei Stimmen laut, eine davon Schwester Friedas.

»Respekt«, sagte sie, »ich erlebe nicht oft, dass jemand so mitdenkt. Ich werde Sie lobend bei Dr. Waldeck erwähnen.«

»Sehr freundlich, Schwester Frieda. Aber vor allem geht es mir um eine Erleichterung für uns alle.« Die zweite Stimme kannte Rita nicht. Sie klang holprig. Die Frau, zu der sie gehörte, sprach jedes einzelne Wort übertrieben deutlich aus und betonte dabei die letzten Silben. »Wir müssen schließlich zusammenhalten«, sagte sie, und es klang nach *zusammänhaltän*. »Sonst behumpsen die uns, wo es geht. Hat man heute früh ja wieder gesehen. Da weiß man auch wieder, warum sie nicht von Keramik essen.«

Aus irgendeinem Grund schoss Rita die Hitze ins Gesicht. Sprachen die beiden von ihr? Was genau bedeutete *behumpsen*?

»Wohl wahr, wohl wahr.« Schwester Frieda seufzte so schwer, als wäre ihr etwas weggenommen worden. Etwas, das ihr ebenso viel bedeutete wie Lydie ihr Kuscheltier. »Nun, dann lassen Sie sich nicht aufhalten, Gerti. Sie werden sicher in der Küche gebraucht.«

Die Stimmen wurden leiser, Schritte entfernten sich. Die Schwingtür zum Treppenhaus wurde aufgestoßen, dann war es still.

Rita kletterte über ihr Bettgitter. Die drei anderen bewegten sich nicht. Auf Lydies Kissenbezug breitete sich ein feuchter Fleck aus, aber sie machte keinen Mucks, atmete leise durch den Mund und weinte weiter.

Rita schlich zur Tür und steckte den Kopf in den Gang. Er war leer. Durch das Glas der Schwingtür waren zwei Silhouetten im Treppenhaus zu sehen. Eine verschwand nach unten, die andere nach oben. Gegenüber stand die Tür des Schwesternzimmers offen.

Das war ihre Chance!

Die Schlüssel der Schränke wurden im Schwesternzimmer verwahrt. Die der Tür zur Notfalltreppe am anderen Ende des Gangs auch. Jede Wette gab es dort auch einen Schlüssel für die nachts abgeschlossene Eingangstür. Nur finden müsste Rita ihn!

Ohne weiter nachzudenken, überquerte sie den Gang.

KAPITEL 13

Das leere Schwesternzimmer roch nach warmen Körpern, gekochtem Gemüse, altem Papier und dem klebrigen Sirup, den der nette Dr. Gebhardt gestern Abend in zwei großen Flaschen vorbeigebracht hatte – als regelmäßiges Betthupferl vor dem Schlafen.

Rita schüttelte sich und sah sich um. Mit Postkarten und Fotos an den Wänden wirkte der Raum beinahe lebendig und bewohnt – ganz anders als der Speisesaal oder ihre Schlafzimmer. Zwei aneinandergeschobene Schreibtische, mit Zetteln und Ordnern übersät und umringt von Bürostühlen, beherrschten das Zimmer. Grob gewebte Vorhangbahnen in Graugrün tauchten es in staubiges Dämmerlicht. Wo wurden hier Schlüssel aufbewahrt?

In den obersten Schreibtischschubladen fand Rita nur spitze Bleistifte und stumpfe Stummel, Nachfülldies und Reservedas. Darunter stapelten sich Süßigkeiten, Schokoladentafeln und Kekse, sogar ein in Zellophan eingeschlagener, angeschnittener Kuchen auf weißer Tortenspitze. *Ange* stand in Zuckergussbuchstaben darauf, und er füllte den Raum mit schwerem Schokoladenduft. Würgend schob Rita die Schublade wieder zu.

Auf Zehenspitzen reckte sie sich nach den Regalbrettern und tastete mit den Fingern darüber. Zwischen drei dicken Ordnern – *Dienst- und Urlaubsplanung*, *Rote/Schwarze Liste* und *Aktuelle Belegung* – befand sich jedoch nur ein Radiergummi, ein gebrauchtes Taschentuch, ein zerknüllter Notizzettel und ein dünnes rotes Heftchen, das ihr entgegenflatterte. Rita fing es auf und betrachtete es neugierig. *Heim Strandhafer, Strafbuch 1 HJ 62* stand in penibler Handschrift auf der Vorderseite. Die Seiten darin waren mit Tabellen gefüllt: Spalten für *Datum, Name, diensthabende Schwester,*

Vergehen, Strafart und *ausgeführt von* .... Darunter kaum leserliche Abkürzungen, in höchster Eile hingeworfen, die letzten eingetragenen Daten schon mehr als zwei Monate alt. Rita legte das Heft zurück und drehte sich suchend um die eigene Achse. Der ausladende Stifthalter aus Plastik inmitten der Schreibtische wirkte, als könnte sich manches in ihm verbergen. Kurzerhand drehte sie ihn um: verbogene Büroklammern, Pfennigmünzen, ein Haargummi mit Kirschen und ein zerdrücktes Kaubonbon fielen auf die Schreibtischplatte. Was Schlüssel anging – Fehlanzeige.

Gerade war Rita dabei, alles wieder zurückzufüllen, da hörte sie leises Quietschen: die Schwingtür zum Treppenhaus! Schritte kamen näher.

Blitzschnell ließ sie sich auf alle viere fallen, kroch unter den Schreibtisch und zog einen der Bürostühle mit Rollen vor sich. Dicht am Boden spähte sie atemlos in Richtung der Tür.

Zwei Menschen betraten das Zimmer, den zögernden Schritten nach zu urteilen weder Schwester Frieda noch Oberschwester Margot.

»Sehen Sie, Fräulein Grimm«, raunte eine Stimme mit leisem Lachen, »ich habe Ihnen doch gesagt, dass ich die wachhabende Schwester auf dem Weg zur Heimleiterin gesehen habe. Wir haben freie Bahn.«

»Ich werde Sie nie wieder infrage stellen, Herr Doktor.«, entgegnete eine andere, hellere Stimme, die Fräulein Grimm gehören musste.

Rita spitzte die Ohren und beobachtete. Zwei Paar Füße kamen näher. Eines in Schuhen, wie sie hier fast alle trugen, Rita daheim aber vor allem von älteren Frauen kannte: feste, breite Sandalen. Das andere Paar war eleganter als alles Schuhwerk, das Rita von Peter kannte. Das Leder glänzte dunkel wie die Mahagonianrichte zu Hause, und das Lochmuster erinnerte sie an die papierene Tortenspitze unter dem Kuchen in der Schreibtischschublade.

Langsam durchmaßen die Füße das Zimmer.

»Hmmm«, machte die Stimme des Doktors, »lassen Sie mich überlegen. Ich glaube, was wir suchen, wird in der linken Seite des hinteren Schreibtisches verwahrt!«

Fräulein Grimm kicherte leise. »Bedienen Sie sich hier öfters?«

»Mitnichten. Aber heute haben wir es uns verdient. Ohne Ihr tatkräftiges Zugreifen vorhin hätte mir die kleine Zappelliese sicher nicht nur die Kleidung ruiniert.«

»Ach.« Die junge Frau klang geschmeichelt. »Das hätte doch jeder gemacht.«

»Jeder war aber nicht da. Sondern Sie, Evi. Ich darf Sie doch Evi nennen?« Auf eine Antwort schien der Doktor nicht zu warten, oder Fräulein Evi hatte genickt, ohne dass Rita es sehen konnte, denn schon sprach er weiter. »Sie scheinen mir ein Naturtalent zu sein, und Naturtalente kann ich immer gebrauchen. Nicht nur für die Therapieanwendungen.«

»O ja?« Das Fräulein klang ein wenig atemlos, fast als wäre sie gerannt, dabei hatten die zwei Schuhpaare sich in den letzten Sekunden kein bisschen bewegt, standen dicht voreinander. »Sie haben sicher eine Menge zu tun.«

Rita schüttelte den Kopf. Erwachsene waren seltsam. Sie sagten das eine, meinten etwas anderes, und wer einzig auf ihre Worte hörte, verpasste die Hälfte. Irgendetwas an dem Hin und Her des Doktors und des Fräuleins jedenfalls klang, als steckte hinter jedem ihrer Sätze noch eine weitere Bedeutung.

Unwohl massierte Rita ihre Waden, sie hatte die Beine dicht unter ihren Körper gezogen, und nun fingen sie an zu kribbeln.

Dr. Gebhardt räusperte sich. »So ist das nun mal in meinem Fachbereich.« Der Schreibtisch über Rita ruckelte, und dann war nur noch einer seiner Schuhe zu sehen. »Einfach ist das nicht. Privatleben gibt es nur nachts oder an den Wochenenden. Dann besuche ich Kurkonzerte oder eines der Lichtspielhäuser. Mögen Sie Filme, Fräulein Evi?«

Ritas rechtes Bein begann zu stechen. Vorsichtig kniff sie in die Haut und biss sich auf die Unterlippe.

»Filme?« Fräulein Evi klang amüsiert. »O ja. Man könnte sagen, das Lichtspiel ist mein Leben. Mehr oder weniger. Momentan ein bisschen weniger, irgendwann dann wieder mehr.«

»Das klingt geheimnisvoll. Ich hoffe, Sie erzählen mir einmal in Ruhe, was dahintersteckt. Zunächst aber haben wir uns wie versprochen etwas Süßes verdient.« Der Schreibtisch ruckelte erneut, der Doktor stand auf und zog eine Schublade nach der anderen heraus. Dann hörte Rita ein triumphierendes: »Na bitte. Ich hoffe, Sie mögen Schokoladenkuchen.«

»Das tue ich.« Fräulein Evi schien zu zögern. »Aber dürfen wir das denn? Dieser Kuchen ist offenbar für einen … speziellen Empfänger gedacht.«

Der Doktor lachte. »Keine Sorge, wir tun dem Diätplan des Geburtstagkindes einen Gefallen. Und unter uns gesagt, auch dem von Schwester Frieda und der Oberschwester, die ihn konfisziert haben. Deshalb nehmen wir ihn am besten mit und ziehen uns in den dritten Stock zurück.« Die Schublade wurde geschlossen, und Rita würgte, als ihr der Kuchenduft in die Nase zog.

Erleichtert atmete sie aus, als sich die Schuhspitzen des Doktors in Richtung Ausgang drehten. Ein paar wenige weitere Augenblicke würde sie noch bewegungslos ausharren können!

Da rumpelte etwas. Im Vorüberlaufen gab der Arzt dem Stuhl vor Ritas Versteck einen Stoß. Das Fußkreuz schoss auf Rita zu und rammte ihre Schläfe. Rita presste die Lippen aufeinander, aber weder den Schmerzenslaut noch die Tränen, die ihr in die Augen schossen, konnte sie unterdrücken.

Einige Sekunden wurde es still im Schwesternzimmer, dann beugten sich die beiden Erwachsenen hinab und sahen verblüfft unter den Tisch.

»Was zum Henker hast du hier verloren?«, verlangte Fräulein Evi zu wissen, während Dr. Gebhardt den Stuhl aus dem Weg zog.

Mitleidig hielt er Rita eine Hand entgegen. »Wie heißt du?«

Rita blinzelte. »Rita. Also eigentlich Margarete, aber Rita ist mir lieber.«

»Und welchen Tag haben wir heute?«

»Montag?« Rita stand unsicher auf und krauste die Nase. »Mein erster Montag hier.« *Mein hoffentlich letzter,* sagte sie nicht.

Der Arzt umfasste ihr Kinn, drehte ihr Gesicht nach rechts und links, hielt ihr drei Finger vor die Augen. »Wie viele Finger siehst du?«

»Drei, aber der Daumen, sagt meine Mama, zählt nur halb.«

Er lächelte, als hätte sie einen Test bestanden, und betastete ihren Wangenknochen. »So weit, so gut. Trotzdem muss da Eis drauf. Und zwar schnell.« Auffordernd sah er Fräulein Evi an.

Diese ließ zögernd den Blick vom Doktor über den Schokoladenkuchen in ihren Händen zu Rita wandern, dann verengten sich ihre Augen. Dabei war der blöde Kuchen Rita doch völlig egal! Ja, mehr noch, je weniger sie ihn riechen musste, desto besser. Sie atmete durch den Mund und konzentrierte sich auf die Risse in der Glasur, die sich wie ein Spinnennetz ausbreiteten. An der angeschnittenen Seite des Kuchens war das Tortenpapier fleckig. Rita fragte sich, wer Ange war, und ob Ange wusste, dass ihr Geburtstagskuchen wegen verschiedener Diätpläne schon mehrmals den Besitzer gewechselt hatte. Dann senkte sie sicherheitshalber den Kopf und starrte auf die eleganten Schuhe des Doktors. »Eis«, murmelte sie, »gibt es in der Küche.«

Dr. Gebhardt schob sie zur Tür. »Dann gehen wir dorthin. So oder so gibt das ein ganz schönes Veilchen, Mädchen! Du solltest ein paar Tage nicht Ball spielen. Mit eingeschränkter Sicht lassen sich Abstände ganz schwer einschätzen.« Nett beugte er sich über sie. »Was hast du da unter dem Tisch überhaupt gemacht?«

»Ähm ...«

»Hast du uns etwa nachspioniert?« Fräulein Evi klang kühl.

Rita schüttelte den Kopf. Spioniert? Sie hatte nicht einmal gewusst, dass die beiden hier auftauchen würden. »Nein, ich habe … etwas gesucht.«

»Unter dem Tisch?«

Fräulein Evi glaubte ihr nicht. Und ein feines Stimmchen in Ritas Kopf flüsterte ihr zu, dass es keine gute Idee war, den Erwachsenen hier die Wahrheit zu sagen. Die glaubten nicht einmal, dass Rita Johannes nicht mit Absicht gebissen hatte. Auf keinen Fall würde Rita gestehen, dass sie den Schlüssel zur Eingangstür brauchte, weil sie abhauen wollte.

»Ich dachte … vielleicht finde ich hier irgendwo Lydies Kuscheltier«, log sie. »Ohne Mimi schläft sie schlecht. Aber dann hörte ich Schritte und …« Hilflos brach sie ab.

Der Doktor runzelte verwirrt die Stirn.

Fräulein Evi aber wusste, um was es ging. »Kuscheltiere sind nicht erlaubt. Steht in der Hausordnung. Weder die noch andere Extrawürste.«

»Wenn das so ist«, der Arzt schob Rita weiter in Richtung Ausgang, »vergessen wir das Ganze am besten und versorgen erst einmal dein Auge.«

Fast hatten sie die Tür erreicht, da war erneut leises Quietschen zu hören, und bevor Rita sich's versah, stand Schwester Frieda im Türrahmen. Argwöhnisch blickte sie von einem zum anderen.

Dr. Gebhardt zögerte keine Sekunde. »Schwester Frieda«, rief er erleichtert und ließ Rita los, »da sind Sie ja endlich! Wir haben ein kleines … Problem. Rita hier hat sich verletzt. Ich empfehle Kühlung und Ruhe. Bitte übernehmen Sie.«

Frieda bewegte sich nicht. Sie hatte den Kuchen in Fräulein Evis Händen entdeckt und schüttelte grimmig den Kopf. Bevor sie jedoch etwas sagen konnte, schob der Arzt Evi samt Kuchen aus dem Schwesternzimmer. »Wenn Sie mit der Kleinen fertig sind«, bestimmte er, ohne sich umzudrehen, »bringen Sie mir bitte die Akte von Piet aus dem Zimmer der Flussneunaugen. Die benötigen wir für die nächsten Therapien.«

Im Gang schwang die Tür zum Treppenhaus hin und her, immer schneller und kürzer – fast wie Ritas Herzschlag. Für einen wilden Moment fragte sie sich, ob es ihr wohl gelänge, sich an Frieda vorbeizudrücken, die Treppen hinunterzustürzen, hinaus auf die Straße und zu verschwinden.

Aber irgendetwas stimmte nicht mit ihrem linken Auge, und Frieda verstellte ihr den Weg. »Lass mich raten, die beiden haben dich dabei erwischt, wie du dich an Angelikas sichergestelltem Kuchen bedienen wolltest? Kein Wunder, dass du glaubst, du kannst auf unser Essen verzichten. Aber keine Sorge, das treiben wir dir schon aus!«

KAPITEL 14

Unwillkürlich tappte Wilkos Fuß im Takt der Musik, während er das feuchte Zeitungspapier in Form brachte. Das inzwischen vierte Anpflanztöpfchen stellte er zum Trocknen vor sich auf das warme Wasserrohr im Heimkeller, griff nach dem nächsten Zeitungsstapel und zwang seinen verräterischen Körper stillzuhalten.

»Muss i denn«, tönte es aus dem Radio. »Muss i denn zum Städtele hinaus.«

Wilko schüttelte sich. Das Lied gefiel ihm nicht. Nicht im Original, nicht zweisprachig von einem Amerikaner gesungen. Dabei mochte er Elvis, dem es gelang, Musikstile zu verknüpfen, die als unvereinbar galten: weiße Countrymusik und schwarzen Rhythm and Blues. Gerade in der Musik sollte schließlich alles nebeneinanderstehen dürfen, neu sein. Wo, wenn nicht dort? Dieses Lied aber tat nichts davon, und Wilko verstand nicht, weshalb es so populär war. »Wenn i komm, wenn i komm, wenn i wiedrum komm, wiedrum komm, kehr i ein, mein Schatz, bei dir.« Nur Idioten fanden das romantisch.

Schaudernd schaltete er das Radio aus. Die Haushaltsdamen hatten ihren Lieblingssender eingestellt und erledigten ihre Arbeit gern mit einem schönen fremden Mann, zwei kleinen Italienern, drei weißen Birken und vier Schimmeln – Schlager, die zum Mitsingen einluden, nicht zum Mitdenken.

Wilkos Musikgeschmack war ein anderer. Immer wieder hörte er Originale, die kaum mehr jemand kannte, und verglich sie mit den heutigen, viel zu glatten Versionen. Kratzig und staubig bildeten die Platten seines Vaters die Grundlage für die zunehmenden Neuinterpretationen. Dieses Jahrzehnt, so schien es Wilko, tat nichts lieber, als die Vergangenheit bis zur Unkenntlichkeit zu überzuckern.

Noch drei Anpflanztöpfchen, dann hätte er genug. Er tauchte die nächste Seite der *Norderneyer Badezeitung* in den bereitgestellten Wassereimer und wickelte sie um den Tontopf, den er als Modell mitgebracht hatte.

Die Heizungsanlage brummte entspannt. Rund um Ostern hatte sich ein Jahrhundertsommer mit Höchsttemperaturen angedeutet, seit ein paar Tagen hatten Regentage für empfindliche Abkühlung gesorgt, und für das Wochenende war sogar Sturm angekündigt.

Seit der Überschwemmung im Februar hatte das Wort »Sturm« deutschlandweit an Bedeutung gewonnen. Nicht nur Insulaner achteten zunehmend genau auf Wetterberichte und Wasserstände. Anfang des Monats war hier der höchste Stand seit der Flutkatastrophe gemessen worden. Wilko war am Strand zusammengezuckt, als einer der Touristen eine ebenso zynische wie bemerkenswerte Interpretation von sich gegeben hatte, wie es dazu gekommen sein könnte. »Selbst das Meer will die Asche von Eichmann nicht behalten«, hatte der junge Mann gesagt und an seiner Pfeife gezogen. »Kein Wunder.«

Die meisten der Anwesenden hatten ihn strafend angesehen. Über Tote scherzte man nicht, egal wie viel Schuld sie auf sich geladen hatten. Wilko aber hatte ihm insgeheim zu diesem absurden Bild gratuliert, kurzfristig überlegt, ob er dieses in seiner nächsten Radiosendung aufnehmen sollte, und sich dagegen entschieden. Um Vergangenes ging es ihm dabei, das er dem Vergessen entreißen wollte, um Aktuelles sollten sich andere kümmern.

Umso deutlicher war ihm das geworden, als sich die Gruppe als Nächstes auf seinen Piratensender eingeschossen hatte.

»Die Musik ist so was von veraltet«, hatte jemand abwertend gesagt und Zustimmung geerntet.

»Da ist eben jemand wirklich zurückgeblieben«, hatte ein

anderer gescherzt, und das folgende Lachen hatte Wilko tief getroffen.

»Na, wenigstens versucht er uns nicht einzubläuen, was wir als Deutsche zu denken haben, wie Thomas Mann damals«, hatte ein weiterer eingelenkt, und Wilko war hin- und hergerissen gewesen. Man mochte von Thomas Manns BBC-Radioansprachen während des Kriegs halten, was man wollte, zumindest hatte er versucht, die Deutschen aufzurütteln!

»Beides ist doch gleich dämlich«, hatte jemand gesagt. »Weder damals noch heute haben wir jemanden nötig, der uns vom hohen Ross herab erklärt, wie wir uns zu fühlen haben oder uns zu verhalten! Wenn ihr mich fragt: Es wird Zeit, befreit nach vorne zu sehen. Darum sollte sich mal ein Piratensender kümmern. Bei dem gäbe es dann auch zeitgemäße Musik!«

In allgemeinem Einverständnis lachend war die Gruppe weitergezogen. Übrig geblieben waren Wilko und der junge Pfeifenraucher, der ihn einen Moment angesehen und mit den Schultern gezuckt hatte, bevor er in die entgegengesetzte Richtung davongeschlendert war.

Tief seufzend setzte Wilko das nächste Papiertöpfchen auf den warmen Untergrund und stapelte die inzwischen trockenen ineinander. Morgen würde er sie mit Erde und Setzlingen füllen und Robert und seinem Vater vorbeibringen. Für heute war es an der Zeit, nach Hause zu gehen.

Sein Magen knurrte. Mal wieder war er länger geblieben als geplant und hatte vergessen zu essen. Aber mit etwas Glück hatte Karin, die Heimköchin, ihm auch heute Abend einige Reste zusammengestellt.

Die enge Hintertreppe führte ihn vom Keller direkt vor die Küche. Er drückte die Tür auf. Auf der Anrichte stand ein abgedeckter Teller. Vorfreudig trat Wilko näher, als plötzlich eine dunkle Gestalt von der anderen Seite danach griff.

»Huch?« Wilko blieb verblüfft stehen. »He, Finger weg!«

Ein erschrockenes Quietschen hallte durch den Raum, dann ein Scheppern, als der leere Teller auf dem Boden aufkam, und eilige Schritte.

Verwundert sah Wilko der flüchtenden Gestalt hinterher und stutzte, als sein Blick dabei an der Durchreiche zum Speisesaal vorbeiglitt – jemand hatte das vorbereitete Geschirr für den nächsten Morgen nach Farben sortiert. Hinter ihm riss der kleine Räuber die Hintertür auf und eilte die Stufen empor.

Wilko schüttelte den Kopf. Da schien jemand keine Ahnung von den Heimgepflogenheiten zu haben. Die Nachtschwester drehte exakt um diese Zeit ihre Runden. Wer nun durch eine der hinteren Gangtüren kam, würde mit ziemlicher Sicherheit erwischt. Da standen die Chancen über die Haupttreppe fast besser. So oder so wurden Eigenmächtigkeiten schwer geahndet. Falls der kleine Essensdieb also mit Wilkos Brotzeit ertappt würde, gäbe es keine Gnade.

Wilko warf einen Blick unter das Teetuch, unter dem sein Abendessen gestanden hatte, und seufzte. Nicht einmal der Nachtisch – meist ein Apfel oder Schälchen Joghurt – war übrig.

In dem Moment wurde von oben Geschrei laut. Wie erwartet.

Eilig wandte er sich ab, verließ das Gebäude durch den Hofausgang und sperrte von außen zu. Mit dem, was nun im zweiten Stockwerk geschehen würde, wollte er nichts zu tun haben.

KAPITEL 15

Hanna schwirrte der Kopf. Im Stakkato fasste Schwester Marion für den Mittagsdienst zusammen, was sich in den letzten Stunden ereignet hatte. Offensichtlich waren am Vortag zwei der Kinder beim Stehlen erwischt worden. Ob dies ein gemeinsamer Beutezug gewesen war oder zwei unterschiedliche Vorfälle, und was genau die Konsequenzen gewesen waren, verstand Hanna nicht. Sie kannte weder die Spitznamen noch die in Strandhafer gebräuchlichen Abkürzungen – im Gegensatz zu den anderen Mitarbeiterinnen, die missbilligend die Köpfe schüttelten und zu ahnen schienen, wer mit Moppel eins und Beißzange gemeint war. Dass es in Einrichtungen, in denen die Patienten häufig wechselten, keine Seltenheit war, sich mit Beschreibungen zu behelfen, anstatt sämtliche Namen zu lernen, wusste Hanna. Trotzdem fühlte sie sich bei jedem Rollmops und Pipimax ein bisschen unwohler, bei jeder Tonne, Heulsuse oder Läuse-Leni.

Sie selbst war sieben gewesen, als sie das erste Mal ein Wort an der Tafel nicht hatte entziffern können. In Einzelteilen und falscher Reihenfolge war es aus ihrem Mund herausgestolpert. Das Lachen ihrer Klassenkameraden hörte sie manchmal noch heute. Ebenso wie die Namen, die sie ihr hinterhergejohlt hatten: Döskopp, Bohnenstroh, Störbirne. Erst als Evi von den Spottrufen Wind bekommen hatte, war es besser geworden.

Hanna sah sich nach ihrer Cousine um. Vielleicht konnte sie ihr dabei helfen zu verstehen, was am Vorabend geschehen war. Doch Evi, auf der anderen Seite des Raumes, schien nicht zuzuhören. Zu sehr war sie damit beschäftigt, mit Schwester Rebecca neben Hanna ein Blickduell auszufechten. Unwohl trat Hanna einen Schritt zurück. Sie ahnte, worum es ging, Evi hatte ihr gestern beim Zubettgehen voller Enthusiasmus davon berichtet, wie sie Dr. Gebhardt zu Hilfe geeilt war, als es dieser bei einer Badetherapie mit einer besonders widerspenstigen kleinen Patientin zu tun bekommen hatte. Gemeinsam war es ihnen gelungen, die Behandlung trotzdem zu Ende zu führen. Anschließend hatten sie ihre Bekanntschaft von der Fähre mit Schokokuchen und einer zukünftigen Abendverabredung äußerst vielversprechend vertieft. Rebeccas verkniffenem Gesichtsausdruck nach zu urteilen, wusste sie davon, und es gefiel ihr nicht besonders.

»Dann gehen wir jetzt also«, Oberschwester Margot griff nach dem Dienstplan, »die heutige Aufteilung durch.«

Die meisten der Anwesenden nickten und sahen sie erwartungsvoll an. Alle bis auf eine.

»Einen Moment noch.« Ohne Evi aus den Augen zu lassen, hob Rebecca eine Hand, ignorierte Margots warnendes Stirnrunzeln und trat vor. »Ich verstehe, dass man sich als Neuling vertun kann«, sagte sie und wandte sich an alle ihre Kolleginnen, obwohl es ihr nur um Evi gehen konnte. »Das gestern sollte allerdings eine Ausnahme bleiben.« Fest nickte sie. »Die meisten von euch wissen Bescheid, für die anderen möchte ich eines klarstellen: Die Therapien sind mein Bereich. Ich unterstütze Dr. Gebhardt. Im dritten Stock hat außer uns niemand etwas verloren. Zum Wohle der Kinder und der von uns durchgeführten Heilverfahren.« Mit hocherhobenem Kopf starrte Rebecca Evi an, die, in den Anblick ihrer Fingernägel versunken, keinerlei Reaktion zeigte.

Hannas Magen zog sich zusammen. Sosehr sie ihre Cousine dafür bewunderte, ihre eigenen Ziele zu verfolgen – sich gleich am Anfang ihrer Zeit hier eine Feindin zu machen, die dank ihrer sicheren Stellung sowohl ihr auch als Hanna das Leben schwer machen konnte, war nicht besonders schlau. Nicht nur die Oberschwester hatte ihnen deutlich gemacht, dass sie als Kinderpflegerinnen nichts zu melden, sondern zu gehorchen hatten.

Je länger die Stille andauerte, desto ungemütlicher wurde sie. Niemand bewegte sich. Hanna presste die Lippen zusammen. Evi, das wusste sie, würde nicht klein beigeben und sich entschuldigen.

Da räusperte sich Oberschwester Margot, und dieses Geräusch, egal wie leise, zeigte Wirkung. Rebeccas Kopf fuhr herum.

»Danke, dass Sie uns an Ihrer fachkundigen Meinung teilhaben lassen, Schwester Rebecca.« Margot hob eine Augenbraue. Mehr war nicht nötig. An Rebeccas Hals erschienen hektische rote Flecken, und beim nächsten Satz der Oberschwester bekam Hanna fast Mitleid. »Niemandem hier im Heim entgeht der … intensive Austausch zwischen Dr. Gebhardt und Ihnen. Doch ist es noch immer meine Entscheidung, wer in welcher Abteilung und mit wem zusammenarbeitet.« Die Oberschwester trat vor.

Rebecca zuckte zusammen. Evi verzog keine Miene.

Margot wartete einige Sekunden, dann nickte sie. »Sie können gehen, Rebecca. Dr. Gebhardt wartet sicher auf Sie. Und nun«, sie wandte der perplexen Schwester den Rücken zu, »noch einmal von vorn, diesmal bitte ohne Unterbrechung: die heutige Arbeitsaufteilung.«

Leise fiel die Tür hinter Rebecca ins Schloss, und Margot deutete auf zwei Schwestern hinter Evi. »Connie und Frieda begleiten die Jungen- und Mädchengruppen, die vormittags keine Anwendungen haben, an den Strand. Evi und unsere Praktikantin Petra unterstützen sie.« Auffordernd klatschte sie in die Hände, und die Genannten machten sich auf den Weg.

Übrig blieb Hanna und verschränkte unsicher die Hände vor sich. Hatte die Oberschwester sie vergessen?

Margot zog einen Ordner aus dem Regal und schlug ihn auf. Ein kleines rotes Heft rutschte heraus und fiel auf den Boden. *Strafbuch* entzifferte Hanna zögernd, bückte sich und hob es auf. War ihr etwa schon wieder ein Fehler unterlaufen?

Doch Margot nahm das Heft mit einem abwesenden Nicken entgegen und steckte es achtlos zurück zwischen die Ordnerdeckel. »Sie, Hanna, brauche ich heute hier zur Beaufsichtigung der Flussneunaugen. Deren Strandspaziergänge wurden fürs Erste gestrichen.« Eilig kritzelte die Oberschwester einige Worte auf einen Zettel, und Hanna stutzte. Sie hatte keine Ahnung, was oder wer die Flussneunaugen waren, kannte nur das Neunauge aus dem Buch *Der kleine Wassermann* von Otfried Preußler.

»Hinten im Hof haben wir genug Platz für Bewegung an der frischen Luft«, redete die Oberschwester weiter und drückte ihr den Zettel in die Hand. »Sportliche Betätigung schadet keinem von ihnen. Piet ist heute für eine Meerwasserabreibung eingeteilt. Ich habe Ihnen Zeit und Raum notiert. Noch Fragen?«

»Ja.« Hanna atmete leise ein. »Wer bitte sind die Flussneunaugen?«

Einen Moment sah die Oberschwester sie verwundert an, dann schüttelte sie den Kopf. »Richtig, bisher waren Sie nur in der Küche und mit am Strand. Sämtliche Zimmer der Kinder haben Vogel- und Fischnamen. Flussneunaugen heißt eines der Vierer-Jungenzimmer.« Sie blätterte eine Akte auf und las: »Piet, Johannes, Flori und Ben. Johannes ist im Isolierzimmer, aber die anderen drei warten am Ende des Ganges in ihren Betten auf Sie.«

»In Ordnung.« Schon im Gehen fiel Hanna noch etwas ein. »Sind wir sicher, dass Piet, Flori und Ben sich nicht bei Johannes angesteckt haben? Was hat er denn?«

Zu Hannas Überraschung lachte die Oberschwester kurz und winkte ab. »Nichts, was sich nicht mit einem Tag Separierung kurieren ließe.«

Separierung? Da keine weitere Erklärung folgte, nickte Hanna und verließ das Schwesternzimmer. Wenigstens schien es sich nicht um einen Magen-Darm-Virus zu handeln, denn dieser war in einer Kindergruppe beinahe unmöglich einzudämmen.

Auf dem Gang zog sie ihr Notizbuch und den Stift heraus und notierte eilig das neue Wort. Eddie hatte während ihres Inselrundgangs im Säulengang des Conversationshauses lässig hinter sich gewunken, darin befand sich ebenfalls die Bibliothek. Mit etwas Glück war dort ein ähnliches Nachschlagwerk zu finden wie bei Hanna zu Hause. Damit könnte sie sämtliche Notizen an ihrem nächsten freien Tag auf Bedeutung, Rechtschreibung und richtige Trennung überprüfen.

Beschwingt machte sie sich auf den Weg zur letzten Tür des Ganges. Zwar war es schade, dass sie mit den Jungen nicht ans Meer durfte, trotzdem war ihre heutige Aufgabe ganz nach ihrem Geschmack. Je nachdem, welche Vorlieben die Kinder hatten, fand sich sicher etwas Passendes. Das Schöne an kleinen Gruppen war, dass man auf jeden Einzelnen eingehen konnte.

KAPITEL 16

»Ich will auch mal das gruselige Neunauge sein. Immer darf nur Ben!« Flori sprang auf und ab.

Hanna verkniff sich ein Lächeln. Dafür, dass er vor nicht einmal einer Stunde behauptet hatte, er habe keine Lust, Fangen zu spielen, war er nun mit ausgesprochenem Eifer dabei.

»Na gut.« Ben tippte Flori an. »Ich gebe ab. Du bist's!«

Und schon flitzte Flori mit ausgebreiteten Armen auf den Kleinsten der drei, Piet, zu.

»Das ist gemein!« Aufjaulend versteckte der sich hinter Hanna. »Immer fangt ihr mich als Erstes!« Er umschlang Hannas Beine und rief: »Hier ist Aus. Wer Hanna anfasst, wird unsichtbar!«

»Ich muss dich nicht sehen, um dich zu erwischen«, grummelte Flori mit verstellter Stimme. »Ich kann dich riechen!« Mit gefletschten Zähnen kam er näher.

»Unfair!«, beschwerte sich Piet aufheulend. »Hanna hat gesagt, wir dürfen eigene Spielregeln machen, und meine ist: Ich bin hier sicher!«

»Moment!« Hanna hielt amüsiert beide Hände in die Höhe. »Kurze Auszeit.« Die Jungen sahen sie fragend an. »Ich meinte nicht, dass ihr euch jederzeit eigene Regeln ausdenken dürft.«

»Nein?« Piet runzelte die Stirn. Flori krauste die Nase, und Ben streckte den Kopf über dem zum Klettergerüst umfunktionierten alten Kahn hervor, hinter dem er in Deckung gegangen war.

»Nein, damit Regeln gelten, müssen sie gemeinsam entschieden werden.« Hanna zog Piet neben sich und sah die anderen beiden an. »Also: Sind alle damit einverstanden, dass es so etwas wie ein Aus gibt?«

»Ich nicht«, rief Flori empört. »Ich hatte Piet fast!«

»Nur weil ich der Kleinste bin und nicht so schnell rennen kann!« Piet ließ die gefährlich zitternde Unterlippe hängen.

»Falsch«, widersprach Ben. »Du bist so langsam, weil du der Dickste von uns bist.«

»Gar nicht!« Piets Gesicht stand auf Sturm. »Johannes ist Moppel eins! Ich bin nur Nummer zwei.«

»Stopp!« Hanna schüttelte den Kopf. »Ich will nichts von Moppel eins, zwei oder drei hören! Nennt euch bei euren Namen! Und hört auf, euch zu vergleichen.«

Stumm und ein bisschen ängstlich sahen ihr die Jungs entgegen.

Hanna lief zum Sandkasten, setzte sich auf die Umrandung und winkte den dreien, ihr zu folgen. Kaum waren sie bei ihr, fragte sie sanft: »Findet ihr es in Ordnung, Moppel genannt zu werden?«

»Alle sagen es.« Piet zuckte unsicher mit den Schultern. »Deshalb werden wir beim Strandwettbewerb auch nicht gewinnen.«

Hanna horchte auf. »Es gibt einen Wettbewerb? Das klingt doch prima!«

Ben schüttelte den Kopf. »Nein. Da geht es darum, welches Zimmer am schnellsten die abgesteckte Strecke hinter sich bringt.« Er ließ den Kopf hängen.

Flori streckte die Zunge raus. »Und alle anderen sind schneller als wir. Weil wir die Moppel sind.«

Hanna zögerte. Das klang nicht gerade gerecht! Dann gab sie sich einen Ruck. »Passt auf, ich erzähle euch eine Geschichte. Von einer Freundin von mir.«

Als hätte sie eine Märchenstunde versprochen, machten die Jungs es sich auf dem Boden gemütlich.

»Ist sie auch dick, deine Freundin?«, wollte Ben wissen.

»Nein, aber sie liest nicht gut.«

Piet richtete sich stolz auf. »Ich kann schon das ganze ABC!«

Ben ließ sich nicht ablenken. »Wie alt ist sie?«

»Älter als ihr.« Hanna beugte sich vor. »Aber das mit dem Leseproblem hat angefangen, da war sie ungefähr in eurem Alter. Wo Piet problemlos ein P liest, ist sich meine Freundin manchmal noch immer unsicher, ob es sich nicht vielleicht doch um ein D handelt. Oder ein Q.«

Flori schüttelte den Kopf. »Dann ist deine Freundin wohl ziemlich dumm. Ein Q, ein D und ein P sehen ganz verschieden aus.«

Hanna schwieg. Floris Meinung war die der meisten. Vielleicht hätte sie nicht damit anfangen sollen. Sie wollte den Kindern helfen, mehr Selbstwertgefühl und -vertrauen zu entwickeln. Nicht ihre eigene Unsicherheit vergrößern.

»Finde ich nicht«, mischte sich Ben da ein. »Wenn man sie kleinschreibt, sind sie ähnlich. Sie alle sind rund und haben einen Strich. Einmal rechts, einmal links, einmal in der Mitte.« Nachdenklich legte er den Kopf schief. »Vielleicht ist das Lesen gar nicht das Problem, sondern deine Freundin kann rechts und links nicht unterscheiden.«

Hanna musste lächeln. »Interessanter Gedanke, Ben.« Wenn es nur so einfach wäre! »Aber was ich euch erzählen wollte: Auch sie wurde mit Spottnamen belegt.«

Flori biss sich auf die Lippe. »So was wie Dummi oder Strohkopf?«

»Zum Beispiel.«

Piet betrachtete das Ganze als Spiel und versuchte, Flori zu übertrumpfen. »Dummer Strohkopf«, rief er, »strohiger Dummkopf, Strohblödi …«

»All das«, unterbrach Hanna ihn, »sind aber gemeine Wörter, findet ihr nicht? Sie bezeichnen nur eine spezielle Sache, in der jemand nicht ist wie andere. So wie auch Moppel.«

»Hmmm.« Piet machte große Augen und sah ertappt auf den Boden.

Hanna legte einen Arm um ihn. »Ja, es stimmt, ihr drei seid hier, um abzunehmen, weil ihr mehr wiegt als andere. Nur ist das noch lange nicht alles, was es über euch zu sagen gibt. Piet kann schon das ganze ABC. Flori kann prima seine Stimme verstellen. Ben kann sich super verstecken. Und sicher gibt es noch mehr Dinge, in denen ihr richtig gut seid.«

Einen Moment schwiegen die Jungs.

Dann sprang Flori plötzlich auf. »Wie das Neunauge!«, freute er sich. »Gruselig ist es, aber es ist auch ein Fisch und schnell, und es kann prima fangen. Und: Ich bin's wieder, und gleich hab ich euch!« Damit hob er beide Arme und grollte so tief, dass Ben und Piet stolpernd vor ihm davonstürmten.

Hanna lächelte. Das war zwar nicht ganz, was sie hatte erreichen wollen, aber besser als nichts. Zumindest hatten die drei Spaß, und der Sport kam auch nicht zu kurz.

»Dreißig Runden im Hof für ein Leberwurstbrot ohne Knäcke«, rief Flori kichernd und jagte die anderen beiden vor sich her – als über ihnen ein Fenster aufknallte und Rebeccas genervte Stimme erklang: »Hanna!« Die Schwester beugte sich aus dem dritten Stock. »Piet sollte seit drei Minuten bei seiner Therapie sein! Das hat die Oberschwester doch sicher gesagt!«

Hektisch sah Hanna auf die Uhr. Sie hatte nicht auf die Zeit geachtet! »Wir kommen. Tut mir leid!«

Rebecca war damit nicht zufrieden. »Was machen die Moppel da eigentlich?«, rief sie streng. »Das sieht mir eher nach wildem Durcheinander aus als nach geplanter Leibeserziehung.«

Die Jungen blieben stehen.

Hanna erhob sich. »Piet, Flori und Ben«, nannte sie die Jungs überdeutlich bei ihren Namen, »machen ein Bewegungsspiel.«

»Es heißt Neunauge!«, rief Piet begeistert.

»Von mir aus. Aber ohne dich. Du hast hier oben zu sein!« Rebecca schloss das Fenster, und Hanna unterdrückte ein Seufzen. Als wäre der Schwester ein Zacken aus der Krone gefallen, wenn sie den Kleinen abgeholt hätte.

»Flori, Ben!« Hanna winkte ihnen zu. »Ihr bleibt hier. Bis ich zurück bin, überlegt euch weitere gute Regeln für unser Neunaugen-Spiel. Piet, du kommst mit mir.«

Vertrauensvoll griff der Kleine nach ihrer Hand. »Begleitest du mich in den Kachelraum? Der ist unheimlich.«

Hanna zwinkerte ihm zu. »Keine Angst, du darfst heute eine Meerwassertherapie machen. Wie ein echtes Neunauge. Das wird bestimmt toll!«

So recht schienen den Kleinen Hannas Worte nicht zu überzeugen, auf dem Weg zum Heimgebäude wurde er immer langsamer.

FIXIEREN/FIXIERUNG, fi-xie-ren/Fi-xie-rung: etwas festlegen, zum Beispiel schriftlich (Protokoll, Testament, Vertrag, Hausregeln) oder mündlich/durch Handlungen (z. B. Rangordnung, Position, Funktion); in der Fotografie: ein Bild lichtunempfindlich machen; jemanden scharf ansehen (zumeist um zu disziplinieren); jemandem Fesseln anlegen, fesseln, ruhigstellen

(aus Hannas Notizbuch)

KAPITEL 17

»Ich will nicht! Es brennt, dann kratzt es und brennt noch mehr, und danach wird alles nur schlimmer!« Piet schlüpfte hinter Hannas Rücken, kaum war Rebecca auf den Flur getreten, um ihn in Empfang zu nehmen. »Hanna ist mein Aus!«, rief er und klammerte sich an sie.

»Keine Sperenzchen, Kleiner«, ordnete Rebecca an. »Wir tun, was für dich am besten ist.«

»Aber ich will nicht!«

Rebecca zuckte mit den Schultern und bedeutete Hanna, ihr zu folgen. »Hier hinein mit ihm. Ich habe keine Zeit, Fangen zu spielen.«

Hanna zögerte. »Ich weiß, ich bin keine Krankenschwester, aber«, sie warf einen Blick auf den kleinen Jungen, der versuchte, sich hinter ihr zu verstecken, »sind wir sicher, dass ihm das hilft? Ich meine, wie kann etwas gut für ihn sein, wenn es wehtut und erst mal schlimmer wird?«

»Das Dickerchen übertreibt.« Ungerührt lief Rebecca zu einem Tisch hinter der Eingangstür und begann, in einer Emailleschale zu rühren. »Die Reibekur regt Durchblutung und Kreislauf an. Und wie Sie völlig zu Recht sagen: Davon verstehen Sie nichts.«

Hanna schluckte und betrat mit Piet an der Hand den gekachelten Raum. Er roch anders als das letzte Mal, frischer, nach Mentholwickel, die ihre Mutter bei Erkältungen verabreichte. In zwei der Badewannen stand milchiges Wasser, Kondenstropfen rannen an den Fensterscheiben herab, und durch die offen stehende Balkontür konnte sie eine Reihe Kinder auf Liegen sehen. Mit den unförmigen, in Verbände gewickelten Armen, Beinen und den Gazestreifen an Hals, im Gesicht und über den Augen sahen sie aus wie kleine Raupen, die darauf warteten, aus ihrer Verpuppung zu schlüpfen.

Rebecca trug die Schale zu einem metallenen Tisch auf Rollen neben einer der Wannen und drehte sich um. »Nur Zimperliesen stellen sich wegen einer kleinen Reibekur an, Piet!«

Das wirkte. »Ich bin doch kein Mädchen!« Vor lauter Entrüstung ließ Piet Hanna los, trat zu Rebecca und hob einen Zeigefinger. »Also kann ich gar keine Zimperliese sein.«

Hinter ihnen war ein herzhaftes Lachen zu hören. Der Arzt trug einen blütenreinen Kittel, bis oben hin zugeknöpft, bei jeder Bewegung blitzte am Hals der Knoten einer akkurat gebundenen Krawatte hervor. Er schloss die Tür, warf einen Blick auf den Inhalt der Emailleschüssel, dann in Hannas Richtung. »Danke, dass Sie ihn begleitet haben. Sehr freundlich. Sie dürfen gehen.«

Er beugte sich über den Jungen, zog Piets Pullover in die Höhe und nickte beim Anblick seines Rückens und der Achseln zufrieden. »Breitflächiger Ausschlag, sehr schön. Fangen wir an.« Er legte Piet eine Hand auf die Schulter. »Das kennst du ja schon. Erst die Reibekur, dann die Salben. Und wie sagen wir?« Er hob einen Finger.

Piet richtete sich auf. »Ein Indianerherz kennt keinen Schmerz.«

Während Hanna sich in Richtung Veranda zurückzog, ließ der Junge sich von Rebecca aus dem Rest seiner Kleider helfen. Seine Kniekehlen waren ebenso schuppig wie sein Oberkörper, und Hanna zuckte zusammen, als Rebecca nun begann, die wunden Stellen mit einem grobporigen Schwamm zu bearbeiten. Hoffentlich würde das und die folgenden Salben dem Jungen Erleichterung verschaffen.

Wenigstens schien es nicht besonders wehzutun, denn der Kleine machte keinen Mucks. Ebenso wenig wie die Kinder auf den Liegen der Veranda, die Hanna nun leise betrat.

Um sie nicht zu stören, lief sie auf Zehenspitzen und warf einen Blick in den Hinterhof. Ben und Flori saßen beim Sandkasten und unterhielten sich. Gut.

Leise schlich sie in Richtung der geöffneten Tür des zweiten

Saales. In der Wand dazwischen waren die schmalen, vergitterten Fenster der beiden Isolierzimmer eingelassen, und Hanna überprüfte mit geübtem Blick den Sitz ihrer Schwesterntracht und der darübergeknüpften Schürze. Außer ihrem Spiegelbild war nichts zu sehen. Höchstwahrscheinlich lagerten dort weitere Medikamente, Mullbinden und andere medizinische Bestände.

Im nächsten Saal reihten sich Arbeitstische und Apparaturen aneinander, standen Kühlschränke, Regale und Apothekerschränke. Ein Mikroskop erkannte Hanna, Reagenzgläser, Becher und Spritzen, Schläuche, Trommel und Kolben. Dazwischen Mörser, Stößel, Tiegel, Pipetten und Mundstücke aus Gummi oder Kautschuk. Hier wurden laut Rebecca die Salben, Tinkturen und Lösungen für Dr. Gebhardts Therapien gemischt.

Schon war Hanna auf der Treppe, das geflieste Schachbrettmuster der Eingangshalle war zu sehen, da schrillte unvermittelt eine Sirene durch das Gebäude.

Reflexartig drückte Hanna ihre Hände gegen die Ohren, schob sich dicht an die Wand und überschlug, wie viele Stufen sie vom Keller entfernt war. »Wenn ihr die Sirene hört«, hatte Vater ihr und ihren Brüdern eingeschärft, »lauft nach unten, nie nach oben.«

Der Warnton verebbte, schien sich rund um das Gebäude zu bewegen, wurde leiser.

Erleichtert atmete Hanna auf und nahm immer zwei Stufen auf einmal hinab. Das hier war keine Bombenwarnung, sondern ein Rettungswagen. Vielleicht die Polizei. Nichts weiter.

Der drahtige Mann mit wirren Haaren und verkniffenem Gesichtsausdruck im Bilderrahmen an der Wand des Erdgeschosses sah herablassend auf sie hinab. Hanna drehte ihm den Rücken zu, lief durch die Hintertür in den Hof und erschrak. Dunkle Rauchschwaden zogen über die Mauer des Hinterhofs. Flammen waren nicht zu sehen, aber Hanna konnte ihre Hitze spüren. Das gusseiserne Tor stand offen, von Flori und Ben war nichts zu sehen.

Sie begann zu rennen.

KAPITEL 18

Die Gießkanne in Wilkos Händen war gelb wie die Osterglocken, die begeisterte Gartenfreunde züchteten, denn was war Ostern ohne Osterglocken, ohne hart gekochte Eier und das traditionsreiche Trudeln die Dünen hinab – derjenige, dessen Ei zuerst unten ankam, hatte gewonnen.

Wilko schloss die Augen. Nicht daran denken, an damals. Nicht jetzt.

Ein heißes Stechen fuhr von seiner Hüfte bis in den Kopf, in dem sich ein schrilles Geräusch einnistete, zu einem Sirren wurde, wie vom Himmel fallende Bomben, und versuchte, ihn ganz und gar auszufüllen. Er kämpfte dagegen an, lauschte auf Möwenkreischen, Meeresrauschen, den Wind in den Sträuchern und das Durcheinander von Stimmen. Normalerweise waren der Friedhof und die ihn umgebenden Straßen um diese Uhrzeit wie leer gefegt. Die meisten Menschen lustwandelten am Meer, aßen zu Mittag oder hielten auf Terrassen und Parkbänken Ruhe.

Nicht heute.

Die Sirene entfernte sich, hektische Rufe und panische Schreie wurden lauter. Sie kamen aus Richtung Strandhafer. Wilko ließ Gießkanne und Blumen fallen und stolperte los. Das erste Mal seit Langem verließ er den Friedhof durch den Haupteingang, hastete die Straße entlang, auf die Menschen zu, die sich an der Rückseite des Heims zusammengefunden hatten.

Ein Löschfahrzeug raste gefährlich nahe an ihm vorbei und bremste scharf ab. In voller Montur sprangen die Feuerwehrleute heraus und drängten die Schaulustigen zurück.

Kaum hatte Wilko die Straßenkreuzung erreicht, traf ihn die

Hitze wie eine Wand. Ein Schuppen der Laubensiedlung hinter Heim Strandhafer brannte lichterloh. Die Flammen, knisternd umringt von einem grünlichen Hof, spuckten fauchend knackende Funken in die Luft. Wilko zog sein Taschentuch hervor – ein Geschenk von Rena –, hielt es sich vor Mund und Nase und sah sich besorgt um.

Gierig leckten die Flammen aus den Fenstern des Schuppens, Funken landeten auf den Dächern daneben und hatten mit der trockenen Dachpappe und dem Teeranstrich leichtes Spiel.

»Schafft die Leute hier weg!«, rief einer der Feuerwehrmänner. »Wir haben Fässer gefunden!« Er trat die Tür des brennenden Gebäudes ein.

Wilko erstarrte. Fässer. Altes Öl hatten sie damals alle aufbewahrt, Benzin gesammelt, wo sie es hatten finden können. Damit könnte sich das Feuer nicht nur unvorhergesehen ausbreiten, sondern auch zu Explosionen führen.

Schon verließen erste Bewohnerinnen und Bewohner die benachbarten Häuser, das Wichtigste an sich gedrückt. Zum Glück befanden sich die meisten Kurkinder um diese Uhrzeit am Meer. Die kleinen Liegepatienten auf der rückwärtigen Veranda jedoch waren höchstens fünfzig Meter Luftlinie von dem Brandherd entfernt.

Taumelnd ließ Wilko sich gegen die Mauer hinter ihm sinken und zuckte zusammen. Die Steine waren heiß. Wütend schlug er gegen seinen krampfenden Oberschenkel, zwang sich, den Fuß zu bewegen, das Bein auszuschütteln, zu atmen. Dreimal ein, dreimal aus. Er durfte nicht zulassen, dass sein Körper das Kommando übernahm. Er musste funktionstüchtig bleiben, musste …

»Zurück!«, rief jemand, und Wilkos Kopf fuhr in die Höhe.

Inzwischen sahen die Schaulustigen aus sicherem Abstand zu. Einzig zwei Menschen standen noch immer viel zu nahe am Feuer. Er selbst, weil er sich kaum bewegen konnte, und Hanna. Ihre hellen Haare wirbelten um ihr Gesicht, als sie den Kopf schüttelte.

Die Heimtracht unter dem weißen Oberkittel mit den tiefen Taschen blitzte wie Blaufeuer, das in dunkler Nacht von Schiffen in Not abgegeben wurde. »Ich kann nicht gehen«, rief sie. »Ben und Flori müssen hier irgendwo sein, zwei unserer Kinder!«

»Augen auf, Männer«, brüllte einer der Feuerwehrleute seinen Kollegen zu, »möglicherweise befinden sich zwei Jungen innerhalb der Gefahrenzone!«

Wilko beugte sich in Hannas Richtung. »Wie konnte das geschehen?«

Hilflos sah sie ihn an. »Sie sollten im Hinterhof auf mich warten, aber als ich eben nach ihnen sehen wollte, waren sie weg, und das Tor auf der Rückseite stand offen …«

Wilko nickte. Sie mussten die Sirene gehört haben und ihr gefolgt sein. Kinder in dem Alter wünschten sich nichts mehr als ein Abenteuer, waren neugierig und glaubten, unsterblich zu sein. Bis sie das Gegenteil erfuhren. So wie er damals.

Hannas Blick schweifte unstet umher, suchte den Boden ab, fuhr hinauf in den Himmel, wo sich die Brandwolken ballten, dann zur rückwärtigen Veranda des Heims.

Kurz entschlossen wies Wilko hinter sich auf Strandhafer. »Wir teilen uns auf. Sorgen Sie dafür, dass die Liegepatienten aus dem Rauch kommen. Ich suche nach Ben und Flori.«

Dankbar nickte Hanna ihm zu, drehte sich um und eilte davon.

Wilko ballte die Fäuste. Nahm erst einen Schritt, dann zwei. Er zählte die Kopfsteine der Straße, machte einen kleinen Bogen und betrat die Siedlung auf der nicht abgesperrten Seite. Je näher er kam, desto trockener wurde die Luft. Die Hitze nahm zu. Gerade hatte er den morschen Zaun um den brennenden Schuppen hinter sich gelassen, da gellte ein Schrei durch die Luft, und sämtliche Geräusche verebbten.

Stille. Kein Vogelzwitschern, Meeresrauschen, Eiertrudeln, Sandknirschen – völliges Nichts, ein geflügelter stiller Vorbote, ein alter Bekannter.

Diesmal war Wilkos Körper vorbereitet und übernahm ungefragt. Schon lag er auf dem Boden, krümmte sich zusammen, riss die Arme schützend über den Kopf. Aus den Augenwinkeln sah er einen jungen Feuerwehrmann wie in Zeitlupe aus dem Schuppen stürzen, dann folgte der Knall. Die Stichflammen ließen an den umstehenden Sträuchern nur mehr verkohlte Äste zurück, aus dem Buschwerk dahinter blickten zwei entsetzte Augen hervor.

Dann kamen langsam, ganz langsam die Geräusche zurück: Knistern, Knacken, Rufen und ein leises Wimmern.

Wilko rappelte sich auf und stolperte vorwärts. Er sah Rena am Rand der Zuschauenden mit den Armen fuchteln, hörte die Rufe, das brüllende Warnen der Feuerwehrmänner. Doch niemand von ihnen wusste um den Kleinen, der vor lauter Angst in seinem Versteck kauerte, und Wilko blieb keine Zeit, etwas zu erklären. Das flirrende Glühen griff nach ihm, er ignorierte den stechenden Schmerz in seinem Bein. »Lauf!«, rief er dem Jungen zu. »Dreh dich um und lauf!«

Dann wurde es plötzlich kühler.

Ein wütendes Zischen folgte, ein Sog, der Wilko zurückreißen wollte, aber er stemmte sich mit aller Macht dagegen.

Die nächste Explosion warnte nicht vor, sie war nicht einmal besonders laut. Nur ein leises Puffen, und er wurde vorwärtskatapultiert. *Wo steckt der zweite Junge?*, dachte er noch. Dann kam er unsanft auf dem Pflaster auf.

KAPITEL 19

Hanna stürzte die Haupttreppe des Heims hinauf. Hoffentlich waren Ben und Flori irgendwo sicher im Heimgebäude und nicht dort draußen! Hoffentlich hatten sie Schutz gesucht, anstatt neugierig auf die Straße zu laufen.

Der erste Knall hallte laut von den Wänden und trieb sie an, das zweite Geräusch, sacht und zärtlich, so trügerisch, machte ihr wirklich Angst. Wie das Puffen eines Dampfkochtopfs klang es, bevor dessen Deckel einem unvermutet um die Ohren flog.

Im dritten Stock sah sie sich suchend um. Wo waren Dr. Gebhardt, Rebecca, die Oberschwester und die Heimleiterin – irgendwer, der ihr helfen konnte? Sie rannte durch den Badetherapiesaal auf die Veranda.

Die auf ihren Betten liegenden Kinder drehten sich hustend hin und her, rieben ihre Gesichter gegen die flachen Kissen in dem Versuch, die Mullbinden über ihren Augen abzustreifen. Diejenigen, denen es gelang, blinzelten panisch um sich. Andere zuckten anfallartig hoch, nur um sogleich wieder auf die Liegen zurückzufallen, und zerrten verzweifelt an Händen und Füßen. Erst da verstand Hanna, dass sie an ihre Bettgitter gebunden waren.

In höchster Eile begann sie, die Riemen zu lösen, murmelte immer wieder die gleichen Worte gegen die schrillen Hilferufe an – »Alles wird gut« – und entschied sich schließlich für klare Ansagen, übersichtliche, kleine Schritte, auf die die verängstigten Kinder sich konzentrieren konnten. »Ich mache euch los, ihr geht in den Badesaal, dann sehen wir weiter.«

Jedes Klappern einer weiteren aufgehakten Gurtschnalle gegen die Bettgestelle ließ sie aufatmen. Das nächste Kind war frei und konnte sich in das Gebäude zurückziehen, den Rauchwolken entkommen. Hoffentlich erlitt keines von ihnen einen Asthmaanfall!

Als Letztes befreite sie einen kleinen Jungen und fing seine Hände ein, mit denen er über die geschwollenen Augen reiben wollte. »Halt mich fest. Genau so, und jetzt laufen wir weiter …«

Beinahe hatten sie den Badesaal erreicht, da ließ Hanna ein Klopfen herumfahren.

Zwei bleiche Gestalten drückten sich von innen an das Glas hinter den vergitterten Fenstern der Zimmer zwischen den Sälen. Sie hämmerten mit den Fäusten dagegen, die Augen weit aufgerissen. Was sie schrien, konnte Hanna über das Rufen der Feuerwehrmänner, das Fauchen der Flammen und das Weinen und Gemurmel der anderen Kinder nicht verstehen. Eines aber begriff sie sofort: Der Junge und das Mädchen mussten dort eingesperrt sein und hatten panische Angst. Was sollte sie tun?

»Bist du wahnsinnig? Wieso hast du sie losgemacht?« Jemand drehte sie unsanft herum. Verärgert schlug Rebecca dem Jungen vor Hanna die Hand vom Gesicht. Dann stieß sie ihn vor sich her in den Badesaal, in dem die restlichen Kinder unruhig zwischen den Badewannen warteten. »Ihr geht jetzt sofort zurück in eure Zimmer«, erklärte sie mit fester Stimme. »Die Zimmerältesten haben die Verantwortung. Und Sie«, zornig wandte sie sich an Hanna, »werden mir helfen, sie wieder zu fixieren.«

Hanna schüttelte den Kopf. »Ich werde sie nicht anbinden. Das sind Mittelaltermethoden.«

Rebecca beugte sich wütend vor. »Sie tun, was ich sage. Oder wollen Sie etwa, dass sie sich blutig kratzen?« Sie deutete auf den Jungen vor Hanna, dessen rechtes Auge zugeschwollen war, dann auf ein Mädchen weiter rechts, das ihre Verbände gelöst hatte und ihre linke Schulter malträtierte.

»Haben Sie eine Ahnung davon, was als Nächstes passiert? Da! Sehen Sie genau hin!«

Die Haut der Kleinen, nun vom Verband befreit, war von einem wütenden, rohfleischigen Ausschlag überzogen. Einige Striche, wie mit einem Kugelschreiber aufgemalt, unterteilten die Fläche ihrer Schulter und ihres Rückens in Felder. Eines sah schlimmer aus als das andere. »Sie kratzen sich, bis sie sich die Haut abziehen. Wollen Sie das?«

Entsetzt schüttelte Hanna den Kopf. »Natürlich nicht! Aber der Brand ... Ich musste sichergehen ...«

»Was zur Hölle ist hier los?« Die donnernde Stimme von Oberschwester Margot sorgte für sofortige Ruhe.

Keines der Kinder wagte es, sich zu bewegen. Selbst das Kratzen hörte auf.

»Das hier ist nicht meine Schuld, Oberschwester!« Rebecca wies vielsagend mit dem Kinn auf Hanna, die zwischen den Kindern stand und bedrückt den Kopf senkte.

Verbände hingen lose herab, viele der Kleinen weinten still.

Margot sah sich um. »Ihr«, befahl sie den Kindern, »legt euch auf eure Betten und wartet brav, ohne euch zu bewegen, bis Rebecca kommt, um euch zu versorgen. Keine Angst, das Feuer ist so gut wie gelöscht. Hanna hier«, Margot warf Hanna einen Blick zu, der keinen Widerspruch duldete, »hat überreagiert.«

Fassungslos sah Hanna durch die Saalfenster in den Himmel. Fettige Rußpartikel hatten sich auf dem Glas abgesetzt, immer noch trieben dunkle Schwaden durch die Luft. Der stechende Rauchgeruch ließ ihre Augen tränen. Das mussten doch auch Margot und Rebecca bemerken! »Es gab Explosionen«, sagte sie. »Was, wenn der Rauch giftig ist?«

Margot trat näher. »Kein einziges Wort mehr! Oder wollen Sie Panik unter den Kindern verbreiten?«

Hanna schüttelte den Kopf und sah zu, wie die Jungen und Mädchen, von Rebecca angeleitet, im Gleichschritt losmarschierten.

Margot nickte der Schwester zu. »Sorgen Sie dafür, Rebecca, dass keine bleibenden Schäden entstehen.«

»Dazu ist es längst zu spät.« Rebeccas Blick war eisig. »Dank Hannas Einmischung können wir unsere Messwerte der letzten Tage, wenn nicht der letzten Wochen vergessen! Schließlich benötigen wir einheitliche Bedingungen, um verlässliche Aussagen zu treffen.«

Empört wandte sich Hanna der Oberschwester zu. Wie konnte es Rebecca bei alldem hier noch um Therapieauswertungen gehen – was war mit den Kindern?

Doch zu ihrem Entsetzen nickte die Oberschwester. »Ich werde Dr. Waldeck berichten, was sich zugetragen hat.« Ihre Hand schloss sich wie ein Schraubstock um Hannas Arm. »Und Sie, Hanna, begleiten mich.«

Ohne zu zögern stieß sie Hanna vor sich in den Gang, dann ins Treppenhaus, hinauf in den vierten Stock.

Erzürnt versuchte Hanna, sich aus Margots eisernem Griff zu befreien. »Was ist mit Ben und Flori?«, verlangte sie zu wissen. »Mit Wilko?« In ihrem Kopf herrschte ein heilloses Durcheinander. »Oder mit den beiden in den Zimmern zwischen den Sälen? Wie können Sie so ruhig bleiben, Oberschwester? Irgendwelche Auswertungen können unmöglich wichtiger sein als die Kinder. Sollten unsere Asthmapatienten nicht als Erstes etwas gegen die Auswirkungen des Rauches erhalten, etwas zum Inhalieren vielleicht, oder …«

»Schluss jetzt!« Margot umfasste auch Hannas zweiten Oberarm und schüttelte sie unwirsch. »Wenn ich eines nicht gebrauchen kann, dann einen hysterischen Anfall! Machen Sie sich lieber Gedanken darüber, was Sie Frau Dr. Waldeck sagen. Eine Entschuldigung wäre angemessen. Die Gesundheit der Kinder können Sie beruhigt Rebecca überlassen.« Die Oberschwester seufzte unwillig. »Ihr und Dr. Gebhardt.«

KAPITEL 20

Wie ein ungezogenes Schulmädchen, das zur Direktorin zitiert worden war, stand Hanna wenig später vor Dr. Waldecks Schreibtisch, hinter dem die Heimleiterin saß und ihr eine Strafpredigt hielt, die keinerlei Unterbrechung duldete. Selbst die Oberschwester hatte sich zurückgezogen und stand bewegungslos neben der Eingangstür. In aller Ausführlichkeit setzte Dr. Waldeck Hanna auseinander, welchen Schaden ihre übertriebene Panik angerichtet hatte. Dass Dr. Gebhardts langfristig angelegte Untersuchungen durch ihre kurz gedachte und überspannte Reaktion einen herben Rückschlag erlitten hatten.

Dann endlich gab es einen Moment der Stille, und Hanna atmete leise ein.

Dr. Waldeck betrachtete sie mit enttäuschtem Kopfschütteln. Hannas Version der Vorkommnisse hatte sie gar nicht erst hören wollen, wie die Oberschwester erwartete sie eine geständige Entschuldigung, nichts weiter.

Hanna ballte die Fäuste und hob den Blick. »Was ist mit den beiden Kindern in den Isolierzimmern des dritten Stocks?«

Überrascht drehte sich die Heimleiterin zu Margot, die nun erklärte: »Rita und Johannes.«

»Jemand sollte zu ihnen und sie beruhigen.« Hanna beugte sich vor. »Gerade wenn sie krank sind und nicht rausdürfen.«

Dr. Waldecks Augen verengten sich, dann schlug sie einen überraschend sanften Ton an. »Als Pflegehelferin hatten Sie es doch sicher schon mit widerspenstigen Daumenlutschern zu tun.«

Hanna nickte, unsicher, worauf die Ärztin hinauswollte.

»Schiebt man da nicht rechtzeitig einen Riegel vor, sind körperliche Schäden vorprogrammiert. Das ist den Kindern unmöglich begreiflich zu machen, also ist es unsere Aufgabe, ihnen schlechte Angewohnheiten abzutrainieren. Zu ihrem Besten.«

Hanna wiegte langsam den Kopf hin und her. Unrecht hatte Dr. Waldeck nicht. Sie selbst hatte immer wieder versucht, einer ihrer Nichten dabei zu helfen, mit dem Daumennuckeln aufzuhören.

»Sehen Sie.« Die Heimleiterin stand auf und lehnte sich gegen ihren Schreibtisch. »Hier und da sind wir gezwungen, hart durchzugreifen. Zum Wohle des Nachwuchses, der – so steckt es ja bereits im Wort – gezogen werden will, gezüchtet und manchmal eben auch gezüchtigt, um zu wachsen. Wie Johannes und Rita.«

In Hannas Ohren begann ein klopfendes Rauschen. »Heißt das«, murmelte sie ungläubig, »die beiden sind gar nicht krank? Sie sind eingesperrt, weil sie etwas falsch gemacht haben? Aber«, Hilfe suchend drehte sie sich zu Margot, »wenn der Brand aufs Heim übergegriffen hätte …«

Dr. Waldecks flache Hand landete krachend auf ihrem Schreibtisch. »Auch dann wäre es nicht Ihre Entscheidung, wie wir damit umgehen. Ich habe hier das Sagen! Dr. Gebhardt und Oberschwester Margot tragen weiter, was ich entscheide und für richtig halte. Sie und der Rest unserer Mitarbeiter haben zu gehorchen. Klare Rangordnung, deutliche Befehlsabläufe. Alles andere stiftet nur Verwirrung und Chaos und sorgt, wie Sie heute bewiesen haben, für verheerende Rückschläge. Weshalb ich nur eines von Ihnen wissen will, Fräulein Hanna: Sind Sie in der Lage, sich einzuordnen, oder nicht? Denn falls nicht, sind Sie hier ganz falsch.«

Hanna schluckte trocken. Ihre Gedanken rasten. Rang, Einordnung, den Mund halten, tun, was von ihr verlangt wurde – wie konnte sie das versprechen, wenn sie nicht überzeugt davon war, dass ihre Vorgesetzten vor allem das Wohl der Kinder im Auge hatten? Das war für sie schließlich das Wichtigste.

Langsam umrundete Dr. Waldeck ihren Schreibtisch, blieb vor Hanna stehen und blickte ihr fest in die Augen. »Sie zögern. Das ist gut. Das zeigt mir, Sie lassen meine Worte auf sich wirken.«

Hanna schwieg. Die plötzlich so persönliche Ansprache der Heimleiterin machte sie unruhig.

»Aber keine Sorge, ich weiß, was Sie nötig haben, Hanna.« Warm umfassten Dr. Waldecks Finger Hannas linke Schulter, während sie sich zu ihr vorbeugte. »Eine starke Hand, die Ihnen hilft, sich einzufügen, den rechten Weg einzuhalten und vor allem die richtigen Entscheidungen zu treffen. Wir alle brauchen hier und da ein bisschen Führung.« Freundlich sah die Heimleiterin Hanna an. »Ich mache Ihnen einen Vorschlag: Unsere Nachtdienste sind momentan unterbesetzt. Auch Dr. Gebhardt und Schwester Rebecca brauchen Unterstützung. Wenn Sie mir also glaubhaft versichern können, hier wie dort Arbeitsstunden zu übernehmen und sich in Zukunft ganz nach Ihren Vorgesetzten zu richten, vergessen wir Ihren Missgriff vorhin.«

Bevor Hanna antworten konnte, mischte sich die Oberschwester ein. »Ich weiß nicht«, begann sie reserviert, und Hannas Herz sank. »Das hieße, ich müsste Hanna mit Dr. Gebhardt teilen.«

Das Lächeln auf Dr. Waldecks Gesicht ließ Hanna frösteln. »Richtig, Margot. Und langsam habe ich genug von den Animositäten zwischen Ihnen. Wenn es Ihnen beiden unmöglich ist zusammenzuarbeiten, muss ich mich wohl oder übel für einen von Ihnen entscheiden.«

In der folgenden Stille knallte die Tür des Büros auf, und Frieda blieb mit weit aufgerissenen Augen im Türrahmen stehen. »Wir haben ein Problem, Flori und Ben …« Dann sah sie Hanna und streckte einen anklagenden Finger aus. »Du?! Was machst du noch hier? Du bist schließlich an allem schuld!«

KAPITEL 21

Hinter Frieda, der Oberschwester und Dr. Waldeck rannte Hanna in den Badesaal des dritten Stocks. An der hinteren Wand neben der Verandatür saß Flori auf einem Stuhl, hielt sich den bandagierten Kopf und sah nicht einmal auf. Doch es war Ben, bei dessen Anblick Hanna erschrocken nach Luft schnappte. Bleich und mit geschlossenen Augen lag er auf einem der Metalltische, sein Atem ging unruhig, sein T-Shirt lag zerschnitten neben der Bahre auf dem Boden, und über seine Schulter spannte sich dunkel verbrannte, trocken zusammengezogene Haut.

Rebecca, mit einer Schere in der Hand neben ihm, sah unwirsch auf und bedeutete den Eintretenden, ruhig zu sein.

Dr. Gebhardt nahm das Stethoskop von Bens Brust. »Er ist gerade eingeschlafen«, sagte er leise. »Das ist das Beste, was er tun kann.«

Hanna trat näher und griff vorsichtig nach Bens Hand. »Sollten wir ihn nicht ins Krankenhaus bringen?«

Dr. Gebhardt runzelte die Stirn. »Die täten auch nichts anderes als wir.«

Margot warf Hanna einen warnenden Blick zu und trat an ihre Seite. »Ich bin mir sicher, Hanna ist einfach nur besorgt. So wie ich. Wie schlimm ist es?«

»Verbrennungen ersten und zweiten Grades. Rebecca und ich reinigen die Wunden und legen Verbände an. Bis die Dickerchen nach Hause dürfen, sind sie so gut wie neu.«

»Ben und Flori«, murmelte Hanna und erntete ein gereiztes Aufseufzen von Rebecca.

Dr. Gebhardt dagegen schmunzelte. »Ben und Flori also. Nun.

Ben und Flori wollten sich den Brand von Nahem ansehen, als es eine Stichflamme gab. Der da drüben …« Abwartend sah er Hanna an.

»Flori.«

»Flori hat nur kleinere Abschürfungen von einem Sturz davongetragen, er war nicht nahe genug an den Flammen. Den hier«, er deutete vor sich, »also Ben, hat es etwas schlimmer erwischt. Aber auch das bekommen Rebecca und ich hin. Schlafen werden sie heute beide wie kleine Engel. Und morgen ist alles nur mehr halb so wild. Also atmen Sie alle nun bitte durch und lassen Sie uns das Nötige tun. Der Kleine da hinten«, er lächelte Hanna zu, »ich meine, Flori, kann ins Bett gebracht werden.«

Flori bewegte sich nicht. Sein Kopf lehnte an der Wand hinter ihm, sein Mund stand offen. Ben dagegen atmete hektisch ein und aus, seine Finger in Hannas Hand zuckten unkontrolliert. Hanna schüttelte den Kopf. »Wir sollten die Eltern benachrichtigen.« Sie drehte sich zu dem Arzt. »Im Kreis der Familie geht alles besser, richtig?«

Dr. Gebhardt wandte sich ab, um Bens verbrannte Haut mit einer sprudelnden Flüssigkeit zu benetzen, ohne Hanna zu antworten.

Dafür schob Dr. Waldeck Hanna auf Flori zu. »Was haben wir gerade in meinem Büro besprochen?«, zischte sie. »Kümmern Sie sich um den Jungen und überlassen Sie uns den Rest.«

Unsicher half Hanna Flori auf die Beine. Sein Blick wanderte unstet hin und her, seine Hände, mit denen er sich immer wieder durchs Gesicht fuhr, zitterten, und nur langsam verließen sie den Saal. Kaum im Gang, stolperte er gegen Hanna und sah verwundert zu ihr auf. »Geht es?« Sie legte einen Arm um ihn und blieb einen Moment stehen. Flori blinzelte, ohne zu antworten. Dafür drangen hinter ihnen Friedas Worte umso deutlicher durch die Tür. »Ich habe gleich gesagt, die Landeier taugen nichts!«

»Es sind eben nicht alle so vernunftbegabt wie Sie, Frieda.«

Dr. Waldecks Stimme war sanft. »Der beste Beweis ist Ihr Vorschlag zur Farbeinteilung des Geschirrs.«

»Ich tue mein Bestes.« Frieda klang selbstgefällig. »Immerhin müssen wir dafür sorgen, dass die kleinen Tyrannen begreifen, wo ihr Platz ist!«

Fast automatisch trat Hanna weg von dem Therapiesaal und zog Flori mit sich durch den Gang und die Treppe hinab in die zweite Etage zu seinem Zimmer. Bei jedem Schritt wackelte sein Kopf unkontrolliert hin und her. »Wie Schiffschaukeln«, murmelte er.

Hanna drückte seine Schulter. »Aber dir ist nicht schlecht, oder?«

»Nur schwummrig. Wird Ben wieder ganz gesund?«

»Bestimmt, Dr. Gebhardt kümmert sich darum.«

»Auch um Wilko?«

Hanna stutzte. »Wilko? Was ist mit ihm?«

Flori gähnte. »Hat sich den Kopf gestoßen. Beim Aufkommen auf der Straße.« Floris Worte flossen ineinander. »Kennt er aber schon, hat er gesagt. Braucht nur Ruhe. UnddannMusik. Musikhilftbeiallem. Machstdumirauchmusik? Somüde.«

Hanna strich ihm über die Stirn, fühlte seine Temperatur, nach dem Puls an seinem Hals. Wie hatte Dr. Gebhardt gesagt? Flori und Ben würden heute schlafen wie die Engel. Womöglich hatte er nachgeholfen.

KAPITEL 22

Mit der Stirn gegen das Fensterglas gedrückt, spitzte Rita die Ohren. Nichts war mehr zu hören, nichts zu sehen. Die Verandaliegen waren leer, die dunklen Wolken hatten sich verzogen, wie Rebeccas gereizte Stimme vorhin.

Genau diese hatte Rita geholfen, sich zu beruhigen. Erst wenn Rebecca freundlich wurde, musste man sich Sorgen machen, sagte Piet, und der sollte es wissen, immer wieder wurde er zu ihr in den gruseligen Badesaal beordert.

Rita streckte beide Arme aus, fast konnte sie die Wände des schmalen Raumes berühren. Vielleicht wäre sie nächstes oder übernächstes Jahr groß genug dafür – auch wenn sie nicht vorhatte, jemals wieder hierherzukommen. Dazu musste es ihr allerdings erst einmal gelingen, diesen Ort zu verlassen. Das Zimmer, das Heim.

Schwester Hanna hatte sie und Johannes vorhin bemerkt, also würde sich sicher irgendwann auch wieder jemand daran erinnern, dass sie beide noch immer in den Isolierzimmern waren, und sie holen kommen. Bis dahin musste sie abwarten, nicht das Zittern gewinnen lassen, den Stachelkloß in ihrer Kehle oder das Fließfeuer im Rest von ihr.

Tief atmete Rita ein und aus. Wenigstens hielt sie hier niemand zum Essen an oder riss die Toilettentür auf, um sie zur Eile anzutreiben.

Neben dem kleinen Waschbecken an einer Seite des vergitterten Fensters stand ein Klostuhl mit einer Schüssel unter der Abdeckung, die von den Schwestern geleert wurde, die das Essen brachten oder abräumten. Bei Johannes nebenan war dabei heute Morgen etwas schiefgegangen. Er hatte sein mageres Frühstück erhalten, aber keine neue Kloschüssel. Also hatte er sich in das Waschbecken erleichtert. Rita grinste. Sie war froh, ihn in ihrer Nähe zu wissen.

Als Frieda sie am Vortag vom Schwesternzimmer, wo sie erwischt worden war, hierherbegleitet und die Tür versperrt hatte, war Rita dahinter zusammengesunken und hatte sich so klein wie möglich gemacht. Irgendwann war es dämmrig geworden und dann dunkel. Licht gab es nicht. Licht war etwas, das man sich verdienen musste. Denn Rita war hier, um sich zu besinnen. Besinnen, hatte sie begriffen, bedeutete zuzugeben, dass man etwas falsch gemacht hatte, und das Gegenteil zu versprechen. Besinnen hieß, in Zukunft freiwillig zu tun, was die, die das Sagen hatten, von ihr erwarteten.

Sie hatte es wirklich versucht! Aber was, wenn das, was die anderen von ihr wollten, einfach dumm, dämlich und Mist war? Je dunkler es geworden war, desto dämlicher hatte Rita es gefunden.

Wenn sie eines nicht mochte, dann Dunkelheit. Die Augen hatte sie zugekniffen, um sich vorzugaukeln, die Finsternis wäre selbst gewählt. Sie hatte sich bemüht, die Stachelwut in ihr zu vertreiben. Geklappt hatte es nicht, und über all die verbissenen Versuche war Rita nur noch hilfloser geworden, noch wütender und stacheliger, bis sie schließlich mit beiden Fäusten auf sich eingeschlagen hatte, in der Hoffnung, wenn sie das lange genug tat, könnte sie all die Stacheligkeit hinaufwürgen, ausspucken und loswerden.

Dann, der Mond war inzwischen aufgegangen, war im Zimmer nebenan lautes Rufen und Rumpeln laut geworden. Eine Tür war ins Schloss gefallen, der Schlüssel gedreht worden, Schritte hatten sich entfernt, und Rita hatte gelauscht. Lauschen war wesentlich besser, als sich zu besinnen. Plötzlich war wie aus dem Nichts ein warmer Schein über das schmale Fenster gehuscht, erst einmal, dann noch einmal. So wie im Zimmer der Kiebitze. Das wiederkehrende Licht des Leuchtturms hatte etwas Tröstliches. Rita hatte den Vorhang zur Seite gezogen und war ruhiger geworden. Dort draußen gab es etwas, das einen Moment Helligkeit spendete für alle. Immer wieder. Und nebenan saß jemand, dem es genauso ging wie ihr.

Das Gegen-die-Tür-Hämmern, Rufen und Schniefen von dort hatte erst nachgelassen, als Rita an das Heizungsrohr geklopft hatte, das von ihrem Zimmer in das daneben führte. Da war es plötzlich still geworden. Nach wenigen Sekunden hatte jemand zaghaft zurückgeklopft, und Rita und Johannes im Zimmer neben ihr hatten festgestellt, dass sie sich unterhalten konnten, wenn sie den Mund beim Sprechen nahe an das Rohr legten und beim Hören ein Ohr dagegenpressten.

Zugegeben, als Johannes verstanden hatte, dass seine Nachbarin Beißerin Rita war, hatte er zunächst erklärt, nicht einmal dann mit ihr reden zu wollen, wenn sie die letzte Person auf der ganzen Insel sei. Aber so eine Nacht war nicht nur finster, sondern auch lang, und Johannes mochte Dunkelheit noch weniger als Rita.

Nun, da hinter dem Fenster erneut das Tageslicht schwand, machte sich Rita Sorgen. Gleich drei ältere Schwestern hatte Johannes, war es nicht gewohnt, allein zu schlafen, sich allein zu besinnen, überhaupt allein in einem Zimmer zu sein. Deshalb hatten sie die letzte Nacht auch durchgeredet, Rita hatte Kopfkissen und Decke vom Bett vors Fenster unter das Rohr gelegt. Wegen Johannes. Und ein kleines bisschen auch wegen ihr.

Leise klopfte sie gegen das Heizungsrohr, dreimal lang, dreimal kurz, ihr Geheimzeichen. Nur wenig später kamen seine Klopfzeichen zurück und mit ihnen Johannes' verzerrte Stimme.

»Was war da draußen los?«

»Irgendwas mit einem Brand. Ist aber jetzt in Ordnung. Mehr hab ich nicht verstanden.«

»Ich will hier raus.« Er klang elend. »Meinst du, wir dürfen, wenn wir versprechen, ab jetzt immer zu gehorchen?«

»Vielleicht.«

»Hast du aufgegessen?«

Rita schüttelte sich. »Da war wieder eine Haut über dem Gemüse und den schleimigen Körnchen dazwischen.«

»Graupen vielleicht.« Johannes seufzte. »Oder Reisbrei. Ich liebe Reisbrei.«

Rita musste lächeln. Als er ihr letzte Nacht alle Gerichte aufgezählt hatte, die er mochte, wäre sie darüber beinahe eingeschlafen. »Gibt es irgendwas, das du nicht magst?«

Seine Antwort kam ohne Zögern: »Knäckebrot, Zwieback, Kohl und das ekelige Krisselzeug vor dem Schlafengehen.« Dann hatte er eine Idee. »Hast du auch ein Waschbecken im Zimmer?«

»Klar!« Sie kicherte. »Nur reingepinkelt habe ich noch nicht.«

»Aber dein Essen kannst du da runterspülen. Dann fällt nicht auf, dass du es nicht mochtest.«

»O ja! Warte!« Rita rappelte sich auf, nahm ihren Plastikteller mit den kalten Essensresten, lief auf die andere Seite des Raums und drehte den Wasserhahn auf. Aus dem halb blinden Spiegel über dem Waschbecken sah ihr ihr eigenes Gesicht entgegen, das linke Auge dunkellila umrandet und noch immer etwas geschwollen.

Aus dem Becken stieg milchige Flüssigkeit auf, dazwischen schwammen schleimige Klumpeninseln. Rita hielt die Luft an und griff hinein. Sämige Haut quoll mit feuchtem Schmatzen zwischen ihren Fingern hervor. Angeekelt drückte sie die Masse in den Abfluss. Ans Geleemachen mit Mama dachte sie dabei, dass sie die Brombeeren mit dem Löffel ausstreichen mussten, bis Haut und Kerne von der Flüssigkeit getrennt waren. Sie nahm ihre Zahnbürste und hebelte mit dem Griff den Stöpsel auf. Gluckernd und spritzend verschwand die Pampe im Abflussrohr.

Schaudernd wischte sich Rita übers Gesicht, da kamen Schritte näher. Hektisch ließ sie die Zahnbürste fallen und drehte sich um. Gerade noch rechtzeitig, bevor die Tür aufschwang und Schwester Frieda erschien.

»Du hast Glück. Wir haben uns um Wichtigeres zu kümmern als um dich.« Dann stemmte sie empört die Hände in die Seiten. »Was in drei Teufels Namen sind das für Flecken auf deinem erst gestern frisch ausgegebenen Oberteil?«

KAPITEL 23

Um diese Uhrzeit war das Umkleidezimmer gut gefüllt. Heimmitarbeiterinnen aus dem Küchen- und Hauswirtschaftsbereich und die Schwestern des Spätdienstes schlüpften aus Schürzen, Kitteln und Uniformen. Währenddessen unterhielten sie sich über Dienstpläne, Lebensmittelpreise und die Münchner Krawalljugend, die nicht wisse, wie gut sie es habe. Aus einer der hinteren Ecken winkte Hanna Evi entgegen. »Da bist du ja endlich! Was hast du so lange gemacht?«

Erschöpft knüpfte Hanna die Schleife ihrer Schürze auf und trat zu ihr. »Ich habe Flori ins Bett gebracht.«

Evi machte sich ungeduldig an den Knöpfen ihres Schwesternkleids zu schaffen. »Lass mich raten, Rebecca hat auch dich eingespannt? Marion, Petra und mich hat sie ordentlich auf Trab gehalten. Nichts gefällt ihr so gut, wie andere herumzukommandieren.«

Hanna zögerte. »Nun ja, das war … wegen des Brandes.«

Evi winkte ab. »Als wir zurückkamen, war das Aufregendste schon vorüber, und wir durften den Rest unserer Schicht damit verbringen, die Kinder ruhigzustellen.«

Hanna starrte ihre Cousine an. Ruhigstellen. Damit meinte sie vermutlich das Anbinden an die Bettgitter. Besonders zu irritieren schien sie das nicht. Unwohl stieg Hanna aus ihrer Uniform. »Und das findest du in Ordnung? Das *Ruhigstellen*?«

Evi zuckte mit den Schultern. »Die meisten waren von sich aus schon völlig erschöpft.« Sie lächelte schräg. »Nur vom Herumliegen, was für ein Leben!«

Hanna schüttelte den Kopf. Evi tat, als wäre das Feuer nur

ein kleines Ärgernis gewesen. »Vielleicht hast du das nicht mitbekommen, aber es gab eine starke Rauchentwicklung. So etwas ist ganz ungut für Kinder mit Atemproblemen. Ben und Flori haben sich verletzt. Und Wilko auch.«

»Der Hausmeister? Den habe ich heute Nachmittag noch gesehen. Sah ganz normal aus. Das heißt so normal wie möglich. Ist sicher längst zu Hause.« Spielerisch wickelte Evi eine von Hannas Haarsträhnen um ihren Finger und ließ sie dann wie eine Feder aufspringen. »Du machst dir zu viel Sorgen. Um alles und jeden. Gerade vorhin habe ich noch mit Dr. Gebhardt gesprochen.« Sie lächelte. »Glaub mir: Viel Rauch um nichts.«

»Also, mich hat das ziemlich mitgenommen.« Hanna hängte ihre Uniform auf einen Kleiderbügel und stieg in ihre Hose.

»Und genau deshalb«, Evi schüttelte Schultern und Hüften, bis ihre Schwesterntracht wie eine taubenblaue Pfütze um ihre Knöchel lag, »sollten wir jetzt auch«, sie drehte sich zu den anderen und hob die Stimme, »alle gemeinsam ein Feierabendgetränk zu uns nehmen. Das haben wir uns verdient, oder?« Beifall heischend sah sie zwischen dem Küchenpersonal, den Haushaltsdamen und ihren Kolleginnen hin und her, dann schleuderte sie ihre Tracht mit einem gezielten Fußtritt in die Luft und fing sie auf. »Wer kommt mit in die Hotelbar *Paradies*?«

Die anderen Frauen schwiegen verblüfft. Doch Evi ließ nicht locker. Sie schlüpfte in ein schmales Kleid und band sich die Haare zum Pferdeschwanz. »Hanna hier sollte dringend auf andere Gedanken kommen.« Sie zwinkerte Hanna zu. »Die Bar hat einen Fernsehapparat, heute Abend läuft Komödienstadel, und ich habe eine Überraschung für sie. Wer kommt mit uns?«

Sehnsuchtsvolles Seufzen war zu hören, trotzdem verabschiedeten sich die meisten der Frauen.

»Klingt wunderbar«, sagte Gerti aus der Küche. »Aber mein Göttergatte wartet aufs Abendessen.«

»Meiner auch.« Gertis Chefin Karin band sich die Schuhe zu,

während Esther aus der Waschküche entschuldigend murmelte: »Ich muss zu den Kindern«, und damit nicht die Einzige war.

Zurück blieben Hanna, Evi, Petra und Marion.

Evi klatschte in die Hände. »Dann sind wir also zu viert. Auch gut! Mir nach!«

Noch immer etwas durcheinander, folgte Hanna ihrer Cousine. Womöglich hatte Evi recht. Ein gemeinsamer Abend wäre nicht das Schlechteste, dann könnte sie mit jemandem über die letzten Stunden reden. Wenn sie nun ins Bett ginge, stünden ihr sicher die Flammen vor Augen, kaum dass sie das Licht löschte. Blieb zu hoffen, dass Evis angekündigte Überraschung nichts weiter war als ein passender Cocktail zur Abendunterhaltung. Ganz sicher konnte man sich da nie sein. Evis Vorstellung von einer guten Zeit unterschied sich sehr von Hannas.

Während Petra neben Hannas Cousine voranlief und mit großen Augen Geschichten aus dem Lichtspielhaus lauschte, holte Hanna zu Marion auf. »Du hast heute also auch dabei geholfen, die Kinder von der Veranda wieder anzubinden?«

»Mh-hm.« Marion sah unbehaglich vor sich auf die Straße.

»Klingt nicht, als wärst du damit einverstanden.«

»Was macht das für einen Unterschied?« Marion presste die Lippen aufeinander. »Rebecca ist Dr. Gebhardts Assistentin. Damit steht sie über mir.«

»So wie über Evi und mir.« Stumm lief Hanna ein paar Schritte neben Marion her. Dann gab sie sich einen Ruck. »Trotzdem sollten wir eine eigene Meinung haben dürfen.«

»Dürfen wir auch. Solange wir die für uns behalten.« Marion blieb stehen. »Ein einziges Mal habe ich versucht, mich einzubringen. Ich dachte, meine Waldorf-Ausbildung wäre eine wertvolle pädagogische Ergänzung.«

»War sie nicht?«

Marion lachte kurz und lief weiter, dann hakte sie sich bei Hanna ein. »Darf ich dir einen Rat geben? Wenn du deine Stelle behalten willst, ordnest du dich unter. Ganz besonders, was Dr. Gebhardt und Rebecca angeht. Die beiden gehören zusammen. Wehe der, die etwas anderes denkt.«

Hanna winkte ab. Das hatte sie sich längst zusammengereimt. »Ich bin nicht hier, um einen Mann zu finden.«

»Umso besser.«

»Es ist nur«, hilflos zuckte Hanna mit den Schultern, »wir alle, egal mit welcher Ausbildung, haben doch eine Verantwortung den Kindern gegenüber.« Unsicher sah sie Marion an. »Ich weiß, ich habe nicht viel Heimerfahrung, aber … sollte das nicht Vorrang haben? Vor allem anderen?«

Marion warf ihr einen prüfenden Blick zu. »Wenn wir zusammenhalten, könnten wir schon das ein oder andere verändern. Heimlich, versteht sich.« Sie beugte sich zu Hanna. »Du ahnst nicht, wie viele Betten ich nachts neu beziehen muss«, flüsterte sie. »Weil die Kinder den Schlaftrunk nicht vertragen oder das Abführmittel. Oder wenn die Kleinen abends eingehalten haben, weil sie gewohnt sind, von ihren Eltern aufs Töpfchen gesetzt zu werden.« Sie seufzte. »Eigentlich müsste ich dann ihre Verfehlungen notieren und sie ihr Bett selbst frisch machen lassen.«

»Mitten in der Nacht?«

Marion rümpfte die Nase. »Das ist die Regel. Und Regeln gilt es zu befolgen, immer und überall. Beim Essen, Ruhen, Spielen, selbst beim Strandwettlauf.«

»Von dem habe ich gehört.« Hanna lächelte. »Ich habe mir ein paar weitere Spiele für den Tag einfallen lassen. Immerhin rennen nicht alle unserer Mädchen und Jungs gleich gerne.«

Marion winkte ab. »Der Strandwettlauf ist seit Jahrzehnten fester Bestandteil des Programms. Um den zu verändern, musst du entweder sehr mutig sein – oder ein bisschen verrückt.«

Hanna zögerte. Mutig? Verrückt? Sie war keines von beidem. Und nach den letzten Geschehnissen sollte sie wohl besser keine weitere Heimtradition infrage stellen.

»Wo bleibt ihr denn?« Ungeduldig winkte Evi ihnen zu. Aus den bunten Rautenfenstern des Hotels floss warmes Licht auf die Straße. »Wir haben eine Verabredung.«

Hanna umrundete zwei vermummte Gestalten, die vor ihr eine vollgepackte Schubkarre über den Bürgersteig manövrierten, und presste die Kiefer aufeinander. Eine Verabredung? War das etwa Evis angekündigte Überraschung? Worauf hatte sie sich nur eingelassen?

KAPITEL 24

Wilko legte erschöpft den Kopf in den Nacken und sah in den nachtschwarzen Himmel. Das hatte länger gedauert als gedacht. Das Licht des Leuchtturms erhellte die vereinzelt dahinziehenden Wolken. Wilko spürte seine Arme, Schultern, das Kreuz mehr als sonst.

Wenigstens schien er keine Gehirnerschütterung zu haben, und die Verbrennungen an seiner Hand waren eher leicht. Gerade hatte er sie zu Hause versorgt gehabt und sich auf ein paar ruhige Stunden in seinem Kellerraum gefreut, da war Rena bei ihm aufgetaucht, um seine Hilfe einzufordern. Hätte er geahnt, dass er die nächsten zwei Stunden damit verbringen würde, eine immer wieder neu gefüllte Schubkarre über Norderneys Straßen zu schieben, hätte er nicht auf das Klingeln reagiert.

Abgekämpft schob er die Karre zwischen die Lorbeersträucher hinter dem Grab seines Vaters, wo er sie normalerweise aufbewahrte. Von ihm aus konnte sie die nächsten Wochen bleiben, wo sie war. Wie auch seine Tante.

Was hatte sich Rena nur dabei gedacht? Zwar hatte sie in ihrem Schuppen neben dem Brandherd kein Altöl aufbewahrt, aber auch Flaschen und Gläser mit Eingemachtem in Hochprozentigem neben alten Röhrenradios, Volksempfänger, Rollbildkameras, Holzresten, Bahnen aus Fallschirmstoff, Büchern und Papierstapeln waren die perfekte Rezeptur für eine Katastrophe!

Eine Katastrophe, der sie nur entgangen waren, weil das Feuer in den Parzellen hinter dem Kinderheim gelöscht worden war, bevor es auf Renas Schuppen hatte übergreifen können.

Die zusammengezimmerten Hütten samt der paar Quadratmeter Garten drum herum waren ein Überbleibsel aus der Zeit, in der hier alle unermüdlich gehortet hatten, was ihnen in die Hände gefallen war, und versucht, genug zum Überleben anzubauen. Selbst die Freifläche vor dem Kurhaus war damals zu Beeten umfunktioniert worden. Viel genutzt hatte es nicht, denn niemand war schlau genug gewesen, Pfade dazwischen anzulegen, und so verlief der Weg zu den Kartoffeln der einen über das Gemüse der anderen.

Auf dem Areal hinter dem Kinderheim hatte es besser funktioniert. Gemüse war gezogen, Hühner- und Hasenställe waren gebaut worden. Kaum verändert waren die Hütten an die nächste und übernächste Generation weitergegeben worden. Rückzugsmöglichkeiten für Wochenenden, Aufbewahrungsorte für all jenes, das zu Hause keinen Platz hatte. Oder aber zu gefährlich dazu war. Um Feuersicherheit scherte sich niemand.

Ein paar wenige Male hin und her, wie Rena ihm versichert hatte, waren bei Weitem nicht genug gewesen, um ihre Schätze umzuziehen, die, wie sie fand, dort nicht länger sicher waren. Einige davon lagerten nun kreuz und quer in ihrem Häuschen, andere in Wilkos Gartenschuppen. Alles Dinge, die andere vorschnell als Schrott abtaten, Rena aber nicht zurücklassen wollte, da sie fand, daraus ließe sich noch etwas machen. Nach dem Krieg hatten ihnen Renas Fundstücke dabei geholfen, über die Runden zu kommen. Damals, als offiziell niemand mit ihnen hatte Geschäfte machen wollen.

Wilkos Vater hatte sich zu einer Zeit umgebracht, in der die große Mehrheit der Bevölkerung nichts getan, geschweige denn von etwas gewusst haben wollte. Von Menschen, die bewiesenermaßen Schuld auf sich geladen hatten, galt es sich fernzuhalten. Und auf jene, die nicht länger widersprechen konnten, ließ sich wunderbar weitere Verantwortung abwälzen.

Herr Janssen, hatte es in der offiziellen Erklärung des Bauunternehmens Donar geheißen, *war bei uns selbstverantwortlich angestellt. Von einer Zusammenarbeit mit Zwangsarbeitern ist uns nichts bekannt. In unseren Unterlagen finden sich hierzu keinerlei Anträge oder Genehmigungen.*

Wie auch. Die dazugehörigen Papiere waren sicher ebenso in Flammen aufgegangen wie so manches zu dieser Zeit – auch auf ihrer Insel.

Dass niemand an der Beerdigung teilgenommen hatte, war rückblickend kaum verwunderlich. Selbst der Pfarrer war nur lange genug geblieben, um einige unpersönliche Sätze zu rezitieren, und Wilko hatte verstanden: Schuld war ansteckender als Tuberkulose oder Fleckfieber.

Verabschiedend legte er eine Hand auf den Grabstein, dann drehte er sich um und überquerte den Friedhof.

Als er das Grundstück seiner Familie – seit etwas über sieben Jahren sein eigenes – durch die hintere Gartentür betrat, atmete er erleichtert auf. Endlich allein. Er überprüfte die beiden Vorhängeschlösser des Schuppens und warf einen Blick in sein Gewächshaus. Vermutlich waren Rena und er gar nicht so verschieden. Ihre Sammlung an Glaskolben, Stoffen und kaputten Geräten war nicht viel anders als Wilkos geerbte Blumentöpfe, Schellackplatten und jene Tagebücher, Briefe, Pulverdosen und Röntgenunterlagen, die er auf seinen kindlichen Beutezügen im Mai 1945 sichergestellt und nach Hause getragen hatte. Auch er war der Meinung, dass damit noch etwas anzufangen sei.

Seit einigen Wochen nutzte er nun sowohl die alten Aufzeichnungen als auch die Musikaufnahmen für seine Sendungen, einen Unterschied schien das jedoch nicht zu machen. Dass seine Musik nicht den allgemeinen Geschmack traf, hatte er fast befürchtet. Viel mehr traf es ihn, dass seine wenigen Hörer die Auszüge aus den Tagebüchern als erhobenen Zeigefinger abtaten.

Es hatte ihn Mut gekostet, die kleine Truhe, in der er die gesammelten Aufzeichnungen bewahrte, überhaupt zu öffnen und sie sich vorzunehmen. Der Inhalt versetzte ihn zurück in eine Zeit, die er wie auch seine Kritiker manchmal am liebsten vergessen würden.

Wann aber würden seine Mitmenschen verstehen, dass das unmöglich war?

Noch immer fragte er sich, was damals in den Dünen eigentlich geschehen war, als er einen Sandhasen hatte fangen wollen. In all den Unterlagen, die er bisher durchgeblättert hatte, war dazu nichts zu lesen gewesen.

Das einzige Buch, das er noch immer nicht angefasst hatte, war ein schwarz eingeschlagenes Bändchen, das er lange Zeit für eine Bibel gehalten hatte. Sein Vater hatte darin Tagebuch geführt. Wilko fürchtete sich vor dem, was er darin finden würde.

KAPITEL 25

Hanna starrte den jungen Mann ihr gegenüber sprachlos an. Marion und Petra saßen mit dem Rücken zu ihr am Zweiertisch neben ihnen. Evi hatte die beiden eilig dorthin bugsiert und Hanna dann zu ihrem Platz geführt.

Nicht einmal von seinem Buch aufgesehen hatte Hannas Gegenüber, als Evi sie einander vorgestellt hatte – »Hanna, das ist Jan. Jan, das ist meine Cousine, von der ich dir erzählt habe« – und Hanna in dem Stuhl ihm gegenüber zurückgelassen hatte, um ihr einen Sanddornsaft zu besorgen.

Dass Jan und sie zwei der besten Plätze hatten, um der Fernsehübertragung zu folgen, war an ihn ebenso verschenkt wie Hannas Versuch, ein Gespräch zu beginnen. Von dem heutigen Brand hatte sie angehoben zu erzählen, da hatte er entschuldigend das Buch in seinen Händen hochgehalten. »Den habe ich nicht mitbekommen. War den ganzen Tag hiermit beschäftigt. Und bin noch nicht zu Ende.«

Hanna ließ den Blick durch den Raum wandern. Auf der gegenüberliegenden Seite amüsierten sich Bruno, Eddie und deren Freunde über die Theaterkomödie. Niemand unterhielt sich, mit Ausnahme von Evi, die in ein konzentriertes Gespräch mit einem blonden Hünen an der Bar vertieft war. Sie strich sich die Haare hinters Ohr, legte den Kopf schief und lächelte zu ihm hinauf.

Kam es Hanna nur so vor, oder drehte sich die Menschheit, seit es dank des Wirtschaftswunders wieder bergauf ging, vornehmlich um Gewinn, Autos, Kleider und vor allem um sich selbst? Müde hob sie eine Hand, um das aufkommende Gähnen zu verbergen, doch es blieb stecken, als kämpften Erschöpfung und

Unruhe in ihr ein ausgewogenes Gefecht. Sie massierte sich den verkrampften Kiefer, dann malte sie ein Gesicht auf das beschlagene Saftglas vor ihr. Punkt, Punkt, Strich, Linie – mürrisch sah es aus.

Kaum waren sie in der Hotelbar angekommen, hatte Evi sich beeilt, Hanna die geplante Doppelverabredung schmackhaft zu machen, und ihr Jan in den höchsten Tönen angepriesen: »Ein bisschen sieht er aus wie Elvis. Wegen der Haare. Also, falls Elvis eine Hornbrille tragen müsste. Aber du guckst ja nicht so auf Äußeres. Außerdem ist er schlau, sagt Ludger. Nächstes Jahr beginnen sie gemeinsam ein Ingenieursstudium oder so.« Als würde es hierbei um Hannas Bedürfnisse gehen und nicht einzig darum, den reibungslosen Ablauf von Evis Abend sicherzustellen. Hanna wusste nicht einmal, ob ihre Frustration daher rührte, wieder einmal nur Lückenfüllerin zu sein, oder daher kam, dass selbst dies heute nicht nötig zu sein schien: Jan war vollauf zufrieden mit seiner Lektüre. Was andere von ihm erwarteten oder dachten, schien ihm egal. Beneidenswert.

Amüsiertes Prusten klang von Eddies Tisch herüber. Die Freunde stießen mit ihren Gläsern an. Eddie drehte den Kopf zu ihr und prostete ihr zu. Hanna zwang sich zu einem Lächeln und nickte hinüber. Sie könnte aufstehen und sich zu ihm setzen. Nach ihrem ersten Stadtrundgang waren Evi und sie ein weiteres Mal mit den Freunden Eis essen gegangen. Eddie jedenfalls hatte das Feuer sicher mitbekommen.

Die nächste Lachsalve durchlief den Raum wie eine Welle. Bruno klopfte Eddie belustigt auf die Schulter und hörte erst damit auf, als Eddie erneut sein Getränk hob.

Hanna blickte durch das grün gefärbte, gewölbte Fensterglas hinaus auf die Straße. Verzerrt sah die nächtliche Welt dort draußen aus und passte zu ihrer Stimmung. Sie fühlte sich, als hätte sie die Hälfte einer Strecke hinter sich gebracht, bevor sie bemerkte, dass dem Boden unter ihren Füßen nicht zu trauen war – eine schwankende Seebrücke über aufgewühlten Schaumkronen. Unterspülter Wattschlick, der jederzeit nachgeben konnte.

Sie hielt ihren Saft gegen das Fenster, und das flaschengrüne Licht färbte das intensive Orange schmutzig braun. Hanna dachte daran, wie ihre unschuldige Farbsortierung des Kindergeschirrs auf dem Weg zur Heimleiterin zu einer weiteren Kontrollinstanz geworden war. Und zu einer Idee von Schwester Frieda.

Sie wünschte, sie hätte damit nichts zu tun. Wüsste nicht, dass die Isolierzimmer für Disziplinierungsmaßnahmen genutzt wurden. Die Kinder an ihre Betten gebunden wurden. Bitter nahm sie einen Schluck ihres Getränkes. Womöglich war der wortkarge Jan doch eine bessere Gesellschaft für sie als Eddie, seine Schwester und ihre Freunde. Bei Jan konnte sie in aller Ruhe ihre Gedanken ordnen. Außer ihnen starrten im Gastraum alle gebannt auf das Fernsehgerät. Nur wenige Menschen saßen an der Bar und beobachteten ihrerseits vergnügt die Reaktionen des Publikums. Evi und ihre neue Bekanntschaft waren nicht mehr darunter.

Erneut wurde Lachen laut, und Jan ihr gegenüber machte ein ungeduldiges Geräusch, eine Mischung aus zustimmendem »Mh-hm« und frustriertem Knurren. Er zog einen Bleistift aus der Tasche seines Cordjacketts und unterstrich einige Zeilen in seiner Lektüre.

Nun wurde Hanna doch neugierig. Sie beugte sich vor, doch der Titel verschwamm vor ihren Augen zu einer wirren Abfolge von zu vielen Vokalen und einigen Konsonanten, die keinen Sinn ergaben. Sie runzelte die Stirn, kniff die Augen zusammen und konzentrierte sich. Offenbar war sie zu müde.

Jan blickte auf. Lächelte. »Sie wirken kompliziert.«

Hanna sah ihn verwirrt an. Dann zuckte sie betont gelassen mit den Schultern. »Ich wollte sehen, was Sie da so Faszinierendes lesen.«

Für einen Moment betrachtete er ihren verkniffenen Gesichtsausdruck, dann schüttelte er den Kopf. »Ich glaube nicht, dass Sie es begreifen.«

»Bitte?« Hannas Ohren begannen zu glühen. »Etwa, weil ich ›nur‹ eine Frau bin und in Ihrem Buch irgendwelche Formeln stehen?«

Er schüttelte entschuldigend den Kopf. »Nein. Nicht deshalb. Aber … wegen der Wörter.«

Er klappte das Buch zu und hielt es ihr entgegen. Sein nächster Satz detonierte in ihrem Kopf, als hätte er eine Bombe gezündet: »Ich denke nicht, Sie können sie lesen.«

Hanna versteifte. Mit nur zwei Blicken wollte er gesehen haben, was sie seit Jahren vor allen verheimlichte? Ihre Leseschwäche musste schlimmer geworden sein, offensichtlicher.

Von ihren Händen am Saftglas zog eine eisige Kälte ihre Schultern hinauf bis in den Nacken. Dann bahnten sich Scham und Wut einen Weg, heiß und unaufhaltsam, sprengten alles auseinander.

Sie hatte genug. Der Brand, die Angst, ihre Stelle zu verlieren, die Demütigung durch Dr. Waldeck, ihre Hilflosigkeit. Und jetzt kam noch jemand daher und machte sich über ihre Unzulänglichkeiten lustig.

Langsam löste sie ihre Finger vom Glas, und beugte sich über den Tisch. »Richtig erkannt«, zischte sie. »Ich habe eine Leseschwäche.« Kratzend rutschte der Stuhl über den Boden, als sie aufstand. Hanna ballte die Fäuste. »Ich wünschte, ich könnte etwas dagegen tun, aber nichts nutzt!«

Jan schob seine Hornbrille die Nase hinauf und legte die Stirn in Falten, als hätte er Mühe, ihr zu folgen.

Doch Hanna war noch nicht fertig. »Mich bloßzustellen«, erklärte sie mit so viel Würde wie möglich, »und über mich zu lachen, ist ebenso unnötig wie gemein. Wir beide saßen nur deshalb an einem Tisch, weil meine Cousine und Ihr Freund miteinander allein sein wollten. Also dann: Auf Nimmerwiedersehen.« Sie schnappte sich ihre Tasche und zwängte sich zwischen den eng stehenden Tischen hindurch in Richtung Ausgang. Hätte sie sich doch nur zu Marion und Petra gesetzt, an Eddies Tisch. Hätte sie Evi endlich einmal gesagt, wie satt sie es hatte, die ewige Nummer zwei zu sein. Wäre sie verdammt nochmal erst gar nicht mitgekommen!

»Hanna, warte!«

Eddie.

Erst auf der Straße blieb Hanna stehen.

»Ist alles in Ordnung mit dir?«

»Sicher.«

Eddie trat neben sie. »Das klingt nicht überzeugend. Lass mich dich nach Hause begleiten.« Er griff nach ihrer Hand und schlang ihren Arm durch seinen wie ein Gentleman. »Oder soll ich umdrehen und dem Typen mit dem affigen Rollkragenpullover ein klebriges Mixgetränk ins Gesicht schütten?« Aufmerksam sah er sie an. »Du siehst aus, als hätte er es verdient.«

Gegen ihren Willen musste Hanna lachen. Dann atmete sie tief durch, nickte Eddie zu und setzte sich in Bewegung. »Also gut. Hier entlang. Ein freundliches Gesicht kann ich heute wirklich gebrauchen.«

»Sehr gut.« Eddie passte seine langen Schritte an ihre an. »Das bringe ich mit. Und noch ein paar andere Vorzüge.«

KAPITEL 26

»Ich war wirklich beunruhigt, verstehst du? Wegen der Rauchwolken, der Kinder … und dann habe ich alles falsch gemacht!« Hanna ließ den Kopf hängen. Es tat gut, sich endlich jemandem anzuvertrauen. Jemandem, der mit Strandhafer nichts zu tun hatte. Und Eddie hatte recht: Er war mehr als nur ein freundliches Gesicht, er war auch ein guter Zuhörer. Hanna gähnte. »Was für ein grauenhafter Tag.«

»So klingt es.« Warm drückte er ihre Hand. »Aber unsere Feuerwehr hatte alles im Griff. Niemandem ist etwas passiert.«

»Außer Flori und Ben, meinst du.«

Er warf ihr ein beruhigendes Lächeln zu. »Euer Arzt hat doch gesagt, das ist bald ausgestanden. Du darfst dir das nicht so zu Herzen nehmen. Du arbeitest da schließlich nur.«

Mit gerunzelter Stirn sah Hanna zu ihm auf. »Was soll das denn bedeuten?«

Eddies Stimme wurde sanft. »Na, es geht nicht um deine Geschwister … oder deine eigenen Kinder.«

Abrupt blieb Hanna stehen. »Das macht für mich keinen Unterschied.«

»Jetzt sei nicht auf mich wütend. Deine Cousine und dieser Jan haben dir die Laune verdorben. Ich bin dein edler Ritter.« Er zwinkerte ihr zu und zog sie weiter. »Ich bringe dich sicher nach Hause und beschütze dich.«

»Wovor?«

»Vor allem.« Er tätschelte ihren Arm, und für einen kurzen Moment war Hanna versucht, ihm diesen zu entziehen. Was war los mit ihr? Schließlich versuchte Eddie nur, nett zu sein. Da grinste er sie auch schon an. »Du wolltest schließlich unbedingt am Friedhof entlang.«

»Weil das der kürzeste Weg ist.«

»Heißt das, du weißt nicht, wie viele Wiedergänger dort begraben liegen?«

Kopfschüttelnd warf Hanna einen Blick auf die Mauer, zu hoch war sie, um in den Kirchhof zu sehen. »Versuchst du mich mit einer Insel-Gruselgeschichte abzulenken?«

»Funktioniert es?«

Unbeeindruckt zog Hanna die Brauen hoch.

Eddie seufzte. »Nun ja, wirklich spannende Sagen hat Norderney eigentlich nicht zu bieten. Kein Wunder. Wer will hier schon spuken? Viel zu wenig los.«

So frustriert klang das, dass Hanna Mitleid bekam. »So schlimm kann es nicht sein. Du bist schließlich auch noch hier.«

»Ich bin hier zu Hause.« Eddie zögerte. »Auch wenn es nicht einfach ist, ein nettes Mädchen zu finden, das … na ja … mit mir bleiben will.« Er blieb stehen und sah ihr prüfend in die Augen.

Das hatte sie jetzt davon, nett zu sein.

Betont ungezwungen entzog sie ihm ihren Arm, knuffte ihm freundschaftlich gegen die Schulter und schlug einen zuversichtlichen Ton an: »Ach, das wird sicher. Du hast ja noch Zeit.« Damit begann sie zügig die Friedhofsmauer entlangzulaufen. »Lass uns einen Schritt zulegen, ich möchte rechtzeitig in unserem Logierhaus sein.«

Eddie nickte und lief stumm neben ihr her, während Hanna sich die Häuser der nächsten Querstraßen besah. Je weiter sie kamen, desto weniger waren beleuchtet. Hier im Wohnviertel schienen die Menschen früh zu Bett zu gehen.

An der Kreuzung zur Pension Fischer blieb Hanna stehen und streckte Eddie eine Hand entgegen. »Danke, dass du mich begleitet hast.«

Er umschloss ihre Finger und drückte sie. »Immer wieder gern. Sehen wir uns morgen beim Picknick?«

»Welches Picknick?«

»Sag bloß, Evi hat dir nicht davon erzählt?« Noch immer hielt er ihre Hand. »Wir treffen uns morgen Nachmittag. Um zwei hole ich euch am Leuchtturm ab. Wir zeigen euch eine unserer Lieblingsstellen.« Er zwinkerte ihr zu. »Gutes Essen, nette Menschen, ein bisschen Musik und Spaß!«

Das klang wirklich nach einer schönen Abwechslung.

Hanna überlegte. »Ich weiß von nichts. Und ich bin morgen das erste Mal für die Kinderpflege und im Therapiesaal eingeteilt. Wer weiß, wann ich da fertig werde.«

»Du musst doppelt arbeiten?« Er klang empört. »Die nutzen dich aus!«

Hanna machte einen Schritt in Richtung ihrer Pension. »Lass das mal meine Sorge sein.«

»Natürlich«, lenkte er schnell ein und folgte ihr. »Dann warte ich eben ab drei auf dich. Wer viel arbeitet, sollte sich auch doppelt so gut erholen!«

Amüsiert schüttelte Hanna den Kopf. »Meine Oma sagt immer: Wer viel arbeitet, soll vor allem gut essen.«

»Unsere Großeltern hatten ja auch kein anderes Vergnügen. Komm morgen zum Leuchtturm, und ich zeige dir, was es hier neben dem Essen sonst noch Schönes gibt.«

»Ich tue mein Bestes. Jetzt muss ich aber wirklich weiter.«

Eddie nickte. »Alle auf der Insel kennen Hilde Fischers strenges Regiment.« Er hob eine Hand zum Abschied. »Ich hoffe, du kommst ohne Predigt durch die Eingangstür!«

Ohne sich noch einmal umzudrehen, lief Hanna die Straße entlang, durch Gartentürchen und Haustür und schlich im Dunkeln durch den Flur zur Treppe. Das Licht, das unter der Tür zu den Privaträumen ihrer Wirtin hervorflackerte, half ihr, sich zu orientieren. Die Standuhr schlug Viertel nach neun. Hanna nutzte das Geräusch, um die knarzende siebte Stufe zu überwinden.

Um halb elf verschloss Frau Fischer die Eingangstür. Ausnahmen, wie Nacht- oder spät endende Abendschichten, mussten vorher mit ihr abgesprochen werden. Hoffentlich vergaß Evi vor lauter Spaß mit ihrer neuen Errungenschaft nicht den Zapfenstreich und brachte sie beide in Schwierigkeiten.

In ihrem Zimmer angekommen, schloss Hanna die Tür hinter sich, stellte das Röhrenradio an und hängte ihre Zweituniform heraus. Die durch das Zimmer schwebende Melodie erkannte sie sofort. *Die Fledermaus* mit Peter Alexander hatten Evi und sie, wie alle seiner Filme, so oft gesehen, dass sie sämtliche Lieder mitsingen konnten. Evi hatte ein Faible für den attraktiven österreichischen Schauspieler. Hanna hatte ihr nie gestanden, dass er sie an Pfefferminztee erinnerte: wohltuend vertraut, aber auch ein bisschen langweilig.

Entspannt tanzte sie im Walzertakt durch den Raum. Oder war das ein Foxtrott? Wenn sie eines nicht war, dann taktfest. Oder treffsicher, was Melodien anging. Hanna, behaupteten ihre Brüder gern, konnte einen ganzen Kirchenchor umwerfen und einen Mann, der das Unglück hatte, sie auf die Tanzfläche zu führen, lebenslang verunsichern.

Aber hier und jetzt sah und hörte sie niemand. »Ha-ha-ha«, trällerte sie und strich tanzend die Falten ihrer Ersatztracht aus. »Große Leute sehn das nicht, kleine, die versteh'n das nicht.«

Nur dass ihr Text nicht mit dem aus dem Radio übereinstimmte. Anstatt des erwarteten schmissigen Duetts erklang eine einsame Frauenstimme, körnig, krisselnd und hier und da unterbrochen. Dann wurde sie leiser.

Verwundert beugte sich Hanna zu dem Lautsprecher.

»Sie hörten«, erklärte ihr eine ruhige Stimme, »eine seltene Aufnahme der Operettendiva Fritzi Massary aus der *Fledermaus*. Inzwischen zu einem Schlager voller Wirtschaftswunderkitsch verkommen, erinnert sich kaum mehr jemand an ihre frühere Darbietung des gleichen Liedes. 1933 verließ Fritzi Massary Deutschland. Sie war Jüdin.«

In der folgenden Stille ließ sich Hanna auf ihrem Bett nieder und wartete. Das konnte doch noch nicht alles gewesen sein.

Und richtig, nach einer kurzen Pause ging es weiter. »Übrigens kommt Ende dieses Jahres ein weiterer Musikfilm mit Peter Alexander in die Kinos: *Die lustige Witwe.* Eine gefahrlos luftige Version von Adolf Hitlers Lieblingsoperette.«

Hanna beugte sich vor. Das hatte sie nicht gewusst, und sie fragte sich, ob sie den Film mit diesem neuen Wissen überhaupt sehen wollte, geschweige denn seine Schlager mitsingen. Oder war es gerade wichtig, dass die Operette nicht in einer finsteren Ecke der Geschichte stecken blieb, sondern neu gesehen, gedeutet, angerichtet wurde? Wenn auch vielleicht nicht unbedingt als Pfefferminzbonbon.

»Wie immer an dieser Stelle entlasse ich Sie mit einem Stück gelesener Vergangenheit«, schloss der Radiosprecher so nahe an Hannas Ohr, dass sie erschauderte. »Das heutige Zitat stammt aus dem Tagebuch eines Soldaten der Marineflakbrigade 226 zur Weihnachtszeit 1941. Schalten Sie auch das nächste Mal wieder ein, wenn Ihr Lieblingspiratensender sich auf dieser Frequenz zu Wort meldet: *Gegen das Vergessen.*«

Im Hintergrund waren Klaviertöne zu hören, im Vordergrund holte der Moderator tief Luft und begann zu lesen. »Wir singen viel gemeinsam. Geben Konzerte, unterstützt von den Mädels des BDM. Aber auch an den langen Dezemberabenden machen wir Musik und natürlich heute. Jene von uns, die Familie haben, denken an Eltern, Söhne und Frauen, ich an die Arbeiter im Lager. Haben sie nicht auch Mütter, Väter, Geschwister, die sie vermissen? Letztes Jahr, erzählte einer der Wachmannschaft, bekamen einige vom Arbeitsdienst noch Heimurlaub. Niederländer, Belgier, Volksdeutsche – die besonders fleißigen. Ein Zugeständnis, das es sich zu verdienen galt. Doch nicht alle kehrten zurück, und so leiden nun alle darunter. Wir benötigen jeden einzelnen der uns zugeteilten Facharbeiter, jedes Paar Hände. Es heißt, sie erhielten heute doppelte Rationen, dürften sich sogar zu einer kleinen Feier in einer der Baracken zusammenfinden. Aber jetzt schon, am Heiligen Abend, wird geargwöhnt, dass wir sie morgen besonders antreiben müssen. Da jedes Entgegenkommen ausgenutzt wird. Ein Kamerad stimmt das Lied des gefallenen Soldaten an. Meine Stimme will nicht so recht tönen, meine Kehle bleibt verschlossen. Die schönen Künste, sagt man, können vereinen und Wunden schließen. Aber haben wir alle nicht gesehen, dass man sie auch missbrauchen kann? Nichts ist länger unantastbar.«

Ein elektrostatisches Knacken folgte wie ein sich zusammenballendes Gewitter. Hanna zuckte zusammen, als plötzlich Gus Backus' Stimme aus dem Lautsprecher erschallte. »Hat er genau wie wir 'ne Mondscheinbraut, für die sich's lohnt, dass man ein Häuschen baut«, schmetterte er übermäßig gut gelaunt und wenig später, noch lauter und im Chorus: »Der Mann im Mond, der hat es schwer, denn man verschont ihn heut nicht mehr.«

Fieberhaft bewegte Hanna den Regler für die Frequenzen hin und her, doch die geheimnisvolle Sendung von eben blieb verschwunden. Musik- und Sprachfetzen flossen ineinander. Sie griff nach dem Drehknopf für die Lautstärke – mit einem satten Klicken erstarben sämtliche Töne, und Hanna ließ sich zurück aufs Bett sinken. Ein Piratensender gegen das Vergessen? Das klang, als sollte sie demnächst versuchen, ihn wiederzufinden.

ASPIRATION, As-pi-ra-ti-on: Begriff für Ehrgeiz, Ambition, Bestreben, etwas unbedingt zu erreichen; Ansaugen von (flüssigen) Substanzen durch Unterdruck/Sog, zum Beispiel in einer Spritze oder Sonde; unbeabsichtigtes Eindringen von Material (Nahrung, Speichel, Fremdkörper) in Atemwege (Luftröhre/Lunge)

(aus Hannas Notizbuch)

KAPITEL 27

So kräftig sie konnte, trat Hanna in die Pedale.

»He«, rief Evi ihr keuchend hinterher, »nimm mal ein bisschen Druck aus dem Kessel! Eddie wartet sicher gerne auf dich.«

Hanna tat, als hätte sie nichts gehört, richtete sich auf gegen Steigung und Wind und fuhr im Stehen weiter.

Sie war wütend. Als Evi gestern Nacht ins Zimmer geschlichen war, hatte Hanna schon geschlafen. Heute Morgen hatte sich ihre Cousine darüber beschwert, dass Hanna zu viel Krach machen würde, und sich das Kissen über die Ohren gezogen. Evis Dienst hatte nach Hannas begonnen und vor ihrem geendet.

Dass sie die Zeit dazu genutzt hatte, zwei Räder für sich und Hanna zu organisieren, schien ihre Idee einer Entschädigung für den gestrigen Abend zu sein. Wenigstens war Hanna damit unabhängig von der einzigen, unregelmäßig fahrenden Busverbindung zwischen der Weißen Düne und Norderney Stadt. Wenn sie wollte, könnte sie jederzeit wieder verschwinden.

Die Straße krümmte sich in einem weiten Bogen. Hanna ließ Evi hinter sich zurück und war einen wohltuenden Moment ganz allein inmitten der Dünenhügel und weiten Flächen, zwischen dem einen Ufer und dem anderen. Aufatmend ließ sie sich auf den Sattel sinken und streckte die Beine von sich, wie sie es als kleines Mädchen auf dem zu großen Fahrrad ihres ältesten Bruders gemacht hatte. Vielleicht konnte sie auf dem Rückweg am Meer entlangfahren, dort, wo der feuchte Sand einen festen Untergrund bildete. Wo früher Badekarren ihre Insassen bis in die Wellen des Meeres gebracht hatten, um zu vermeiden, dass entblößte Knöchel, Arme oder gar ein Knie zu sehen waren.

Als der Leuchtturm in Sicht kam, wartete Hanna, bis Evi aufgeholt hatte.

»Da seid ihr ja, wie schön!« Eddie strahlte ihnen entgegen, und zu Hannas Erleichterung reichte Evis Kurzatmigkeit nicht für eine hintersinnige Bemerkung, zum Beispiel darüber, wie sehr sich Hanna beeilt habe, ihn zu sehen.

Kaum hatten sie die Räder abgestellt, begann Eddie, einen Vortrag über den achteckigen Turm des Leuchtfeuers zu halten, und ratterte Höhenmeter und Stufenanzahl herunter, als würde er dafür bezahlt. Er beschrieb, wie man von oben bei gutem Wetter bis fast nach Holland sehen konnte, und wies voller Stolz darauf hin, dass ihr Leuchtturm deutschlandweit der einzige mit links drehender Lichtanlage war. »Sie stammt aus Frankreich und war Teil der Reparationen nach dem Deutsch-Französischen Krieg.«

»Nur gerecht.« Evi vertrat sich die Beine. »Ich möchte nicht wissen, wie viele deutsche Schienen, Technik und Kunst überall in der Welt verstreut sind. Ganz abgesehen von unseren Wissenschaftlern und Forschern!« Sie streckte sich und rümpfte die Nase. »Kein Wunder, dass alle schneller sind als wir, einen Mondflug vorzubereiten.«

Hanna lachte auf. »Glaubst du wirklich, unter anderen Umständen gäbe es eine erfolgreiche deutsche Raumfahrtbehörde?«

»Und du?« Evi warf ihr einen herausfordernden Blick zu. »Kannst du sicher sein, dass nicht?«

Hanna verkniff sich eine Antwort. Über nichts waren sie und ihre Cousine unterschiedlicherer Meinung als bei Themen rund um die Kriegs- und Nachkriegsjahre. Wer schuldete wem was? War es in Ordnung, etwas zu tun, nur weil jemand dazu einen Befehl erteilt hatte, oder weil alle anderen es ebenso hielten?

Für Evi spielte es keine Rolle, wie ihre Familie an das erste Lichtspielhaus ihres Imperiums gekommen war. Ihre Familiengeschichte fügte sich aus bewusst gesetzten Höhepunkten zusammen, eine Aneinanderreihung von glänzenden Anekdoten, sorgsam poliert.

»Also ich bin der Meinung, ›Was wäre, wenn‹ hilft niemandem«, mischte sich Eddie ein und führte sie auf die gegenüberliegende Straßenseite zu einem Sandweg. »Ich mache mir lieber Gedanken über Sachen, die ich erreichen kann. Zum Beispiel: Wollen wir uns gemeinsam einen Film ansehen, Hanna?« Ihr gestriger Abendspaziergang schien ihn ermutigt zu haben. »Wir finden sicher einen, der uns beiden zusagt.« Er lächelte gut gelaunt. »Dieses Wochenende hätten wir beispielsweise die Qual der Wahl zwischen Marlon Brando, Götz George und O.E. Hasse.«

»Na, das ist doch keine Frage.« Evi winkte ab. »Der eine ist zu alt, der andere zu jung. Ich würde nur einem für mehr als eine Stunde zusehen.« Sie lächelte vielsagend. »Bei was auch immer.«

Gegen ihren Willen musste Hanna lachen. Das war mal wieder typisch. »Na, dann«, fand sie, »ist das ja geklärt. Evi kommt mit. Eine Qual«, erklärte sie Eddie, »wäre für sie nur, sich zwischen Marlon Brandon und James Dean entscheiden zu müssen.«

Evi zuckte mit den Schultern. »Gar nicht, ich nähme einfach beide.«

Eddie verzog betont entschuldigend das Gesicht. »Jimmy habt ihr verpasst. *Denn sie wissen nicht, was sie tun* lief schon. Was Kultur angeht, sind wir hier auf der Insel ganz weit vorn. Immerhin haben wir gleich drei Lichtspielhäuser!«

Evi holte tief Luft, und Hanna ahnte, was ihr auf der Zunge lag – dass man die Vorführräume der Insel kaum mit den Häusern ihrer Familie vergleichen konnte. Dann jedoch schien ihre Cousine sich zu besinnen. »Du hast recht«, sagte sie. »Dafür, wie klein das hier alles ist, wird wirklich was geboten.«

Hanna stimmte ihr zu, auch wenn sie dabei weniger an Norderneys Kinos, Bars, Cafés und Tanztees dachte, sondern an die Natur. Sie mochte den Pfad, der sich vor ihnen zwischen den bewachsenen Dünen hindurchschlängelte: Darüber strahlte der blaue Himmel, rechts und links streckten Sträucher und Bäume ihre Äste weg von Meer und Wind, als wollten sie zufällig Vorbeikommenden den Weg zur Inselmitte weisen. Lief man hier weiter, käme man unweigerlich irgendwann zum östlichen, unbewohnten Teil der Insel, der noch schöner sein musste. Wie hatte Leni auf der Fähre gesagt: Dort konnte man stundenlang unterwegs sein, ohne einer Menschenseele zu begegnen.

Hanna achtete auf die Abzweigungen, die Eddie vor ihr nahm. Irgendwann wollte sie hier allein entlang und weiter, den Strand und die Überreste der Bunkeranlagen erkunden, von denen auch Eddies Schwester Marie gesprochen hatte. Der Wunsch, einmal ganz für sich zu sein und niemandem begegnen zu müssen, war beinahe übermächtig.

Das entspannte Geplauder zwischen Eddie und Evi geriet in den Hintergrund, während sie dem Wind lauschte und tief einatmete. Es roch lebendig. Lebendiger als Kampfer, Eukalyptus, Thymian oder Quendelkraut, deren penetranter Geruch ihr in den letzten Stunden in die Nase gezogen war, während sie, von Rebecca angeleitet, die Vorräte der Apothekerschränke überprüft hatte. Selbst der Kartoffelbrei beim Mittagessen hatte nach getrockneten Kräutern geschmeckt.

»Hier biegen wir ab.« Eddie deutete auf einen Trampelpfad, der in die Dünenlandschaft führte. Im Gänsemarsch stapften sie die nächste Anhöhe hinauf, von der aus – nur ein Dünental entfernt – die anderen zu sehen waren: Gemütlich lagerten sie auf ausgebreiteten Decken auf dem letzten Hügel vor dem Meer und winkten ihnen entgegen. Gerade wurden Flaschen und Papiertüten aus Körben gezogen. Wer auch immer für die Leckereien gesorgt hatte, hatte sich offenbar nicht lumpen lassen.

Mit schlechtem Gewissen griff Hanna nach Eddies Arm. »Danke für die Einladung. Wir haben nicht einmal Kuchen gekauft.«

Eddie nahm ihre Hand und zog sie mit großen Sprüngen ins Dünental hinab. »Hauptsache, ihr seid hier.« Er nutzte den Schwung, um Hanna die nächste Sanderhebung hinaufzuziehen.

Oben angekommen, gab es ein lautes Hallo. Eddie führte sie zur steilen Dünenkante »Die besten Ecken kennen nur die, die hier zu Hause sind. Schau!«

Der Ausblick war atemberaubend. Hundert oder mehr Meter weiter vorn schob sich Welle um Welle auf den Sand. Links reihten sich die Häuser der Stadt miniaturgleich aneinander. Rechts erstreckte sich der breite Strand, menschenleer bis auf vier Reiter in der Ferne. Am Fuße ihrer Picknickdüne badeten Menschen in der Sonne, Kinder spielten Fangen, andere bauten Sandburgen. Einen Moment stutzte Hanna, als sie erkannte, dass niemand von ihnen Kleidung trug.

Evi neben Eddie kicherte. »Die schönste Ecke der Insel befindet sich über dem Nudistenstrand?«

Eddie verzog das Gesicht, da mischte sich Bruno ein: »Die haben unseren Lieblingsplatz gekapert.«

Pepe nickte. »Aber wir geben ihn nicht auf. Das ist schließlich unsere Insel!«

Eddie zog Hanna zur Picknickdecke. »Setzen wir uns. Dann sieht man sie nicht mehr, nur noch den Streifen vor dem Meer.«

Bruno, mit einem belegten Brötchen in der Hand, blieb stehen, spähte hinunter und grinste breit. »Ich weiß gar nicht, was ihr habt. Ich bilde mich gerne weiter. Vor allem, was die weibliche Anatomie betrifft.«

Evi, Steffi und Carolin kicherten.

Hanna bemerkte verwundert, wie nah die vier Reiter inzwischen gekommen waren. Dicht am Ufer hielten sie inne und griffen sich zeitgleich ins Gesicht. Anstatt weiter in Richtung Stadt zu reiten, wendeten sie ihre Pferde und ritten auf die Dünen zu.

Hanna stand auf. »Eddie? Die wollen doch nicht etwa hier hoch?«

Eddie winkte ab. »Die Düne ist viel zu steil.«

Auch Bruno schien nicht besorgt. »Keine Angst, die haben ein anderes Ziel.« Er stellte sich neben Hanna. Seite an Seite stürmten die Reiter vorwärts, und je näher sie kamen, desto deutlicher konnte Hanna erkennen, was sie eben mit ihren Gesichtern gemacht hatten: Wie Banditen hatten sie sich Tücher über Mund und Nase gezogen. Irgendetwas stimmte nicht.

Auch die anderen erhoben sich und blickten zum Strand hinunter, wo die vier Tiere in vollem Galopp auf die Sonnenbadenden zupreschten.

Eddie seufzte auf. »Schon wieder.«

Pepe grinste. »Selbst schuld. Die Nackedeis wissen genau, dass sie hier niemand will.«

Nun bemerkten auch die Menschen am Strand die wilde Jagd, stolperten hastig auf die Füße und begannen zu rennen. Außer einigen kniehoch aufgeworfenen Sandwällen und Sonnenschirmen gab es jedoch nichts, wohinter sie Schutz suchen konnten.

Unwillkürlich machte Hanna einen Schritt nach vorne. »Was soll das?«

Bruno winkte ab und griff nach dem nächsten Sandwich. »Entspann dich. In fünf Minuten ist der Spuk vorbei.«

In aggressiver Choreografie sprengten die Reiter durch die aufgescheuchte Menschengruppe, trieben sie auseinander und zusammen, ritten hierhin und dorthin. Hinter den Hufen ihrer Tiere spritzte Sand in die Luft, ängstliche Schreie wurden laut, Chaos brach aus.

Dann drehten die Reiter so plötzlich, wie sie gekommen waren, wieder ab und trabten am Ufer in Richtung Norderney Stadt, als wäre ihr Angriff eben nur ein Traum gewesen.

»Na bitte.« Bruno nahm einen weiteren Bissen. »Wie ich gesagt habe.«

Hanna schirmte ihre Augen mit einer Hand gegen die gleißende Sonne ab und spähte die Düne hinab. Langsam richteten sich die Menschen dort auf, als trauten sie dem Frieden nicht, und sahen den Reitern hinterher. Nur ganz am Rand standen vier größere Gestalten hilflos um eine kleine herum, die auf dem Boden lag und zuckte.

Hannas Herz krampfte sich zusammen. Irgendetwas schien dort passiert zu sein, und es sah nicht aus, als wüssten die Umstehenden, was zu tun sei. Ohne zu zögern ließ sie sich auf den Boden sinken und begutachtete die steile Dünenkante vor ihr.

»Hanna, warte, was hast du vor?« Eddie streckte eine Hand nach ihr aus. Doch Hanna wartete nicht, sie stieß sich ab.

KAPITEL 28

Das Gleichgewicht zu halten war nicht so einfach wie gedacht, Hanna rutschte den Abhang hinunter und bremste mit Füßen und Händen, um sich nicht zu überschlagen. Beinahe unten angekommen, überholte sie jemand links. Eddie überschlug sich mehrmals, fluchte und rieb sich am Fuß der Düne mit schmerzverzerrtem Gesicht den Knöchel.

Die anderen riefen ihnen etwas hinterher, doch ihre Worte waren nicht zu verstehen. Eddie richtete sich auf, winkte beruhigend und hielt die Hände wie einen Trichter an den Mund. »Alles in Ordnung.« Hanna war sich da nicht so sicher. Und tatsächlich: Schon nach dem ersten tastenden Schritt begann er zu humpeln und seufzte entnervt. »Lauf du vor. Ich komme nach.«

Kurz nickte Hanna ihm zu und eilte los. Eddie murmelte ein paar wütende Worte und stöhnte, doch Hanna hatte nur Augen für die kleine krampfende Figur auf dem Boden. Ein kleiner Junge. Was war geschehen?

Weitere Menschen hasteten herbei.

Je näher Hanna kam, desto deutlicher konnte sie die Gesichter der Umstehenden erkennen. Starr vor Schock, sahen sie auf das Kind in ihrer Mitte. Röchelnd rang es nach Luft. Kurz bevor sie es erreicht hatte, durchbrach jemand den Menschenkreis, griff dem Jungen von hinten unter die Achseln und zog ihn strauchelnd mit sich in die Höhe. Ihn vor sich haltend, riss der Mann seine ineinander verschlungenen Hände zurück gegen den Brustkorb des Kleinen. Ein Mal, ein weiteres Mal – was sollte das? –, ein drittes Mal.

Hanna schnappte entsetzt nach Luft »Aufhören! Was um Himmels willen tun Sie da?«

Plötzlich wurde der Junge von einem heftigen Hustenanfall geschüttelt, etwas flog aus seinem Mund und landete im Sand. Gierig sog er Luft in seine Lungen, würgte, weinte, hustete heftig und sank tränenüberströmt in die Arme des Mannes hinter ihm.

Hanna starrte ihn an. Jan. Jan, der so gar nicht in diese Umgebung zu passen schien. Jan, der dem Jungen mit den so brutal wirkenden Schlägen offenbar das Leben gerettet hatte.

Sie hob auf, was der Kleine ausgespuckt hatte. Ein Stück Orange. Schwer atmend gesellte sich Eddie zu ihr und runzelte die Stirn. »Hat er sich daran verschluckt?«

Hanna nickte. »Vor Schreck vermutlich. Wegen der Reiter.« Scharf sah sie ihn an, doch nun war nicht die Zeit, ihm ins Gewissen zu reden. Worte wurden laut, die sie nicht verstand. Jan und die Umstehenden unterhielten sich hektisch in einer fremden Sprache.

Hanna richtete sich auf. »Der Junge muss ins Krankenhaus!«

Jemand antwortete, Köpfe wurden geschüttelt, Hanna fasste nach Jans Unterarm. »Doch«, sagte sie drängend. »Übersetzen Sie bitte: Wenn außer dem Stück Obst noch etwas in seiner Luftröhre oder gar in seiner Lunge zurückbleibt, kann das zu einer Lungenentzündung führen und lebensgefährlich werden.«

Jan nickte langsam, dann redete er auf die Familie des Kleinen ein, die erst ganz still wurde, dann fahrig durcheinandersprach.

»Was?« Hanna zupfte an Jans T-Shirt und bemerkte erst jetzt, dass er außer ihr und Eddie als Einziger Kleidung trug. Für einen Moment hielt sie verwundert inne. Was tat er hier, wenn er keine Lust auf Nacktsein hatte? Dann riss sie sich zusammen. »Was ist los, was sagen sie?«

Jan seufzte. »Sie haben kein Auto, und der Bus in die Stadt ist gerade weg.«

»Vielleicht könnten wir …«, hob Eddie nachdenklich an, doch Hanna unterbrach ihn. »Ich weiß, was wir machen.« Sie bedeutete Jan und den anderen, ihr zu folgen. »Mir nach! Aber zuerst sollten sich deine Bekannten etwas überziehen.«

KAPITEL 29

Bei jedem Schritt versanken Hannas Füße im Sand des schmalen Dünenwegs. Morgen würde sie Muskelkater haben. Sie hatte nicht damit gerechnet, all die Kilometer zu Fuß zurücklegen zu müssen.

Ebenso wenig hatte sie damit gerechnet, dass Jan darauf bestehen würde, sie zum Krankenhaus zu begleiten. Wie sie wollte er wissen, was die Untersuchung des kleinen Wouter ergeben würde. Da konnte Eddie noch so oft erklären, dass sie zu Fuß für die Strecke ebenso lange benötigen würden, wie wenn sie auf den nächsten Bus warteten.

Vorsichtig warf sie Jan einen Seitenblick zu. Wortlos lief er neben ihr her, zog nur ab und zu an seiner Pfeife. Niederländer war er also. Wie Wouters Familie, die nun mit Hannas Fahrrad unterwegs war, um ihn zur Notaufnahme des Seehospizes zu bringen. Sie hatte Jan falsch eingeschätzt.

Wie auch Eddies Freunde. Oder Evi. Außer Eddie war ihr keiner der anderen zum Strand gefolgt und hatte Hilfe angeboten, dabei schienen die meisten von ihnen zu wissen, wer hinter der berittenen Attacke steckte.

»Und nach euch die Sintflut«, murmelte Hannas Vater immer, wenn er Zeuge ähnlicher Verhaltensweisen wurde.

Als Hanna klein gewesen war, hatte sie sich unter einer Sintflut eine Sinn- oder Sündflut vorgestellt, die eigentliche Schreibweise hatte sie nie ganz verstanden.

Jan ließ ihr an einer engen Stelle zwischen zwei Sandhügeln den Vortritt, und Hanna klopfte mit ihren Fingerspitzen einen unentschlossenen Takt auf ihre Hosennaht. Sie sollte sich entschuldigen. Immerhin hatte sie ihm gestern Abend unterstellt, dass er sich über sie lustig machte, und ihn nach ihrem Wutausbruch in der *Paradies*-Bar sitzen lassen. Zwar hatte sein ruppiges Desinteresse ihren Abgang gerechtfertigt, doch schien sie seine Bemerkungen missverstanden zu haben.

Zögernd holte Hanna Luft und war nicht schnell genug.

»Das war wirklich nett von dir«, sagte Jan.

Und sie, zeitgleich: »Das in der Bar war wohl ein Missverständnis«

Sie stutzten, sahen sich lächelnd an und begannen beide erneut zu reden.

»Missverständnis?«

»Was war nett?«

Jan kniff die Augen zusammen. Ob das etwas mit dem Pfeifenrauch zu tun hatte, der ihm, kaum aus seinem Mund gestoßen, sofort ins Gesicht zurückschlug, oder ob er sich unwohl fühlte, konnte Hanna unmöglich einschätzen. Sie gab sich einen Ruck. »Dein Buch, gestern in der Bar – das war auf Holländisch, oder?«

Er nickte.

»Ich dachte, du machst dich über mich lustig«, gestand sie. »Darüber, dass ich nicht gut lese.«

Verblüfft schüttelte er den Kopf. »Das würde ich nie. Wörter sind dazu da, sich zu verstehen.«

Hanna nickte. »Umso besser, dass du eben übersetzen konntest.«

Sein Lachen verpuffte mit kleinen Wölkchen in der Luft. »Du hast ihnen dein Fahrrad gegeben. Mein Onkel würde sagen: Zeit wird das.«

Hanna schüttelte den Kopf. »Das verstehe ich nicht.«

»Kommt vom Krieg.« Äußerlich die Ruhe selbst, sprach das heftige Ziehen an seiner Pfeife Bände. »Als ihr bei uns eingefallen seid, habt ihr als Erstes unsere Fahrräder gestohlen.« Er verzog das Gesicht, als hätte er sich die Zunge am zu heißen Rauch verbrannt. »Konfisziert, hieß es. So ist das im Krieg. Man stiehlt und mordet, aber man nennt es anders, und schon ist es kein Verbrechen mehr.

Ohne Räder konnten wir nicht mehr zur Arbeit, auf die Felder oder uns Essen besorgen. Also gab es später diesen Spruch, immer wenn deine Leute mal wieder bei uns einfielen, diesmal um Urlaub zu machen, und irgendwas von uns wollten: *Eerst mijn fiets terug, Mof!* – Gib mir erst mein Fahrrad zurück.«

Hanna versteifte. Vorhin bei Evi hatte sie das Thema ausgespart, um die Stimmung nicht zu verderben. Nun musste sie Stellung beziehen, damit nicht genau das geschah.

»Tut mir leid, den Ausdruck kenne ich nicht.«

»Vielleicht«, überlegte er laut, »bist du dafür zu jung.«

»Ich war fünf, als der Krieg vorbei war. Ich habe einiges mitbekommen. Ja, etliches wurde verheimlicht, anderes wissen alle, aber niemand spricht darüber. Ein paar Dinge hat mir meine Familie aber erzählt.«

»Nicht genug! Zu viel ist nicht bekannt. Aber niemand will sich kümmern.«

»Weil Menschen lieber nach vorn gucken.«

»Aber das darf nicht!« Jan warf beide Arme hoch und sandte seine Pfeife durch die unbedachte Geste in hohem Bogen durch die Luft, mit ihr einen rot glühenden Feuerregen aus brennenden Tabakteilchen. Fluchend schüttelte er die Hand und schob mit dem Fuß eilig Sand über die glühende Asche. »Es gibt Verantwortung! Das ist ein Muss … wie sagt man? Etwas, da kommst du nicht heraus.«

Sein Akzent, fiel Hanna auf, wurde stärker, wenn er aufgeregt war und ihm die Satzstellung durcheinandergeriet.

»Verpflichtung?«, schlug sie vor und schüttelte gleichzeitig den Kopf. Das wäre so etwas wie ein weißer Schimmel. Sollte Verantwortung nicht schon in Verpflichtung stecken? Aber da man sich dort wie hier herausziehen und sich ihrer entledigen konnte, war keines unverbrüchlich bindend – wie …

»Ein Gebot?«

»Gebot, pah!« Kopfschüttelnd klopfte er auf einem Bein balancierend die Pfeife gegen seine Schuhsohle aus, kontrollierte die

Temperatur und steckte sie in die ausgebeulte rechte Jacketttasche. »Religion hat da nichts zu suchen. Verantwortung soll menschlich sein und für alle gelten. Was sind wir sonst? Die einen schuld und die anderen«, er ließ die Schultern sinken, »für immer verloren.«

Und plötzlich begriff Hanna: Es ging ihm nicht um Fahrräder, nicht einmal um das große Ganze. »Wen hast du verloren?«

Dann schloss sie erschrocken den Mund. Sie kannten sich kaum. Wieso sollte er ihr antworten. Wieso hatte sie das gefragt – außer vielleicht, weil sie das Gefühl hatte, das vorhin, diese Ausnahmesituation mit Wouter, war einer jener Momente, die gewohnte Regeln außer Kraft setzten. In der Gegenwart einer möglichen Tragödie verschwand alle Zurückhaltung.

Jan schien es ebenso zu gehen. »Nicht ich«, antwortete er leise, »wir, meine Familie: Ardie. Meine Mutter hat sie immer beschützt, sie versteckt, wenn die Deutschen kamen. Aber dann wurde sie doch erwischt, und ihr habt sie einfach mitgenommen.«

Hanna fühlte sich inmitten seiner Worte verirrt. Also lief sie vor ihm in Richtung Strand, in den Wind und das Möwenkreischen. »Noch mal von vorn«, bat sie. »Wer ist Ardie, und was ist mit ihr passiert?«

Jan folgte ihr, bückte sich schweigend, hob eine Muschelschale auf und drehte sie in seiner Hand. Offenbar war er sich nicht sicher, wie viel er Hanna erzählen wollte.

Hanna wartete. Das konnte sie gut. Sie hatte es bei ihren Brüdern gelernt und bei den Kindern, mit denen sie es bisher zu tun gehabt hatte. Oft wirkte es Wunder. Man musste nur das Schweigen aushalten, bis das Gegenüber es brach.

Als die ersten Häuser in Sicht kamen, gab Jan sich einen Ruck. »Meine Mutter hatte zehn Geschwister«, begann er. »Sie war das älteste Mädchen. Muttersatz für die Kleineren. Meine Großmutter ging arbeiten, wurde schwanger, bekam Kinder, ging wieder arbeiten, nicht genug Zeit für alle. Ardie war sieben Jahre jünger als Ma.« Er hob die Schultern. »Ihre Lieblingsschwester. Sie hatte Kinderlähmung, hat gehumpelt. Aber sie war auch schlau und lustig. Und gerne draußen. Also hat sie manchmal etwas übernommen, Eier getauscht, beim Bauern geholfen und so. Mein Vater arbeitete damals im Getreidesilo. Den hattet ihr auch besetzt, weil es nirgendwo genug Essen gab, und das wenige sollte zu euren Soldaten. Normalerweise brachte meine Mutter Pa Essen, manchmal füllte er dann die leere Brotdose mit Getreide, und sie nahm sie wieder mit. Niemand hielt sie auf.« Er lächelte schräg. »Vielleicht hatten sie Angst vor ihr, meine Mutter ist, wie sagt man – *fors*? Du legst dich nicht mit ihr an. Außerdem kannte sie alle, den Bürgermeister, den Arzt, die Besitzer sämtlicher Unternehmen. Das bisschen Getreide, das sie unter den Augen der deutschen Soldaten herausschmuggelte, wurde gemahlen und das Öl eingetauscht. Aber dann hat sich mein Großvater den Fuß gebrochen. Eine kalbende Kuh. Und meine Mutter ist nach Hause zu ihrer Familie, um zu helfen. Also ging Ardie mit der Brotdose los.«

Hannas Schritte verlangsamten sich. Sie ahnte, was folgte.

»Auf dem Rückweg wurde sie kontrolliert. Für nicht einmal ein Pfund Getreide haben sie sie mitgenommen. Als Saboteurin. Froh sollten alle sein, dass sie nur zum Einsatz wegkam ins Arbeitslager Norden, später angeblich hierher. Aber wie lange kann jemand wie sie durchhalten? Eine, die invalide ist oder – wie habt ihr gesagt – nicht vollwertig?«

Hanna blieb zögernd stehen.

»Meine Ma wartet noch immer.« Jan seufzte. »Überall ist sie ganz klar. Nur nicht da. Sie denkt, ihre Schwester kommt zurück.« Er schüttelte den Kopf. »Also muss ich herausfinden, was mit ihr geschehen ist.«

»Vielleicht kann ich dir helfen.«

»Das würdest du?« Überrascht sah er sie an. Ebenso überrascht von ihrem spontanen Angebot wie sie selbst.

Aber seine Geschichte rührte sie. Er rührte sie. Sein Versuch, das Richtige zu tun. Für den kleinen Wouter, seine Mutter, für

Ardie. Er war ganz anders, als sie gestern gedacht hatte. Anders als Eddies Freunde, Evi oder Gerti. Also nickte sie fest.

»Danke. Das ist … nett von dir. Gerne.« Jan spähte unruhig auf das vor ihnen aufragende Krankenhaus. Dann lächelte er plötzlich. »Und von wegen gestern Abend, falls es hilft: Mein Freund Ludger hat mich ebenso besodermietert wie deine Cousine dich.«

Hanna starrte ihn an. »Er hat was mit dir gemacht?«

»Er hat gesagt, wir gehen lernen in die Bar. Und plötzlich sollte ich dich ablenken, damit er mit deiner Cousine verschwinden kann.«

Hanna lachte. »Ah, du meinst, er hat dich hereingelegt!«

»Habe ich doch gesagt.«

Sie nickte. Ja. Das hatte er. Nur mit einem anderen Wort und in einer anderen Sprache. Aber wie hatte er es vorhin so schön zusammengefasst: Wörter waren dazu da, dass man sich verstand. Egal, wie sie buchstabiert wurden, egal, in welcher Sprache. Und plötzlich hatte sie eine Idee: »Die Bibliothek! Wollen wir uns morgen früh dort treffen? Mein Dienst beginnt erst mittags. Vielleicht finden wir dort Informationen über Ardie.«

Etwas leichter ums Herz lief Hanna auf das Seehospiz zu, Jan folgte mit kurzem Auflachen.

»Was?« Hanna runzelte die Stirn.

»Du nennst sie Ardie.«

»Ja, und?«

»Als würdest du sie kennen.«

KAPITEL 30

E
En
Enu
Enumerativ – aufzählend, enumerierend – anführend.

Langsam blätterte Hanna durch das Wörterbuch und bewegte sich dabei durch den immer heller werdenden Regalgang der Bibliothek in Richtung Fenster. Die Morgensonne fiel warm auf einige kleine Tische, an denen es sich Touristen gemütlich gemacht hatten, um Zeitungen zu lesen. Wieso nur standen der DUDEN und andere Nachschlagewerke immer in den dunkelsten Ecken?

Automatisch reckte sie den Hals nach Jan, der sich, kaum hatten sie den Lesesaal betreten, auf der anderen Seite des Raums über ein Regal mit alten Stadtplänen, Inselführern und Regionalliteratur hergemacht hatte. Immer wieder schob er sich das Brillengestell höher auf die Nase. Eine nervöse Angewohnheit oder ein Zeichen dafür, dass er sich konzentrierte. Das hatte Hanna schon gestern bemerkt, als Wouters Eltern Jan gebeten hatten, ihnen die Worte des behandelnden Arztes Dr. Pautsch zu übersetzen. Zum Glück konnte der Junge schon am selben Abend wieder entlassen werden, seine Atemwege waren frei. Dr. Pautsch hatte ihnen zu ihrer schnellen Reaktion gratuliert, und Hanna und Jan hatten sich vor dem Krankenhaus unter den lächelnden Blicken von Wouters Eltern etwas ungelenk für ihren heutigen Bibliotheksbesuch verabredet. Wo, wenn nicht hier, konnten sie sich schließlich einen Überblick über die damalige Zeit verschaffen? Außerdem wollte Hanna einige ihrer eigenen Notizen nachschlagen.

Enurese|Enuresis – unwillkürliches Harnlassen (oft nachts)

Da war es.

Das war das Wort, das Hanna sich gestern notiert hatte, nachdem Frieda erklärt hatte, Manuel dürfe abends nichts mehr zu trinken erhalten, egal, wie groß sein Durst sei. Wenn er sich nicht zusammenreißen wollte, hatte sie gesagt, müsse man dafür sorgen, dass es ihm unmöglich sei, sich danebenzubenehmen.

Bekümmert machte Hanna einer Bibliotheksangestellten Platz, die zurückgegebene Bücher einräumte, und seufzte. Ein weiterer Beweis dafür, dass die Heimregeln nicht ihrer persönlichen Vorstellung entsprachen.

Die junge Frau neben ihr schien ihre Reaktion falsch zu verstehen. »Nicht gefunden, was Sie suchen?« Sie lächelte Hanna an. »Wollen Sie eine Empfehlung? Von einem Filmfan zum anderen?« Ihre Fingerspitzen glitten über die Buchrücken vor ihr.

Hanna beugte sich vor und entzifferte einige der hier aufgereihten Titel. *Der dünne Mann* von Dashiell Hammett, *Vom Winde verweht* von Margaret Mitchell, *Die Katze auf dem heißen Blechdach und drei andere Theaterstücke* von Tennessee Williams, *Die Brücke* von Manfred Gregor, *Zeugin der Anklage* von Agatha Christie. Die Bibliothekarin hielt inne.

»Schade. Ich wollte Ihnen *Frühstück bei Tiffany* mitgeben. Aber beide Ausgaben sind wohl ausgeliehen. Die mit Audrey Hepburn auf dem Titel wird sicher zehnmal so oft gesucht wie die andere«, raunte sie verschwörerisch. »Vor allem von den Herren der Schöpfung. Da soll noch mal wer sagen, der erste Eindruck zähle nicht.«

Hanna nickte freundlich, etwas entgegnen musste sie nicht, die Bibliotheksmitarbeiterin war äußerst gesprächig. »Dabei hat doch heutzutage keine Frau mehr Muße, sich die Haare zu so einem Bienenstock aufzustecken, oder?« Zufrieden strich sie sich über die ebenso praktische wie moderne Kurzhaarfrisur. »Dann lieber aussehen wie *Sabrina*. Ich sage immer: Erst muss ich mir selbst gefallen, dann stehen die Männer Schlange.« Sie kicherte und warf einen neugierigen Blick auf das Wörterbuch in Hannas Händen. »Aber wenn Ihnen mehr nach … realistischem Hintergrund ist, verpackt mit Spannung, nehmen Sie das.« Sie griff an Hanna vorbei, zog ein schmales Bändchen aus dem Regal und drückte es ihr in die Hand. Von dem abgegriffenen Schutzumschlag sah Hanna das Gesicht Orson Welles' entgegen. Ausgerechnet in der Lieblingsabteilung der enthusiastischen Bibliothekarin hatte sie offenbar auf der Suche nach mehr Licht haltgemacht.

»Ganz anders als der Film«, wisperte die junge Frau. »Ein absolutes Muss.« Damit ließ sie Hanna alleine.

Hanna starrte auf den Titel. *Der dritte Mann* von Graham Greene. Den Film hatten Evi und sie bei einer Wiederaufnahme als Backfische gesehen. Nur an ein beklemmendes Gefühl und an Verfolgungsjagden in Schwarz-Weiß erinnerte sie sich.

»Ich hätte es wissen müssen!«, erschallte es da aus der Sektion mit Regionalliteratur. Erschrocken fuhr Hanna herum.

Mit langen Schritten kam Jan auf sie zu. »Beinahe nichts gibt es aus den Jahren 1939 bis 1945. Keine Bücher, keine Aufzeichnungen. Wollen wir wetten, sie alle sind«, mit Zeige- und Mittelfinger malte er Anführungszeichen in die Luft, »während eines Bombenangriffs verloren gegangen? Oder weil ihr im kalten Winter 44 praktischerweise sonst nichts hattet, um es zu verbrennen?«

Hanna holte tief Luft. »Kannst du bitte damit aufhören, von *ihr* zu reden und mich mit zu meinen?«

Das *Wir gegen euch* war Jan offenbar genauso geläufig wie der Versuch auf der Gegenseite, Schuld von sich zu weisen und Verantwortung gleich mit.

Wir gegen euch: Niederländer gegen Deutsche, Deutsche gegen Niederländer, Franzosen, Belgier, Polen, Tschechen, Russen. Wir gegen euch: Jungen gegen Mädchen, Schnelle gegen Langsame, Erwachsene gegen Schutzbefohlene, Mächtige gegen Untergebene. Grimmig klappte Hanna das Wörterbuch zu. Dann deutete sie hinter sich auf den schlecht beleuchteten Quergang. »Bei den Nachschlagewerken habe ich eine kleine Sammlung älterer Zeitungsausgaben aus Norderney entdeckt.«

Er ließ die Schultern hängen. »Jede Wette fehlen auch da die Jahre vor 1945. Und was helfen uns die danach? Wie viel Grad das Wasser in den Fünfzigern hatte und wer wann einen runden Geburtstag feierte, kann mich nicht … ist mir egal.«

Hanna schnipste beflügelt mit den Fingern. »Aber die Namen der Menschen, die um die Jahrhundertwende geboren wurden und noch leben, wären doch ein wunderbarer Anfang. Womöglich erinnert sich von denen jemand an deine Tante.«

Jan zögerte. »Du willst, dass wir Leute nach Ardie befragen?«

Wir? Hanna unterdrückte ein Lächeln. Für jemanden, der gewandt über die Bedeutung von Wörtern redete, machte sich Jan manchmal verblüffend wenig Gedanken, was ein einziges Wort bedeuten konnte.

Er fasste sich an die Brille. »Ich bin nicht besonders gut mit Menschen … oft zu ungeduldig und wenig … Diplomat.«

Hanna lief in Richtung der Zeitungsregale. »Darüber kannst du dir Sorgen machen, wenn wir etwas gefunden haben.«

KAPITEL 31

Eine halbe Stunde später verließ Hanna neben Jan die älteste Konditorei Norderneys. Das Glockenspiel über der Tür hallte in ihren Ohren nach.

Sie hatten nicht lange gebraucht, um erst eine alte Jubiläumsanzeige des kleinen Familienunternehmens – gegründet im Jahr 1909 – und dann die dazugehörige Backstube zu finden. Frau Fröhlich hatte sich, während sie Friesenkekse, Teebrötchen, Hungerkuchen und Sanddorntorte verkaufte, gerne mit ihnen unterhalten. Allerdings in einem unglaublichen Tempo und kaum verständlich.

Hanna atmete durch. »Ich habe nur einzelne Wörter verstanden.«

Jan lachte. »Das war Plattdüütsch. Ist ein bisschen wie da, wo mein Vater herkommt. Frau Fröhlich senior hatte viel über die Zwangsarbeiter zu sagen, die bei ihnen gearbeitet haben. ›Fremdarbeiter‹ nannte sie die.«

Hanna nickte, das kannte sie. Als wären die Frauen und Männer freiwillig auf die Insel gezogen, weil es dort mehr Anstellungen gab – so wie momentan viele Menschen aus Italien nach Deutschland.

»Alle ganz patent und nett und bei ihnen natürlich Franzosen. Die Fröhlichs haben nur Franzosen genommen, weil denen, wie jeder weiß, das Backen im Blut liegt.« Jan verdrehte spöttisch die Augen. »Außerdem sind sie immer ganz fair bezahlt worden – Tariflohn plus Inselzulage gingen an das Landesschützenbataillon.«

Wie viel davon tatsächlich weitergegeben worden war, konnte sich Hanna lebhaft vorstellen.

»Ardie war nicht dabei. Aber hast du verstanden, was die Bäckerin über die Bombenangriffe erzählte? Nicht nur Menschen von der Insel sind dabei umgekommen, auch einige aus den Lagern. Und einmal, wann genau wusste sie nicht mehr, wurde sogar eine gemeinsame Trauerfeier abgehalten.«

Entschlossen setzte er sich in Bewegung.

Hanna beeilte sich, mit ihm Schritt zu halten. »Wo willst du hin?«

»Auf den Kirchhof. Dort habe ich mich bis jetzt noch nicht umgesehen. Erwartete nicht, da etwas zu finden. Aber muss ›gemeinsame Trauerfeier‹ nicht auch bedeuten ›gemeinsam beerdigt‹?«

An der Friedhofsmauer angekommen, ließ Jan die Fingerspitzen über die groben Steine wandern. »Kirchhöfe und Gräber sagen oft mehr darüber aus, wie Menschen gesehen werden wollten, als darüber, wer sie wirklich waren.«

Hanna hob eine Augenbraue. »Ist das ein Zitat aus einem deiner schlauen Bücher?«

»Nein.« Jan lächelte. »Das ist ein Zitat meiner schlauen Mutter.« Er schob das Gittertor auf. Bei dem Quietschen fuhren von einer Bank unweit entfernt zwei Köpfe zu ihnen herum. Der Pfarrer saß neben einem alten Mann und hatte eine Hand auf dessen Schulter gelegt.

Hanna schlüpfte hinter einen Rhododendronbusch, um das vertrauliche Zwiegespräch nicht zu stören.

»Im Ernst«, sprach Jan leise weiter. »Wieso ist es Menschen wichtig, dass ihr Beruf auf dem Grabstein steht? Weshalb will jemand unbedingt als …«, er deutete die Gräberreihe entlang, »›allseits beliebter Inselarzt‹ erinnert werden, als ›Steinmetz‹ oder ›Professorengattin‹«?

Nachdenklich bog Hanna auf einen kleinen Seitenpfad. Hier überschatteten Bäume die Gräber, die verwitterten Steine und Kreuze waren mit Patina überzogen, die Sterbedaten lagen weit zurück. »Erinnerung«, sagte sie, »ist sowieso nicht an einen Beruf oder einen Ort gebunden, sondern an die Menschen, die dich kannten. Und die dich«, sie blieb vor einem schlichten Kreuz stehen, »im besten Falle geliebt haben.« Neugierig beugte sie sich zur Inschrift und fühlte, wie ihr das Herz schwer wurde. »Sieh mal hier, der Junge. Er ist gerade mal neun Jahre alt geworden.«

Jan ging in die Hocke. »10.04.1941. Von dem Datum hat Frau Fröhlich, glaube ich, auch gesprochen. Ob hier noch mehr davon sind?« Er stand auf und blickte sich aufmerksam um.

Suchend bewegten sie sich weiter, lasen Namen und Jahreszahlen, hier und da ein *In Erinnerung* oder ein *Unvergessen*, immer wieder Bibelsprüche.

Einige der Gräber wirkten im Gegensatz zu dem des Jungen kaum gepflegt. Während Hanna sich fragte, was für Lebensgeschichten unter den eingefassten Erdrechtecken lagen, hakte Jan Namen und Daten ab wie eine mathematische Aufgabe.

Schon fast an der hinteren Friedhofsmauer erhellten Sonnenstrahlen für einen kleinen Moment eine im dichten Blätterwerk verstaute Schubkarre. Hanna bog die Äste der Lorbeerkirsche zurück. Noch ein Grab befand sich hier, fast verdeckt, aber nicht vergessen. Auf den ersten Blick ließ es an einen Sommergarten denken: Glockenblumen, Löwenmäulchen, Astern, einige ganz frisch eingepflanzt und begossen. Blau, rot, gelb, violett.

Dann fiel ihr Blick auf das eingemeißelte Datum: *Gestorben am 12. Mai 1945*. Nur einen Tag, bevor die Insel kampflos übergeben worden war.

Etwas raschelte, und Jan stellte sich neben sie. »Ah, hier bist du.« Stirnrunzelnd musterte er den Grabstein. »Still kommt der Abend, wir fühlen es kaum«, las er ab. »Das klingt nicht nach Heiliger Schrift.«

»Vielleicht hat sich dieser Herr Janssen den Spruch selbst ausgesucht. Hast du etwas gefunden?«

»Nichts. Zeit, den Pfarrer zu befragen.«

Ehe Hanna es sich versah, lief Jan forsch den Weg zurück zu der Bank, von der aus der junge Geistliche noch immer mit dem alten Herren plauderte, der inzwischen dazu übergegangen war, die Pflanzen der dahinterliegenden Gräberreihe zu gießen.

Jans Geduld schien verpufft. Bedrohlich blieb er vor dem Pfarrer stehen und sah auf ihn herab. »Ich verlange Auskunft!«

»Ist etwas passiert?« Erschrocken sprang der Gottesmann auf.

Jan nickte. »Allerdings. Wie kommt es, dass sieben auf einmal sterben, aber nur von dreien findet man Gräber?«

Der alte Herr horchte auf, der Geistliche runzelte die Stirn, unsicher, was er aus diesem Rätsel machen sollte.

Jans Zeigefinger schnellte empor. »Wo ist der Rest? Oder habt ihr eure Zwangsarbeiter außerhalb der Mauern verscharrt, weil es hier drinnen schön arisch bleiben sollte?« Bevor er seine Fingerspitze in die Brust seines verwunderten Gegenübers bohren konnte, stellte sich Hanna zwischen die Männer und bemühte sich um ein besonders beruhigendes Lächeln, jenes, das selbst kleinen Kindern die Angst vor Spritzen nahm.

»Mein Bekannter ist auf der Suche nach jemandem«, erklärte sie sanft. »Dürften wir vielleicht einen Blick ins Kirchenbuch werfen?«

KAPITEL 32

Als das Schreien begann, blieb Wilko stehen. Fast hatte er es geschafft – nur noch zwei Stockwerke bis zum Hinterausgang. Aber die Türen zwischen Notfalltreppe und den Gängen hatten Glasfenster, und er wollte nicht bemerkt und von den Schwestern um Hilfe gebeten werden, nur weil er ein Mann war. Immer wieder wurde er gerufen, um ineinander verkeilte Streithähne zu trennen, verängstigte Mädchen oder Jungen am Knöchel unter dem Bett hervorzuziehen oder ein vor Wut strampelndes Kind zu überwältigen und unter die kalte Dusche zu stellen.

Dabei mochte er kein Schreien, keine Gewalt, keine lauten, plötzlichen Geräusche. Schon als Junge hatte er sich nicht geprügelt, nicht gestritten, nein, er hatte Robert lieber gewinnen lassen.

Aus dem Schreien wurde Jaulen, andere Stimmen mischten sich ein, eine Kakofonie wütender, verzweifelter Geräusche. Wilko schob sich einige Zentimeter weiter und warf einen vorsichtigen Blick durch das Glasfenster der Tür des zweiten Stocks. Aus dem Schwesternzimmer kam die Nachtschwester herbeigeeilt, die Abendschwester stürzte aus dem Zimmer der Kiebitze ins gegenüberliegende der Eiderenten. Ihr Tablett mit ineinandergestapelten und nur noch wenigen vollen Plastikbecherchen stellte sie auf der Wäschekommode ab. Die dunkelgrünbraune Flüssigkeit war ein weiterer Streitpunkt zwischen Margot und Dr. Gebhardt, der Stein und Bein schwor, seine Kräutertinktur verbessere Lungenkapazität und Durchblutung und helfe gegen nächtliche Unruhe.

Vielleicht sollte Wilko sich davon etwas mit nach Hause nehmen. Seit dem Brand schlief er schlecht, träumte intensiver als sonst. Das Feuer hatte an einer sorgsam errichteten Wand seines

Gedächtnisgebäudes gefressen, und plötzlich gab es einen lichten Durchgang, wo vorher Mauer für Mauer um Erinnerungen gezogen war, ohne die Wilko sehr gut leben und noch viel besser schlafen konnte.

Detailvoller waren seine Träume geworden, lebendiger, Geräusche, die er zu hören glaubte, schriller, Farben greller.

Erst letzte Nacht hatte der Himmel grünlich gelodert, der Strand voller Asche gelegen, schwarz und weiß, dazwischen rot glühende Herde wie kleine Vulkane. Und obwohl der Rauch unerträglich in seinen Augen brannte und alle Landmarken nebelhaft verzerrte, wusste Wilko, dass etwas Schreckliches geschehen würde, wenn er nicht schnell genug vorankäme. In den größeren Stollen der Hasenbauten lagen unbekannte Kinder und hielten sich Zeigefinger vor die Lippen, Wilko nickte und beeilte sich, währenddessen fraß das Feuer an ihm.

Papier war vom Himmel gefallen, zerschnittene Textteile, die keinen Sinn ergaben, dazwischen blitzende Streifen aus Zinnfolie, wie jene, die, aus dem Flugzeug geworfen, das Radar des Gegners stören sollten. Konfetti hatten sie früher dazu gesagt. Das *Rattattatta* der Flakschüsse war nicht zu überhören, und die Impulse der Funkmessgeräte vibrierten, als säße eine Zeitbombe in ihm, die aus Frequenzen und alten Uhrteilen bestand.

Letztendlich war es eine alte Ringmülltonne, die am Ende der Strecke auf ihn wartete, der Deckel fest verschlossen, als sauge etwas die Luft hinaus und sorge für Unterdruck. Als er sich umsah, womit er ein Loch in die Wand stoßen konnte, um eine Implosion zu vermeiden, bemerkte er die Haarnadel. Ein kleines Schwein könne man daran aufspießen, hatte sein Vater immer gescherzt, wenn er sie seiner Frau im Rhythmus der Musik aus der Frisur gezogen und sich ihre Lockenflut bis weit auf den Rücken ergossen hatte.

Es war aber kein Schwein gewesen, das dort in der Tonne schrie, dessen war Wilko sich sicher. Bevor er jedoch seinen Mut zusammengenommen hatte, um sich dem zu stellen, was sich darin befand, war er orientierungslos aus dem Schlaf geschreckt.

Etwas war zwischen Hammer und Glocke seines Weckers geraten. Etwas, das Läuten in Kreischen verwandelt hatte. Einmal mehr hatte Wilko an diesen Abend vor siebzehn Jahren am Strand denken müssen. An die Schritte, das Wimmern, das Ratschen der Waffe und dumpfe Dröhnen, an die Uhr, die er gefunden hatte, und alles, was er danach gehört hatte. Noch immer konnte er sich darauf keinen Reim machen. Noch immer ließ es ihn nicht los.

Doch nicht nur die Traumbilder beunruhigten ihn. Die Vermutung, dass es sich bei dem Feuer auf dem Gelände hinter dem Heim um Brandstiftung gehandelt haben könnte, verbreitete sich schnell und hinter vorgehaltener Hand. Die meisten Insulaner vermuteten einen Unfall, absichtslose Dummheit oder verdächtigten einen der Touristen.

Wilko hoffte, dass Rena bald eine neue Bleibe für ihr Sammelsurium fände und nicht vorhatte, auf unbestimmte Zeit seinen Gartenschuppen zu belagern. Dann nämlich müsste er auf eine Inventurliste bestehen. Wer konnte schon sagen, welch möglicherweise explosive Gegenstände seine Tante über die Jahre gehamstert hatte.

KAPITEL 33

Hanna unterdrückte ein Lächeln, als Jan ihr gegenüber am Tisch schauderte. Das dargebotene abendliche Programm entsprach ganz offensichtlich nicht seinen musikalischen Vorlieben. Selbst Hanna, die alles andere als engelsgleich sang, zuckte bei der ungewöhnlichen Version von Lili Marleen zusammen: Kerzengerade saß die alte Dame auf der niedrigen Bühne in einem Sessel und schmetterte Zeile um Zeile mit solcher Inbrunst, dass man ihr gerne verzieh, wie wenig richtige Töne sie traf. Schön war es nicht.

»Es gibt nur selten Momente, in denen ich mir wünschte, schwer zu hören«, flüsterte Jan ihr entgegen, als die Interpretin einige besonders hohe Töne zum Besten gab. »Jetzt ist so einer.«

»Pssst!« Drei ergraute Köpfe an ihrem Tisch drehten sich empört um. Nur Hannas Sitznachbar, der sich als »Hans Limmer, leider verwitwet und schon über achtzig, aber noch gut in Schuss, habe die Ehre« vorgestellt hatte, zwinkerte Jan und Hanna zu und kippte den Tee, als hätte er Whiskey in der Tasse.

»Und sollte mir ein Leid geschehn, wer wird bei der Laterne stehn, mit dir, Lili Marleen?«

Während der nächsten Darbietung vergaß der betagte Sänger nach der ersten Hälfte des vorbereiteten Rock'n'Roll-Songs den Text und schlug spontan andere Töne und einen Marschrhythmus an. Etliche der Anwesenden schmetterten das Soldatenlied begeistert mit – von rostigem Laub handelte es und Regenstürmen, von Männern, die auf ihren Posten blieben, bis dass der letzte Bunker stand …

Hanna konnte Jans Blick auf sich fühlen, sah aber nicht hoch.

Dass der Pfarrer erst nach dem Krieg auf die Insel gekommen war, hatte sich schnell herausgestellt. Schon beim ersten Blick auf sein faltenloses Gesicht hatte Hanna geahnt, dass er zu jung war, um ihnen als Zeuge zu helfen. Doch leider, hatte er berichtet, hatte er bei dem Antritt seiner Pfarrstelle auch kein Kirchenbuch aus der betreffenden Zeit entdeckt. »Verbrannt«, hatte er gesagt, »wie auch die Standesamtsunterlagen«, und sich verwundert zu Jan umgedreht, der ein verärgertes Knurren ausgestoßen hatte.

Der gärtnernde alte Herr war es gewesen, der ihnen zumindest eine kleine Information hatte geben können. »Welche Lagerarbeiter meinen Sie denn«, hatte er gefragt, »die, die angeblich freiwillig hier waren in der Baracke beim Wasserturm, oder die anderen, draußen beim Leuchtturm?«

Erst da war ihnen klar geworden, dass es zwei Lager gegeben haben musste und unterschiedliche Einsatzgebiete – die kriegswichtigen Bauaufgaben für den Atlantikwall der Operation Todt, für die zumeist Ostarbeiter eingesetzt worden waren, und die Unterstützung einheimischer Gewerbe wie die Bäckerei oder die Bauernhöfe auf den Domänen. Unterstützt von Arbeitsverpflichteten aus den westlichen Nachbarstaaten, französische Kriegsgefangene oder Volksdeutsche, denen hier und da zumindest einige wenige Freiheiten bewilligt wurden.

Als der alte Herr verstanden hatte, dass Jan nach seiner Tante forschte, war er näher gekommen. »An eine Frau wird sich jemand erinnern, die meisten waren Kerle«, hatte er gesagt und vorgeschlagen: »Nehmen Sie die zwei doch mit, Herr Pfarrer, zu Ihrem bunten Abend ins Altersheim.«

Aufmerksam hatte dieser Jan zugenickt. »Stimmt, dort lassen sich am ehesten Menschen finden, die etwas über Ihre Tante wissen könnten.« Und etwas verspätet hinzugefügt: »Vorausgesetzt, sie erinnern sich überhaupt an diese schwierige Zeit.«

Was das Soldatenlied anging, gab es mit der Erinnerung jedenfalls kaum Probleme, und Hanna war erleichtert, als zwei Pflegerinnen anschließend gekonnt eine Szene aus der *Feuerzangenbowle* wiedergaben: Pfeiffer mit drei F.

Schon währenddessen begann Hans Limmer, Hanna mit Anekdoten aus seinem Leben zu unterhalten. »Die sind wesentlich interessanter als das Senioren-Wunschkonzert da oben«, flüsterte er ihr zu und lag damit nicht falsch. Außer dass er sich hier und da in seinen eigenen Geschichten verhedderte und Hanna immer wieder für seine Enkelin oder Frau hielt, waren sie voller Überraschungen und kurzweilig verpackt. Er kam schließlich, wie er ihr inzwischen viermal berichtet hatte, aus dem Ruhrgebiet. »Wir haben Humor, das weiß jeder! Außerdem können wir feiern. Auch noch einen Hochprozentigen, meine Liebe?« Er hielt seine Tasse in die Höhe und winkte einer Pflegerin. »Noch zwei Klare für mich und meine Begleitung«, verlangte er. »Also, wo waren wir stehen geblieben? Ach ja, der Pott. Schön da, aber dann versetzen sie mich ausgerechnet zu den Fischköppen. Vielleicht ein Glück, was? Jedenfalls besser als in Frankreich oder im Osten. Und wäre ich nicht hier gelandet, hätte ich meine Ilse nie kennengelernt.«

»Ihre Frau?«

Er nickte. »Die Schönste auf der ganzen Insel, meine Ilse. Und eine wirklich gute Partie – Wirtstochter. Der Bruder kam nicht wieder, Nachschub war schwierig, aber getrunken wurde immer. Getrunken und gestorben.« Nachdenklich nickte er vor sich hin, führte die leere Teetasse zum Mund, pustete hinein und stellte sie wieder ab. »Gestorben und getrunken.«

Der letzte Programmpunkt – Heinz Erhardts Gedicht *Das Gewitter* – ging zu Ende, das Publikum belohnte die gnädige und pointiertere Version des *Erlkönigs* mit einem lauten Applaus, der Hans Limmer aus seinen Gedanken riss.

»Jedenfalls«, berichtete er weiter, als hätte es keine Pause gegeben, »wurde der Senior dann krank. Ich dachte zunächst, er wollte sich drücken, aber der hatte es wirklich am Herzen. Ilse übernahm den Ausschank, und plötzlich kamen all die Kameraden, Nacht für

Nacht für Nacht, da musste ich mich ranhalten und ihr den Hof machen, das kannst du mir glauben.«

Hanna lächelte. »Und es hat geklappt.«

»Sie hat mich erhört. Also bin ich geblieben. Wer will schon saubere Inselluft gegen Staublungen tauschen. Wir hatten es wirklich schön, Ilse und ich, erst kamen die Söhne, dann die Töchter und … Wo ist sie eigentlich, meine Ilse?« Verstört blickte er um sich. »Wir haben doch noch gar nicht zu Abend gegessen.«

Hanna sah ihn erschrocken an. Wie furchtbar musste es sein, immer wieder zu vergessen, dass der liebste Mensch nicht mehr lebte, und jedes Mal aufs Neue vom gleichen tiefen Verlust überrascht zu werden. Mitfühlend legte sie eine Hand auf seinen Arm. »Ich glaube, Abendbrot gab es vor dem bunten Programm«, versuchte sie seine Aufmerksamkeit auf das Essen zu lenken. »Aber wenn Sie Hunger haben, kann ich eine der Pflegerinnen fragen, ob noch etwas übrig ist.«

»Lieber nicht«, er winkte ab, »sie kredenzen uns hier Schonkost. Was gäbe ich für einen ordentlichen Panhas, ein Stück Sauerbraten oder Brathering mit Kartoffeln!« Schwelgerisch ließ er sich in dem Stuhl zurücksinken, und seine Augen bekamen einen wehmütigen Glanz.

Viele der körperlich fitteren Anwesenden waren nach dem Ende des Programms aufgestanden, hatten sich ein Getränk nachschenken lassen, tunkten Kekse hinein und unterhielten sich. Vom andern Ende des kleinen Saales winkte Jan Hanna zu, eingezwängt zwischen fünf lebhaften älteren Damen, die sich gegenseitig ins Wort fielen und um seine Aufmerksamkeit wetteiferten. Hoffentlich war er erfolgreicher als sie und erfuhr etwas über seine Tante.

»Mögen Sie Brathering?«, fragte Hans Limmer unvermittelt und beugte sich vor.

Hanna schüttelte entschuldigend den Kopf. »So viel Fisch gab es bei uns auf dem Land nicht, und ich komme nicht besonders gut zurecht mit den Gräten.«

Hans Limmer lachte. »Na, aber dafür hast du ja mich, Ilse, ich filetiere dir die Biester, das habe ich doch versprochen! Auch wenn ich nicht so schnell bin wie … Dings, na, wie heißt sie noch mal? Deine Küchenhilfe? Die kleine Holländerin mit dem Hinkebein? Der macht wirklich niemand etwas vor.«

Hanna starrte den alten Mann an und schluckte trocken. Sollte sich in den verschlungenen Gängen seines Gehirns tatsächlich ein Hinweis verstecken, der Jan helfen konnte?

»Ardie?«, fragte sie atemlos. »Sprechen Sie von Ardie?«

Hans Limmer riss die Augen auf. Dann lachte er laut. »Aber mein Mädchen, das musst du doch wissen. Du hast sie dir ausgesucht. Die rennt mir wenigstens nicht davon, hast du gesagt.«

Hanna fröstelte.

»Zack!«, rief ihr Gesprächspartner und ließ krachend die Handkante auf den Tisch vor ihm herabsausen. »Bauch auf! Zack!«, wieder rumste es. »Eingeweide raus – so schnell konnten die gar nicht gucken, zappelten noch ein bisschen, und dann war's vorbei.«

Hanna wurde übel. Doch Herrn Limmers nächste Sätze beruhigten sie etwas. »Mann, konnte das Mädchen Fische ausnehmen, so was habe ich noch nicht gesehen. Binnen Sekunden waren die fertig. Gedärm und Blasen und das ganze Zeug auf der einen Seite, Fischhälften auf der anderen und dann, zack, zack, auch noch geschuppt!«

Erleichtert ließ Hanna sich in ihren Stuhl zurücksinken. »Und dann?«, fragte sie. »Was ist mit ihr passiert?«

»Kam eines Tages nicht wieder. Ilse war fuchsteufelswild. Hatte ihr eine Stelle angeboten für die Zeit danach. Wir alle haben ja die Zeichen gesehen, und nachdem sich der Führer aus dem Staub gemacht hatte … Aber was will man machen, weg ist weg.«

Hanna schüttelte den Kopf. Sprach er von Hitler oder Ardie?

»Ich dachte«, fasste sie nach, »niemand konnte die Insel verlassen?«

Hans Limmer schüttelte den Kopf. »Das war ja das Seltsame.« Dann legte er die Stirn in Falten. »Aber als klar war, dass der Feind bald landete … also die Alliierten, will sagen, die Befreier, sind so manche verschwunden, auch wenn sie blieben, wo sie waren. Andere verschwanden wirklich. Die normalen Leute wie ich, die warteten ab. Wir hatten ja nichts getan.«

»Moment.« Hanna stutzte. Irgendetwas stimmte nicht mit dem Zeitablauf. »Heißt das, Ardie ist erst verschwunden, nachdem die Amerikaner auf der Insel gelandet waren?«

»Kanadier, Kind, als Erstes kamen die Kanadier, glaube ich zumindest. Aber mein Gedächtnis ist nicht mehr, was es einmal war, da kannst du meine Ilse fragen. Und jetzt hätte ich gerne noch einen Kurzen, und dann gehe ich mal meine Frau suchen. War entzückend, Ihre Bekanntschaft zu machen, passen Sie auf sich auf.«

Erschlagen sah Hanna zu, wie er aufstand und sich kerzengerade durch die Stühle und Tische entfernte. »Kann mir bitte jemand sagen, wo ich meine Frau finde?«, hörte sie noch, dann eilte eine der Pflegerinnen auf ihn zu und hakte ihn unter.

»Uff.« Jan ließ sich in Hans Limmers Stuhl fallen. »Dieser Abend war die Hölle für meine Ohren und ansonsten … wie sagt ihr – für die Katze!«

Hanna blinzelte ihn an. In ihrem Kopf stolperten die Gedanken durcheinander. »Das glaube ich nicht. Ganz im Gegenteil!«

KAPITEL 34

Die Mondsichel hing wie ein Fischerhaken über dem Meer. Der Sand fühlte sich an, als rieselte kühles Wasser durch Hannas Finger. Sie grub eine weitere Handvoll davon auf. Einige der winzig kleinen Partikel schienen das Mondlicht aufzufangen, und Hanna musste daran denken, wie einer ihrer Brüder ihr erzählt hatte, dass es Inseln mit schwarzem Sand gab. Wegen der Vulkane. Ob man dort die Sterne noch besser sehen konnte als hier?

Neben ihr kritzelte Jan mit seinem Bleistift auf die letzten drei leeren Seiten des kleinen Buches, das er aus der Innentasche seines Jacketts hervorgezogen hatte. Ein wahres Wunderding, dieses verbeulte Kleidungsstück! Was er darin neben seiner Pfeife wohl sonst noch so verstaut hatte?

Von irgendwoher schlug eine Kirchturmglocke neun Mal. Noch hatten sie Zeit.

Jan hielt seine Aufzeichnungen in Richtung der Straßenlampen, die das erste Stück der Uferpromenade beleuchteten, und räusperte sich. »Also, das wissen wir: Ardie arbeitete in der Küche der *Geselligen Klause* und war im Lager nahe dem Wasserturm untergebracht.« Er warf einen Blick hinter sich. Der Wasserturm war noch zu sehen, vom Lager fehlte inzwischen jede Spur. »Ilse Limmer hat ihr angeboten zu bleiben, aber dann ist sie verschwunden. Entweder kurz vor oder nach Kriegsende.«

Hanna schüttelte den Kopf. »Kurz vorher würde ich sagen. Alles andere ergibt keinen Sinn – ansonsten hätte sie sich sicher bei euch gemeldet. Und sei es nur, um zu sagen, dass sie lebt, es ihr gut geht, aber sie nicht zurückkommen will.« Der Weg von Norderney zu dem Dorf, in dem Jans Familie lebte, war verglichen mit Strecken, die andere Heimatlose damals zurücklegen mussten, geradezu gering, wie Hanna mittlerweile wusste.

»Hmmm.« Jan wiegte den Kopf hin und her. »Also müssen wir uns auf die letzten Kriegstage konzentrieren und darauf, was da passiert ist.«

»Herr Limmer sagte, die meisten hier ahnten, was auf sie zukam.«

Jan nickte. »Funkübertragungen, Radio, und bis die ersten Alliierten anlegten, dauerte es angeblich mehrere Tage. In der Zwischenzeit konnte man so einiges verschwinden lassen: Orden, Unterlagen, Uniformen, Menschen.«

Hanna schauderte. »Wieso sollte jemand eine Küchenhilfe aus dem Weg schaffen?«

Jan verzog keine Miene. »Sie kann etwas gehört haben, das sie nicht hören sollte, etwas beobachtet. Oder aber«, er zog die Schultern hoch, »sie war schwanger von dem falschen Mann.«

Hanna schluckte. Inzwischen fühlte sich die Suche nach Ardie für sie beinahe persönlich an. Vielleicht, weil sie durch Jans Erzählungen so lebendig schien und nur wenig jünger gewesen war als Hanna jetzt. Vielleicht weil die Beschäftigung mit ihr Hanna die Zeit damals plötzlich so nahe brachte, als wäre sie nur eine Nacht Schlaf entfernt. Oder es lag an Jan. An seiner festen Entschlossenheit, dieser seltsamen Mischung aus Unbedingtheit und schroffer Verletzlichkeit. Ob er seinen Plan wirklich zu Ende gedacht hatte? Könnte er mit der Wahrheit umgehen, wenn sie eine grausame war?

Hanna drehte sich zu ihm. »Manchmal kann es besser sein, etwas nicht zu wissen.«

»Nein.« So scharf klang seine Stimme, dass Hanna zusammenzuckte. »Es ist immer besser, zu wissen, als sich etwas auszumalen. Oder zu warten.«

Schweigend sah sie zu, wie er den Kopf zurücklegte und zum Mond aufsah, das Gesicht verkniffen. Nach ein paar Sekunden stieß er seufzend die Luft aus. »Sie will nicht, dass ich gehe.«

Hanna war verwirrt. »Wer?«

»Meine Mutter. Sie sagt, es gibt auch in unserer Nähe gute Schulen. Ich kann dort eine Ausbildung machen. Und bei ihnen wohnen bleiben.«

»Aber das willst du nicht?«

»Es erstickt mich da. Die Häuser, die Straßen, alle kennen sich. Alle wissen über dich Bescheid, alle beobachten dich. Jeder hat eine Meinung – nein, keine Meinung, ein … Urteil?«

Hanna zog die Beine an und schlang die Arme um ihre Knie. »Eine Vorstellung von dem, wie du zu sein hast und was richtig ist?«

Jan schüttelte den Kopf und nickte gleichzeitig. »Davon, was sich gehört. Alle beschäftigen sich mit allem. Das war wichtig, ist es noch, sie passen aufeinander auf, aber … du gehörst dir nicht.«

»Kenne ich.« So hatte Hanna es noch nicht gesehen, wusste aber genau, was er meinte. Zu Hause war sie zuerst die Tochter ihres Vaters, die einzige. Die, wegen der er bei ihrem Friseur anrief und bat, ihr die Haare nicht zu kurz zu schneiden, er habe doch nur ein Mädchen.

Auf dem Land war sie die Tochter ihrer Mutter. Immer war sie ein Teil ihrer Gemeinde, und das stand über allem. Erwartungen knüpften sich daran, die sie bisher immer gern erfüllt hatte. Das hier, Norderney, war das erste Mal, dass sie niemand als Teil eines Gefüges kannte, das länger zurückreichte als bis zu ihrer Geburt.

»Ich habe einen Platz zum Studieren. In Groningen.« Jan lächelte gezwungen. »Das ist nicht einmal hundert Kilometer weg, wir sind ein kleines Land. Aber für meine Mutter ist es gleichzusetzen mit dem Ausland. Oder dem Mond.«

Nun endlich verstand Hanna, worauf er hinauswollte. »Du glaubst, wenn du ihr sagen kannst, was mit Ardie geschehen ist, lässt sie dich leichter gehen.«

Erschöpft ließ er sich in den Sand zurücksinken und kreuzte die Arme hinter dem Kopf. »Ich dachte, wenn sie weiß, Ardie ist nicht einfach weggeblieben, traut sie auch mir. Dass ich wiederkomme. Auch wenn ich nicht bleibe.«

»Du *dachtest.* Und jetzt, was denkst du jetzt?«

Er lachte kurz. »Jetzt ist es zu spät, um aufzuhören. Jetzt will ich es wissen. Ich mag kein … ungenau. Ich will verstehen, nur dann kann ich entscheiden, was ich daraus mache.«

Hanna nickte. »Wie die Mathematik in deinem Buch.« Sie mochte nicht in der Lage gewesen sein, den Titel zu entziffern, aber die Formeln darin waren ihr aufgefallen.

»Physik«, verbesserte er und drehte sich zu ihr. »Elektrizität, Mechanik, Naturwissenschaft: System und klare Regeln.«

Hanna schüttelte den Kopf. »Nur weil Regeln klar sind, müssen sie nicht stimmen.«

»Wenn man sie beweisen kann, schon.«

»Finde ich nicht.« Hanna sah auf das Meer hinaus. »Beweise hängen davon ab, was jemand sucht. Und was womöglich außer Acht gelassen wird, nur damit am Ende ein Ergebnis herauskommt, das man genau so haben wollte.«

Jan setzte sich auf. »Du redest nicht von Naturwissenschaft, oder?«

»Nein.« Verblüfft sah sie ihn an. »Ich glaube, ich rede von meinen Kolleginnen. Von meiner Anstellung. Und irgendwo dazwischen auch von mir. Ganz besonders von mir.«

KAPITEL 35

Ritas Nacken schmerzte, und ihre Augen tränten, vor allem das linke, das inzwischen nicht mehr violett umrandet war, sondern grün-gelb. Trotzdem hielt sie das Gesicht eisern zum Himmel gerichtet und blinzelte nur dann, wenn es absolut nötig war. Wären da nicht die vielen Stimmen, das Gemurmel und Lachen, das leise Flüstern und Schniefen, sie könnte sich vorstellen, allein zu sein.

Die Flussneunaugen vor ihr diskutierten hibbelig, wer von ihnen sich für das Foto wo niederließ. Ben bestand auf den Platz am abgebrochenen Mast, denn dort stünde der Kapitän, und er war schließlich nicht nur der Zimmerälteste, sondern auch der mit den schlimmsten Verletzungen. Johannes, Piet und Flori widersprachen nicht.

Trotz all ihres Hin und Hers waren Rita die Flussneunaugen lieber als die Eiderenten in der Reihe hinter ihr. Sie wusste, was das Raunen, Kichern und unregelmäßige Atmen in ihrem Rücken bedeuteten – Angelika und die anderen zwei wisperten Leni Gemeinheiten und Drohungen zu. Seit bei ihr Läuse festgestellt worden waren, wurde sie ständig fertiggemacht. Erst gestern Abend hatten die anderen in ihrem Zimmer sie mal wieder getaucht, mitsamt der Matratze und allem Bettzeug auf den Boden gekippt. Rita hatte die Aufregung im Zimmer gegenüber dafür genutzt, den pappsüßen Nachttrunk auszuspucken, den Schwester Marion kurz vorher verteilt hatte.

Unter den Argusaugen der Nachtschwester hatte Leni ihr Bett neu beziehen müssen. Immer und immer wieder, bis endlich alles zur Zufriedenheit glatt und stimmig war. Kein Wunder, dass sie sich heute Morgen kaum auf den Beinen halten konnte.

Angelika und die anderen verteilten Punkte, wem von ihnen es am schnellsten gelang, Leni zum Weinen zu bringen. Tränen aber waren das nächste Problem, niemand mochte eine Heulsuse. Nur eine Petze war schlimmer, und wenn das Wort eines einzigen Kindes gegen das mehrerer stand, musste man nicht lange raten, wer gewann. Wahrheit oder Lüge, hatte Rita gelernt, hing davon ab, wer am lautesten war oder die meiste Unterstützung hatte.

»Rita, guck mal! Ich habe einen Käferzoo.«

Jemand zupfte an ihrem Ärmel, doch Rita war eine unbewegliche Statue aus Stein, ohne Haut und Muskeln, Schmerz und Atem. Nur zufällig hier gestrandet, so wie das kleine löchrige Holzboot, auf dem sie nacheinander für die Fotos posieren mussten.

»Ritaaaa!« Tillies Stimme wurde quengelig.

Nur widerwillig senkte Rita den Kopf und hob den Zeigefinger an die Lippen. Vor ihr kletterten die Flussneunaugen unter spöttischen Bemerkungen und Lachen auf den auf der Seite liegenden Kahn. Johannes lächelte ihr zu. Rita drehte sich zu Tillie und bemerkte erst jetzt, was diese an ihren Bauch gedrückt hielt. Ein zugeschraubtes Einmachglas mit mehreren hektisch übereinanderkrabbelnden Maikäfern. Sie rutschten an den glatten Wänden ab und fielen wieder zurück auf den Boden ihres Gefängnisses. Ein immer langsamer werdender Kreislauf.

Rita beugte sich vor und erschrak. »Der Deckel hat ja gar keine Löcher!« Sie streckte die Hand aus.

Tillie drehte sich weg und hielt das Glas aus Ritas Reichweite. »Sie sollen nicht abhauen. Sie müssen hierbleiben und tun, was ich sage.«

»Aber sie bekommen keine Luft.«

Tillie zuckte mitleidslos die Schultern. »Dann befehle ich ihnen, nicht zu atmen.«

Rita ging in die Hocke. »Alle Lebewesen müssen atmen.«

Tillie zog die Stirn in Falten und hob die rechte Hand – der ausgestreckte Daumen zielte auf ihren Mund.

Flugs fing Rita ihre Finger ein. Der Geruch der süßlich-fettigen

Tinktur stieg ihr in die Nase, mit der die Schwestern seit Neuestem Tillies Daumen bestrichen. Helfen tat es nicht, das kleine Mädchen nuckelte trotzdem, nur musste sie sich nun manchmal auch noch erbrechen – und dann, weil sie selbst schuld war und nicht gehorcht hatte, ihr Bett sauber machen.

»Schau!« Rita deutete auf das Krabbelglas. »Sie werden schon ganz langsam. Wenn wir den Deckel nicht aufschrauben, sterben sie.«

»Das tun sie sowieso. Hat Schwester Evi gesagt. Weil doch schon Juni ist, und sie gehören in den Mai.« Unsanft schüttelte Tillie das Glas. Drei der Käfer streckten die Flügel aus, das leise Brummen setzte sich in Ritas Kopf fest, dazwischen ein dumpfes Knacken.

Ohne Vorwarnung schnappte sie sich das Glas und öffnete den Deckel einen Spalt. »Mach mir mal nach.« Tief holte sie Luft und hielt sie an.

Tillie blähte die Backen und hielt sich die Nase zu. Ihr Gesicht wurde langsam rot, ihre Augen begannen zu tränen, sie schüttelte sich und gab auf. Gierig atmete sie aus und ein. »Bäh!«

»Genau. Stell dir mal vor, du könntest das nicht.«

Tillie schürzte die Lippen und ließ ihr Käferglas in Ritas Händen. »Behalt du es. Wenn sie rauskrabbeln, zwicken sie! Aber nicht verlieren, ja?«

Rita versenkte das Glas mit dem schräg aufgelegten Deckel in einer der tiefen Taschen ihrer Latzhose. Gerade noch rechtzeitig.

»Die Nächsten«, rief der hagere Fotograf, der sich kein einziges Mal hinter seinem Stativ wegbewegt hatte.

Ben, Piet, Flori und Johannes kletterten von dem Schiff, Rita, Tillie, Lydie und Elke hinauf. Kurz bevor sie sich setzen konnten, stolperte Elke plötzlich vorwärts, riss Lydie und Tillie mit sich, und alle drei stießen gegen Rita.

Für einen Moment schwebte Rita zwischen Boot und Boden, Himmel und Erde, als müsste sie nur die Flügel ausbreiten und könnte mit dunklem Brummen davonfliegen wie ein Maikäfer. Dann gewann die Schwerkraft, stürzend streckte sie die Arme vor sich.

Jemand packte ihre Oberarme und hielt sie fest, bis sie das Gleichgewicht wiederfand und sich zurück aufs Boot ziehen konnte. Johannes.

Erleichtert lächelte sie ihn an. »Das war knapp!«

»Alles in Ordnung?«

Rita sah an sich hinunter und nickte. Selbst das Käferglas war noch an Ort und Stelle.

Da begannen das Lachen und Rufen:

»Rita und der Moppel sind ein Paar!«

»Moppelliebe, ohohoh.«

»Ihhh, eklig, küsst ihr euch auch?«

Ruckartig trat Rita zur Seite, weg von Johannes, und blitzte wütend um sich. »Quatsch«, schrie sie. »Ihr spinnt wohl!«

Tillie stemmte empört die Hände in die Seiten. »Rita hat mit dem Moppel nichts zu tun, stimmt's, Rita?«

Als Rita sah, wie Angelika erneut den Mund öffnete, nickte sie. »Stimmt genau!«

»Niemand küsst hier irgendwen«, sprach Schwester Frieda ein Machtwort, und das Gekicher verebbte. Rita wischte ihre Hände an den Hosenbeinen ab, sie waren feucht. Ihr Gesicht brannte, und in ihrem Brustkorb flatterte etwas atemlos herum. Links von Schwester Frieda stand eine der anderen Schwestern, Hanna, und sah fast ein wenig traurig aus. Sie blickte von Frieda zu Tillie und Rita, die sich nun für das Foto in Positur setzten, und dann weiter zur Seite.

Rita drehte den Kopf. Die Flussneunaugen Flori, Ben und Piet scharten sich um Johannes. Sein Gesicht konnte Rita nicht erkennen, er hatte ihr den Rücken zugewandt, aber sie fühlte genau: Das eben war nicht richtig gewesen. Eine ganze Nacht hatten sie sich unterhalten, sie wusste mehr von ihm als von ihren eigenen

Zimmerkameradinnen. Er half ihr mit dem ekligen Essen, und eben hatte er ihren Sturz verhindert.

Rita warf der Zimmerältesten der Eiderenten einen wütenden Blick zu. Angelika hatte Elke geschubst, da war sie sich sicher. Angelika stülpte die Lippen vor und machte feuchte Kussgeräusche. Rita wurde übel. Von den Geräuschen und vor Wut. Ohne eine Miene zu verziehen, starrte sie zurück. Ihr Blick wurde unscharf, als sie sich auf Angelikas Gesicht konzentrierte wie auf eine der Lampen in Dr. Gebhardts Therapiesälen, in die man, waren sie angestellt, nicht hineinsehen durfte, weil sie noch schlechter für die Augen waren als die Sonne. Schade, dass ihre Augen keine Hitzestrahlen aussenden konnten, Funken hervorbringen, einen Brand entfachen.

Angelika wandte unbehaglich den Blick ab, das erste Mal. Und plötzlich fühlte Rita sich groß und sichtbar. Sie hatte eine Idee! Eine wirklich gute.

Das schrille Kreischen nur wenig später, als Rita sich hinter dem Boot herumdrückte, auf dem sich die Eiderenten für ihr Foto aufstellten, war die schönste Melodie in ihren Ohren. Wie aufgezogen sprang Angelika auf und ab und schlug sich immer wieder panisch auf den Rücken. »Holt es raus, es sticht, au, holt es raus!« Frieda brüllte Angelika an, gefälligst ruhig zu stehen, fasste in den Pullover des Mädchens und schleuderte den Käfer mit einer heftigen Bewegung ihres Handgelenkes weit von sich.

Rita sah ihn durch die Luft trudeln. Bis zuletzt hoffte sie, er würde die Flügel ausklappen. Dann sah sie weg.

Die meisten der Kinder lachten. Puterrot stand Angelika da und zitterte. Die Aufnahme der Eiderenten war, ärgerte sich Frieda, verdorben, musste wiederholt werden, und das kostete extra Geld. Ritas Plan hatte funktioniert, sogar noch viel besser als erwartet.

AGRYPNIE/INSOMNIE, A-gryp-nie/In-som-nie: Schlaflosigkeit bzw. -störungen unterschiedlicher äußerer (Lärm, Licht) wie innerer Ursachen (körperliche oder psychische); Oberbegriff für gestörtes Schlafverhalten: **Dyssomnie** (Dys-som-nie)

Mögliche Auslöser: **Myoklonien;** Myo-klo-nie (unwillkürliche Muskelzuckungen), Schlaf-/Nachtwandeln/kurzzeitige **Apnoe;** Apnoe (Aussetzen der Atmung) / Nachtschreck oder **Enuresis,** Enure-sis (Bettnässen); zum Teil mit beruhigenden Medikamenten wie u. a. Baldrian zu behandeln

(*aus Hannas Notizbuch*)

KAPITEL 36

Das Waschen und Anziehen war heute schwieriger als sonst. Verlangte mehr Konzentration, von der es weniger gab, als befände sich ein Teil von Rita noch im Tiefschlaf. Mühsam bewegte sie ihr Gesicht vor dem Spiegel im Waschzimmer hin und her, bis es sich scharf stellte und sie die beiden roten Flecken auf ihrem Nasenrücken sehen konnte, wo Frieda ihr gestern Abend die Nase zugehalten hatte, um ihr beim Schlucken des Gutenachttrunks zu helfen.

Sich im Spiegel anzusehen war lustig, sie war überall gleichzeitig – im Spiegel, davor und in der Luft schwebend, sah auf sich selbst hinab. Auf die weiche Rita aus Haut und Fleisch, das man verletzen konnte und das violett-rot-grün-gelbe Flecken bekam. Wie von unsichtbaren Fäden bewegt, putzte sie die Zähne, stieg in ihre Unterwäsche und hatte keine Energie, sich darüber zu wundern, dass die für heute exakt wie die gestrige aussah. Hinter den anderen kletterte sie mühsam eine Treppenstufe nach der anderen hinab.

Ihren Platz im Speisesaal fand sie, ohne nachzudenken. Die Münder von Lydie und Tillie Rita gegenüber bewegten sich, sie flüsterten miteinander. Ritas eigener Mund funktionierte nicht. Dabei, erinnerte sie sich, hatte sie heute Morgen etwas Wichtiges sagen wollen, sich extra für Johannes Wörter zurechtgelegt, doch sie entglitten ihr immer wieder, und Johannes sah sie kein einziges Mal an.

Dafür war Angelika überall. An der Küchendurchreiche, im Saal bei dem Rolltisch mit dem Frühstückstopf, vor den Fenstern, hinter Rita, vor ihr und neben ihr. In Ritas Kopf schwappte eine zähflüssige Masse und begrub sämtliche Gedanken mit satten, schmatzenden Geräuschen, die einfach nicht leiser werden wollten.

Oder kam der feuchte Ton aus ihrer roten Schüssel, rot wie Käferblut – war Käferblut überhaupt rot? Eine Kelle schwebte darüber, drehte sich in Zeitlupe um, weiterer Brei klatschte herab, zitterte und schlug in der Schüssel Wellen. Schwerfällig sah Rita auf. Angelika, schon wieder. Angelika verteilte Nachschlag. Die Hand wollte Rita heben, Nein sagen, aber da war Angelika wie von Zauberhand schon einen Tisch weiter, lachte Piet aus, der bittend seinen Teller hob – dunkelblau wie das Meer auf Gemälden und leer.

Mit gesenktem Kopf schob Leni den Küchenwagen hinter Angelika her, Teekanne und Topf klapperten gegeneinander. Am übernächsten Tisch landeten weitere Kellen Brei in roten Schüsseln.

Töpfchen, koche, dachte Rita und wollte kichern, aber ihr Mund gehorchte nicht, das Kichern blieb stecken und versandete. Sie stellte sich vor, wie aus dem Zaubertopf ohne Ende Brei quoll, rote Schüsseln füllte, über Tischplatten lief, den Boden bedeckte. Immer höher würde er steigen, aus Türen und Fenstern strömen, über die Straßen zum Strand und sich ins Meer ergießen. Mochten Fische Frühstücksbrei?

Platsch! Lauwarme Tropfen landeten auf ihrem Handrücken, eine nächste Portion Brei in ihrer Schale.

Dicht an ihrem Ohr kicherte Angelika. »Was hast du gesagt?«, fragte sie. »Noch ein bisschen? Aber gerne doch.« Eine weitere Kelle Brei klatschte hinab und drückte den sämigen Papp über den Rand des Essgeschirrs. Er troff und tropfte auf den Tisch, bevor er zitternd erstarrte und eine Haut bildete.

Rita schluckte mühsam.

»Gefällt dir nicht, was du da siehst? Warte, ich verziere es dir.« Angelika räusperte sich ausgiebig, beugte sich vor und spuckte in Ritas Schüssel.

»Ihhh!«, machte Tillie.

»Halt den Mund, oder du bist die Nächste.«

Rita würgte. Jemand verlangte zu wissen, was am Tisch der Kiebitze los war, aber Rita konnte unmöglich den Blick heben von den schleimigen Grießkörnchen, den Luftbläschen in Angelikas Spucke.

»Rita hat heute besonders viel Hunger.« Angelikas Stimme klang süß. Genauso süß wie der Brei vor ihr, den Rita nicht mehr herunterbringen würde. »Damit sie sich nicht die Zunge verbrennt, habe ich ihr geholfen und gepustet. So …« Wieder beugte sie sich vor, wieder räusperte sie sich.

Rita schloss die Augen.

Das Nächste, was sie hörte, war ein dumpfes Kratzen, und als sie blinzelte, rührte Schwester Erika entschlossen in ihrer Schüssel. »So«, sagte sie zufrieden. »Problem gelöst. Und nun iss auf, oder möchtest du heute hierbleiben?«

In Ritas Mund sammelte sich Spucke, heiß, süß und ekelhaft.

An den Strand käme sie heute nicht. Hier sitzen bleiben würde sie. Brei zum Mittagessen, Brei statt Abendessen. Wenn sie Glück hatte, käme sie gegen Abend ins Isolierzimmer und wäre endlich allein.

»Ach menno!« Tillie klang enttäuscht. »Ich wollte eine Sandburg bauen!«

Elke zuckte mit den Schultern. »Die Großen üben heute für den Strandlauf. Da bleib ich lieber im Zimmer. Lahme Schnecken dürfen nämlich nicht mitmachen.«

Stühle wurden gerückt, ein Kind pro Tisch brachte das benutzte Geschirr zur Küchendurchreiche. Einmal rot, einmal blau, einmal grün …

Dann verließen die anderen in Zweierreihen den Speisesaal. Nur Rita, Tillie, Lydie und Elke blieben, wo sie waren. Ritas Rücken verkrampfte, ihre Schultern, ihr Nacken. Dann hustete jemand, und sie hob langsam den zitternden Blick.

Doch nicht Angelika stand dort, sondern Johannes. Mitfühlend sah er sie an.

Rita blinzelte langsam, ihr stiegen Tränen in die Augen.

KAPITEL 37

Erfreut beobachtete Hanna, wie die Kinder in ihrer Gruppe den Strand und die Luft, die Wellen und das Vogelgeschrei genossen. Einige bauten Sandburgen oder hoben Gruben aus, die Älteren trainierten zwischen zwei als Start und Ziel in den Sand gesteckten Treibholzstücken für den in wenigen Tagen stattfindenden Strandlauf. Dabei galt es, möglichst schnell die gleiche Strecke zu überwinden: am Nordstrand in Richtung Oase und durch die Dünen vor der Nordhelmsiedlung wieder zurück zum Heim. Jene drei Zimmer, die als Erstes wieder zurückkämen, erhielten einen Preis.

Nicht alle waren darauf gleichermaßen erpicht.

Eines der kleineren Mädchen füllte ihr Plastikeimerchen mit Sand und stürzte eine lange Reihe gleicher Formen, für sie jedes Mal ein anderer Kuchen: Erdbeer, Schokolade, Marmor, Apfel, kalter Hund, Käse und Schwarzwälder Kirsch. Die Kleine musste einen echten Heißhunger auf Kuchen haben. Verständlich bei dem, was aus der Großküche kam, egal wie sehr sich die Küchendamen ins Zeug legten.

Ben saß auf dem Boden und schaufelte in Zeitlupe Sand auf. Seine verbrannte Schulter schien ihm zu schaffen zu machen, oder aber die Schmerzmittel dämpften seinen Bewegungsdrang.

Johannes, Flori und Piet dagegen gaben nicht auf. Verbissen hetzten sie abwechselnd die abgesteckte Strecke entlang, ein Schulp diente ihnen als Staffelholz. Hanna vermutete, die Jungen hatten sich wegen des geringen Gewichts für das Fischbein entschieden, dabei ließe sich ein Stück Holz sicher besser übergeben. Womöglich hätten sie davon abgelassen, wenn sie wüssten, dass sie sich das Innenskelett eines Tintenfisches hin und her reichten. Das

Gewicht des improvisierten Staffelstocks machte allerdings keinen Unterschied: Die drei waren mit Abstand die Langsamsten, und an Spott wurde nicht gespart.

»Ich bin ein dicker Tanzbär und komme aus dem Wald«, sang jemand, andere Kinder fielen ein. »Ich such mir eine Freundin, ei, da ist sie ja schon bald.«

Mit roten Ohren lief Johannes auf Flori zu, der am Ende der Strecke auf ihn wartete, und ignorierte das Lied. So wie er auch stur geradeaus sah, als Angelika ihm zurief: »He, Moppelhannes, wo hast du denn deine Rita gelassen? Ist sie lieber im Heim geblieben, als mit dir an den Strand zu gehen?«

Hanna trat näher. »Schäm dich, Angelika! Spottnamen sind nicht lustig, und ich will sie nicht mehr hören. Sprecht euch mit euren Vornamen an und behandelt euch mit Respekt.«

Die Kinder schwiegen, einige nickten, keines sah Hanna in die Augen.

Hanna seufzte, als Flori vor lauter Ablenkung den Staffelschulp fallen ließ und erneut unterdrücktes Kichern laut wurde.

»Wenn ich mit denen in einer Strandwettlauf-Gruppe sein müsste«, flüsterte jemand, »würde ich die Rüben lieber gleich irgendwo in den Dünen verlieren.«

Und schon begann das nächste Lied: »Die Rübe ist dick, und die Rübe ist schwer, wenn die dicke schwere Rübe doch schon rausgezogen wär!«

»Du darfst nicht holzerig dastehen und die Hand ausstrecken, du musst mitgehen«, mischte sich da jemand hinter Hanna ein und beugte sich zu Flori.

Jan.

Hanna musste lächeln – holzerig gefiel ihr besser als hölzern, klang gleichzeitig faserig und fest. Sie mochte seine sprachlichen Besonderheiten, die minimal anderen Betonungen und Formulierungen.

Ohne sich einzumischen sah sie zu, wie er den Kindern erklärte, wie sie am besten ihre Staffelstäbe übergaben, dass dies etwas mit Kraft, Impuls und Dynamik zu tun hatte – oder verkürzt mit »mit und gegen den Schwung«. Und da er dabei keinen Unterschied zwischen Älteren oder Jüngeren, Mädchen oder Jungen, drahtigeren oder kräftigeren Kindern machte, fanden sie sich bald alle in kleinen Gruppen zusammen und übten, was er ihnen zeigte: die Bewegung des Ankommenden bei der Übergabe des Staffelstockes aufzunehmen.

»Ja, sehr gut«, lobte er. »Ihr macht das prima. Weiter so.«

Hanna stellte sich neben ihn. »Es wird dich freuen zu hören, dass der Strandwettlauf kein Staffellauf ist. Die Gruppen starten alle gleichzeitig.«

Jan winkte ab. »Macht nichts. Wer weiß, wozu sie das noch gebrauchen können.«

»Fürs Leben natürlich«, entgegnete Hanna bierernst.

Er nickte zustimmend. »Physik ist da immer gut. Manchmal aber braucht man auch eine Portion Verstand und gute Ideen.« Er zog sie zur Seite. »Ich war bei der *Geselligen Klause.*«

»Und?«

»Der neue Herbergier wusste von nichts, aber am Tresen saß ein alter Herr, ein echtes Original und …« Er hielt verwundert inne. »Habe ich etwas falsch gesagt?«

»Nein, gar nicht. Rede weiter.« Sie wollte nicht, dass er seine Worte ihr gegenüber in Zukunft abwägte, zu schade wäre es um *holzerig* oder *Herbergier*. Aufschreiben sollte sie seine Ausdrücke. In ihr Notizbuch.

»Jedenfalls, der alte Kerl sitzt da schon mehr als dreißig Jahre. Und er erinnerte sich an Ardie. Sie verschwand vor dem Kriegsende. Alle dachten, sie hätte sich nur erkältet. Damals ging einiges herum. Fieber, Typhus, Grippe …«

Hanna nickte. »Und die Versorgung mit gesundem Essen oder Medikamenten war ein echtes Problem.« Für sie und ihre Brüder hatte das glücklicherweise nie eine Rolle gespielt. Mehr als einen

Husten oder Schnupfen hatten sie nicht gehabt. Nichts, wozu man Penicillin nötig hatte, das, wie sie im *Dritten Mann* gelesen hatte, stark rationiert gewesen war und nach dem Krieg alliierten Ärzten vorbehalten. Zu schwunghaftem Schwarzhandel, Verschnitt und Tragödien hatte das geführt und dazu, dass einige wenige damit sehr reich geworden waren.

Ausgerechnet das Buch, das ihr die übereifrige Bibliotheksangestellte aufgedrängt hatte, hatte Hanna mit neuen – oder vergessenen – Informationen versorgt. Und mit einigen weiteren Einträgen in ihr Notizbuch.

Drei lange Abende, die Hanna mit dem Bändchen auf dem Schoß im Schein ihrer Nachttischlampe verbracht hatte, waren laut Evi genug. »Wenn du das schmale Ding unbedingt auswendig lernen willst«, hatte sie genervt gezischt, »nutz dafür gefälligst das Tageslicht! Ich brauche meinen Schlaf.«

Seitdem nahm Hanna den Roman mit, wenn sie Frau Fischers Pension verließ. Nur als Fingerübung für den Film, hatte sie in Graham Greenes Vorwort gelesen, hatte er den Text niedergeschrieben. Und doch war es gerade diese Einführung, die wesentlich mehr über die Zeit und Gesellschaftliches verriet. Oder aber Hanna las heute, da sie mehr wusste, auch deutlicher zwischen den Zeilen.

»Ja, über die Lagerversorgung hat er auch gesprochen.« Jan sah sie eindringlich an. »Ich muss herausfinden, wer der verantwortliche Lagerarzt war.«

Piet kam die Strecke entlanggehetzt. Flori lief ihm entgegen und dann rückwärts einige Schritte neben ihm, während er den Staffelstab übernahm und sich damit wieder vorwärtslehnte. Johannes und Ben feuerten ihn rhythmisch klatschend an. Es klang wie ein Dreivierteltakt, ein Walzer.

So schnell drehte sich Hanna zu Jan, dass er erschrocken einen Schritt zurücktrat. »Der Piratensender.« Aufgeregt griff sie nach seinem Arm. »Er ist immer Freitagabend und wohl auch ab und an unter der Woche zu hören. Darin werden Teile aus alten Tagebüchern vorgelesen. Das letzte Mal ging es unter anderem auch um die Lager. Das bedeutet, wer immer dafür verantwortlich ist, muss Unterlagen haben, die uns weiterhelfen könnten.«

Jan schüttelte perplex den Kopf. »Jemand aus Norderney kapert ein Radiosignal? Das ist wild!«

Wild? Hanna schmunzelte. Das traf es genau.

Hinter ihr wurden Schreie laut, jemand ächzte. Als sie herumfuhr, sah sie gerade noch, wie einige ihrer Schützlinge in einem Haufen aus zu vielen Armen und Beinen zu Boden gingen.

Dicht gefolgt von Jan, lief sie näher, um den Kindern aufzuhelfen.

»Was erlauben Sie sich eigentlich, junger Mann?«, ertönte da eine Stimme. »Finger weg von unseren Kindern!«

Unwirsch schob Frieda Jan zur Seite.

Hanna hob beruhigend die Hände. »Jan ist ein Freund.«

Frieda sah sie streng an. »Sie kann man wirklich keine Sekunde allein lassen, Hanna. Die Kinder stehen unter Ihrer Aufsicht, nur Ihrer. Gut, dass ich in meiner Mittagspause hier nach dem Rechten sehe.«

Jan holte stirnrunzelnd Luft, dann bemerkte er Hannas bittendes Kopfschütteln. »Wir sehen uns«, murmelte er und zog sich zurück.

Schwester Frieda scheuchte die Kinder auseinander und bedachte Hanna mit einem eisigen Blick. »Wenn es nach mir ginge, hätten Sie längst Ihre Rückfahrkarte in der Hand.« Grimmig sah sie Jan hinterher. »Poussieren hier herum, anstatt Ihre Aufgaben zu erfüllen.«

Hanna seufzte leise. Nach jedem kleinen Fortschritt kam doppelt und dreifach Gegenwind. Die Gemeinschaft im Heim Strandhafer war das genaue Gegenteil von Jans Dynamiklehre. Anstatt eines Miteinanders und Staffelübergabe wurden Grenzen verteidigt. Außer auf Marion konnte Hanna auf niemanden vertrauen.

KAPITEL 38

Bedrückt wusch Hanna die Strandspielzeuge und stellte sie zum Trocknen rund um den kaum benutzten Sandkasten im Hinterhof des Heim. Sie stutzte. stutzte. Sie hatte Eimer, Schaufeln, Förmchen unbewusst nach Farben sortiert, und ihr erster Impuls war, die Ordnung mit einigen gezielten Tritten wieder durcheinanderzubringen.

Dann fiel ihr Blick auf das zu einem Klettergerüst umfunktionierte Holzboot, dessen abgebrochener Mast in den Himmel ragte. Die Kleinen hatten Spaß daran gehabt, sich zimmerweise darauf für das Erinnerungsfoto zusammenzufinden. Die Größeren hatten mit ihrer Aufstellung ihre Rangordnung verteidigt – wer das Sagen hatte, durfte am Mast Platz nehmen.

Der Verlierer des Tages war Johannes gewesen. Sein Gesichtsausdruck, nachdem Rita von ihm abgerückt war, stand Hanna noch immer vor Augen. Nicht einmal Enttäuschung hatte sie darin gelesen, eher müdes Akzeptieren, als hätte er damit gerechnet, dass sie ihm nicht beistand. Dabei hatte Hanna die beiden oft die Köpfe zusammenstecken gesehen. Wenn auch nur, solange keines der anderen Kinder sie dabei beobachtete.

Seufzend machte sie sich auf den Weg zum Büro der Oberschwester, um von Margot die anstehenden Aufgaben für den Nachmittag entgegenzunehmen. Vermutlich wartete dank Schwester Frieda schon die nächste Rüge auf sie. Die Ältere schien geradezu erpicht darauf zu sein, Hannas Fehler und Übertretungen weiterzutragen.

Kaum betrat sie den Hintereingang, hallten wütende Stimmen aus dem Eingangsbereich.

»Termin?«, empörte sich jemand. »Wieso brauche ich einen Termin? Mit mir hat Ihre Frau Doktor auch keinen verabredet, bevor sie mein Mädchen abqualifiziert hat!«

Hanna schlich näher.

»Frau Dr. Waldeck hat sicherlich nichts dergleichen getan. Bitte gehen Sie.« Rebeccas abweisende Reaktion kam von der Galerie des ersten Stockes, und nun, da Hanna in die Eingangshalle trat, konnte sie auch ihren Gesprächspartner sehen. Ein gedrungener Mann stand auf halber Treppe, einen Fuß auf der nächsten Stufe. Sein Jackett aus Wollstoff passte nicht zur sommerlichen Hose, der Hut glänzte speckig, als wäre er zu oft gelüpft worden. Momentan allerdings schien er sich nicht um Höflichkeitsregeln zu scheren. Er bebte. Auch das Mädchen in seinem Rücken zitterte, allerdings nicht vor Wut. Den Kopf tief gebeugt, verbarg ihr seidig glänzendes schwarzes Haar das Gesicht wie ein Vorhang.

»Und ob sie das hat!« Der Mann zog ein vergilbtes Blatt Papier hervor. Unzählige Male musste es auf- und wieder zugefaltet worden sein, die Knickstellen wirkten brüchig. »Eine Eingliederung in die Gesellschaft als wertvolles Mitglied halten wir für ausgeschlossen«, las er ab und griff vorsichtig nach dem Arm des Mädchens hinter ihm. »Hier ist sie, meine Tochter, Ihr hoffnungsloser Fall. Sie wohnt in einer Hausgemeinschaft mit anderen jungen Frauen, die Unterstützung brauchen. Sie hat einen Beruf. Sie ist liebevoll und lustig. Aber wie haben Sie sie genannt? Ich musste das Wort erst nachschlagen – Aberration. Wie menschlich hört sich das für Sie an?«

Rebecca schwieg.

Irritiert beugte sich Hanna weiter vor. Dem Mann ging es darum, sein Kind rehabilitiert zu sehen. Da war es doch ein Leichtes, einzuräumen, dass auch den Genauesten ab und an ein Fehler unterlaufen konnte.

Rebecca seufzte. »Es tut mir leid …«, begann sie, und Hanna wollte schon erleichtert aufatmen, da geschahen zwei Dinge gleichzeitig. Aus dem Speisesaal hinter Hanna ertönte ein Klatschen und unterdrücktes Wehklagen. Im vierten Stock schlug die Gangtür gegen die Wand, und die Heimleiterin beugte sich über das Treppengeländer. »Was soll das Gebrüll?«, verlangte sie zu wissen. »Wir haben Mittagsruhe!«

»Ich habe ihn gebeten zu gehen«, beeilte sich Rebecca zu sagen, »aber er …« Hilflos deutete sie auf die beiden Besucher.

»Verstehe.« Dr. Waldeck kam die Stufen herab.

Die nächsten Worte des gedrungenen Mannes schien sie nicht wahrzunehmen. »Uns geht es um Gerechtigkeit«, sagte er und versenkte seine zitternde Hand mit dem Brief in den Hosentaschen. »Sie sollen verstehen, dass Ihre Urteile Konsequenzen haben, Menschen betreffen. Echte Menschen und ihren weiteren Lebensweg.«

Je näher die Ärztin ihm und seiner Tochter kam, desto unwohler schien er sich zu fühlen, hob die Schultern, senkte den Kopf, blieb aber, wo er war: beschützend vor der jungen Frau, die hinter ihm Deckung suchte.

Dr. Waldeck schob ihn aus dem Weg, griff ihr unters Kinn und hob ihr Gesicht ins Licht. Die schräg geschnittenen dunklen Augen flitzten hin und her wie die eines gefangenen Tieres.

»Ich erinnere mich. Frederike, richtig?«

Der Mann nickte überrascht.

Nach einigen quälenden Sekunden ließ die Ärztin das Gesicht des Mädchens los und wandte sich an ihn. »Ich freue mich für Sie, dass sich ihr Verhalten in den letzten Jahren gebessert hat.« Dann drehte sie Frederike um und schob sie vor sich die Stufen hinab. »Von Normalität kann allerdings noch lange keine Rede sein. Das Kind kann nicht einmal Augenkontakt herstellen.« Dr. Waldeck erhöhte das Tempo, ohne sich darum zu kümmern, dass die junge Frau vor ihrer Berührung zurückzuckte. Ob er es wollte oder nicht, ihr Vater musste folgen.

Hanna wich in Richtung Speisesaal zurück.

Im Erdgeschoss hielt die Ärztin inne. »Die Wahrheit zu ignorieren und stattdessen unhaltbare Beschuldigungen zu verbreiten, hilft Ihrer Tochter kaum«, erklärte sie und öffnete die Eingangstür. »Wie würde sie sich wohl fühlen, wenn ihr Vater wegen Rufmords vor Gericht geladen würde?«

Der samtige Tonfall verbarg die splitterscharfen Stachel ihrer Worte nur unvollständig. Und als raubte ihm jedes einzelne weitere Energie, ließ der eben noch so kämpferische Mann die Schultern sinken.

Dr. Waldeck lächelte dünn. »Ich muss hoffentlich nicht sicherstellen, dass Sie unser Gelände verlassen, das Sie so unerlaubt betreten haben?«

Stumm und geschlagen verschwanden die beiden Besucher.

Dr. Waldeck drückte die Tür ins Schloss. »Verdammter Brand!«, murmelte sie und drehte sich zu Rebecca auf der Galerie. »Feuerschutz, was für ein Quatsch!«

Lautlos schlüpfte Hanna durch die Tür des Speisesaals, bevor sie entdeckt werden konnte. »Margot?«, ertönte das ungeduldige Rufen der Ärztin gedämpft. »Fragen Sie bei der Feuerwehr nach, wie lange wir Türen und Tore noch unversperrt lassen müssen. Das geht so nicht weiter.«

Ausatmend ließ sich Hanna mit dem Rücken gegen die Wand sinken. Dann bemerkte sie aus den Augenwinkeln eine Bewegung. Am Tisch der Kiebitze saß jemand, vornübergebeugt und mit heftig zuckenden Schultern. Gerti daneben hatte eine Hand auf den Hinterkopf des Kindes gelegt und tunkte sein Gesicht in die übervolle Breischüssel vor ihm.

Ohne nachzudenken, stürzte Hanna vorwärts und schob die Küchenhilfe zur Seite.

Rita schnappte nach Luft, immer wieder, und vergaß auszuatmen.

Hanna ging neben ihr in die Hocke. »Mach mir mal nach.« Sie atmete ein und in sieben ganz betont ruhigen Stößen wieder aus, horchte und hoffte, kein Rasseln in der Lunge des Mädchens zu hören. Schläge, wie sie Jan bei Wouter angewandt hatte, traute sie sich nicht zu. Rita atmete hektisch, aber sicher.

Gerti stemmte die Hände in die Hüften. »Was denkst du dir eigentlich, du kannst doch nicht einfach hier hereinplatzen und …«

»Und ob ich das kann!« Hanna war fuchsteufelswild. »Das hier wird ein Nachspiel haben.«

»Ich habe nur getan, was …«

»Ich will es nicht hören!« Hanna strich über Ritas Rücken.

Das Mädchen hustete. Keine Breireste kamen aus ihrem Mund. Gut.

Mit einem Zipfel der Schürze über ihrer Tracht entfernte Hanna die angetrockneten Reste des Frühstücksbreis auf Ritas Wangen. Wie lange saß das Mädchen schon hier? Alle anderen Kinder hielten längst Mittagsruhe.

Angeekelt schob sie die rote Plastikschüssel mit dem überquellenden Inhalt zur Seite. »Hast du von dem Essen etwas eingeatmet?«

Rita schüttelte den Kopf und ließ sich mit geschlossenen Augen gegen Hanna sinken.

Hannas Augen wurden schmal, als sie zu Gerti aufsah. »Wir drei«, befahl sie, »gehen jetzt zur Oberschwester. Und zwar sofort.«

KAPITEL 39

»Sie sollten sich den Geist unseres Hauses verinnerlichen.«

Mit der Stimme der Oberschwester im Ohr rührte Hanna ungestüm die vorgeschriebene Menge Harnstoff in fetthaltige Creme.

Die Hausregeln zu lesen hatte Margot ihr befohlen, während sie Rita und Gerti aus ihrem Büro begleitet hatte, um sich »um diese unglückliche Angelegenheit zu kümmern«. In Ritas Fall bedeutete das eine warme Dusche, frische Kleider, Kräutertee und Bettruhe. Was Gerti betraf, machte sich Hanna nichts vor, diese war vermutlich mit einigen nichtssagenden Worten in die Küche entlassen worden. Dr. Waldeck schien nur in Ausnahmefällen von den Vorgängen im Heim unterrichtet zu werden. Zum Beispiel, wenn Hanna ein Fehler unterlief. Und nach ihrem Umgang mit dem Mädchen und dessen Vater vorhin war Hanna beinahe froh, der Ärztin nicht gegenüberstehen zu müssen.

Ihre Gemeinde zu Hause arbeitete mit dem Ortsverband der Lebenshilfe zusammen. Hannas Vater organisierte Gesprächskreise für Kinder mit Behinderung und deren Eltern, und Hanna hatte ihn oft begleitet. Übermächtig war die Angst, offen zu reden, nur langsam befreiten sich Betroffene von dem Tabu, das selbst siebzehn Jahre nach den unmenschlichen Kategorien der Nationalsozialisten noch immer in vielen Köpfen herumspukte. Umso wichtiger waren Gespräche und Unterstützung. Ehemalige Festschreibungen halfen dabei ebenso wenig wie Rechthabereien oder gar ein Rauswurf.

Wütend griff sie nach den frisch ausgespülten Döschen vor sich, spachtelte die Hautcreme ein und fragte sich, was sie hier eigentlich tat. »Rastloser Einsatzwille ohne Widerspruch« wurde von den Heimmitarbeitern erwartet, hatte Margot vorhin aus den Hausregeln zitiert. Vor allem, da diese ihr Aufgabengebiet als Lebensinhalt anzusehen hatten, »den man genauso wenig mit der Uhr messen kann, wie das im Pflichtenkreis einer Hausfrau und Mutter der Fall ist«.

Als Hanna es gewagt hatte herauszustellen, dass es kaum mütterlich zu nennen war, eine Zehnjährige mit dem Gesicht ins Essen zu drücken, hatte die Oberschwester eilig die Türe zu ihrem Zimmer geschlossen. »Haben Sie sich Ihren Vertrag eigentlich durchgelesen, bevor Sie ihn unterschrieben haben?«, hatte sie gezischt und dabei eher erschöpft als wütend geklungen. Auf Hannas vieldeutiges Schulterzucken hatte Margot ihr all jene Gründe heruntergebetet, die zu einer fristgerechten oder auch fristlosen Kündigung führen konnten. Verletzung des Dienstgeheimnisses und Gefährdung des Rufs des Heims gehörten ebenso dazu wie das Nichteinfügen in die Hausgemeinschaft, ungebührliches Benehmen im oder außerhalb des Dienstes oder wenn sich eine Mitarbeiterin oder ein Mitarbeiter körperlich, geistig oder moralisch als ungeeignet herausstellte.

Kurz: Einen Grund, Hanna loszuwerden, fand, wer wollte, immer.

Hanna hatte es die Sprache verschlagen, als sie begriffen hatte, worauf die Oberschwester hinauswollte: Den dienstälteren Schwestern zu widersprechen, den Heimablauf zu hinterfragen, schon eine eigene Meinung zu haben, war nicht nur unerwünscht, es war geradezu gefährlich.

Dass Margot den Dienstplan umgeschrieben und Hanna für die nächsten Tage ausschließlich Dr. Gebhardt und Rebecca zugeteilt hatte, war also womöglich weniger Bestrafung als zu ihrem eigenen Schutz gedacht. Zumindest war Hanna hier vor dem Medusenblick Friedas sicher.

Nachdenklich schraubte sie die roten Deckel auf die Döschen

und klebte vorbereitete Etiketten darauf. Dann schob sie diese über die Arbeitsplatte zu dem danebenstehenden Kühlschrank und zog an dessen Griff.

Die Tür klemmte, die Flaschen darin klirrten gegeneinander, und Hanna beugte sich zur Glastür. Unter aufgestapelten Pappverpackungen waren ähnliche Dosen wie jene, die sie eben vorbereitet hatte, aufgereiht. *Zink plus A* stand auf jenen mit rotem Deckel, auf denen mit den blauen *Zink plus B,* und ganz hinten entdeckte Hanna nur einige wenige Behälter mit grünem Verschluss und dem Vermerk *Zink plus C*. Deren Inhalt schimmerte im langsam schwindenden Tageslicht fast rötlich, doch das konnte auch eine Täuschung sein. Die bauchigen Flaschen darunter waren mit einer handschriftlichen Null und Eins verziert. Dr. Gebhardt und Rebecca schienen eine Vorliebe für Abkürzungen zu haben.

Noch einmal rüttelte Hanna am Griff des Kühlschranks. Öffnen ließ er sich nicht. Stattdessen gerieten durch die Bewegung einige Blätter, die jemand auf ihm abgelegt haben musste, ins Rutschen und verteilten sich auf dem abgetretenen Linoleum.

Seufzend bückte Hanna sich danach – eine Liste. Silbermöwen, Kiebitze, Küstenschwalben, Strandläufer, alles Zimmernamen. Daneben handschriftliche Vermerke in Kürzeln, bei einigen ein V, bei anderen ein Minuszeichen.

Hanna ordnete die herabgefallenen Blätter und legte sie mit gerunzelter Stirn zurück. Strandhafer belegte seine Zimmer nicht nach dem Aufenthaltsgrund seiner Patienten, sondern nach dem Alter. Einzige Ausnahme war Rita mit ihren viel jüngeren Zimmergenossinnen. Daher gab es auch keine Therapien, die auf alle Bewohner eines Zimmers angewandt werden konnten. Diese Liste ergab überhaupt keinen Sinn!

Es sei denn …

»Das ist der falsche Schrank!«

Hanna zuckte zusammen und blinzelte gegen die gleißende Helligkeit an.

Rebecca hatte das Deckenlicht angeknipst und beobachtete sie von der Tür aus mit zusammengekniffenen Augen.

»Es gibt noch einen anderen?«

»Aber natürlich. Den dort drüben.« Rebecca wies auf die andere Seite des Raumes. »Der vor dir braucht dich nicht zu interessieren, dort bewahren wir potentere Medikamente auf. Für Menschen, die damit umzugehen wissen. Deshalb ist er ja auch versperrt.« Sie wies nach links. »Stell die Fettcreme-Töpfchen in den großen Kühlschrank. Ganz unten findest du die Zinksalbe. Die brauchst du als Nächstes. Und beeil dich bitte, ich habe gleich Feierabend.«

Zähneknirschend tat Hanna wie geheißen. Wann genau waren Rebecca und sie eigentlich zum Du übergegangen?

»Die Mischzusätze«, sagte Rebecca knapp, »gebe ich dir raus. Das Verhältnis ist eins zu etwa zwanzig. Eine schriftliche Anweisung hängt an der Wand. Lesen wirst du ja wohl können?« Sie lächelte schmal. »Oberschwester Margot sagt, du bleibst uns die nächsten Tage hier erst einmal erhalten, und darüber werde ich mich sicher nicht beschweren. Für die stupiden Aufgaben ist schließlich keine Ausbildung nötig.«

Hanna griff nach der Zinksalbe und richtete sich auf. »Ebenso wenig wie für einen guten Umgangston. Den hat man offenbar, oder man hat ihn nicht.«

Rebecca starrte sie an. »Bitte?«

»Mir ist klar, solange ich hier bin, sind Sie meine Vorgesetzte, Schwester Rebecca. Und das ist für mich in Ordnung. Was ich nicht mag, ist, behandelt zu werden, als wäre ich weniger wert, nur weil Sie eine andere Ausbildung haben als ich. Es sei denn, das ist etwas Persönliches?«

Zu Hannas Überraschung schwieg Rebecca.

Hanna nickte ihr zu. »Nein? In dem Fall würde ich vorschlagen, wir bleiben beim Sie. Beide. Also: Wo finde ich eine Waage?«

Rebecca schüttelte den Kopf. »Brauchst du … brauchen Sie nicht. Augenmaß reicht völlig aus.«

Hanna schüttelte den Kopf. »Aber was, wenn ich mich vertue, und eines der Kinder reagiert mit einem Ausschlag?«

Nun kam Bewegung in Rebecca. Sie reihte vier braun getönte Fläschchen und einen Pipettierball auf der Arbeitsfläche auf und winkte ab. »Mit Zink kann man kaum etwas falsch machen. Es hat einen antiinflammatorischen, adstringierenden und kühlenden Effekt. Deshalb wird es auch bei Entzündungen angeraten.«

Hanna versteifte sich. Hoffentlich sah Rebecca ihr nicht an, wie wenig sie verstand. Gerade erst hatte sie sich eine Winzigkeit Respekt erkämpft. Ausdrücke wie diese eben, die anderen so leicht und völlig richtig von der Zunge gingen, waren es, weshalb Hanna nicht den nächsthöheren Abschluss gemacht hatte. Fachtermini und all die lateinischen Bezeichnungen waren das eine – die Reaktionen ihrer Ausbilder waren es aber gewesen, weshalb sie es nicht über sich gebracht hatte zu bleiben. Zunächst hatten sie sich über ihre Versprecher amüsiert, ihr mündliche Bestnoten gegeben und ihre fantasievollen Umschreibungen als interessant bezeichnet. Nach und nach aber waren sie ungeduldig geworden und der Meinung gewesen, weitere Lehrjahre seien verschwendet, wenn Hanna keine Lust habe, sich auch schriftlich zusammenzureißen.

»Wenn Sie durcharbeiten, sind Sie in zwei Stunden fertig.« Rebecca wandte sich zum Gehen. »Schließen Sie hinter sich ab. Der Schlüssel steckt in der Tür und wird im Zimmer der Oberschwester verwahrt. Ist sie nicht anwesend, werfen Sie ihn in den kleinen Kasten neben ihrer Tür. Und nicht vergessen, Ersatzschlüssel haben nur Dr. Waldeck und der Hausmeister.« Ohne auf eine Antwort zu warten, verließ sie den Raum.

Hanna betrachtete den Kübel, die Fläschchen und den Pipettierball vor sich. Eins zu etwa zwanzig also. Das sollte sie schaffen. Das war schließlich einfache Mathematik, logisch und berechenbar.

KAPITEL 40

»Na, Cousinchen, mal wieder Überstunden gemacht?« In Windeseile hängte Evi ihre Tracht in den Spind des Umkleidezimmers, sprang in eine schmale Hose mit hoher Taille, griff nach ihren Haaren und zog sie in einen strengen Pferdeschwanz. »Bei uns hat die Übergabe auch endlos gedauert!«

Hanna schüttelte den Kopf. Endlos war es, Zinksalbe mit unterschiedlichen Zusätzen zusammenzurühren und in viel zu kleine Töpfchen umzufüllen.

Müde sah sie zu, wie Evi sich vor dem Spiegel hin und her drehte, ihrem Spiegelbild probeweise ein strahlendes Lächeln zuwarf und sich dem Ausgang zuwandte. »Na dann … wünsch mir Glück, ich muss los.«

Hanna stellte sich ihr in den Weg. »Warte. Jans Freund ist auch in ein paar Minuten noch da! Es geht um die Kinder. Und um … unterschiedliche Kühlschränke für Medikamente, um eine seltsame Liste und … einen Verdacht, bei dem ich nicht ganz sicher bin. Ich brauche einen Rat.«

Evi drückte ihr einen Kuss auf die Wange und trat um sie herum. »Den kannst du gerne haben. Morgen. Heute bin ich verabredet. Und zwar nicht mit Ludger, dem Kindskopf, sondern mit einem richtigen Mann. Einem, den man nicht warten lässt.«

»Evi!« Hanna legte eine Hand auf die Klinke. »Es ist wirklich wichtig.«

»Das ist Oskar auch. Und wenn es mit ihm gut läuft«, Hannas Cousine strahlte sie an, »kann ich auch etwas für dich tun. Ich habe gehört, du hast dich mal wieder wegen nichts und wieder nichts mit der«, sie lächelte schräg, »Obrigkeit angelegt.«

Hanna seufzte. Ihre Einmischung im Speisesaal schien bereits Kreise gezogen zu haben. »Wer ist Oskar?«

Evi stellte den Kragen ihrer Bluse auf, schob Hannas Hand zur Seite und öffnete die Tür zum Hinterhof. »Dr. Gebhardt natürlich.« Elanvoll trat sie ins Freie. »Warte heute Abend nicht auf mich!«

Fassungslos blickte Hanna auf die langsam zuklappende Tür. Mit Dr. Gebhardt ging Evi aus, der nicht nur ihr Vorgesetzter war, sondern auch Rebeccas Partner – wenn es nach der Schwester ging, nicht nur im professionellen Sinne. Was dachte sich Evi eigentlich? Dachte sie überhaupt, oder setzte ihr Hirn aus, wenn es um Männer ging?

Erschöpft starrte Hanna in den Spiegel an der Wand, während das Klackern von Evis Absätzen leiser wurde. Ihr bleiches Gesicht sah ihr daraus entgegen, frustriert und ratlos. Daneben hing der Wochendienstplan. Namen waren durchgestrichen und ausgetauscht, Zeiten verändert. Hanna trat näher. Frieda wechselte diese Woche zwischen Früh-, Mittel-, Abend- und Nachtschichten, für gestern, heute und morgen Nacht war Marions Name vermerkt. Deshalb hatte Hanna sie also nach dem gemeinsamen Besuch in der *Paradies*-Bar nicht mehr gesehen. Nun allerdings befand sie sich in einem der Schwesternzimmer des ersten oder zweiten Stocks. Kurz entschlossen drehte Hanna sich um, trat in den Eingangsbereich und stieg die Treppe hinauf.

In der ersten Etage war alles ruhig, nur das Notlicht brannte. Die Mädchen schienen zu schlafen. Doch schon bevor Hanna die zweite Etage erreicht hatte, hörte sie das hektische Hin und Her von Schritten und leises Jammern. Lauschend drückte sie die Gangtür auf.

»Ruhe jetzt!« Marions abgespannte Stimme kam aus einem der hinteren Zimmer. »Ihr wollt doch auch nicht, dass die Oberschwester etwas davon mitbekommt.«

»Wir haben ihm gesagt, er darf es nicht. Aber er hört einfach nicht!«

»Wir können nichts dafür, Schwester Marion, wirklich.«

Hanna folgte dem Lichtschein aus einem der Zimmer der kleinen Jungs und blieb im Türrahmen stehen.

Drei der Kinder lagen kerzengerade auf dem Rücken, die Köpfe in Richtung Fenster gedreht, wo sich im vierten Bett jemand unter seiner Decke verkrochen hatte.

Am Fußende stand Marion und fuhr sich mit den Händen durch das Gesicht. Erst als sie sich über die wie in einem Kokon eingewickelte Gestalt beugte und Manuels Namen flüsterte, ahnte Hanna, was das Problem sein musste: Manuel hatte mal wieder eingenässt. Und inzwischen wussten alle, was geschah, wenn man ihn unvermittelt anfasste: Er verkrampfte und begann lauthals zu schreien.

»Wir könnten ihn doch so liegen lassen«, bat einer von Manuels Zimmergenossen. »Schwester Erika macht das auch. Weil er es sonst nicht lernt.«

»Ja«, mischte sich ein zweiter Junge ein. »Dann brüllt er nicht, und niemand muss es merken. Wir haben schon die ganze Woche keinen Nachtisch bekommen!«

Hanna klopfte leise gegen die Türzarge. »Marion? Brauchst du Hilfe?«

Erschrocken wirbelte Marion herum und seufzte erleichtert auf, als sie Hanna erkannte. »Oh, Gott sei Dank, du bist es nur!«

Hanna lachte leise. »Nur? Na, das ist mal eine nette Begrüßung.« Dann schnupperte sie. Der scharfe Uringeruch wurde umso stärker, je näher sie trat, die gelblichen Verfärbungen auf Manuels Bettlaken hatten dunkle Ränder.

Marion ließ den Kopf hängen. »Bei der Übergabe morgen kann ich mir wieder was anhören. Manchmal glaube ich, er verkneift sich das Pipimachen, bis der Abenddienst weg ist. Schwester Frieda meint, er tut es nur, um uns zu ärgern.«

»Das ist doch Unsinn.«

Marion schloss kurz die Augen. »Ich habe die Anweisungen, alles aufzuschreiben. Wenn es nicht besser wird, wird sich Manuels

Gutachten am Ende seines Kuraufenthaltes vor allem um seine Bettnässerei drehen. Enuresis aus Trotz nennt Frieda es.« Marion ließ die Schultern sinken. »Ich hatte gehofft, ihm das zu ersparen.«

Hanna schüttelte den Kopf. »Manuel ist vier, da kommt so was schon mal vor. Einer meiner Brüder hat noch mit neun ab und an ins Bett gemacht.«

»Dann ist es gut, dass er nicht hier war.« Marion atmete flach durch den Mund und warf Hanna einen bittenden Blick zu. »Weißt du noch, was wir gesagt haben? Wenn wir zusammenhalten, können wir hier und da Kleinigkeiten verändern. Heimlich, versteht sich.« Sie beugte sich über das Kopfende des Bettes. »Willst du nicht auch lieber in einem frischen Bett schlafen, kleiner Mann?«

Zentimeter für Zentimeter hob sich die Decke, und Manuels gerötetes Gesicht tauchte auf.

Hanna trat vor. »Er sieht ganz erhitzt aus, hoffentlich hat er kein Fieber.«

Sofort igelte Manuel sich wieder ein.

Fragend sah Hanna Marion an. »Hab ich was Falsches gesagt?«

Marion lachte erschöpft. »Das Thermometer im Po steht bei keinem hier hoch im Kurs.«

»Fiebermessen geht aber doch auch anders.« Hanna stellte sich neben Marion. »Mit einem vorsichtigen Kuss auf die Stirn. Ein Trick meiner Mutter.«

Einen Moment geschah nichts, und Hanna fragte sich, ob Manuel sie nicht gehört hatte. Dann rutschte die Bettdecke ein Stückchen nach unten, der Kleine drehte den Kopf zu Hanna und kniff fest die Augen zu.

Hanna beugte sich zu ihm. »Eins«, flüsterte sie, »zwei«, sie legte ihre Lippen auf die verschwitzte Kinderstirn – warm war sie, aber nicht heiß – und richtete sich wieder auf. »Und drei, schon vorbei. Wir brauchen das Thermometer nicht, du hast kein Fieber.«

Das entlockte ihm den Hauch eines Lächelns.

Marion atmete auf. »Dann holen Hanna und ich jetzt frische

Wäsche, eine Schüssel mit warmem Wasser und einen Waschlappen. Und wenn ihr drei«, sie drehte sich zu Manuels Zimmerkameraden, »davon niemandem etwas verratet, gibt es morgen auch wieder Nachtisch.«

Hanna und sie waren schon fast an der Tür, als sich einer der Jungen schüchtern aufsetzte. »Mir ist auch ganz warm!«

Die anderen zwei taten es ihm nach.

»Mir auch.«

»Ja, kannst du mir auch Fieber messen? So wie bei Manuel eben?«

Marion lächelte. »Wie jetzt, ihr alle fühlt euch fiebrig?«

Die Jungen nickten eifrig und sahen Hanna hoffnungsvoll an.

»In dem Fall«, Marion drückte kurz Hannas Hand, »haben wir wirklich Glück, dass Schwester Hanna bei uns vorbeigekommen ist.«

KAPITEL 41

Kopfschüttelnd blätterte Hanna in den vor ihr liegenden Akten der Kinder vor und zurück, während Marion auf der anderen Seite des Raumes Tee aufgoss. »Sie sind unvollständig.« Hanna deutete auf die Ordner. »Ich lese nichts von Friedas Anweisung, Manuel abends nichts zu trinken zu geben. Nichts über Piets Therapien, Bens Verbrennungen oder aber, weshalb Johannes die Nacht im Isolierzimmer verbringen musste.«

»Natürlich nicht.« Marion balancierte zwei Tassen zum Schreibtisch und setzte eine vorsichtig vor Hanna ab. »Die Therapieaufzeichnungen bewahrt Dr. Gebhardt auf. Das, was du vor dir liegen hast, sind jene Heimdokumente, die für die Öffentlichkeit bestimmt sind.«

Rätselnd beobachtete Hanna ihre Kollegin, die sich nun ihr gegenüber niederließ und die Finger um die warme Teetasse krümmte. Marion winkte hinter sich. »Irgendwo hier müsste sich auch das Strafbuch befinden, in dem nicht alles steht. Die ausführlichen Unterlagen werden vermutlich in Dr. Waldecks Büro verwahrt.«

»Doppelte Akten? Weshalb?«

Marion sah Hanna überrascht an. »Weil bei sechzig Kindern nun mal nicht immer alles rundläuft. Außenstehende begreifen das nur selten. Die Mitarbeiter des Jugendamts beispielsweise gehen bei ihren Kontrollbesuchen immer streng nach Vorschrift vor. Messen die Abstände zwischen den Betten, den Tischen im Speisesaal, überprüfen die Anzahl der Bücher, Spielzeuge und Schränke. Es geht darum, Vorschriften zu erfüllen, egal, wie unpraktisch sie sind. Wie ein Heimalltag aussieht, wissen und verstehen die wenigsten.« Nachdenklich pustete sie in ihren Tee. »Daher ist es streng genommen sogar das Verantwortungsvollste, einen Unterschied zwischen den offiziellen und den heiminternen Mitschriften zu machen. Auch wenn das erst einmal komisch klingt. So wird sichergestellt, dass alles notiert ist. Nur eben nicht für alle einsehbar.«

Stirnrunzelnd schüttelte Hanna den Kopf. »Das musst du mir erklären.«

»Es geht darum, bürokratische Sonderauflagen zu vermeiden. Die machen nur Ärger. In dem letzten Heim, in dem ich gearbeitet habe, durften nach einem Besuch der Kontrollbeamten plötzlich nur noch die Hälfte der Kinder aufgenommen werden.«

»Hatten sie zu wenig Platz?«

»Eigentlich nicht. Aber der unangekündigte Besuch fand an einem Tag statt, da die neue Kindergruppe schon angereist war und fünf kranke Kinder der vorherigen Gruppe noch zur Beobachtung bei uns bleiben mussten. Also standen in einem der Zimmer mehr Betten als erlaubt. Eine Notlösung. Das war den Herren und Damen vom Amt allerdings herzlich egal.« Marion seufzte. »Und was, glaubst du, passiert, wenn von einem auf den anderen Tag die Hälfte aller Einnahmen ausbleiben?«

Hanna konnte es sich lebhaft vorstellen, und da bestätigte Marion auch schon ihren Verdacht. »Ich war eine der Ersten, die gehen musste. Betriebsbedingt, versteht sich.«

»Hmmm.« Hanna zögerte. »Aber an und für sich sind Kontrollbesuche nichts Schlechtes. Jemand muss sicherstellen, dass es den Kindern an nichts fehlt.«

Marion hob die Schultern. »Wenn es nur darum ginge … Ich bin überzeugt, uns hat damals ein anderes Heim in unserer Straße verpfiffen. Denen ging es nicht um das Wohl der Patienten, sondern darum, uns welche abzuziehen.«

Hanna nahm einen Schluck Tee. »Und in Strandhafer? Hast du das Gefühl, dass hier das meiste … rundläuft?«

Marion schwieg nachdenklich und ließ den Rest ihres Tees in

der Tasse kreisen. »Nun ja, einige der Schwestern sind schon so lange dabei, und Dr. Gebhardt und Dr. Waldeck haben viel mehr Erfahrung als ich.«

Hanna zögerte. Dann gab sie sich einen Ruck. Sie musste Marion klarmachen, dass sie auf derselben Seite standen, dass sie ihr vertrauen konnte. Dazu war es manchmal nötig, etwas zu riskieren. »Wissen«, widersprach sie ruhig, »ist nicht alles. Johannes und Rita hat man in die Isolierzimmer gesperrt, um sie zu bestrafen. Es geht um Macht. Und um Angst.« Sie beugte sich vor und ließ Marion nicht aus den Augen. »Ich habe Gerti dabei erwischt, wie sie Rita mit dem Gesicht ins Essen gedrückt hat.« Marion sog scharf die Luft ein, also sprach Hanna ermutigt weiter. »Als ich das der Oberschwester meldete, hat nicht Gerti Ärger bekommen, sondern ich. Dabei kann das gefährlich werden. Und Leni – war es wirklich nötig, ihr alle Haare abzurasieren? Weißt du, wie die anderen sie nennen? Läuse-Leni. Niemand will mit ihr befreundet sein.«

Marion blickte auf die Tischplatte. »Bei sechzig Kindern sind immer ein paar schwierige dabei«, murmelte sie, sah aber nicht gerade glücklich dabei aus.

»Ja, das sagt Dr. Waldeck auch. Das und mehr. Ihre Gutachten sind nicht nur medizinischer Natur. Darin werden auch soziale Fähigkeiten eingeschätzt. Das beeinflusst den weiteren Werdegang der Kinder. Ich sage nur Enruse … Enu … ach, zum Teufel!« Hanna setzte ihre Teetasse klappernd ab. »Ich meine Ins-Bett-Pinkeln aus Trotz. Das ist doch verrückt! Ich glaube nicht, dass Manuel das mit Absicht tut. Du etwa?« Hanna richtete sich auf. »Ich weiß, wir haben gesagt, wir wollen nur kleinere Dinge verändern, unter dem Radar fliegen. Aber was, wenn das nicht reicht?«

Marion versteifte sich. »Ich brauche diese Stellung, Hanna. Im Gegensatz zu dir habe ich keinen reichen Onkel mit einem Lichtspielimperium. Und da bin ich nicht die Einzige. Oder glaubst du,

Frieda, Erika, die Oberschwester finden in ihrem Alter auf der Insel noch einmal eine Anstellung, wenn sie hier in Ungnade fallen?«

Hanna schwieg einen Moment. Es sprach für Marion, dass sie nicht nur sich selbst im Blick behielt. Aber trotzdem …

»Ganz so einfach ist es bei mir auch nicht«, gestand sie. »Ja, mein Onkel hat Geld. Aber seine und meine Familie sind sich nicht gerade grün. Er wird mir nicht helfen, wenn ich das hier vermassele. Trotzdem behagt mir nicht alles, und ich frage mich, ob das nur mir so geht.« Evi jedenfalls, das war heute Abend mehr als deutlich geworden, waren andere Dinge wichtiger.

Marion stellte behutsam ihre Tasse vor sich auf den Schreibtisch. »Das tut es nicht. Aber«, sie warf einen schnellen Blick auf die angelehnte Tür des Schwesternzimmers, »wir müssen vorsichtig sein, brauchen einen Plan. Hitzköpfigkeit hilft nicht weiter.«

Hanna unterdrückte ein Lächeln. »Als hitzköpfig hat mich bisher noch niemand bezeichnet.«

»Dann gab es bis jetzt vielleicht einfach nichts, das dich genug aufgeregt hat.«

Hanna stutzte. Marion hatte recht. So erschrocken, vor den Kopf gestoßen, hilflos und über ihre eigene Hilflosigkeit wütend, so fest entschlossen, sich mit etwas nicht abfinden zu wollen – so kannte sie sich gar nicht. Dieses Jahr auf Norderney schien mehr zu verändern als gedacht.

Hanna stand auf und streckte Marion eine Hand entgegen. »Was auch immer passiert. Ich bin froh, jemanden zu haben, mit dem ich mich ehrlich austauschen kann.«

Marion schlug ein. »Jemand anderen als deine Cousine?«

»Evi und ich sind weniger auf einer Wellenlänge, als du zu glauben scheinst.« Eilig fügte sie an: »Versteh mich nicht falsch. Sie ist lustig, mutig und steckt voller Ideen. Aber bei Grundsätzlichem scheinen wir eine unterschiedliche Auffassung zu haben – zum Beispiel, was unsere Aufgaben hier beinhalten.« Hanna wandte sich zum Gehen. »Gute Nacht. Ich hoffe, die nächsten Stunden bleiben ruhig.«

»Ich auch.« Marion lächelte. »Allerdings darf ich sicher noch ein paarmal Fieber messen heute Nacht – und zwar nach deiner neuen Methode.«

»Nun ja, so ein Gutenachtkuss wirkt Wunder. Vielleicht sogar mehr als Dr. Gebhardts Kräutertinktur.« Hanna hatte die Türklinke noch nicht in der Hand, da wurde Schreien laut. Erschrocken hielt sie inne. »Manuel? Schon wieder?«

Marion sprang auf. »Glaube ich nicht, der Nachttrunk sorgt normalerweise für Ruhe. Nur bei den Flussneunaugen scheint er nicht anzuschlagen.« Sie eilte auf den Gang. »Seit dem Brand sind Piets Albträume schlimmer geworden.«

Verwundert folgte ihr Hanna. »Piets? Nicht die von Ben? Ihn hat es schließlich viel schlimmer erwischt.«

»Ben bekommt noch immer Schmerzmittel.« Marion lief in das letzte Zimmer.

»Schlangen!«, jammerte Piet laut schluchzend und riss wie wild an seinen Hand- und Beinschlaufen. »Unter meiner Haut!«

Johannes und Flori saßen mit weit aufgerissenen Augen in ihren Betten, selbst Ben blinzelte erschöpft ins Licht.

»Schwester Marion!« Piet begann haltlos zu weinen. »Sie sind wieder da! Auf meinem Rücken. Sie beißen und kratzen und spucken Feuer.«

KAPITEL 42

Immer wieder rieb Wilko über die glatte Stelle des grünlich angelaufenen Messingrahmens. Pflanzenstängel und Blütenkelche verschlungener Irisblumen, hatte seine Mutter ihm erklärt, umrankten ihr Hochzeitsbild, denn keine Blume stünde so sehr für Treue und anhaltende Liebe wie diese.

So wie Wilko jetzt hatte auch sein Vater den Rahmen immer gehalten, den Daumen auf der kleinen Knospe mittig am rechten Rand, wenn er mit geschlossenen Augen in seinen Polstersessel gesunken war. Ein deutliches Zeichen, dass man gut daran tat, ihn seiner Musik zu überlassen. Niemand war zugelassen in der Welt voller Erinnerungen, die er sicher in seinem Kopf verwahrte, dort, wo er auch sonst alles schweigend mit sich selbst ausmachte.

Anfangs hatte Wilko versucht, ihn mit lustigen Geschichten aufzumuntern. Aber nach und nach hatte er diese Stunden, in denen er ebenso unsichtbar wie frei war, zu schätzen gelernt und herbeigesehnt. Das Fenster seiner Schlafkammer ging nach hinten hinaus, und schnell hatte er herausgefunden, wie er sich lautlos im Dunkeln bewegen konnte. Manchmal schien es fast, als sei er der Einzige, der wusste, was auf ihrer Insel geschah. Wer sich hinter verdunkelten Fenstern traf, nachts Möweneier stahl, wer nach einer Veranstaltung des Soldatenchors mit wem nach Hause ging oder welches Jungmädel nach dem Lazarettsingen verdächtig lange blieb.

Die Lazarette hatten ihn ebenso fasziniert wie die Lager auf der Insel. War genug Kabeljau ins Netz gegangen, hatte er einige der Fischer dabei beobachtet, wie sie überschüssigen eingewickelt und am Zaun fern der Wachposten zurückgelassen hatten. Er selbst hatte manchmal ein paar Äpfel dazugelegt oder dicke Bohnen. Etliche der Männer und Frauen aus dem Lager hatte er gekannt. Sie hatten in Geschäften, der Backstube und bei den wenigen Bauern der Domänen geholfen. Sich wie er innerhalb festgelegter Grenzen und Regeln bewegt. Wie er nach Möglichkeiten gesucht, diese zu umgehen.

Nicht immer war das glimpflich verlaufen. So wie während des Bombenangriffs 1941, der Wilko den besten Freund genommen hatte und die Hoffnung, jemals wieder schmerzlos zu laufen. Gerade einmal achtjährig, hatte er dafür das Verwundetenabzeichen in Schwarz erhalten, es aber nie getragen. Sorgsam verwahrt lag es in der alten Holztruhe, gemeinsam mit der Uhr, die er vier Jahre später in den Dünen gefunden hatte, mit den Tagebüchern und Unterlagen, die er im Mai 1945 aus schwelenden Gebäuden gerettet hatte, mit dem kleinen bibelähnlichen Buch seines Vaters.

Wie in Wilkos Erinnerungskiste musste es im Kopf seines Vaters ausgesehen haben. Ein heilloses Durcheinander. Wie sonst war dessen Entscheidung zu erklären?

Überall hatten Feuer gebrannt, Öfen geglüht, Uniformen und Papiere waren in Rauch aufgegangen, Zivilkleider von Wäscheleinen verschwunden. In den Lagern hatte Chaos geherrscht, nachdem Wachtürme und -stellungen nicht länger besetzt gewesen waren. Die ganze Insel war in Aufruhr gewesen. Nur wenige hatten trotz der Informationen aus dem Radio an einem noch immer möglichen Sieg festgehalten, dafür aber umso fester.

Hätte er sich damals nur nicht Zeit gelassen, seine Fundstücke im Garten unter dem Holunderbusch zu verstecken, bevor er sich mühsam an den knarrenden Ästen des Apfelbaums emporgezogen hatte! Beim Einstieg durchs offene Fenster war er mit dem bösen Bein am Rahmen hängen geblieben und kopfüber auf den Fußboden gestürzt.

Außer seinem eigenen Schmerzenslaut war alles still geblieben. Kein Rufen seines Vaters, kein Zurückschieben des Sessels, kein ärgerlicher Befehl, gefälligst herunterzukommen und zu erklären, was das sollte. Es war, als hätte ihr Haus den Atem angehalten, etwas gewusst, das Wilko noch verborgen gewesen war. Etwas so Schreckliches, dass selbst der Wind gedreht hatte und nicht einmal Wellen zu hören gewesen waren.

Müde fuhr sich Wilko mit der linken Hand über das Gesicht, die rechte noch immer um den Rahmen der alten Aufnahme gekrampft. Seine Eltern sahen nicht in die Kamera. Sie lächelten nicht. Sie sahen sich an, als existierte auf der ganzen Welt nichts als nur sie beide. Und wie schon als kleiner Junge machte ihr Anblick Wilko hilflos und stumm. Er war wunderbar und – im Wissen, was danach geschehen war – zugleich furchterregend.

Überall hatte er nach diesem Bild gesucht. An dem Tag, als er seinen Vater gefunden hatte, am Tag seiner Beerdigung, an vielen folgenden. Als würde das etwas ändern, könnte ihm helfen, die Zeit zurückzudrehen.

Das Hochzeitskleid seiner Mutter hatte er gefunden, sorgsam verpackt und nach Mottenkugeln duftend. Silberbesteck unter einer hohlen Bohle, Schulterklappen und Orden seines Vaters.

Nur das Hochzeitsbild nicht.

Nie wieder das Hochzeitsbild.

Dass sein Vater es mit sich genommen haben musste, hatte er sich schließlich ausgemalt und in dieser Überzeugung ein klein wenig Frieden gefunden.

Irgendwann war es nicht mehr so wichtig gewesen. Zeit verging, Dinge verschwanden, Menschen auch.

Jetzt aber war es wie aus dem Nichts aufgetaucht. Hatte vor seiner Tür gelegen, sorgsam verpackt in einem Stück Tuch. Ohne Brief, ohne Worte, ohne Erklärung.

Wilko schüttelte den Kopf, drückte den Knopf des Plattenspielers neben ihm und sah zu, wie sich die Schellackplatte im Kreis drehte, eine seltene Aufnahme, vom Komponisten selbst begleitet.

Es knackste leise in dem ansonsten stillen Kellerraum. *Sein Bunker,* wie Rena ihn nannte, obwohl sie ihn nie betreten hatte. Verkehrt war das nicht – beides waren Schutzräume, luft-, licht- und lebensdicht verschlossen. Tief einatmend hob er den Tonarm an, führte ihn über die ersten Rillen und senkte ihn hinab.

Wie immer schloss er die Augen, um sich auf die Melodie und den Text zu konzentrieren, auf jede Zeile und jedes einzelne Wort. Irgendwann mussten sie sich ihm entschlüsseln!

Klavierklänge schwebten durch den Raum, dann die bekannte Männerstimme, überdeutlich artikulierend, Tempo variierend. Anfangs mit leichtem Zittern, als wäre der Sänger selbst verblüfft von der den Wörtern innewohnenden Trauer.

»Einmal, da schlägt für uns die Stunde, in der wir unser Sehnen einsam tragen. Einmal, da blutet eine Wunde.«

Blind griff Wilko nach dem Lautstärkeregler und ließ sich zurücksinken, stellte sich vor, inmitten des Orchesters zu sitzen. Eine Oboe übernahm nur wenig entfernt. Schon in seiner für die Bühne komponierten Operette hatte Paul Abraham überraschende Instrumente benutzt. Schien seiner Zeit weit voraus.

»Schön war das Märchen, nun ist es zu Ende. Good night, good night, good night.«

Wilko schüttelte den Kopf. Irgendetwas entging ihm, irgendwo musste etwas versteckt sein.

»Still kommt der Abend, wir fühlen es kaum, Liebe und Glück sind nur ein Traum.«

Das Hochzeitsbild seiner Eltern in den Händen, lauschte er konzentriert. Spürte der Melodie nach und dem Text, runzelte die Stirn.

Dann war die Aufnahme zu Ende und … Himmelherrgott, es war einfach nur ein Lied! Keine verborgene Wahrheit war darin enthalten. Keine Nachricht, nur für ihn, keinerlei Sinn!

Langsam stand er auf. Langsam und wütend.

Er sollte sich endlich damit abfinden, dass sein Vater dieses

Lied, den letzten Gruß, eingemeißelt auf seinem Grabstein, nicht gewählt hatte, um ihm, seinem Sohn, noch etwas mitzuteilen. Er sollte nicht zornig sein, dass Rena ihm das Hochzeitsbild seiner Eltern vor die Tür gestellt hatte wie eine Kanne Milch. Aber er war es.

Heftig griff er nach dem Tonarm. Er rutschte durch seine Finger, hüpfte über die Rillen, hier ein paar kratzige Töne, dort abgehackte Worte, dann endlich Stille. Ohne den Plattenspieler abzustellen, wuchtete Wilko sich aus dem Sessel, stürmte aus dem Raum und die Treppe empor. In der Diele riss er seinen Mantel vom Haken und verließ, den Bilderrahmen noch immer in der Hand, das Haus.

Die Insel lag im Dunkeln, über dem Meer ein lichter Schimmer. Renas Zeit. Sie verließ das Haus, bevor die Sonne aufging, und lange hatte der kleine Wilko darin einen Zusammenhang vermutet. Als wäre es ihre Aufgabe, für Licht zu sorgen, als zöge sie den Feuerball erst über den Horizont.

Erst später, als sie ihn einmal schlaflos im Wohnzimmer vorgefunden und mitgenommen hatte, hatte er verstanden, dass sie den Strand ablief, um Treibgut zu sammeln, bevor es jemand anders tat.

All die letzten Jahre musste das Foto unbeachtet in ihrem Schuppen gelegen haben. Zwischen all dem Müll, von dem sie sich nicht trennen konnte. Hätte das Feuer übergegriffen, wäre es verbrannt.

Außer dem Haus, den Platten, den nach und nach blasser werdenden Erinnerungen und der Schuld, die ihm sein Vater vererbt hatte, war ihm kaum etwas von seinen Eltern geblieben.

Wilko bog in die Straße, in der seine Tante wohnte, als die Kirchturmglocke fünf Uhr schlug. Das schmale Häuschen hatte sie im Jahr von Wilkos dreiundzwanzigstem Geburtstag gemietet. Bis dahin hatten sie zusammengewohnt, die Letzten ihrer Familie. »Zeit für dein eigenes Leben«, hatte sie damals gesagt und war mit nur einem Koffer ausgezogen, kein einziges Möbelstück hatte sie haben wollen. Ob sie geblieben wäre, wenn sie geahnt hätte, dass sich sein Leben um keinen Deut ändern würde?

Bevor er ihren schmalen Gartenstreifen erreicht hatte, trat sie aus der Tür und nickte ihm zu, als hätte sie ihn erwartet.

Statt einer Begrüßung hob er das Foto. »Was in drei Teufels Namen soll das?«

Sie seufzte. »Es gehört dir, hat dir immer gehört. Aber ich hatte Angst, dass es das Gleiche mit dir macht wie mit meinem Bruder.«

»Ich habe gedacht, es sei mit ihm begraben.«

Sie nickte. »Und war das nicht gut so?«

Er stutzte, schüttelte den Kopf, zuckte dann mit den Schultern. »Wie soll ich das wissen. Du hast mir die Möglichkeit genommen, es herauszufinden.«

Freundlich sah sie ihn an. »Entschuldige. Damals erschien mir das die richtige Entscheidung.« Dann hob sie die Hand und strich ihm über die Wange, wie sie es früher gemacht hatte, bevor sie ihm die Pausenbrote zugesteckt hatte. Nur dass sie sich nun dazu auf die Zehenspitzen stellen musste, nicht länger herabbeugen. »Wir machen alle Fehler, Wilko. Manche aus Egoismus, aber hin und wieder auch welche aus Liebe. Läufst du ein Stück mit mir?«

So leicht glich sie ihr sonst schnelles Tempo seinem Humpeln an, als sei er wieder zehn Jahre alt und sie gerade mal dreißig, verantwortlich für einen Sohnneffen, mit dem sie nicht gerechnet hatte und für den sie alles tat. Vielleicht aber hatte ihr auch das Alter Schwung genommen, und nun war sie froh um die zögernden Schritte.

»Er hatte es bei sich«, sagte sie leise. »Ich habe es in der Innentasche seines Mantels entdeckt, als ich ihn ausgezogen und gewaschen habe. Ich wusste nicht, was ich damit tun sollte. Es mit ihm zu begraben, kam mir falsch vor. Es dir zu geben, auch. Ich dachte, es würde dich ebenso davon abhalten, nach vorn zu schauen, wie ihn. Aber«, sie hakte sich bei ihm unter, »das hast du auch so ganz gut geschafft, was?«

Wilko blieb stumm. Der warme Druck ihrer Hand auf seinem Arm machte es ihm unmöglich, länger wütend zu sein.

»Vielleicht bin ich einfach nicht dafür gemacht, nach vorn zu schauen. Es muss doch auch Menschen geben, die nicht vergessen.«

Nebeneinander liefen sie die Anhöhe der Düne hinauf. Die ersten Vögel begannen zu tschilpen, noch müde machte sich die Insel bereit für einen neuen Tag.

»Wahrscheinlich hast du recht.« Rena blieb stehen und reckte sich, um das Meer zu sehen. »Ich wünschte mir nur manchmal, du hättest dir dafür nicht dein eigenes Gefängnis gebaut. Schau mal.« Sie deutete zum Horizont, wo sich die wenigen Wolken strahlend orange färbten. Dann gab sie ihm einen kleinen Stoß in die Seite. »Bereit, mit mir die Sonne über den Horizont zu ziehen?«

Wilko lachte. »Das weißt du noch?«

»Natürlich. Es ist eine meiner schönsten Erinnerungen.«

KAPITEL 43

Hanna fühlte sich unwohl. So wenig ausfüllend es war, Tinkturen und Cremes zu mischen, in diesem Moment wünschte sie sich, sie wäre im dritten Stock. Doch für die Briefestunde wurden sämtliche anwesenden Schwestern und Pflegerinnen benötigt.

Die sechzig Kinder im Speisesaal beugten sich konzentriert über Blätter, um nach Hause zu schreiben. Den Kleineren wurden die Hände geführt oder Texte verfasst, die Älteren versuchten sich an Schönschrift und warfen immer wieder einen Blick auf die verteilten Vorlagen.

Flori am Tisch neben Hanna streckte die Hand in die Höhe, als wäre er in der Schule, und rief: »Wie schreibe ich nämlich? Wenn ich dazuschreiben will, ›weil hier nämlich alle so nett sind‹?«

Hanna runzelte die Stirn, verstand nicht, weshalb er das überhaupt wollte. Erst neulich hatten sich die meisten über ihn lustig gemacht, ihn und seine Freunde als zu dick und unbeweglich bezeichnet, um am Strandlauf mitzumachen.

Angelika an einem der hinteren Tische rollte mit den Augen. »Ohne H natürlich, Dummi! Wer nämlich mit H schreibt, ist dämlich!«

»Angelika«, mahnte Schwester Erika, »wie auch beim Essen heißt es hier: Schweigen ist Gold! Außerdem«, fügte sie mit mildem Kopfschütteln an, »sagen wir nicht Dummi.«

Angelika nickte, senkte den Kopf und flüsterte etwas, das ihre Zimmerkolleginnen in unterdrücktes Kichern ausbrechen ließ.

Mit einem Fingerschnipsen von Schwester Erika wurde es wieder ruhig.

»Tante Hanna?«, flüsterte Tillie und deutete auf den Brief, den Petra vor sie gelegt hatte. »Was steht da?«

Hanna nahm ihn zur Hand. Glücklicherweise war er kurz und einfach gehalten. »Liebe Mama, lieber Papa«, las sie vor, »es geht mir gut, wie geht es euch? Hier scheint die Sonne, und wir spazieren viel am Meer. Das Essen ist lecker, und ich habe schon viele neue Freunde. Liebe Grüße von Tilla.«

Tillie rümpfte die Nase. »Aber ich heiße Tillie! Und können wir dazuschreiben, dass wir schon ganz oft nicht mit an den Strand durften, weil wir was falsch gemacht haben?«

Hanna und Marion ihr gegenüber wechselten einen Blick, da mischte sich die Praktikantin Petra freundlich ein. »Das tun wir nicht, aber wir können deinen Namen verändern.« Mit einem Buntstift verbesserte sie die Unterschrift. »Siehst du? Jetzt steht da Tillie. Und in Farbe sieht es noch schöner aus.«

»Ich will auch was dazuschreiben«, meldete sich Lydie zu Wort. »Dass ich nachts Angst habe ohne meine Kuschel-Mimi. Dass es mir hier nicht gefällt und meine Mama mich abholen soll!«

Unruhe brach aus, die Kinder begannen zu murmeln.

»Geht das?«, fragte eines, ein anderes stand auf und nickte heftig. »Ich will auch nach Hause.« Und ein drittes fand: »Außerdem ist das Essen gar nicht lecker!«

Ein schrilles Geräusch ließ alle verstummen. Schwester Erika ließ die Trillerpfeife sinken. Mit enttäuschtem Gesichtsausdruck schüttelte sie den Kopf. »Ich verstehe, dass ihr euch daran gewöhnen müsst, dass es hier anders läuft als bei euch daheim«, sagte sie weich. »Aber ihr solltet nicht vergessen, was für ein Glück ihr alle hattet: Ihr wurdet im Gegensatz zu vielen anderen bedürftigen Kindern von euren Ärzten für diese Erholungskur ausgewählt. Die ist sehr teuer, und wenn ihr nach Hause geht, bevor sie zu Ende ist und ihr wieder gesund seid, müssen eure Eltern alles selbst zahlen.«

Erschrocken sahen die Kinder sich an.

Erika lächelte in die Runde. »Ihr wollt eure Mama und euren Papa doch nicht traurig machen, oder?«

Köpfe wurden geschüttelt, andere senkten sich über das Papier auf den Tischen. Niemand widersprach. Nur Marion warf Hanna einen unglücklichen Blick zu. Auch ihr schien diese kleine Rede nicht zu gefallen. Zögernd nahm sie einen Buntstift in die Hand. »Wer will seinen Brief mit einem kleinen Bild verschönern?«

Fast alle Hände gingen nach oben.

Marion nickte. »Gut, Hanna und ich helfen euch dabei.«

Schwester Erika lächelte Marion zufrieden an. »Eine sehr gute Idee. Malt die Sonne, das Meer und den Strand.«

»Tante Hanna?« Lydie sah sich suchend um. »Hier ist kein gelber Stift für die Sonne.«

Hanna griff nach dem roten und hielt ihn der Kleinen hin. »Weißt du, was? Wir malen einen Sonnenaufgang. Bevor sie gelb wird, morgens ganz früh, ist die Sonne rot.«

Hanna beugte sich über Lydies Blatt Papier und fühlte sich, als hätte sie die Mädchen verraten. Aber was sollte sie tun? Sie konnte schlecht ein paar Worte dazuschreiben. Die Briefe wurden noch einmal kontrolliert, bevor sie zur Post gebracht wurden.

»Wie oft denn noch? Hanna ist nicht deine Tante, Lydie!«, mischte sich Erika ein. »Und auch wenn sie nur Pflegerin ist, hast du sie mit *Schwester* Hanna anzusprechen.«

Lydie blickte ertappt auf, wandte sich zu Hanna und blinzelte erschrocken. »Entschuldigung«, murmelte sie, der Buntstift zitterte in ihrer Hand.

Hanna lächelte sie beruhigend an.

Doch bevor sie »schon gut« sagen konnte, klopfte Erika neben Lydies unfertigem Bild auffordernd auf den Tisch: »Entschuldigung, wer?«

Lydie machte sich so klein wie möglich. »Entschuldigung, Schwester Hanna?«, flüsterte sie ängstlich.

»Gut.« Schwester Erika strich ihr über das Haar. Dass das Mädchen dabei zusammenzuckte, bemerkte sie nicht, ihr war etwas anderes ins Auge gefallen. »Und was haben wir hier?« Sie schnappte sich das Papier vor Rita und hielt es in die Höhe. »Da hat jemand offenbar sehr viel zu sagen.«

Rita streckte die Hände aus, als wollte sie ihre geschriebenen Worte beschützen, aber Erika trat damit in die Mitte des Saals. Rita beobachtete sie voller Panik.

»Ich verspreche auch, ab jetzt immer brav zu sein«, las Erika laut vor. »Aber bitte lasst mich zurückkommen. Ich mag es hier nicht. Meine Zimmergenossinnen sind nett, aber so viel kleiner. Ich habe nur einen Freund, aber er redet nicht mehr mit mir, und das ist meine Schuld. Ich will auch immer eine gute große Schwester sein.«

Hannas Herz krampfte, als Rita die Röte ins Gesicht stieg und sie gegen die Tränen anblinzelte, während die anderen Tische in Gekicher ausbrachen.

Schwester Erika zerriss das Blatt, einmal, zweimal, dann in kleine Fetzen. »So etwas schreiben wir nicht.« Sie schnipste mit den Fingern. »Evi, setzen Sie dem Mädchen ein paar passendere Sätze auf.« Kopfschüttelnd warf sie die Überreste von Ritas Brief in den Abfalleimer.

Rita rührte sich nicht, als sich Hannas Cousine neben sie setzte und für sie zu schreiben begann, weil Rita sich weigerte, den Stift in die Hand zu nehmen.

Hanna suchte Marions Blick, aber die war mit einem Kind auf der anderen Seite des Saals beschäftigt. Auch sonst hatten sich alle wieder ihrer Aufgabe zugewandt. Nur Johannes am Nebentisch starrte Rita an, als könnte er sie durch pure Willenskraft dazu bewegen, zu ihm zu sehen.

Durch Hannas Magen fuhr ein stechender Schmerz. Am liebsten würde sie sich zu Rita setzen und ihr versichern, wie berührt ihre Mutter und ihr Stiefvater sicher von ihrem Versprechen wären. Dass sie glaubte, auch Johannes habe ihr verziehen, als er eben gehört hatte, wie schlecht sie sich dabei fühlte, wie sie ihn behandelt hatte.

In dem Moment öffnete der Hausmeister die Tür des Speisesaals und übergab Erika die Post. Für einen Moment ließ er seinen Blick über die Kinder gleiten, bevor er sich umdrehte und wieder ging, das linke Bein nachschleifend. Evis Vergleich mit Quasimodo kam Hanna in den Sinn, und sie zuckte mit schlechtem Gewissen zusammen. Wilko sorgte dafür, dass alles glattlief, wartete sämtliche Gerätschaften und Apparaturen, wechselte Glühbirnen, bestückte die Blumenbeete des Heims und blieb ansonsten unsichtbar. Den Schlüsselmeister im Verborgenen nannte Marion ihn, weil er überall Zugang hatte, aber so gut wie nie zu sehen war.

Geübt sortierte Erika die Post, dann stutzte sie, zog einen Umschlag hervor und riss ihn auf.

»Guck mal, Hanna, meine Sonne!« Lydie deutete auf ihr Bild, bevor sie erschrocken innehielt und eilig anfügte: »Ich meine, Schwester Hanna.«

Hanna lächelte ihr zu. »Die ist wirklich gut geworden. Wollen wir noch ein paar extra Strahlen dazuzeichnen?«

Lydie lächelte. »O ja, hilfst du mir?«

»Hanna?« Erika winkte von der Seite des Raumes und wedelte mit dem eben geöffneten Brief. »Der hier scheint für Sie zu sein.«

Aus den Augenwinkeln bemerkte Hanna, wie Evi und Marion aufsahen. Sie selbst schüttelte verwundert den Kopf. Ihre Familie und Freunde kannten die Adresse von Frau Fischers Pension. Aber selbst, wenn ihr jemand hierher schreiben sollte, gab es keinen Grund, ihre Post zu öffnen.

»Bin gleich wieder da.« Hanna drückte Lydies Schulter und hielt mit ausgestreckter Hand auf die dienstältere Schwester zu.

Fast hatte sie sie erreicht, da zog Erika den Briefumschlag zu sich. »Private Korrespondenzen haben in der Heimpost nichts zu suchen«, zischte sie. »Sie sind hier nur angestellt.«

Hanna bemühte sich um ein entschuldigendes Lächeln. »Ich weiß nicht einmal, wer mir hierher geschrieben haben soll.«

»Ein gewisser Jan.« Erika rümpfte die Nase. »Ich hoffe, kein Verehrer?«

Verblüfft schüttelte Hanna den Kopf. Jan? Jan hatte ihr einen Brief nach Strandhafer geschickt? Dann verstand sie plötzlich. Zwar wusste sie inzwischen, dass er in einem Zelt auf dem Nudistencampingplatz schlief – nirgendwo sonst gab es eine billigere Übernachtung –, aber sie hatten nicht darüber gesprochen, wo Hanna eigentlich logierte. Wenn er sie also erreichen wollte, blieb ihm nur übrig, ihr ans Heim zu schreiben. Hoffentlich hatte er den Zeltplatz nicht als Absendeadresse notiert. Immerhin war in Hannas Arbeitsvertrag klar und deutlich zu lesen, was alles zu einer Kündigung führen konnte: Ein Umgang mit den Freunden der Nacktkultur war unter Umständen als ungebührliches Benehmen innerhalb und außerhalb des Dienstes auszulegen, als Gefährdung von Strandhafers Ruf oder moralisches Fehlverhalten.

Bittend hielt sie die Hand auf. »Darf ich? Jan ist nur ein Freund.«

»In dem Fall«, Erika verzog keine Miene, »sollten Sie ihm ganz freundschaftlich zu verstehen geben, dass das in Ihrem Sinne besser auch so zu bleiben hat.«

Hanna nickte knapp. Es war das eine, sich mit ihrer Unterschrift dazu zu verpflichten, sich auch außerhalb der Arbeitsstelle moralisch einwandfrei zu benehmen. Sich der älteren Schwester gegenüber wortreich rechtfertigen würde sie nicht.

»Nun dann«, endlich händigte Erika Hanna Umschlag und Brief aus, »hoffe ich, das hier bleibt eine Ausnahme. Denn Ihr …«, sie rümpfte die Nase, »… Freund beherrscht nicht einmal korrektes Deutsch.«

Perplex starrte Hanna Erika hinterher, die sich nun umdrehte und fest auf den nächsten Tisch klopfte. »Kinder«, rief sie, »kommt zum Ende. Wir wollen eure Briefe morgen gemeinsam mit euren Fotos verschicken!«

Hanna überflog Jans Schreiben. Die meisten seiner Worte waren kleingeschrieben, hier und da hatte er die Fälle verwechselt, doch das hinderte Hanna nicht daran zu verstehen, was er meinte. Er hatte ein tragbares Radio besorgt und schlug vor, sich am Abend kurz vor acht am Kap zu treffen, der alten Landmarke Norderneys. Dort wollte er mit ihr der Piratensendung zuhören, die heute wieder ausgestrahlt werden dürfte.

Vorsichtig faltete Hanna den Brief und steckte ihn ein.

Ein Klatschen riss sie aus den Gedanken.

Johannes hielt sich die Wange. Neben ihm stand Schwester Erika. »Wer nicht hören will«, erklärte sie in die Runde, »muss fühlen. Sprecht mir nach: Wir schreiben nichts, was unsere Eltern traurig macht!«

Ängstliches Gemurmel folgte, und Erika strich Johannes über die Backe. »Gut so«, lobte sie sanft. »Glaub mir, das eben hat mir selbst mehr wehgetan als dir.«

Marion warf Hanna einen gequälten Blick zu und schüttelte bedrückt den Kopf.

Erst als Hanna das Papierknistern aus der Tasche ihrer Schwesterntracht vernahm, bemerkte sie, dass sie beide Hände zu Fäusten geballt hatte.

KAPITEL 44

»Ein schlauer Mensch hat mir gesagt, man dürfe nicht nur zurückgucken und sich darin verlieren.« Der Radiomoderator räusperte sich, Jan und Hanna rückten näher an den Lautsprecher. »Sonst verpasst man den Blick nach vorn.«

Der Empfang auf der Erhebung des Kaps war perfekt. Kein Knacken, kein Rauschen – die Stimme aus dem Radio klang, als stünde ein Freund neben ihnen, spräche nur für sie.

»Tun Sie mir den Gefallen und hören Sie erst einmal nur zu. Komponiert wurde das folgende Lied von Paul Abraham. Vor zwei Jahren verstarb er, nach seiner Flucht verarmt und gebrochen. Operettenkenner bezeichnen ihn als Ausnahmekünstler, seiner Zeit voraus und zugleich mittendrin. Was hätte er noch alles hervorbringen können!«

Es knarzte und knackte, der Eingangsmelodie folgten die ersten gesungenen Zeilen des Tenors.

Jan und Hanna sahen sich an. Nahe klang das Lied, fast privat. Nach einigen Takten begann Jan sich zu bewegen, hierher und dorthin. Für einen Moment dachte Hanna, er wolle tanzen, dann verstand sie: Er folgte der Übertragung, drehte sich zurück, wenn er Störgeräusche empfing, und lief probeweise in eine andere Richtung. Er nutzte das Radiogerät als Peilsender. Nebeneinander stiegen sie die kleine Anhöhe hinab in die Nordhelm-Siedlung.

»Reich mir zum Abschied noch einmal die Hände.«

Hanna lauschte dem Text. Sie war sich sicher, dieses Lied noch nie gehört zu haben, und doch schien es ihr bekannt.

»Schön war das Märchen, nun ist es zu Ende.«

»Wir kommen näher!«, freute sich Jan.

»Still kommt der Abend, wir fühlen es kaum, Liebe und Glück sind nur ein Traum. Einmal, da schlägt für uns die Stunde, in der wir unser Sehnen einsam tragen.«

In Hannas Kopf summte etwas mit, etwas, das herauswollte, aber nicht konnte, eine Erinnerung hinter verschlossener Tür.

»Warte mal!«

Jan blieb stehen.

»Einmal, da blutet eine Wunde. Und du musst unter Tränen zu mir sagen: Oh, reich mir zum Abschied noch einmal die Hände.«

»Was?« Er beugte sich zu ihr. »Was ist es?«

Hanna schüttelte den Kopf. »Irgendwas kommt mir daran bekannt vor, dir nicht?«

»Nein. Lass uns weiter. Irgendwo hier muss er sich verstecken.«

Hanna sah sich um. Die Häuser sahen alle ähnlich aus: roter Ziegelstein, groß genug für Familien von Mitarbeitern des Fliegerhorstes oder der Werksangehörigen der deutschen Luftwaffe, für die sie errichtet worden waren. Schmale Vorgärten, in denen sich Blumenrabatten aneinanderreihten.

Jan beugte sich über einen Zaun und betrachtete die dahinter an einem Stab emporrankende Kletterpflanze. »Wir suchen nach einer Antenne. Die muss sich draußen befinden. Ein Draht, höchstwahrscheinlich getarnt. Unter einem Blumenspalier, an der Dachrinne oder um eine Teppichstange geschlungen.«

»Und falls wir fündig werden, was dann?«

Jan lächelte sie an. »Dann klopfen wir, und du bittest ihn, uns zu erzählen, was er weiß. Du bist besser mit Menschen als ich.«

Nur wenig vor ihr blieb Jan stehen. Die Musik verklang.

»Einigen von Ihnen mag dieses Lied aus dem Operettenfilm *Viktoria und ihr Husar* bekannt sein«, kam die dunkle Stimme aus dem Radio. »Vor etwa sieben Jahren folgte eine weitere Verfilmung. Modernisiert und musikalisch etwas … schwach auf der Brust. Das Besondere an der eben gehörten Aufnahme aus dem Jahr 1931 ist die Beteiligung des Komponisten – nur zwei Jahre später verließ

Paul Abraham Deutschland. Vierzehn Jahre später war dies das letzte Lied, das mein Vater hören wollte.«

Hanna stutzte und sah sich um. Die Sonne war untergegangen, es war dunkel genug, um den Mond und die Sterne zu sehen, und noch immer schwang die eben gespielte Melodie in ihr nach, der Text:

»Reich mir zum Abschied noch einmal die Hände
Schön war das Märchen, nun ist es zu Ende
Still kommt der Abend, wir fühlen es kaum
Liebe und Glück sind nur ein Traum
Reich mir zum Abschied noch einmal die Hände«

Wie einsam mochte es sich anfühlen, allein unter diesem Himmel.

Dann kamen ihr die Worte auf dem Grabstein in den Sinn: Still kommt der Abend, wir fühlen es kaum. Herr Janssen. An sein Geburtsdatum erinnerte sie sich nicht mehr, sehr wohl aber an das Sterbedatum: 12.5.1945. Sie hatte sich gewundert. Es tragisch gefunden, dass jemand so kurz vor der Landung der Alliierten gestorben war, vor der Befreiung, die für ihn womöglich gar keine gewesen war. Hanna fröstelte.

»Nachdem ich Ihnen nun eine Ausnahme-Operette ans Herz gelegt habe«, sprach der Moderator weiter, »verabschiede ich mich mit einem Text, der sich auf ein ganz anderes Lied bezieht. Eines, das jeder von uns kennen dürfte. Eines, das zum Soldatenlied par excellence wurde. Ich lese aus einem nicht abgeschickten Brief des Jahres 45, ich vermute, er wurde im März oder April verfasst.«

Jan lief weiter. »Los jetzt«, flüsterte er, als könnte sie jemand hören, »wir müssen uns beeilen!«

Aus dem tragbaren Gerät drang Papierrascheln, und als der Radiopirat erneut zu sprechen anhob, klang seine Stimme sanft, als versuchte er, hinter dem Text zu verschwinden. »Ella, mein Täubchen, sie spielen unser Lied, Lili Marleen, und ich denke an dich. Du wartest doch auf mich, ja? Egal was kommt. Die Jungs danken dir für die warmen Socken. Eine gute, kleine Frau wirst du mir einmal werden, sagen sie, wenn du jetzt schon nicht nur mich bedenkst, sondern auch sie.

Unsere soldatische Ehre gebietet es, weiterzukämpfen, und dies mit äußerster Zielstrebigkeit. Wir leisten einen der größten Beiträge im Schicksalskampf unseres Volkes, womöglich die letzte anständige Schlacht. Anderswo, heißt es, habe ein Grüß Gott bereits das Heil Hitler abgelöst. Wie können sie nur, die Wankelmütigen, wo Hunderte, Tausende Unschuldige von der Furie eines Kriegs dahingerafft wurden, der uns aufgezwungen wurde. Denk nur an all die Frauen und Kinder! An die unzähligen deutschen Männer, die im Heldenkampf auf dem Feld der Ehre fielen, um uns, um Europa, um die Welt gegen die rote Flut zu verteidigen. Wir, meine süße Ella, müssen das Rückgrat sein, wo andere in die Knie gehen. Niemals zuvor wurde ein Kulturvolk schwerer unter Beschuss genommen – Köln, Nürnberg, Dresden! Doch, wie Albert Speer sagte: Unsere Feinde unterschätzen die Zähigkeit unseres Volkes, unsere Ausdauer, getragen vom Wissen, worum wir kämpfen. Vertraue auf meine Worte: Wir werden in die Geschichte eingehen, bewundert und als Sieger.«

Hanna schluckte. Ob der Verfasser dieser Zeilen noch erlebt hatte, wie falsch er damit lag?

»Elmer lässt grüßen«, las der Radiomoderator weiter. »Er sagt, deine Strümpfe wärmen ihn bis ins Herz, im Lazarett sparen sie an der Heizung. Alles Wichtige wird knapp und knapper, und stell dir vor, einige Verblendete bedenken noch immer das Geschmeiß aus den Lagern, verschwenden Nahrung und Kleidung. Demnächst spielen noch mehr von denen krank und machen sich einen geruhsamen Lenz, während wir Land, Volk und Ehre verteidigen. Volksschädlinge, alle miteinander. Keiner unserer Ärzte betritt mehr die Lager, und das aus gutem Grund. Wer kann ahnen, welche Krankheiten das Ungeziefer verbreitet. Selbst die Wachmannschaft hält sich fern, und der Inselarzt schickt, falls es sich gar nicht vermeiden lässt, seine Assistenz. Schlauer wäre es, den Zaun zu versperren und sie sich selbst zu überlassen. Sie in eines der großen Lager zu schicken, dazu fehlen uns Schiffe. Andere, hört man, machen das bereits, und ich hoffe, auch wir finden bald eine endgültige Lösung. Ich muss los, meine Ella, das Signalhorn! Schreibe mir recht fleißig, gerade jetzt ist es von größter Wichtigkeit, zusammenzustehen, Schulter an Schulter, Herz an Herz wie ein Mann.«

Ein paar Sekunden blieb es still. Erst jetzt fiel Hanna auf, dass Jan und sie stehen geblieben waren.

»Ob der vorbildliche junge Soldat zu seiner braven Ella heimgekehrt ist, weiß ich nicht.« Die Radiostimme klang kühl. »Aber ich nehme es an. So wie die meisten. Mit einem Persilschein in der Tasche und bereit, das Leben ungetrübt und ohne Konsequenzen fortzusetzen. Damit schließe ich meine heutige Sendung *Gegen das Vergessen* mit dem oben genannten Musikstück. Ursprünglich ein Lied über Trennungsschmerz und ungewisse Heimkehr, wurde es unzählige Male im Wunschkonzert der Wehrmacht übertragen und damit zu einer Schicksalshymne, die die Kriegskasse anfüllte.«

Akkordeonklänge untermalten Hannas und Jans nächste Schritte. »Vor der Kaserne, vor dem großen Tor«, erklang Marlene Dietrichs heisere Stimme.

Wie elektrisiert sah Jan Hanna an. »Du hattest recht. Er besitzt Aufzeichnungen aus der Zeit«, flüsterte er. »War vielleicht selbst hier, damals, während Ardie …« Hektisch drehte er sich im Kreis. »Wo steckt er?«

Sie durchmaßen eine Straße des Wohnviertels nach der anderen. Blickten in Vorgärten, entdeckten Teppichstangen und Gitter, an denen Bohnen oder Blumen emporrankten. Häuser mit schiefen, krummen oder reparierten Dachrinnen. Doch nirgendwo war eine Antenne zu entdecken.

Dann verklangen die letzten Töne des Liedes, und Jans Gerät fing die aktuellen Schlager einer offiziellen Radiostation auf. Frustriert blieb er an der nächsten Kreuzung stehen und schaltete den Apparat aus. Die Blumenrabatten kannte Hanna, hier waren sie auf ihrer Suche schon mehrmals vorbeigekommen. »So nahe«, murmelte er, »so nahe, aber für Noppes!«

Hanna unterdrückte ein Lächeln. Noch so ein Ausdruck, den sie gerne behalten würde, auch wenn er in äußerster Verbitterung ausgestoßen worden war.

Vorsichtig legte sie eine Hand auf seinen Arm. »Wir kommen morgen wieder. Dann gehen wir die Straßen noch einmal ab. Vielleicht fällt uns bei Tageslicht mehr auf.«

Mit hängenden Schultern bewegte er sich in Richtung Norderney Stadt und zog sie mit sich. Hanna warf einen Blick auf ihre Hand, die er durch seinen Arm geschlungen hatte, und dachte daran, wie Eddie sie genauso zu Frau Fischers Gasthaus begleitet hatte. An ihren Vertrag musste sie denken, an Schwester Erika und an zwei kleine Wörter – moralisch einwandfrei –, deren Bedeutung ganz unterschiedlich ausgelegt werden konnte.

Evi jedenfalls hatte Hanna nach dem Vorfall während der Briefschreibestunde heute Morgen augenzwinkernd gratuliert. »Endlich lebst du mal ein bisschen«, hatte sie Hanna zugeflüstert. Über die Ohrfeige, die Erika Johannes gegeben hatte, hatte sie nicht weiter reden wollen. »Irgendwie muss man die Kinder in den Griff bekommen«, war ihr einziger Kommentar gewesen. »So ein kleiner Klaps hier und da stellt die Ordnung wieder her. Hat uns schließlich auch nicht geschadet.«

Sie näherten sich dem Wasserturm, und Jan seufzte. »Exkusier mich«, sagte er, und der kleine Sprachausrutscher zeigte Hanna, wie enttäuscht er sein musste. »Die ganze Zeit drehen wir uns um mich. Wie geht es dir?«

Hanna zögerte. Frau Fischers Gasthaus war nur mehr eine Ecke entfernt. Doch sie wollte sich noch nicht verabschieden. Entschlossen zog sie ihn weiter geradeaus und warf ihm einen Blick zu. »Was würdest du tun«, wollte sie wissen, »wenn jemand Macht über andere ausübt, nur weil er es kann? Du bist nicht einverstanden, aber abhängig?«

»Puh.« Jan verzog nachdenklich das Gesicht. »Im Schach würde man sagen, das ist ein Patt.«

Hanna verdrehte die Augen. »Patt heißt, nichts geht mehr, und die einzige Möglichkeit ist, aufzugeben, oder? Das will ich nicht. Und«, sie hob den Zeigefinger, »bitte erzähle mir jetzt nicht wieder, so ein Machtgefüge sei typisch deutsch. Ich brauche einen echten Rat!«

Jan legte die Stirn in Falten. »Ich habe von einem Experiment gelesen – in Amerika. Angeblich ging es ums Lernen. Eine Gruppe Menschen durfte Elektroschocks an eine andere verteilen, wenn die etwas falsch machte oder nicht konzentriert genug war.«

Hanna zuckte zusammen. »Ich bin mir nicht sicher, ob ich hören möchte, wie das ausging.«

»Es war nicht echt. Nur gespielt. Das wussten die Testgruppen aber nicht. Und es gab jemanden, der ihnen sagte, es sei in Ordnung, zu bestrafen, wer nicht funktionierte.« Er hob die Schultern. »Das Ergebnis war: Einige gewöhnen sich an Macht, andere macht sie süchtig. Aber beinahe niemand hatte ein Problem, sie auszuüben, sofern jemand anders dafür die Verantwortung übernimmt.«

»Was ist mit den Leuten geschehen?«

»Die eine Gruppe«, erklärte Jan leise, »hätte die andere umgebracht.« Kurz legte er den Kopf in den Nacken, um in den Himmel zu sehen. »Möglicherweise steckt das in jedem von uns. Mitzumachen ist nicht schwer, sich zu weigern eine Ausnahme. Ich glaube, das Problem ist immer das System. Es lässt sich nicht von innen korrigieren, nur von außen. Abhängig zu sein, macht dich schwach. Genau deshalb kann in einer Gesellschaft nur die folgende Generation wirklich etwas verändern. Sie ist freier.«

Hanna stolperte. Dann machte sie sich von ihm los und lief den Uferweg voran. Ihr Blick schweifte über den menschenleeren Strand und blieb an den Giebeln des Postgebäudes hängen.

Das System von außen durchbrechen – vielleicht war es dazu an der Zeit.

KAPITEL 45

Als Hanna in dieser Nacht hochschreckte, lag ihr Zimmer im Dunkeln. Nur der Wind war von draußen zu hören, keine Vögel, keine Tiere. Nicht einmal Evis Atmen im Schlaf.

Dann plötzlich: Murmeln, leises Kichern. Mitternacht musste längst vorbei sein und damit auch Frau Fischers Zapfenstreich. Die siebte Treppenstufe knarzte. Jemand, der das nicht wusste oder nicht darauf achtete, schlich die Treppe empor und den Gang entlang.

Ihre Zimmertür schwang auf.

»Hanna? Schläfst du?«

Evi.

Hanna seufzte. »Nicht mehr. Kommst du jetzt erst nach Hause?«

»Es war toll!« Evi klang atemlos. »Die Insel ist voller Menschen wegen des Ärztekongresses nächste Woche. Überall spielen Tanzkombos, und die Bars quellen förmlich über.« Sie zog sich ihre Bluse über den Kopf und warf sie auf das Fußende des Bettes. »Lass uns morgen gemeinsam ausgehen. In zehn Tagen ist alles wieder vorbei.«

Hanna glaubte nicht, dass es für Frau Fischer einen Unterschied machte, welche Tagung auf Norderney stattfand. Unverheirateten jungen Frauen zu lange Ausgang zu gewähren, fiel ihrer Meinung nach unter den Kuppeleiparagrafen.

Sie gähnte. »Wie bist du überhaupt reingekommen? Die Haustür ist doch längst versperrt.«

»Durchs Fenster.«

Hanna stockte. »Im Erdgeschoss?«

»Keine Sorge, nicht bei unserer Wirtin.« Evi entledigte sich des

Rests ihrer Kleider und schlüpfte in ihr Nachthemd. »Bei Oskar. Er bewohnt die untere Wohnung nach vorn raus.«

Hanna schüttelte den Kopf. Dr. Gebhardt wohnte also mit ihnen unter einem Dach, wenn auch getrennt von ihnen im Erdgeschoss. Nun, das war wirklich eine Neuigkeit. Bisher war sie ihm außerhalb des Heims nicht einmal begegnet, ganz im Gegensatz zu Evi. Dann begriff sie, was Evis Worte bedeuteten. »Um Himmels willen, bei ihm bist du eingestiegen?«

Evi knurrte entnervt. »*Um Himmels willen* – du klingst wie deine Mutter! Entspann dich! Oskar hat mir nur Unterschlupf gewährt.«

»Er hat was?« Hanna hörte, wie ihre Stimme kiekste.

Evi prustete los. »Nur ein paar Minuten. Bis ich sicher war, dass Frau Fischer nicht aufgewacht ist.« Zufrieden kuschelte sie sich unter ihre Decke.

Hanna biss sich auf die Zunge. Was ihre Wirtin davon hielt, dass Evi ihr Gasthaus durch das Fenster eines unverheirateten Arztes betrat, war nicht schwer zu erraten. Dabei erwischt zu werden, konnte für Evis Stellung ernsthafte Konsequenzen nach sich ziehen. Aber offenbar hatte sie Erikas Moralpredigt heute nicht zugehört. Oder aber sie war der Meinung, für sie gelte sie nicht.

»Oskar hat da unten nicht nur eine komplett eingerichtete Küche, die wir benutzen dürfen, wenn wir wollen, sondern auch ein Badezimmer mit Wanne.«

Hanna schloss die Augen. Ein Wannenbad, das sie nutzen durften. Für ein Bad ohne Kleider. Und Evi fand an diesem Vorschlag nichts Seltsames. War ihre Cousine verrückt?

»Also, ich ziehe mich sicher nicht im Badezimmer eines fremden Mannes aus. Und du solltest das auch nicht.«

»Oskar hat versprochen, er geht dann eine Runde spazieren.«

Hanna richtete sich alarmiert auf. »Das kann nicht dein Ernst sein. Abgesehen von gesundem Menschenverstand, die Heimregeln sind völlig klar, du hast es doch gehört. Ein Techtelmechtel zwischen einem Arzt und einer Pflegerin fällt sicher nicht unter moralische Unbedenklichkeit.«

Unbeeindruckt klopfte Evi ihr Kissen zurecht und machte es sich gemütlich. Hanna drehte sich zu ihr und starrte in die Dunkelheit. Manchmal fragte sie sich, wie ihre Cousine es schaffte, sämtliche mögliche Konsequenzen ihres Handelns auszublenden. Als stünde es ihr zu, sich nur von ihren eigenen Bedürfnissen und Wünschen leiten zu lassen. Als wären die sich daraus ergebenden Folgen nicht ihr Problem, sondern das der anderen.

Tief holte sie Luft. »Nimm das nicht auf die leichte Schulter«, bat sie. »Du kannst wirklich in Schwierigkeiten geraten. Und nicht nur du.«

Stille. Dachte Evi nun doch über ihre Worte nach?

Hanna strengte sich an, durch das Dunkel zu sehen. »Stell dir nur mal vor, was dein Vater dazu sagen würde.«

Keine Reaktion.

»Evi?«

Das leise Schnarchen von gegenüber war kaum vernehmbar. Seufzend drehte sich Hanna auf den Rücken und machte sich auf eine schlaflose restliche Nacht gefasst.

Nur wenige Stunden später verließ sie mit ihrer Tracht in der Hand das gemeinsame Zimmer, zog sich im Badezimmer des Flurs um und schlich die Treppe hinab. Außer ihr schien niemand wach zu sein. Nicht einmal aus Frau Fischers Wohnbereich war etwas zu hören. Einen Moment zögerte Hanna im Flur neben dem kleinen Tischchen mit dem Hausanschluss. Dann lief sie weiter. Sie wollte nicht, dass bei ihrem Ferngespräch jemand zuhören könnte.

Um diese frühe Uhrzeit sahen Meer, Strand und Himmel frisch aus, und außer einigen Lieferanten waren kaum Menschen unterwegs. Sie alle hoben grüßend eine Hand oder nickten Hanna freundlich zu, als gäbe es eine stillschweigende Übereinkunft aller, die für einen reibungslosen Tagesablauf sorgten, bevor der Großteil der Inselbevölkerung aufstand. Selbst das Postamt hatte noch nicht geöffnet. Hanna betrat das Telefonhäuschen davor, warf das zusammengesuchte Kleingeld in den Schlitz und wählte.

»Apparat der Familie Grimm.«

»Mama? Ich bin's, Hanna.«

»Hanna, wie schön! Geht es dir gut? Ist alles in Ordnung? Hast du dich eingewöhnt?«

Hanna zögerte. »Ziemlich. Hier ist es schon recht anders als zu Hause.«

»Das denke ich mir.« In der Stimme ihrer Mutter schwang ein Lachen mit. »Andere Aufgaben, anderes Wetter, andere …«, sie machte eine kleine Pause, »Menschen.« Sie senkte die Stimme. »Ich habe von Evi und ihrem Arzt gehört.«

»Ach ja?«

»Allerdings, deine Tante spricht von nichts anderem. Und was ist mit dir? Gibt es auch für dich einen netten jungen Mann?« Hanna schluckte, ihre Mutter klang hoffnungsfroh. Eine kleine Sekunde war sie versucht, von Eddie zu erzählen, von Jan. Dann wiegelte sie ab. »Ich schlafe früh, arbeite viel und habe kaum Zeit für anderes.«

»Natürlich. Da kommst du ganz nach deinem Vater.«

»Ist er da? Ich brauche seinen Rat. Wegen … einer Heimsache.«

Ihre Mutter lachte gut gelaunt. »Typisch. Evi lernt gut situierte Männer kennen, und du besprichst mit deinem Vater, wie ihr die Welt verbessern könnt.« Hanna hörte, wie sie den Telefonhörer am ausgestreckten Arm von sich hielt, bevor sie rief: »Wilhelm? Deine Tochter ist in der Leitung!«

Das folgende Knacksen verriet Hanna, dass ihr Vater heimlich mitgehört hatte und nun seinen Schreibtisch in dem engen Raum neben der Küche verließ, in dem ursprünglich eingelegte Gurken, Kraut und Rüben aufbewahrt worden waren.

Dass er nach dem Krieg mit Mitte vierzig überhaupt noch eine Ausbildung zum Rechtsberater hatte machen können, lag daran, dass die Amerikaner ihn als Unterstützung gebraucht hatten. Sein Glaube hatte ihn davon abgehalten, Parteimitglied zu werden, sich überhaupt mit den Machthabern einzulassen, und die daraus resultierenden Schwierigkeiten für ihn und seine Familie hatten nach 1945 dafür gesorgt, dass er plötzlich etwas zu sagen hatte. Auf der anderen Seite bekam er es dadurch auch immer wieder mit Menschen zu tun, die vor einigen Jahren noch versucht hatten, ihn zu denunzieren.

»Hanna? Stimmt etwas nicht?«

Hanna atmete auf. Seine ruhige Stimme tat ihr gut. »Ich brauche deine Meinung.«

»Wozu?«

»An wen wende ich mich, wenn ich … einige Vorkommnisse hier im Heim nicht gutheiße?«

»An die Heimleitung.«

»Und was wäre der nächste Schritt?«

»Das Kreis-Jugendamt Norden.« Er senkte besorgt die Stimme. »Ist etwas mit dir oder den Kindern?«

Hanna wählte ihre nächsten Worte mit Bedacht. »Nun ja, das eigentliche Problem ist, glaube ich, der vorherrschende Umgang miteinander.«

Damit ließ er sich nicht abspeisen, Hanna hätte es sich denken können. »Wenn es um Vernachlässigung geht, Misshandlungen, um falsche Behandlungen, fragwürdige Therapien, brauchst du Beweise. Kollegen, die dich unterstützen, bevor du irgendeinen Schritt unternimmst.« Er klang sorgenvoll. »Du weißt, was passiert, wenn ein Wort gegen das andere steht.«

Hanna nickte stumm. Vor nicht allzu langer Zeit hatte ihr Vater sich gegen die Ernennung eines Vorgesetzten verwahrt, der während des Kriegs seine Gemeindejugendarbeit hatte verbieten lassen. Nur hatte es keinerlei Belege für dessen Mitgliedschaft in der SS gegeben. Aussage gegen Aussage hatte es geheißen und »im Zweifel für den Angeklagten«. Rufmord hatte der andere es genannt und ihr Vater darüber beinahe seinen Posten verloren.

»Hanna? Bist du noch da?«

»Ja, Papa, danke für deine Einschätzung.«

»Soll ich dich abholen? Nur weil Evi euch die Anstellung verschafft hat, musst du nicht bleiben. Wir finden auch hier etwas für dich!«

»Ich weiß. Aber nein. Nein danke.« Vor ein paar Tagen wäre das vielleicht noch eine Alternative gewesen. Inzwischen nicht mehr. »Grüß mir alle, und gib Mama einen Kuss!«

»Das mache ich. Was immer du tust, ich bin stolz auf dich. Nur bedenke erst die Konsequenzen.«

»Versprochen. Ich ruf wieder an. Mach's gut.« Hanna legte auf.

Eine Glocke schlug Viertel vor sieben. Sie sollte los. Doch irgendetwas hielt sie davon ab. Nachdenklich starrte sie auf das Postamt. Am Eingang machte sich ein älterer Herr zu schaffen.

Mühsam hielt er sich einen Schlüssel nach dem anderen vor die Augen und schielte über den Rahmen seiner dicken Brille.

Kurz entschlossen verließ Hanna die Telefonzelle und hielt auf ihn zu. »Guten Morgen, brauchen Sie Hilfe?«

Er kniff die Augen gegen die Sonnenstrahlen zusammen. »Jeden Tag wird es etwas schwieriger. Das Alter, sagt meine Frau, lässt sich nicht aufhalten. Ich widerspreche, aber sobald ich hier ankomme, muss ich ihr recht geben.« Seufzend hielt er ihr den umfangreichen Schlüsselbund entgegen. »Nur gut, dass ich nächstes Jahr in Rente gehe. Wären Sie vielleicht so nett?«

»Natürlich.« Nach drei Versuchen hatte Hanna den richtigen Schlüssel gefunden. Sie hielt ihm die Tür auf.

»Würde es Ihnen etwas ausmachen, wenn ich schnell eine Telefonnummer heraussuche und ein kurzes Gespräch führe?«

Freundlich winkte er ihr, ihm zu folgen. »Natürlich nicht. Sie haben mir geholfen, ich helfe Ihnen. Kommen Sie rein.«

KAPITEL 46

Unruhig lehnte Wilko im Büro der Heimleiterin an der Wand. Er hatte gehofft, zeitig Feierabend machen zu können. In seinem Keller wartete Pandoras Büchse auf ihn, und entgegen allen Annahmen war neben der Hoffnung darin auch noch ein Versprechen enthalten. Das Versprechen, mehr zu verstehen. Die Tagebücher anderer durchblätterte er für seine Sendungen immer wieder. Nur vor einem war er bis jetzt zurückgeschreckt: dem seines Vaters. Seit der letzten Radiosendung aber hatte sich etwas verändert. Seine Finger juckten wie sein Verstand, er wollte wissen, lesen, eintauchen und endlich begreifen. Viel zu lange hatte ihn die Angst davor, was er auf diesen Seiten finden mochte, davon abgehalten, sich damit auseinanderzusetzen.

Angst aber war kein guter Berater. Sie machte stumm und unbeweglich. Das war er viel zu lange gewesen.

Ihm gegenüber trat Hanna von einem Bein aufs andere und betrachtete mit gerunzelter Stirn die Metallschränke hinter dem Schreibtisch. Marion neben ihr hatte den Kopf gesenkt. Die Praktikantin Petra zupfte an ihrer Schürze, und die Küchendamen steckten etwas abseits flüsternd die Köpfe zusammen.

Einzig Schwester Rebecca starrte erbittert geradeaus und fixierte Evi, die ihrem Blick herausfordernd standhielt. Das war, ahnte Wilko, etwas Privates. Erst neulich hatte Dr. Gebhardt das Heim in Evis Begleitung verlassen, und Rebecca war darüber eindeutig nicht glücklich gewesen. Darum würden sich Dr. Waldeck und Oberschwester Margot sicher noch gesondert kümmern. Sie waren es gewohnt, private Skandale einzudämmen, bevor sie Kreise zogen. Zumeist hieß das, dass eine weitere Mitarbeiterin ihren Dienst quittierte. Langsam war Wilko der Meinung, es wäre einfacher, den Arzt auszutauschen, als ständig neue Schwestern zu finden.

Als Dr. Waldeck, Margot und Dr. Gebhardt mit energischen Mienen den Raum betraten, drückte sich Wilko mit dem Rücken an die Wand hinter sich.

Dr. Waldeck stützte sich auf die Rückenlehne ihres Schreibtischstuhls. »Wir haben ein Problem. Jemand hier im Raum ist ein Denunziant.«

Flüstern wurde laut, die Anwesenden blickten sich argwöhnisch um.

»Und wir werden herausfinden, wer es ist.«

Langsam ließ die Heimleiterin den Blick von einem zum Nächsten schweifen. »Einer von Ihnen hat uns das Jugendamt auf den Hals gehetzt.« Ihr Gesichtsausdruck wurde mild, und Wilko erstarrte. Das war kein gutes Zeichen. »Dabei steht meine und die Tür der Oberschwester immer offen.« Betrübt schüttelte Dr. Waldeck den Kopf. »Sich stattdessen an das Amt Norden zu wenden, ist ein hinterhältiger Angriff. Und Verräter können wir in Strandhafer nicht gebrauchen.«

Als sie sich nun aufrichtete, wichen die meisten einen Schritt zurück. »Wir sind eine Gemeinschaft. Ohne Sie wäre dieses Heim nicht dasselbe, Sie alle tragen dazu bei. Falls also jemand hier im Raum etwas weiß, etwas Ungewöhnliches beobachtet oder gehört hat, sind Sie geradezu moralisch verpflichtet, damit zu Oberschwester Margot oder mir zu kommen. Wir alle wollen doch schließlich unsere Anstellungen behalten.« Mit einem seufzenden Nicken in die Runde setzte sie sich und zog eine Akte hervor. Für sie schien das Gespräch beendet.

Margot öffnete die Tür und sorgte dafür, dass alle zügig das Zimmer verließen.

Wilko trat in den Gang. Von wegen Gemeinschaft! Dr. Waldecks Aufruf zur Offenheit würde nur Uneinigkeit und Beschwerden nach sich ziehen.

Schon jetzt beäugten sich einige der Mitarbeiterinnen argwöhnisch, und Wilko fragte sich, wer von ihnen wohl genug Mumm besessen hatte, das Jugendamt zu kontaktieren – und genug Grips, anonym zu bleiben.

Vor ihm begann ausgerechnet Schwester Evi mit Rebecca ein flüsterndes Gespräch. Die eben gehörte Neuigkeit oder, besser, ihre gemeinsame ablehnende Haltung dazu schien wichtiger zu sein als die gegenseitige Aversion.

Schwester Frieda und Erika überholten die beiden im Stechschritt, auch sie in einen heftigen Austausch vertieft.

Hanna beeilte sich, Marion einzuholen, die ihr etwas über die Schultern zuraunte und sie stehen ließ.

Während alle anderen die Haupttreppe hinuntereilten, machte sich Wilko auf den Weg zur Notfalltreppe. Die Taschenuhr in seiner Hand zeigte kurz nach drei. Zwischen einigen losen Blättern und zwei Tagebüchern hatte er sie in seiner alten Kiste wiederentdeckt, matt und angelaufen wie seine Erinnerungen an die Nacht, in der er sie in den Dünen gefunden hatte. Genau daneben hatte sein Verwundetenabzeichen gelegen. Zwei Seiten desselben Gedankens. Das eine als Auszeichnung für etwas, das man am liebsten vergessen wollte. Das andere Andenken an einen geliebten Menschen oder eine schöne Zeit. Im Inneren war ein Name eingraviert, der Wilko nichts sagte: Henderiks.

Er stieß die Tür an der Rückseite des Gebäudes auf und nickte den Küchenfrauen zu, die sich dort versammelt hatten. Seit halb sieben war er hier. Zeit, nach Hause zu gehen. Wie auch immer sich die Sache mit dem Jugendamt entwickeln würde, ihn betraf das nicht.

KAPITEL 47

Rita beobachtete ihren alten Bekannten, den Leuchtturmschein, der über ihrem Bett an der Wand entlangglitt. Heute Abend war alles ruhig. Kein Schmatzen von Lydie, kein Gemurmel von Elke. Leni im Zimmer gegenüber war ausnahmsweise nicht mitsamt ihrer Matratze gestülpt worden, und selbst die Schwestern kontrollierten nicht wie sonst alle paar Minuten, dass sie in der richtigen Haltung im Bett lagen. Ja, sie hatten nicht einmal die Einnahme des Nachttrunks überprüft.

Irgendetwas war anders und Rita froh darum. Sie mochte den viel zu süßen Kräutersirup nicht, wirr wurde sie davon, und seitdem sie ihn neulich in ihren Frühstücksbrei erbrochen hatte, ertrug sie nicht einmal mehr seinen Geruch.

Bei der einundzwanzigsten Zimmerumrundung des Lichtes setzte Rita sich auf. Bis dreißig hatte sie warten wollen. Dreißig, hatte sie in den letzten Nächten gelernt, war eine magische Zahl. Nach dreißig Leuchtturmrunden war alles ruhig.

Aber da es heute etwas anders lief, schliefen Lydie, Tillie und Elke schon jetzt tief und fest. Rita kletterte geräuschlos aus ihrem Bett und griff unter die Matratze am Fußende.

Drei frische Unterhosen hatte sie hier verstaut, zwei Pullover, die sie übereinanderziehen konnte. Niemandem war es aufgefallen, dass sie die letzten Tage dasselbe getragen, sich ihre Matratze aber seltsam gewölbt hatte. Nur die Decke musste sie noch holen, die Johannes versprochen hatte, für sie im Badezimmer der Jungen zu verstecken, und sie könnte los.

Zum Glück waren sie wieder Freunde. Schade nur, dass er nicht mitkommen wollte.

Langsam öffnete sie die Tür zum Gang, hielt sich im Schatten und stellte sich vor, wie überrascht alle am nächsten Morgen wären. Würden sie die Stadt nach ihr durchkämmen? Die Dünen? Ihre Mutter anrufen?

Leni hatte ihr von den Bunkern auf der Insel erzählt. Die meisten waren gesprengt, aber immer wieder legte der Wind einen bisher unentdeckten frei. So einen wollte sie finden. Zur Not würde es auch einer der anderen tun. Unterschlupf war Unterschlupf. Angeblich befanden sich in einigen sogar noch alte Liegen.

»Ob du Fieber hast, finden wir schnell heraus«, hörte Rita Erikas Stimme, als sie im zweiten Stock in Richtung Waschraum der Jungen schlich. »Runter mit der Hose, ich hole das Thermometer.« Die Nachtschwester war beschäftigt.

Rita schlüpfte durch die Tür. Kabinen, Waschtische und Duschen waren immer nur für einige Sekunden zu erkennen, wenn der Leuchtturmschein durch das schmale Fenster am Ende des Raumes fiel. An das Spiel *Ochs am Berg* dachte Rita und eilte voran, wenn der Raum kurz erhellt war.

Vor der letzten Toilettenkabine mit den Putzutensilien, die einzige, die verschlossen werden konnte, ging sie in die Hocke. Hier, hatte Johannes gesagt, werde er die Decke verstauen.

Rita bückte sich, steckte eine Hand unter der Tür durch und tastete. Nichts. Hoffentlich war Johannes beim Deckenklauen nicht erwischt worden und wieder im Isolierzimmer gelandet. Ritas Herz machte einen schmerzhaften Doppelschlag. In dem Fall könnte sie nicht gehen. In dem Fall müsste sie vor der Tür im dritten Stock ausharren, bis es Morgen war und Johannes nicht länger Angst allein im Dunkeln hätte.

Im nächsten Lichtschein entdeckte Rita an der rückwärtigen Wand ein Stück Wollstoff und richtete sich auf. Offenbar hatte er die Decke nicht unter der Kabinentür hindurchgesteckt, sondern sie darübergeworfen, und nun lag sie ganz hinten.

Aber Rita war gut im Klettern, auf Bäume, zwischen Wänden,

ja selbst Türzargen hinauf, Hände und Füße rechts und links abgestützt. Sie betrat die Nachbarkabine und stieg auf den Rand der Toilettenschüssel. In den nächsten Lichtsekunden stützte sie einen Fuß gegen die Fliesen und zog sich an der Trennwand empor. In der übernächsten streckte und reckte sie sich, während die obere Kante der Kabinenwand ihr schmerzhaft in den Bauch schnitt, als wolle sie Rita zweiteilen. Endlich ertasteten ihre Finger eine Ecke des rauen Wollstoffes.

Da ging das Licht des Badezimmers an.

Rita erstarrte.

Nach acht Uhr war es keinem von ihnen mehr erlaubt, aufs Klo zu gehen. Was war hier los?

Auf der anderen Seite des Raumes wurde eine Dusche angestellt. »Ich habe wirklich genug!«, sagte jemand, und es klang, als stünde hinter jedem einzelnen Wort ein Ausrufezeichen. »Das hast du dir selbst zuzuschreiben.«

Kurz war Kreischen zu hören, dann ein Klatschen, danach nichts mehr, nur das Wasserrauschen.

Zentimeter für Zentimeter zog Rita die Decke zu sich. Dann stieg sie damit hinab, setzte sich mit angezogenen Beinen leise atmend auf die Toilettenschüssel. Die Luft blieb kühl, ganz anders als während der wöchentlichen Badetage, wenn der schwere, warme Dampf aus den Duschen Kacheln und Fenster beschlug.

Gummisohlen quietschten. Das Wasserrauschen verstummte. »Das sollte genügen«, sagte die Stimme. »Es sei denn, du willst eine zweite Runde? Nein? Gut. Wir wollen doch mal sehen, ob du morgen immer noch Lust hast, dich danebenzubenehmen!«

Schritte entfernten sich, und als das Licht gelöscht wurde, blinzelte Rita einen Moment orientierungslos in die Dunkelheit. Die eingerollte Decke wie einen Schutzschild vor sich haltend, bewegte sie sich erst wieder, als der Leuchtturm ihr den nächsten Lichtstrahl schickte. Jetzt musste sie nur noch unentdeckt ins Erdgeschoss und von dort aus ins Freie kommen.

KAPITEL 48

Verblüfft eilte Jan neben Hanna her. »Lass mich das noch einmal wiederholen. Wir brechen ein?«

»Nicht wir, ich. Und Einbrechen trifft es nicht ganz. Seit dem Brand müssen Tore und Türen unversperrt bleiben. Und ich habe den Ersatzschlüssel für Dr. Waldecks Büro. Du musst nur die Augen offen halten, damit uns niemand erwischt.«

Jan nickte betont ernsthaft, aber das amüsierte Blitzen in seinen Augen war nicht zu übersehen. »Klingt für mich schon nach einem Einbruch.«

Seufzend blieb Hanna stehen. »Mir bleibt nichts anderes übrig. Irgendwer vom Jugendamt hat Dr. Waldeck von meinem Anruf in Kenntnis gesetzt. Wenn es mir nicht gelingt, Beweise für meine Anschuldigungen sicherzustellen, war alles umsonst.« Zerknirscht sah sie ihn an. »Tut mir leid, falls du heute Abend etwas anderes geplant hattest.«

Nun lachte er wirklich. »Nichts auch nur ansatzweise so Aufregendes. Im Dunkeln komme ich mit meiner Suche nach dem Piratensender sowieso nicht weiter. Geh vor, ich folge dir.«

Auf leisen Sohlen drückten sie sich durch das Hintertor und liefen im Schatten auf das Gebäude zu.

»Vielleicht«, flüsterte sie ihm zu, »solltest du eine Kontakt- oder Suchanzeige aufgeben. In der Zeitung. Dem Radiopirat erklären, dass du ihn nicht auffliegen lassen willst, sondern seine Hilfe brauchst.«

»Kein schlechter Gedanke. Aber eins nach dem anderen. Heute helfe ich dir. Wohin?«

Hanna zögerte. »In den vierten Stock. Im ersten und zweiten

befinden sich die Schlafräume der Kinder. Sie werden von einer Nachtschwester beaufsichtigt, die hin- und herwechselt. Bist du so weit?«

Jan reckte einen Daumen in die Höhe, und für einen Moment fühlte sich Hanna wie in einem der Spionagefilme, die Evi so gerne mochte.

Evi, die Hanna klipp und klar erklärt hatte, dass sie nicht vorhatte, als Zeugin gegen das Heim auszusagen. »Wer auch immer blöd genug war, das Jugendamt anzurufen«, hatte sie gesagt, »ich mische mich da nicht ein. Und du solltest das auch nicht!«

Dazu war es längst zu spät. Nach der Vollversammlung heute Mittag hatte Hanna Wilko dabei beobachtet, wie er das Heim verlassen hatte, und sich daraufhin im Keller umgesehen. Vor allem in seinem Werkstattraum, in dem neben allerlei zu Reparierendem und Werkzeugen auch ein grauer Metallschrank hinter der Tür stand, dessen Schloss noch einfacher zu öffnen gewesen war als Hannas altes Sparschwein. Vermutlich, weil die massiven Haustüren genug Sicherheit versprachen und niemand davon ausging, dass jemand Interesse an einem Haufen unbeschrifteter Ersatzschlüssel hatte. Und da es im gesamten Gebäude nur zwei Türen mit Kastenschlössern gab, für die Hohlschlüssel benötigt wurden – die zur Speisekammer und die antike Bürotür der Heimleiterin –, hatte Hanna kurzerhand beide an sich genommen. Einer davon würde hoffentlich passen.

Leise stieg sie Stufe für Stufe der Notfalltreppe empor. Jan folgte ihr geräuschlos.

Im Gang des ersten Stocks war alles ruhig. Ein Stockwerk höher drang Gemurmel durch die Tür; womöglich hatte Piet wieder Schwierigkeiten einzuschlafen. Hanna bedeutete Jan, sich zu bücken, drückte sich unter dem Glasfenster vorbei und atmete erleichtert auf, als sie endlich die vierte Etage erreicht hatten. Jetzt verstand sie, weshalb kaum jemand die Notfalltreppe benutzte: Die Stufen waren steil, die Biegungen eng. Hanna wartete, bis ihr

Herzschlag sich beruhigt hatte, und schlich durch den Gang zur Bürotür der Heimleiterin.

Der zweite Schlüssel passte. Triumphierend schlüpfte sie in das Zimmer, das, wie ihr schon bei ihren letzten Besuchen aufgefallen war, verblüffend wenig über die Ärztin verriet. Es sei denn, das Ölgemälde hinter ihrem Schreibtisch stellte jemanden dar, den Dr. Waldeck persönlich kannte.

Der einzige Farbklecks im Raum war eine Postkarte, die zwischen den akkurat aufgestellten, tödlich gespitzten Bleistiften in einem braunen Glas auf ihrem Schreibtisch steckte. Hanna griff danach. Auf der Vorderseite war ein Stillleben zu sehen: Früchte, Gemüse und ein Rebhuhn mit gebrochenen Augen, aus dessen Brust der Pfeil ragte, der es erlegt hatte. Auf der Rückseite nur wenige Zeilen: *Ich freue mich auf den Ärztekongress, Dr. Gebhardts Erkenntnisse und natürlich auch, Sie einmal wieder zu sehen.* Unter der eilig hingeworfenen Unterschrift – Dr. A. Hiemer – saß der Absendestempel der Stiftung, zu der Heim Strandhafer gehörte: Vitagrün.

Jan sperrte die Metalltür des ersten Aktenschranks auf und zog Schublade um Schublade hervor. »Wonach suchen wir?«

Entschuldigend sah Hanna ihn an. »Das weiß ich nicht genau. Nach bekannten Namen. Nach einem Strafbuch. Das im Schwesternzimmer ist verblüffend leer. Lass uns nach allem Ausschau halten, das irgendwie verdächtig ist.«

Er zog eine erste Akte hervor. »Dann gehen wir am besten systematisch vor. Von links nach rechts. Ich lese dir Namen vor, und wenn du Stopp sagst, gucken wir uns die dazugehörigen Unterlagen an. Bereit?«

Hanna nickte.

Wenig später blätterten sie die ersten Aufzeichnungen durch. Piets Nachtschreck, war zu lesen, sei eine aggressive Unterbrechung des nächtlichen Heimablaufs, die man streng verfolgen und eindämmen musste. Weshalb ihm ab der nächsten Woche eine doppelte Dosis Nachttrunk Typ eins verordnet worden war. Auf Johannes' Medikamentenblatt dagegen wurde allabendlich die Gabe von Laxanzien angeraten und daher Nachttrunk Typ null, um, wie es hieß, »böse Überraschungen« zu vermeiden. In Ritas Akte war der Zusatz »womöglich genetisch bedingtes asoziales Verhalten« vermerkt. Hanna entfernte die jeweiligen Seiten aus den Akten und legte sie zur Seite. Zusätzlich zu einigen Aufzeichnungen über Manuel. »Hartnäckiger, uneinsichtiger Störfall« war dort zu lesen, »bedarf aufgrund stetiger Weigerung, sich der Gruppe unterzuordnen, Umerziehung mit aller Härte.«

»Ich glaube, das reicht.« Hanna nahm die Unterlagen an sich. »Hoffe ich zumindest.«

Dann fiel ihr Blick auf Dr. Waldecks Schreibtisch, die dort verwahrte Postkarte, und sie hatte eine Idee. Wenn es ihr gelänge, mit diesem Dr. Hiemer von Vitagrün zu sprechen, während er sich für den Ärztekongress auf Norderney befand, könnte der sich um alles Weitere kümmern. Ihm und der Stiftung, die das Heim finanzierte, sollte als Allerersten daran gelegen sein, dass hier alles korrekt verlief.

Endlich hatte Hanna das Gefühl, etwas in der Hand zu haben, einen Plan, wirklich etwas tun zu können – als sie ein Knarren aus dem Gang zusammenfahren ließ.

Hektisch blickten Jan und sie sich an. Jan knipste die Schreibtischlampe aus, und als hätten sie sich verabredet, tauchten sie hinter die beinahe bodentiefen Vorhänge vor den Fenstern.

Ein Schlüsselbund klapperte, jemand versuchte aufzusperren und stockte überrascht, als deutlich wurde, dass das nicht nötig war. Langsam wurde die Tür aufgedrückt. Hanna ballte die Fäuste. Hatten sie daran gedacht, die Schränke zu schließen? Bewegungslos lauschte sie, was auf der anderen Seite des Vorhangs geschah. Jemand durchmaß langsam den Raum und blieb nur wenige Zentimeter vor ihnen stehen. So nahe, dass Hanna unter dem Vorhang die Schuhe des Eindringlings sehen konnte – feste Sandalen, die

Sohle der linken abgelaufener als der rechten –, und ihre eigenen Füße näher an sich zog.

Dann entfernten sich Schritte, jemand riss eilig die Schubladen der Aktenschränke auf und durchsuchte sie. Papier raschelte, Aktendeckel klappten, Unterlagen wurden aufeinandergestapelt und mitgenommen, nachdem die Laden wieder verschlossen worden waren.

Der geheimnisvolle Besucher verließ den Raum und sperrte ab.

Hinter dem Vorhang sahen sich Hanna und Jan atemlos an.

Hanna beugte sich zu ihm. »Jemand lässt Beweismaterial verschwinden!«

»Hast du erkannt, wer?«

Hanna schüttelte den Kopf. »Ich konnte nur einen Blick auf die Schuhe werfen. Aber wir tragen alle ähnliche. Das heißt … Moment!« Sie drückte Jan den Stapel Papiere in die Hand. »Wenn ich schnell bin, kann ich vielleicht doch herausfinden, wer es ist. Nimm du unser Beweismaterial und sorge dafür, dass es sicher ist.«

»Aber …!«

»Nichts aber! Ich habe eine Ausrede, wenn ich erwischt werde, du nicht.«

KAPITEL 49

Angestrengt lauschend stieg Hanna die Stufen der Haupttreppe hinab. Die Akustik war anders als auf der Notfalltreppe. Geräusche reichten weiter, vibrierten länger in der Luft. Hoffentlich konnte Jan unbemerkt verschwinden und mit ihm ihre Beweise.

Der dritte Stock lag im Dunkeln, nichts anderes hatte sie erwartet, und doch war sie erleichtert, dass unter der Tür der Oberschwester kein Licht in den Gang fiel. War Margot nicht anwesend, konnte sie kaum diejenige sein, die eben aus Dr. Waldecks Büro Akten entfernt hatte. Hanna mochte die Oberschwester. Trotz ihrer Strenge und oft fehlender Geduld war sie im Großen und Ganzen fair geblieben.

Mit Bedacht beugte sich Hanna über das Treppengeländer. Im zweiten Stock schien alles ruhig, doch das Fenster der Gangtür zu den Mädchenschlafzimmern im ersten war erleuchtet. Hektische, unterdrückte Stimmen waren von dort zu hören, fielen sich gegenseitig ins Wort, als trügen dort zwei eine Meinungsverschiedenheit aus, wollten aber die Kinder nicht wecken.

Lautlos umrundete Hanna die nächste Biegung, ignorierte die im Dämmerlicht auf sie herabblickenden porträtierten Ärzte, spitzte die Ohren und rutschte vor dem Gang zu den Schlafzimmern der Jungen plötzlich aus. Die Gummisohlen ihrer Arbeitsschuhe boten auf dem feuchten Linoleumboden keinen Halt, sie stürzte. Als sie mit Knien und Händen aufkam, unterdrückte sie einen Schmerzenslaut.

Auf der anderen Seite der Schwingtür ertönte ein leises Rascheln, die beiden Streitenden im ersten Stock schienen nichts mitbekommen zu haben.

Ächzend ließ sich Hanna zurücksinken, stemmte sich jedoch sofort wieder in die Höhe, als die Feuchtigkeit durch ihren Hosenboden drang. Irgendetwas lief von dem Gang der Jungenzimmer auf den Treppenabsatz! Hanna drückte gegen die Schwingtür und stieß auf Widerstand. Wieder raschelte etwas, jemand atmete, unregelmäßig und mühsam. Entschlossen zwängte sie sich durch den Türspalt.

Eine zusammengekrümmte Gestalt lag direkt dahinter, daneben ein umgekippter Schemel. Hanna beugte sich vor. Der Pyjama klebte an der Haut, die Haare waren tropfnass, und um den Hals hing ein Schild. *Bettnässer*.

Hanna berührte zaghaft seine Schultern. »Manuel?«

Der Junge reagierte nicht, Hanna musste nicht einmal ihre Lippen auf seine Stirn legen, um zu wissen, dass er fieberte. Immer wieder setzte sein Atem aus, er zitterte unkontrolliert, und als sie ihn in ihre Arme zog, war sein Körper im Gegensatz zu seiner Stirn eisig und klamm.

»Manuel? Hörst du mich? Was ist passiert?«

»Sie hat ihn kalt abgeduscht, weil er wieder ins Bett gepieselt hat, und dann hier rausgesetzt.«

Hannas Kopf fuhr hoch. Hinter einem der Wäscheschränke blickte ihr ein bleiches Gesicht entgegen.

»Rita? Bist du das?«

Das Mädchen nickte. »Johannes sagt, das passiert ständig.« Rita hob die Schultern. »Deshalb durfte er auch schon so lange nicht mehr mit zum Strand.«

Im Versuch, den Jungen aufzuwärmen, strich Hanna mit den Händen über Manuels Arme und Rücken. Er reagierte nicht, und das machte ihr mehr Sorgen als sein sonstiges Geschrei, wenn ihn jemand berührte. »Wir brauchen eine Decke.«

»Hier.« Zögernd hielt Rita Hanna eine eingerollte, kratzige Wolldecke entgegen, wie sie in den Aufbewahrungskommoden im Keller verstaut waren, aussortiert und nicht länger für gut befunden.

Hanna wickelte Manuel darin ein und sah Rita an. Es war ihr nicht entgangen, dass das Mädchen mehrere Schichten Tageskleidung übereinander trug, Sportschuhe und eine Jacke.

Rita wollte ausrücken! Trotzdem hatte sie bei Manuel ausgeharrt.

Mit dem zitterkrampfenden Jungen in ihren Armen stand Hanna auf und sah die Kleine fest an. »Du wirst sicher eine wunderbare große Schwester, Rita.« Dann nickte sie in Richtung Tür. »Hältst du uns die auf? Ich bringe Manuel ins Krankenhaus.«

Eilig trat Rita vor und tat wie geheißen.

»Danke.« Im Treppenhaus drehte sich Hanna noch einmal um. »Ich brauche deine Hilfe. Jemand muss ein Auge auf Manuel haben, wenn er zurückkommt. Könntest du das übernehmen?«

»Ich … also … ich wollte eigentlich …« Rita verstummte, und Hanna wartete. Viel Zeit hatte sie nicht, hoffte, sie müsste Rita nicht zwingen. Hoffte, das Mädchen entschloss sich freiwillig zu bleiben.

Kaum nickte die Kleine zögernd, zwinkerte Hanna ihr zu. »In dem Fall wäre es gut, wenn du dich beim Zurückschleichen in dein Zimmer nicht erwischen lässt. Und noch was: Verrate bitte erst einmal niemandem, dass du uns gesehen hast, ja?«

»Versprochen.« Rita verzog das Gesicht. »Schwester Erika ist normalerweise nachts mit ihren Romanheften beschäftigt und will nicht gestört werden. Außerdem mag ich sie nicht.«

Hanna nickte Rita zu, drehte sich um und lief die ersten Stufen hinab. Schwester Erika hatte heute Nacht also Dienst. Sie hatte Manuel zur Strafe unter die kalte Dusche gestellt. Das musste aber noch nicht bedeuten, dass Erika die Akten aus Dr. Waldecks Zimmer entfernt hatte.

Kurz vor dem ersten Stock wimmerte Manuel kurz auf. Hanna fuhr ihm über die feuchten Haare und lehnte sein Gesicht gegen ihren Hals. »Pssst«, flüsterte sie, »alles wird gut. Nur still müssen wir sein.«

Ob er sie hörte und verstand, wusste Hanna nicht, aber er wurde ruhiger, und so war das flüsternde Zwiegespräch aus dem Schwesternzimmer zumindest ansatzweise zu verstehen. Hanna erkannte Schwester Erikas Stimme. Sie wehrte sich gegen Einmischungen und Kontrolle und fand, man solle besser herausfinden, wer der Nestbeschmutzer sei, der das Jugendamt involviert habe. Jemand fuhr ihr über den Mund. »Schluss jetzt, darum geht es im Moment nicht! Wir haben weit Wichtigeres zu besprechen!«

Oberschwester Margot.

Automatisch drückte Hanna Manuel fester an sich und lief weiter. Also war die Oberschwester doch noch hier. Damit blieben zwei Menschen, die versucht haben konnten, Beweise aus dem Büro der Heimleitung verschwinden zu lassen.

Mit dem Rücken stieß Hanna die Eingangstür auf und eilte in den Hof.

Eine dunkle Gestalt trat aus dem Schatten eines Busches. Hanna zuckte zusammen. Dann erkannte sie Jan. »Himmel, was machst du noch hier?«

»Mir Sorgen – und zu Recht. Wer ist das?« Er warf einen Blick auf Manuel in ihren Armen.

»Lange Geschichte. Ich bringe ihn ins Seehospiz. Hilfst du mir?«

KAPITEL 50

»Sie scheinen Notfälle geradezu anzuziehen, Schwester Hanna«, hatte Dr. Pautsch gesagt, bevor er mit Manuel verschwunden war. Der diensthabende Arzt der Notaufnahme war derselbe, der auch Wouter versorgt hatte.

Diesmal allerdings war einiges anders. Manuel würde kaum binnen kürzester Zeit wieder entlassen werden, und es warteten auch keine Eltern auf ihn, um ihn mitzunehmen.

Das Wartezimmer war verwaist und, wie Hanna inzwischen herausgefunden hatte, etwa sieben mal sieben Meter lang. Sie hätte Jan bitten sollen zu bleiben. Oder ihm die Unterlagen mitgeben. Zur Sicherheit. Sie hatte sie zwischen die Seiten einer Zeitung gelegt, die jemand hier zurückgelassen hatte, und ihre Hände wurden von der Druckerschwärze langsam grau.

Rita schien unbemerkt in ihr Zimmer zurückgekommen zu sein und nichts verraten zu haben, sonst wäre sicherlich schon jemand von Heim Strandhafer aufgetaucht. Spätestens morgen allerdings wüssten alle, was Hanna getan hatte – einen der kleinen Patienten entführt, anstatt seinen Zustand der Nachtschwester und Oberschwester zu melden. Damit wäre wohl ebenfalls recht klar, wer sich an das Jugendheim gewendet hatte.

Hanna rollte die verkrampften Schultern. Da musste sie nun durch. Sie konnte sich unmöglich einem System unterordnen, das die Gesundheit der Kinder aufs Spiel setzte.

»Schwester Hanna?«

Hanna fuhr herum. »Ist Manuel in Ordnung?«

Dr. Pautsch blieb vor dem Eingang zur Station stehen und sah ihr nicht in die Augen. »Alles eine Frage der Zeit.«

Erleichtert lief Hanna auf ihn zu. »Darf ich zu ihm?«

»Das ist keine gute Idee.« Sein Gesichtsausdruck wirkte verkniffen.

»Es ist nur«, sagte sie, »er mag es nicht, angefasst zu werden. Also wäre es vielleicht besser, wenn er als Erstes jemanden sieht, den er kennt.«

»Oder auch nicht.« Der Arzt klang wütend.

»Wieso, was hat er?«

»Eine Blasenentzündung.« Dr. Pautsch schüttelte den Kopf. »Eine schwerwiegende. Wenn er Pech hat, ist sie bereits chronisch. In diesem Alter! So weit hätte es gar nicht erst kommen dürfen!« Dann endlich hob er den Blick, und was Hanna darin sah, gefiel ihr nicht. »Er war unterkühlt, sein Pyjama durchnässt. Das Unterteil sah aus, als wäre es schon länger nicht mehr gewechselt worden.« Er holte tief Luft. »Was bedeutet, Sie haben ihn immer wieder in seinem Urin liegen gelassen. Wollten Sie ihn bestrafen? Falls ja: Glückwunsch, Sie haben ihn krank gemacht.«

Hanna starrte ihn an. »Sie glauben, ich wäre dafür verantwortlich?« Langsam trat sie näher. »Ich habe ihn hierhergebracht, weil ich davon überzeugt bin, dass er bei Ihnen besser versorgt wird als bei uns. Und weil ich Unterstützung brauche.« Sie blickte dem Arzt direkt in die Augen. »Würden Sie mir Ihre Vermutung schriftlich geben?«

Verwundert schüttelte er den Kopf. »Vermutung? Ich bin Arzt! Für Vermutungen werde ich nicht bezahlt.« Dr. Pautsch drehte sich um. »Aber ich lasse die Kollegen in Strandhafer gerne wissen, dass Manuel bei uns sicher aufgehoben ist.«

»Das reicht nicht!« Hanna lief hinter ihm her. »Ich brauche das, was Sie eben gesagt haben, als Beweis.«

»Sie sollten gehen. Richten Sie Dr. Waldeck meine Grüße aus.«

Hilflos starrte Hanna ihm hinterher. Entweder wollte er ihr nicht helfen, oder er traute sich nicht.

Die Zeitung mit den Akten unter den Arm geklemmt, verließ sie das Seehospiz.

Trotz der späten Uhrzeit flanierten auf den Straßen noch immer Menschen, die für den am nächsten Tag beginnenden Ärztekongress angereist sein mussten. Die Stadt war überfüllt, die Bars gut besucht. In einer davon saß vielleicht bereits der unbekannte Dr. Hiemer. Zumindest wusste Hanna, wo sich dieser morgen aufhalten würde: im Saal des Conversationshauses. Das Programm des Kongresses hatte in der Zeitung gestanden. Am nächsten Abend wurde es mit einer Gesprächsrunde eröffnet, an der neben Dr. Gebhardt und weiteren Ärzten auch Dr. Hiemer teilnahm.

Hanna blieben also noch exakt zwanzig Stunden, um sich zurechtzulegen, was genau sie ihm sagen wollte. Sie brauchte einen Plan.

KAPITEL 51

Aus Frau Fischers Wohnung erklangen Stimmen, untermalt von Musik, die Wirtin sah fern.

Hanna schlich den Flur entlang in Richtung Treppe. Ihre Hand lag auf der glatt polierten Kugel des Treppenlaufs, als die Wohnungstür hinter ihr aufschwang, und die Stimmen aus dem Fernseher lauter wurden.

»Ich habe es geahnt!« Von gräulichem Flimmern umrahmt, stemmte ihre Vermieterin die Hände in die Seiten.

Hanna ließ die Schultern hängen. Gute Lust hatte sie, einfach weiterzulaufen oder ganz laut *Ihr könnt mich alle mal gernhaben* zu rufen. Sie hatte genug! Auch ohne dabei erwischt zu werden, wie sie die Sperrstunde überzog.

Während Frau Fischer Hanna nachdrücklich zu sich winkte, ging in der hinteren Ecke des Flurs die Tür zu Dr. Gebhardts Wohneinheit auf, und Evi drückte sich auf Strümpfen in Richtung Treppe. Mit beiden Händen wedelnd, bedeutete sie Hanna, die Dame des Hauses abzulenken.

Hanna ballte die Fäuste. Doch so wenig Lust sie auch hatte, ihrer Cousine dabei zu helfen, ihren nächtlichen Besuch bei dem Arzt geheim zu halten – noch mehr Ärger konnte sie nicht gebrauchen.

Verbittert trat sie zur Seite, sodass ihre Wirtin sich mit ihr drehen musste, und nickte geschlagen. »Sie haben mich erwischt. Es tut mir leid. Ich bin zu spät.«

Evi verschwand nach oben, Hanna senkte ermattet den Kopf.

»Über eine Stunde!« Frau Fischer schüttelte enttäuscht den Kopf. »Das ist keine Kleinigkeit. Sie können froh sein, Hanna, dass ich vor dem Fernsehapparat eingenickt bin und die Tür noch nicht abgesperrt war. Wo haben Sie sich herumgetrieben?«

»Ich habe gearbeitet.«

»Wohl kaum. Laut Ihrem Dienstplan hatten Sie am frühen Abend Schluss.« Hannas Wirtin wedelte mit dem Zeigefinger vor ihrem Gesicht herum. »Bei mir«, sagte sie, »gibt es keine Fisimatenten oder Techtelmechtel. Wer hier wohnt, hat sich meinen Regeln anzupassen. Das haben Sie unterschrieben.«

Hanna hörte das Knarzen der Dielen über ihnen. Evi machte sich bettfertig. Und im Gegensatz zu Hanna hatte sie ihren Abend offenbar genossen.

Müde zuckte sie mit den Schultern, es gab nichts zu ihrer Verteidigung zu sagen.

Da bemerkte ihre Wirtin die aus der Zeitung hervorlugenden Unterlagen. »Und was haben wir hier?«

Hanna seufzte. »Aufzeichnungen aus Heim Strandhafer. Über die Kinder. Die habe ich … mitgenommen, um sie zu studieren.«

Frau Fischers Gesichtsausdruck wurde überraschend weich. »Ist etwas passiert?«

Verblüfft sah Hanna auf. »Ja. Nein. Ich meine, es ist immer mal etwas. Wie auch nicht. Sie sind krank. Milchschorf, Asthma, ein paar von ihnen haben nachts Angst.«

»Die armen Würmchen!« Ehrlich betrübt schüttelte Frau Fischer den Kopf. »Angst und Atemprobleme sind keine gute Kombination!«

Hanna starrte ihre Wirtin an. Sie klang, als spräche sie aus Erfahrung.

Doch es wurde noch seltsamer. Nun legte Frau Fischer ihr auch noch eine Hand auf die Schulter. »Das hat mir schon früher immer so leidgetan.«

Hanna blinzelte. »Früher?«

»Nach dem Krieg waren all die unglücklichen Flüchtlingskinder hier. Kaum welche mit ihren Eltern. Mein Mann, Gott hab ihn selig, hat alle Zimmer für sie freigemacht. Wir haben versucht, sie aufzupäppeln, aber gegen die Krankheiten konnte nur Dr. Waldeck was tun.« Missbilligend verkniff Frau Fischer das Gesicht. »Damals wollten ja alle nur ganz schnell hier weg, wieder nach Hause. Nur Frau Waldeck nicht, die ist geblieben. Hat sich dafür eingesetzt, dass alle Kinder, die es nötig hatten, versorgt wurden. Selbst wenn die Familien es nicht zahlen konnten.«

Hanna nickte vorsichtig. Wo man sich umsah, Dr. Waldeck war überall gleichermaßen beliebt. Das passte nicht mit ihren eigenen Beobachtungen und Erfahrungen zusammen.

»Unsere Insel kann sich glücklich schätzen, die Frau Doktor zu haben.« Frau Fischer drückte Hannas Hand. »Und Sie, Kind, scheinen mir aus demselben Holz geschnitzt. Weshalb sonst machen Sie Überstunden und nehmen Akten mit nach Hause.« Sie seufzte. »Mein Karl hätte Sie gemocht.« Auflachend ließ sie Hanna los. »Und er würde mir nun die Leviten lesen, weil ich Sie erst falsch verdächtige und dann auch noch aufhalte. Gehen Sie schlafen. Die meisten jungen Frauen in Ihrem Alter verbringen ihre freie Zeit anders als Sie. So wie Ihre Cousine. Aber Sie wissen offenbar genau, was Sie tun. Erholen Sie sich ein bisschen.« Damit drehte sie sich um und lief in ihr Wohnzimmer zurück.

Hanna bewegte sich nicht.

Sie wusste, was sie tat?

Frau Fischer hatte offenbar einen völlig falschen Eindruck von ihr. Das Einzige, was sie bisher vorzuweisen hatte, waren diverse Verwarnungen, ein sinnloser Anruf beim Amt, einige entwendete Heimunterlagen und eine unausgereifte Idee.

Evi stand vor dem Spiegel, als Hanna in ihr gemeinsames Zimmer trat. »Du hast den Drachen also abgelenkt. Ist alles gut gegangen?«

Hanna starrte sie an. Ein Dankeschön wäre schön zu hören gewesen, vielleicht auch »Wieso kommst du eigentlich jetzt erst, ist etwas los, kann ich dir helfen?«

Evi zog sich weiter aus und wollte mit einem schelmischen

Augenaufschlag wissen: »Warst du mit Jan unterwegs? Ich wusste gleich, dass ihr euch gut versteht, auch wenn er für etwas Ernsthaftes ein wenig jung ist. Das nächste Mal warne ich dich vor, versprochen. Wir Cousinen müssen zusammenhalten. Was denkst du?« Sie wirbelte im Kreis herum.

»Zusammenhalt ist gut. Und da wir gerade davon reden …«

Evi lachte. »Ich spreche von meinem neuen Schal. Oskar hat ihn mir geschenkt. Er sagt, er passt zu meinen Augen.«

Sie machte einen Ausfallschritt und ließ das Tuch durch die Luft flattern, als probe sie einen Schleiertanz.

Müde ließ Hanna sich auf ihr Bett sinken und legte Zeitung und Aktenseiten auf das Tischchen daneben. Für einen Moment hatte sie wirklich gehofft, Evi wollte hören, was sie beschäftigte, sie könnten sich austauschen. Über etwas anderes als Mode und Männer.

Die Matratze gab nach, als Evi sich neben sie setzte. »Was Jan angeht: Mach dir nichts draus. Ihr könnt ja trotzdem Spaß haben. Nur erwischen lassen solltet ihr euch nicht.«

Plötzlich erschien Hanna das Deckenlicht zu grell, so wie auch Evis gut gelauntes Kichern. Sie hatte keine Ahnung, wovon ihre Cousine sprach.

»Erwischen? Wieso erwischen?«

Ausgelassen stupste Evi Hanna in die Seite. »Na, ich glaube, auch in Holland ist man mit neunzehn noch nicht volljährig.«

Vor Hannas Augen begann es zu flimmern. »Jan ist neunzehn?«

Evi winkte ab. »Er ist ja bald wieder weg, wir bleiben nur ein Jahr, und schließlich sind wir hier, um uns zu amüsieren. Dass er fünf Jahre jünger ist als du, macht da doch nichts aus.«

In einem hatte Evi recht. Alter spielte zwischen Hanna und Jan keine Rolle, das mit ihnen war nichts Romantisches. Sie half ihm, er ihr. Das war alles.

Sie griff nach ihrem Pyjama. »Ich gehe ins Bett. War ein anstrengender Tag.«

Evi sprang auf. »Das kannst du laut sagen. Diese Jugendamtsache macht Oskar wirklich Sorgen.« Träumerisch lächelte sie vor sich hin.

Hanna horchte auf. »Und was sagt dein Oskar zu den Gründen, weshalb sich jemand ans Amt gewandt hat? Dass einige der Kinder nicht an den Strand dürfen, weil sie ihr Bett nicht ordentlich gemacht haben oder nicht aufgegessen? Zu den Kopfnüssen und Backpfeifen, die Schwester Frieda und Erika so gerne verteilen? Und überhaupt allem, das in Strandhafer nicht stimmt?«

Evi winkte ab. »Damit hat er nichts zu tun.«

»Aber du.«

Evi gähnte. »Ich mache, was von mir erwartet wird. Und wenn du weißt, was gut für dich ist, solltest du das auch.«

»Das kann ich nicht. Die Kinder sind nicht in der Lage, sich zu wehren, also ist das unsere Aufgabe.«

»Wenn du weiter so redest, glaube ich noch, du hast uns verpetzt!« Evi schlüpfte unter ihre Decke. »Und du weißt, Petzen mag niemand, egal in welchem Alter.«

Hanna stockte. »Heißt das, du würdest mich verraten?«

Evi zwinkerte. »Muss ich zum Glück nicht, du bist viel zu ängstlich für so was. Das habe ich auch Oskar gesagt.« Sie drehte sich zur anderen Seite. »Wir hoffen aber, dass sie herausfinden, wer es war. Und zwar vor Oskars Vortrag auf dem Ärztekongress. Immerhin wird seine Forschung alle bisherigen Therapien revolutionieren! Wenn alles gut geht, wechselt er danach zu einem Arzneimittelhersteller. Da steckt heutzutage nämlich das Geld.«

Hanna schwieg verblüfft und löschte das Licht, während Evi sich wohlig zurechtkuschelte. Dann griff sie aus einem Impuls heraus nach den Heimunterlagen und schob sie im Dunkeln unter ihr Bett. Ungut fühlte sich ihr plötzliches Misstrauen Evi gegenüber an, wie eine unvermutete Mauer, die keine noch so kichernde Kletteraktion aus ihrer Kindheit überwinden konnte.

KAPITEL 52

Wilko gähnte, als er die Hintertür des Heimgebäudes aufschloss und der Praktikantin Petra den Vortritt ließ. Die letzte Nacht war eine weitere kurze gewesen, und in seinem Kopf wirbelten Details aus seinem Erinnerungskasten mit all den Informationen durcheinander, die Petra ihm auf dem Weg hierher anvertraut hatte. Wegen eines Kurzschlusses im Heim hatte sie ihn aus dem Bett geklingelt, dann aber etwas von einem verschwundenen Kind gefaselt, das so verschwunden nicht sein konnte, wenn es, wie sie sagte, krank im Seehospiz lag.

Wilko schaltete ab. Der Kurzschluss war das Einzige, was ihn interessieren musste.

Während Petra leichtfüßig die Treppe hinauf zum Schwesternzimmer lief, warf er einen Blick in die Küche. Die Frühstücksvorbereitungen lagen lahm, und die Frauen sahen ihm erleichtert entgegen.

»Wie lange dauert es, Wilko, den Hauptschalter wieder umzulegen oder was da auch immer zu tun ist?« Karin, die Küchenchefin, drehte sich hastig im Kreis. »Die Eier lagen schon im Wasser. Jetzt wird alles wieder kalt.«

»Zuallererst muss ich herausfinden, was das Netz überlastet hat, und den Stecker ziehen.«

»Na dann, auf in den dritten Stock.« Gerti blickte vielsagend in Richtung Zimmerdecke. »Die da oben schmeißen doch immer alles gleichzeitig an, ohne nur einen Gedanken an uns zu verschwenden.«

Ihre Kolleginnen murmelten zustimmend, und auch Wilko gab ihr im Stillen recht. Schon mehr als ein Mal hatte Dr. Gebhardt neben all den Kühlschränken und Apparaturen für seine Medikamente weitere Geräte laufen lassen, ob deswegen die Sicherungen durchbrannten oder nicht. Wilko im Vorfeld zurate zu ziehen, daran dachte niemand. Ihn holten sie erst dann, wenn etwas nicht mehr funktionierte, und erwarteten, dass er es möglichst schnell wieder zum Laufen brachte. Dazu war er schließlich da.

Missmutig machte er sich auf den Weg. Aus dem Schwesternzimmer des zweiten Stocks erklang vielstimmiges Murmeln. Margot bat wiederholt um Ruhe, und Wilko hatte Mitleid mit ihr. Seit Jahren teilten sie und er gut gelaunte Scherze, wie ähnlich sie einander waren, dass sie hier einziehen sollten – jene beiden Menschen, die neben Strandhafer kein anderes Leben besaßen.

In den letzten Wochen hatte sich allerdings herausgestellt, dass er durchaus weitere Interessen hatte. Oder besser: Sie waren immer da gewesen. Nun, da er sich erlaubt hatte, ihnen nachzugehen, nahmen sie stets mehr Raum ein.

Anfangs war seine Radiosendung nicht mehr als eine verrückte Idee gewesen, weniger für ein Publikum gedacht als für ihn selbst. Nun aber hatte er gehört, wie sich Menschen darüber unterhielten, sich über die Texte und Musikauswahl austauschten und rätselten, wer wohl dahintersteckte.

Ihre Aufmerksamkeit spornte ihn an, die nächste Sendung noch besser machen zu wollen, spannender, bedeutender.

Vor sich hin lächelnd betrat er den dunklen Flur des dritten Stocks. Letzte Nacht hatte er sich die Mühe gemacht, zu einigen besonders interessanten Textauszügen die perfekte Musik herauszusuchen. Wiewohl es vermutlich besser war, nicht zu publikumswirksam zu werden. Dass die Telekommunikationsbehörde mit Peilsendern auf die Jagd nach Radiopiraten mit großer Zuhörerschaft ging, war kein Geheimnis.

Im Badetherapiesaal war so weit alles in Ordnung, nur eine Wärmelampe und die Inhalationsapparate waren am Strom angeschlossen, aber nicht angestellt.

Im zweiten Saal sah das schon anders aus. Neben den normalerweise immer laufenden Kühlschränken – zwei für den täglichen Gebrauch, ein versperrter für die wichtigeren Medikamente – war auch die Zentrifuge angeschlossen. Und vor einer Wand standen ein Dia- und ein Filmprojektor auf einem der Rolltische. Keine Frage hatte die geplante Film- oder Bildervorführung das Netz überlastet.

Wilko zog die Stecker der beiden Apparate und beugte sich rätselnd näher. Die Filmrolle war zu klein, um etwas darauf zu erkennen, also nahm er eines der gerahmten Dias aus der Halterung und hielt es gegen das Sonnenlicht, das durch die Fenster strömte. Nach einer Geländekarte sah die Aufnahme aus. Wege, Hügel, Täler, sicher nicht hier von der Insel, womöglich eine Gegend rund um Wilhelms- oder Bremerhaven, Hamburg – eine jener Städte mit Häfen, die es während des Kriegs von Norderney aus zu sichern galt.

Erneut griff er zu, erkannte dasselbe Muster, diesmal von etwas weiter weg. Der Untergrund, rissig und zerfurcht von Pfaden und Aufwerfungen, erinnerte Wilko an die Beete seines Gartens im Hochsommer. Dann entdeckte er im Hintergrund einen Wasserhahn, und mit den nächsten Dias verstand er: Es handelte sich nicht um Geländeaufnahmen. Hier war eine Kniekehle in Nahaufnahme zu sehen, überzogen von besonders heftigem Ausschlag, dort ein Ellenbogen, dann wieder ein Brustbein und ein Schulterblatt.

Die folgenden Bilder mussten im benachbarten Therapiesaal aufgenommen worden sein: In den Wannen lagen Kinder, Köpfe und Körper eingespannt, in milchigem Wasser schwebend.

Dann stand ein Junge in Unterwäsche auf einem Handtuch, die Arme erhoben, während Schwester Rebecca ihm mit einem Schwamm die Seite wusch und in die Kamera strahlte.

Ein Mädchen, die Arme unwohl vor der Brust gekreuzt, blickte über die bloße Schulter in Richtung Kamera. Ein weiteres Kind,

Piet von den Flussneunaugen, drehte sich zur Seite, während Rebecca seinen Arm in die Höhe hielt und seinen Rücken mit einer dicken Schicht Creme versorgte. Auch auf den folgenden Bildern war er zu sehen. Mal mit weniger Ausschlag, mal mit mehr, mal mit Mullbinden auf den entsprechenden Stellen, manchmal ohne, über den gesamten Rücken verliefen seltsame Striche.

Wilko schluckte. Etwas tief in ihm geriet aus dem Gleichgewicht. Sicher gab es hierfür eine logische Erklärung. Um eine wissenschaftliche Studie mochte es sich handeln, mit allen Beteiligten abgesprochen, eine, die neben den abgelichteten Kindern allen weiteren in Zukunft das Leben erleichtern würde.

Schwester Rebecca war auf den Aufnahmen zu sehen, also musste Dr. Gebhardt sie gemacht haben und Dr. Waldeck sie abgesegnet.

Er sollte sich um den Kurzschluss kümmern. Bemüht, die Dias nicht durcheinanderzubringen, sortierte er sie wieder ein.

»Was machen Sie da?« Die laute Stimme ließ ihn herumfahren und steigerte sich zum Crescendo. »Hilfe!«, rief sie. »Hierher! Ich brauche Hilfe!«

Wilko sah den auf- und zugehenden Mund Schwester Rebeccas, hörte ihre schrillen Worte, darunter die näher hastenden Schritte weiterer Menschen, und schüttelte überfordert den Kopf.

Worte wie *gruselig* und *unheimlich* und *Angst vor ihm* schwirrten durch den Raum, dann ein anklagendes »Das ist nicht das erste Mal, dass er mich beobachtet«, und Wilko musste daran denken, wie Schwester Evi ihn bei ihrer ersten Begegnung Quasimodo genannt hatte.

Weitere Personen kamen in den Raum gestürzt. Rebecca, Erika und Frieda schimpften gleichzeitig auf ihn ein. Wilko schloss die Augen und redete dagegen an. »Ich bin wegen des Stromausfalls hier. Es sind zu viele Geräte gleichzeitig am Netz. Nicht das erste Mal. Deshalb sind auch die Kühlschränke ausgefallen.«

Plötzlich war Ruhe. Wilko sah auf, als ihn jemand am Ellenbogen berührte. Margot. Gott sei Dank! Besorgt sah sie ihn an.

»Kurzschluss«, erklärte er ihr. »In den Kühlschränken sind Medikamente, die ungekühlt unbrauchbar werden, nicht? Ich sollte in den Keller zum Hauptsicherungskasten.«

Margot nickte. »Mach das, ich kümmere mich um den Rest.«

Erleichtert drückte sich Wilko an den Frauen vorbei.

»Wie können Sie ihn gehen lassen?« Rebecca stemmte wütend die Hände in die Seiten. »Er hat sich die Bilder der Kinder angesehen! Das ist abartig!«

»Welche Bilder?«

»Die, die ich für Dr. Gebhardts Vortrag zum Ärztekongress vorbereite. Aber dann ging das Licht aus, ich bin raus, um nach dem Rechten zu sehen, und als ich wiederkam, war er hier und hat damit rumgemacht!«

Margots Stimme klang angespannt. »Dr. Waldeck hat dem allen zugestimmt, nehme ich an?«

»Natürlich, schließlich hat auch Strandhafer etwas von unseren Erkenntnissen.«

»Verstehe. In dem Fall sollten Sie vielleicht die Zentrifuge abstellen, bevor Sie weitermachen.«

»Aber …«

»Kein Aber. Sie wollen doch sicher nicht Ihre für uns alle so wichtige Arbeit vernachlässigen.«

DESTILLATION, Des-til-la-ti-on: Trennung von Stoffen (meist flüssigen) ohne Zugabe von weiteren Chemikalien, sondern durch Verdampfung (hat etwas mit Siedepunkten zu tun). Um den Dampf wieder in die ursprüngliche Form zu bringen, benötigt es eine Kühlvorrichtung; Auch: Schnapsbrennen oder Schnapsbrennerei/Destillat. Des-til-lat; Extrakt, Ergebnis der Destillation, Auszug, Lösung

(*aus Hannas Notizbuch*)

KAPITEL 53

Hanna hielt den Blick auf den Boden gerichtet. Langsam wurde das zu einer Gewohnheit, auf die sie gut verzichten konnte.

»Sie hätten als Erstes zu uns kommen müssen«, sagte Dr. Waldeck, und Hanna nickte. Warf weder einen Blick auf die Heimleiterin noch auf ihren Schreibtisch oder auf die Metallschränke dahinter. Stattdessen blickte sie auf Schwester Margots Schuhe. Schuhe, die sie erst neulich gesehen hatte. Die linke Sohle war schief abgelaufen, als würde sich die Oberschwester zu viel im Kreis drehen.

»Stattdessen haben Sie voreilig agiert, und es bleibt mir und Oberschwester Margot überlassen, mit den Konsequenzen umzugehen.« Dr. Waldecks Absätze klackerten über den Boden. Ihre Pumps waren wesentlich eleganter als die Hannas oder der Oberschwester. Die Heimleiterin schien noch etwas vorzuhaben. Ein Treffen mit Dr. Hiemer vielleicht oder Cocktailtrinken mit einigen der Ärzte des Kongresses.

»Ein anständiger Mensch tut so etwas nicht.«

Hanna erstarrte. Ein anständiger Mensch drückte keine Zehnjährige mit dem Gesicht in den Frühstücksbrei. Setzte kein Kleinkind nass, kalt und allein auf den Gang mit einem Schild um den Hals.

»Manuel brauchte Hilfe«, sagte sie mit fester Stimme.

»Und die hätte er erhalten. Von uns. Nun aber ist das Seehospiz involviert. Schon allein die benötigten Unterlagen für die Hin- und Rücküberführung machen Oberschwester Margot unnötige Arbeit. Nur weil Sie mal wieder in Panik verfallen sind!«

Um Formulare ging es also, um Bürokratie, vermutlich um Geld. Dann hielt Hanna inne. Es ging aber auch darum, dass sie einmal mehr angeblich vorschnell und unbedacht gehandelt hatte. Niemand befragte sie danach, ob sie das Jugendamt informiert hatte. Zögernd sah sie auf.

»Die Sache ist ernst.« Dr. Waldecks Augen waren schmal. »Bis die Stiftungsleitung entschieden hat, wie wir mit Ihnen verfahren, sind Sie beurlaubt. Ohne Gehalt.«

Margot neben Hanna räusperte sich, als wollte sie etwas sagen, blieb aber stumm.

Hanna verknotete die Finger ineinander. Sie hatte mit Wut und Drohungen gerechnet, damit, entlassen zu werden.

Das hier war schlimmer.

Eine unbezahlte Beurlaubung auf ungenaue Zeit war eine Kündigung, während sie rechtlich weiterhin an Strandhafer und sämtliche Paragrafen ihres Vertrages gebunden war.

Dr. Waldeck lächelte eisig. »Sie haben Glück. Einer der Stiftungsleiter nimmt an dem Ärztekongress teil und befindet sich ab heute auf Norderney. Ich werde mich in den nächsten Tagen mit ihm unterhalten und Sie wissen lassen, wie wir entscheiden.«

Hannas Gedanken rasten. Sie musste mit Dr. Hiemer sprechen, bevor Dr. Waldeck es tat.

»Haben Sie mich verstanden?«

Ein weiteres Mal nickte Hanna. Fast fühlte es sich an, als hätte sie, seit sie hier war, nicht viel anderes getan. Langsam, aber sicher war sie es leid.

Dann entspannte sie sich. Dieses Nicken eben war ein anderes als all die vorangegangenen. Auch wenn weder Dr. Waldeck noch die Oberschwester es ahnten, ihr letztes Nicken bedeutete: Hanna wusste endlich, was ihre nächsten Schritte waren.

Dr. Waldeck öffnete die Tür. »Sie haben sich vom Heim, den Angestellten und den Kindern fernzuhalten. Falls Sie private Kleidung und Gegenstände hier haben, nehmen Sie diese bitte mit. Wir melden uns.«

Die Oberschwester geleitete Hanna hinaus.

»Und nur, damit wir uns verstehen«, rief Dr. Waldeck Hanna nach, »Ihr Stillschweigen hierüber und über sonstige Interna ist weiterhin bindend. Unsere Stifter haben eine eigene juristische Abteilung.«

Hanna zwang sich zu einem kleinlaut klingenden »Verstanden, Dr. Waldeck« und folgte Margot ins Erdgeschoss.

Im Eingangsbereich blieb die Oberschwester stehen und nickte zur Tür. »Den Weg hinaus kennen Sie.«

Hanna drehte sich einmal im Kreis. Hörte Kinderlachen aus dem ersten und zweiten Stock, hoffte, Rita wäre darunter. Warf einen Blick auf die Gemälde an den Wänden, all die Ärzte, das einzige Porträt einer Frau – Dr. Waldeck –, und dachte an Jans Worte, dass es der nächsten Generation leichter falle, etwas Grundlegendes zu verändern, dass sie freier sei.

Dann streckte sie Margot die Hand entgegen. »Sie sollten Ihre Schuhe neu besohlen lassen, Oberschwester. Sonst bekommen Sie Rückenschmerzen.«

Margot blinzelte verwirrt. »Was?«

Hanna holte tief Luft. »Ich hoffe, das alles – das Schweigen und Mitmachen, das Sich-Anpassen – ist es wert.« Sie wandte sich zum Gehen. »Sie sind eine gute Oberschwester. Haben alles im Griff und immer die Übersicht. Ich habe gerne mit Ihnen gearbeitet. Aber so bleiben darf es nicht. Eigentlich hatte ich gedacht, Sie würden es ähnlich sehen.«

Mit hocherhobenem Kopf verließ sie das Gebäude. Sie hatte getan, was sie konnte. Was Margot daraus machen würde, lag bei ihr.

KAPITEL 54

»Du meine Güte! Ich bin vor lauter Langeweile sicher drei Mal eingeschlafen!« Wie zum Beweis gähnte Jan ausgiebig. »Dieser Dr. Hiemer hört sich gerne selbst reden. Zuhören ist nicht seine Stärke.«

Hanna nickte. Die Gesprächsrunde zum Thema *Moderne Medizin – was ist das eigentlich?* hätten sie sich sparen können. Musikdarbietungen hier im Saal des Conversationshauses waren sicherlich der größere Genuss. Aber sie war schließlich nicht zum Vergnügen hier. Ihr ging es darum, Dr. Hiemer abzufangen, der ihr seltsam bekannt vorgekommen war, bis sie herausgefunden hatte, weshalb: Eine jüngere Version von ihm hing als Gemälde im Büro der Heimleiterin.

Wie Jan hatte auch Hanna Schwierigkeiten gehabt, der Diskussion zu folgen. Deutlich war vor allem eines geworden: Dr. Gebhardt und Dr. Hiemer waren zumeist einer Meinung. Das war kaum verwunderlich, nachdem sich bei der Vorstellungsrunde herausgestellt hatte, dass Hiemer Gebhardts Doktorvater an der Kieler Universität gewesen war, bevor er »dem Ruf der Pharmazie und allem, was sie uns erleichtern kann« gefolgt war, wie er es formuliert hatte.

Hanna klemmte sich die Tasche mit den Unterlagen aus Dr. Waldecks Büro unter den Arm und reckte den Hals, um durch die offen stehende Seitentür in den spärlich erhellten Flur zu blicken. Dies war, hatte sie einen Reporter sagen gehört, der bevorzugte Weg aller Vortragenden, das Kurhaus zu verlassen.

Vermutlich, um nicht von den Zuhörenden in endlose Gespräche verwickelt zu werden. Nicht alle Fragen aus dem Publikum waren durchdacht. Nur ein Mal hatte Hanna aufgehorcht, als ein junger, scharfzüngiger Journalist die Herren auf dem Podium um ihre Meinung zum Contergan-Skandal gebeten hatte.

Umsonst, die Reaktionen waren ebenso ausweichend wie nichtssagend gewesen.

Die Zurückhaltung der Redenden schien kein gutes Vorzeichen für Hannas Vorhaben. Dazu kam, dass sie das Stiftungsmitglied kaum ansprechen konnte, falls Dr. Gebhardt in der Nähe war.

»Das wird schon.« Jan lehnte sich neben sie gegen eine der Säulen. »Du bist bestens vorbereitet. Und wenn du ihn heute nicht erwischst, finden wir heraus, in welchem Hotel er übernachtet. Zur Not lauern wir ihm beim Frühstück auf. Vielleicht lernen wir dabei auch gleich noch einige seiner Kollegen kennen, denen es wirklich um Verbesserungen geht.«

Neben ihnen schnaubte jemand auf, und eine hoch aufgeschossene Gestalt trat ins Licht. »Entschuldigung. Ich wollte Sie nicht erschrecken.« Hanna erkannte den wortgewandten Reporter von vorhin. »Ich habe gelauscht. Berufskrankheit.« Der junge Mann schnippte seinen Zigarettenstummel davon und streckte Hanna und Jan die Hand entgegen. »Cyrus Rabenstein vom NDR. Wenn Sie hier eine kleine Überrumpelungstaktik planen, um etwas Spannenderes zu erfahren als das immer gleiche offizielle Blabla, sollten Sie wissen: Die Chancen stehen schlecht.« Gelangweilt blickte er um sich. »Das habe ich oft genug versucht.«

Hanna warf Jan einen vielsagenden Blick zu. »Ach ja, und weshalb sind Sie dann noch hier?«

Cyrus grinste spitzbübisch. »Ich warte auf eine der jungen Damen, die während der Tagung den Herren Doktoren die Getränke servieren. Wer auf einen kleinen Skandal hofft, braucht Spione. Es sei denn«, gut gelaunt zwinkerte er ihnen zu, »Sie hätten einen Tipp für mich? Ich verspreche auch, meine Reportage zurückzuhalten, bis Ihre erschienen ist.« Offenbar hielt er sie für Kollegen.

Jan lachte. »Wenn Sie für das Radio arbeiten, Cyrus, sind Sie doch wesentlich schneller als jede Tageszeitung.«

»Ahhh.« Cyrus schnipste mit den Fingern. »Sie haben sich verraten. Für welches Blatt schreiben Sie?«

Hanna zögerte. Dann gab sie sich einen Ruck, womöglich konnte ihnen der eifrige Reporter noch hilfreich sein. »Wir warten wegen einer Heimangelegenheit auf Dr. Hiemer von Vitagrün.«

»Bei dem lässt sich kaum etwas holen.« Cyrus winkte ab. »Schon vor Wochen habe ich ein Statement zum Gerichtsverfahren rund um Contergan angefragt, aber Vitagrün lässt mich auflaufen. Hätte sich dieser Dr. Lenz nicht so mutig ins Zeug gelegt, die Bevölkerung wüsste noch immer nicht, was da eigentlich alles falsch lief. Was wir brauchen, ist ein schärferes Gesetz für die Markteinführung von Medikamenten.«

»Mehr Tests müssen her«, stimmte Hanna ihm zu, dachte an *Der dritte Mann* und dass ihr die Kriminalhandlung rund um das Verschachern und Verunreinigen von Penicillin in der Verfilmung kaum aufgefallen war. »Und mehr Offenheit«, redete sie sich in Rage. »Manchmal frage ich mich, ob die Nebenwirkungen angeblich sicherer Mittel nicht erst zu einigen der Krankheiten führen, unter denen die Kurkinder leiden.«

Cyrus starrte sie an. »Ursache und Wirkung, ein spannendes Feld.« Dann strahlte er auf. »Wo haben Sie sich so lange versteckt, Hanna? Mit Ihnen wäre jede Kampagne ein Erfolg!«

Hanna stutzte. »Welche Kampagne?«

Cyrus lachte. »Welche Ihnen auch immer wichtig ist. Mit Ihrem Feuer – damit erreicht man die Öffentlichkeit! Nicht zu vergessen«, er deutete eine Verbeugung an, »mit Ihrem Gesicht.«

Jan räusperte sich, und Cyrus fuhr zu ihm herum, als hätte er seine Anwesenheit vergessen. »Nichts für ungut, nur ein Kompliment unter Kollegen.«

Schritte erklangen, und eine junge Frau erschien. Noch im Laufen entledigte sie sich der kleinen weißen Schürze über ihrem schlichten schwarzen Kleid. Cyrus winkte ihr zu und drehte sich um. »Nun dann, viel Glück. Falls Sie doch noch gemeinsame Sache machen wollen: Ich logiere im Haus Waterkant. Bye.«

Mit seiner Begleitung verschwand er in Richtung Gartenstraße.

»Bye? Statement?« Jan sah ihm naserümpfend hinterher. »Da schmückt sich jemand mit amerikanischen Ausdrücken.«

Hanna sah dem Radioreporter nachdenklich hinterher. »Oder er hat sie von der amerikanischen Seite seiner Familie. Sein Vorname Cyrus könnte daher stammen.«

»Das erklärt dann wohl auch seine überzogene Begeisterung und die erschöpfend vielen Wörter pro Minute.«

Hanna grinste. Der sympathische Cyrus hatte wirklich unfassbar schnell gesprochen.

Entspannt plaudernd schlenderte eine Gruppe Männer durch den Flur. Dr. Gebhardt war nicht darunter, aber den bärtigen Dr. Hiemer, der als einer der Ersten ins Freie trat, erkannte Hanna sofort.

Ohne zu zögern, verstellte sie ihm den Weg. »Dr. Hiemer? Mein Name ist Hanna Grimm, und ich würde gerne etwas mit Ihnen besprechen.«

Freundlich besah er sie sich von oben bis unten. Sein Blick blieb an ihren Schuhen hängen, und er bedeutete seinen Begleitern, einen Moment zu warten. »Worum geht es, Kollegin? Das sind Sie doch, oder? Keine junge, hübsche Frau wie Sie würde sonst an einem schönen Abend wie diesem solches Schuhwerk tragen.« Laut lachte er über seinen eigenen Witz und verschaffte Hanna die nötigen Sekunden, sich eine geschickte Antwort zu überlegen.

»In gewisser Weise. Ich arbeite in Strandhafer.«

Interessiert sah er sie an, offenbar hatte er noch nichts von den Problemen dort gehört. »Dann begleiten Sie uns ein paar Schritte. Vielleicht können Sie uns als Einheimische verraten, wo man hier einen anständigen Whiskey bekommt? Mit etwas Geistvollem in der Hand lässt sich das meiste besser besprechen.«

Hanna war froh, als Jan sich einmischte. »Das Hotel *Paradies* hat eine kleine, aber sehr gute Auswahl. Ich bringe Sie gerne hin.«

Leutselig hob Dr. Hiemer eine Hand in die Höhe. »Männer«, rief er den auf ihn Wartenden zu, »folgt unserem Stadtführer für heute Abend, während ich mich mit seiner reizenden Begleitung unterhalte.«

Jan lief allein voran. Der Rest der Anwesenden scharte sich um Hanna, setzte sich nur langsam in Bewegung und sah sie interessiert an.

»Dr. Hiemer …« Nervös ob all der Aufmerksamkeit, blickte Hanna um sich. »Wie oft besuchen Sie oder Ihre Kollegen der Stiftung persönlich Heim Strandhafer?«

»Immer, wenn es um wichtige Neuerungen geht. Das letzte Mal wegen des geplanten Baus im Hof. Eine Puppenstube für die Mädchen und eine kleine Werkstatt für die Jungen sollten darin Platz finden.« Er zwinkerte seinen Kollegen zu. »Wie es aussieht, werden wir stattdessen erst einmal den vierten Stock um einige Schlafzimmer erweitern. Für alles andere haben wir in Dr. Waldeck eine äußerst fähige Frau, Ärztin und Heimleiterin.« Stolz warf er sich in die Brust. »Davon habe ich damals den Stiftungsrat persönlich überzeugt.«

Zustimmendes Gemurmel war die Reaktion auf seine Worte.

»Und die Kinder?«, fragte Hanna. »Befragen Sie auch die nach ihren Erfahrungen?«

»Dafür gibt es die medizinischen Berichte.« Er lächelte seine Begleiter an, die ihm an den Lippen hingen. »Und ich kann zu unserer großen Freude sagen, unsere Patienten verlassen Strandhafer in weitaus besserer Verfassung, als sie gekommen sind. Umso mehr, seit mein verehrter Kollege Gebhardt seine Expertise einbringt. Seine Erfolge in der Balneotherapie und verwandten Behandlungen sind außergewöhnlich. Von seinem Vortrag in einigen Tagen versprechen wir uns viel.«

Automatisch griff Hanna an ihre Tasche, in der sich neben den

Unterlagen aus dem Büro der Heimleiterin auch ihr Notizbuch befand. Nur gut, dass sie Balneotherapie bereits nachgeschlagen hatte.

»Ein guter Mann, so viel ist sicher«, mischte sich ein älterer Herr von der Seite ein, und ein zweiter fand: »Die Kinder Ihres Heims, Dr. Hiemer, können sich glücklich schätzen.«

»Da bin ich mir nicht so sicher«, hörte Hanna sich antworten und erschrak über ihren eigenen Mut.

Nun hatte sie die Aufmerksamkeit aller.

»Für viele von ihnen lässt sich höchstens eine kurzfristige Lösung der Probleme finden. Andere dagegen werden womöglich erst gemacht.« Sie sah in ungläubige Gesichter und beeilte sich weiterzureden. »Wissen Sie, dass einige der Kinder zum Essen gezwungen werden? Andere dürfen abends nicht mehr trinken, um nicht einzunässen, nicht wenige werden mit Armen und Beinen an die Bettgitter festgebunden, und wer im Isolierzimmer landet, muss nicht unbedingt ansteckend sein. Auch wer etwas falsch gemacht hat, wird dort eingesperrt.«

Nun war es an der Zeit, die Unterlagen als Beweis herauszuziehen, doch Dr. Hiemers gleichgültiges Abwinken ließ Hanna innehalten. »Sie verstehen da offensichtlich etwas falsch, kleine Frau.« Er hob einen Zeigefinger. »Erziehungsmaßnahmen sind Sache des Personals und gehen mich nichts an.«

Aufgebracht warf Hanna die Hände in die Luft und stolperte über ihre nächsten Worte. »Aber natürlich tun sie das! Vor allem, wenn die Konsistenz ist, dass die Kinder leiden.«

Einige der umstehenden Ärzte begannen verhalten zu lachen.

»Da bin ich aber gespannt«, sagte einer. »Wie sähe denn Ihr Vorschlag aus, um diese …«, er zögerte und dehnte das nächste Wort amüsiert aus, »… Konsistenz zu durchbrechen?«

Worüber er sich lustig machte, verstand Hanna nicht. Und sie hatte nicht die Zeit, es herauszufinden. Tief holte sie Luft. »Vor allem muss es um die Kinder gehen. Um ihre Krankheiten, aber auch ihre Bedürfnisse, darum, dass sie sich sicher und aufgehoben fühlen. Sechs oder mehr Wochen getrennt von ihren Familien zu sein, ist schwer genug. Da sollte einem übergewichtigen Jungen nicht jeden Abend gegen seinen Willen Laxant eingeflößt werden. Ein Euneuretiker nicht mit nasser Hose nachts auf den Gang gesetzt, als ginge es nur darum, dass er sich endlich zusammenreißt.« Hanna blendete die amüsierten Seitenblicke aus, das Flüstern der Gruppe, und fixierte Dr. Hiemer. »Aber all das geschieht in Ihrem Heim. Und dagegen sollten Sie etwas unternehmen!«

Langsam nickend hob er eine Hand. Das Kichern erstarb, alle sahen ihn abwartend an. »Nun«, milde tätschelte er Hannas Schulter, »das sind alles sehr verschiedene Diagnosen – das bedeutet medizinische und vor allem fachliche Befunde –, von denen Sie hier sprechen, Mädchen.«

Hilflos blickte sich Hanna nach Jan um, der den Austausch etwas abseits stehend stumm beobachtete.

Lächelnd beugte sich Dr. Hiemer zu ihr. »Unsere Ärzte, Schwestern und die Oberschwester, kurz gesagt, das …«, er machte eine vielsagende Pause, »wirklich qualifizierte Personal weiß, was zu tun ist. Sie gehören da eindeutig nicht dazu, habe ich recht?«

»Ich bin Pflegerin, aber das bedeutet nicht, dass ich …«

»Pflegerin!« Einer in der Männerrunde begann haltlos zu lachen. »Na, Sie haben uns ganz schön an der Nase herumgeführt, Kleine!«

»Dich vielleicht.« Sein Nebenmann stieß ihm gut gelaunt in die Seite. »Mir war spätestens nach der *Konsistenz* klar, dass es ihr an einer ordentlichen Ausbildung fehlt!«

Dr. Hiemer warf einen strafenden Blick um sich, bevor er sich erneut an Hanna wandte. »Wenn es Sie besser schlafen lässt, Hanna: Ich bin mit Dr. Waldeck verabredet. Dann bringe ich Ihre kleinen Bedenken zur Sprache und höre, was sie davon hält. Machen Sie sich keine Sorgen, weiter Ihre Arbeit und«, er kniff ihr in die Wange, »überlassen Sie die wichtigen Dinge jenen, die sich damit auskennen.«

Damit drehte er sich um und klopfte den Männern rechts und links von ihm auf die Schultern. »Und nun auf zu dieser Hotelbar – einen kleinen Umtrunk haben wir uns redlich verdient.«

Hanna blieb, wo sie war, und starrte der leutseligen Männerrunde hinterher. Erst als Jan sich zu ihr gesellte, bemerkte sie, dass die Finger ihrer rechten Hand noch immer an ihrer Wange lagen, in die Dr. Hiemer vorhin gekniffen hatte. Wütend rieb sie darüber.

Ein Wangentätscheln. Mehr war von ihren Bemühungen, das Richtige zu tun, nicht geblieben, und schon bald würde Dr. Waldeck von diesem Gespräch erfahren.

Es wurde Zeit, härtere Geschütze aufzufahren und sich Hilfe zu holen. Cyrus war auf der Suche nach einem Skandal? Nun, den konnte er haben.

Entschlossen griff Hanna nach Jans Hand und zog ihn vorwärts. »Lass uns Haus Waterkant einen Besuch abstatten. Jetzt sofort!«

KAPITEL 55

Rita rannte. Nicht so schnell wie möglich, nur gerade schnell genug, um Lydie, Elke und Tillie anzuspornen, ohne sie aus den Augen zu verlieren. Gewinnen würden sie nicht. Die meisten der anderen Zimmer waren schneller und hatten in den letzten Tagen am Strand unerbittlich trainiert. Trotzdem wollten Lydie und Tillie unbedingt mitmachen. Elke nicht. Und auch Rita stünde nun lieber am Start, der auch das Ziel war, inmitten des Publikums, um die anderen anzufeuern. Aber jedes Zimmer musste die gesamte Strecke zurücklegen, jedes Kind. Selbst Ben, dessen Verbrennungen, wie Erika kalt lächelnd erklärt hatte, schließlich nicht seinen Laufapparat beeinträchtigten.

Zumindest das Tempo konnten sie selbst bestimmen, und sobald die erste Düne hinter ihnen lag, waren sie unter sich. Niemand außer den anderen Gruppen konnte sie mehr beobachten. Rita nahm den dummen Sonnenhut ab, den sie alle tragen mussten, wenn sie sich an der frischen Luft befanden. Er war ihr zu groß und drohte bei jeder noch so kleinen Windböe davongeweht zu werden. Sie knautschte ihn zusammen und steckte ihn in die Hosentasche.

Die Flussneunaugen hielten sich eisern, obwohl niemand davon ausging, dass sie einen der ersten drei Plätze belegten. Angelika war fest entschlossen, mit ihren Eiderenten Nummer eins zu werden. So langsam, wie Leni vorankam, die nach Luft schnappend neben Elke herstolperte, standen die Chancen dafür allerdings nicht besonders gut.

Die nächste Anhöhe kam in Sicht. Rita zog Tillie mit sich, und Leni lächelte, als die beiden sie überholten.

»Ich hätte nicht gedacht«, keuchte sie, »dass du für den Strandlauf noch hier bist.«

»Noch hier?« Rita krauste die Nase.

Leni nickte. »Die Decke, die Johannes geklaut hat, die war für dich, oder? Du wolltest von Anfang an weg.«

»Bin ich aber nicht.« Rita hatte weder genug Atem noch genug Lust, groß zu widersprechen.

Leni stolperte, fing sich wieder und seufzte. »Schade, dass ich nicht in eurem Zimmer bin.«

Auf der Anhöhe stand Angelika und wartete, das Gesicht grimmig verzogen. Leni legte sich ins Zeug, während Rita stehen blieb, um Elke und Lydie hinter sich anzufeuern. Die beiden kämpften mit dem lockeren Sand. Selbst Piet, Flori und Johannes überholten sie und liefen auf Ben zu, der neben Angelika ächzend zu Boden gegangen war und vorsichtig mit der verletzten Schulter rollte.

Elke verzog das Gesicht. »Ich kann nicht mehr! Und Spaß macht es auch nicht.«

Rita klatschte in die Hände. »Nur noch ein paar Meter, das schaffst du. Oben machen wir Pause!«

»Anhalten ist für Verlierer, sagt Angelika«, japste Lydie. »Und die bekommen nicht mal einen Trostpreis!«

Rita winkte ab. »Na und? Dann gewinnen wir eben den Kiebitzpreis. Und jetzt komm, ich zieh euch.«

Stolpernd, ächzend und krabbelnd erreichten sie die Anhöhe. Gerade noch rechtzeitig, um zu sehen, wie Angelika Johannes seitlich die Düne hinabschubste. »Der Flussmoppel versucht zu fliegen!« Schadenfroh lachend griff sie nach Leni und schob sie unsanft vor sich her. »Nicht schlappmachen, Eiderenten«, rief sie, »bergab geht es selbst bei Läuse-Leni schneller.«

Rita hielt an. Vor ihr verschwanden die Eiderenten im nächsten Tal. Links von ihr krabbelte Johannes aus dem dornigen Gestrüpp des sandigen Abhangs und versuchte, ihn zu erklimmen. Nach jedem wettgemachten Meter rutschte er zwei zurück – ganz ähnlich wie die Maikäfer in Tillies Glas.

Flori schüttelte den Kopf. »Das schafft er nicht.«

Ben winkte ab. »Gewinnen tun wir sowieso nicht, die doofe Angelika hat recht. Lasst uns aufgeben. Was sollen sie schon machen? Uns schon wieder den Strandspaziergang und den Nachtisch streichen? Das sind wir inzwischen gewöhnt.«

Rita schüttelte den Kopf. »Wenn Johannes nicht hochkommt, gehen wir eben runter.« Sie deutete in die Ferne. »Seht ihr das? An den Strand kommen wir auch von da unten.« Sie grinste. »Vielleicht ist das sogar eine Abkürzung.«

Sie rutschte hinab, dann kamen Lydie und Tillie. Selbst Elke schien das Sandkullern Spaß zu machen, und schließlich folgten auch Johannes' Zimmerkameraden.

Ben sah sich um. »Aber ist das nicht Betrug?«

Rita zuckte mit den Schultern. »Betrug ist es, Johannes den Hügel runterzuschubsen. Wir machen nur was gut.« Damit stapfte sie in Richtung Meer.

Der Ausdruck auf Angelikas Gesicht, als die Flussneunaugen und Kiebitze in der Nähe der Eiderenden am Strand auftauchten, ließ Rita auflachen.

»Ihr habt geschummelt!« Angelikas Gesicht sah ungesund rot aus. Wie einer der Affenhintern, den Rita neulich in einer dieser Naturzeitschriften am Kiosk gesehen hatte.

Dass Rita sich ein Grinsen verbiss, machte Angelika noch wütender. »Na wartet, das melden wir!«

Rita starrte das ältere Mädchen an. »Macht doch. Dann sagen wir, dass ihr Johannes geschubst habt.«

Die Eiderenten flüsterten miteinander, dann warf Angelika forsch ihre langen Haare zurück. »Na gut. Wir sagen nichts, wenn ihr nichts sagt.«

Rita nutzte die Chance. Wenn sie schon feilschten, dann richtig. »Und ab jetzt lasst ihr uns in Ruhe.«

Wieder Flüstern. Angelika grinste. »Nur wenn du mich schlägst. Wettrennen. Da vorn um die Düne und zurück.«

Bevor Rita antworten konnte, rannte Angelika los. Ohne zu überlegen, hastete Rita ihr nach.

KAPITEL 56

Hanna sah zu dem Wasserturm hinauf. Wie mochte das Leben dort im Arbeitslager gewesen sein, so nahe an der Stadt und trotzdem ausgegrenzt?

Jan hatte herausgefunden, dass Ardie sich freier hatte bewegen dürfen als andere aus ihrem Lager. Keine Fluchtgefahr, hatte es geheißen, wegen ihrer Behinderung. Im Wirtshaus hatte sie Fische ausgenommen und Geschirr gespült, bei einigen der Bauern ausgeholfen. Die wenigen, die sich an sie erinnerten, hatten sie gemocht. Was aus ihr geworden war aber, das wusste niemand. Sicherlich wäre sie nach Hause zurückgekehrt, wenn sie es gekonnt hätte. Wie hatte Frau Fischer gesagt? Nach dem Krieg wollten alle nur noch weg.

Alle bis auf Dr. Waldeck. Hanna runzelte die Stirn. Was hatte die Ärztin eigentlich hierher verschlagen? Auf die Idee, sie nach Jans Tante zu befragen, war sie nicht gekommen, und nun war diese Chance vertan.

Von Strandhafer hatte Hanna nichts mehr gehört. Aber nach dem Intermezzo gestern mit Herrn Dr. Hiemer war das nur eine Frage der Zeit. Sicher war ihre Kündigung schon in der Post, und ihre Kolleginnen wussten Bescheid. Als sie vorhin an der Strecke des Strandlaufs aufgetaucht war, hatte niemand außer Marion sie auch nur eines Blickes gewürdigt. Selbst Evi hatte sich bei Dr. Gebhardt untergehakt und ihn zur Seite gezogen. Mit jedem Tag geriet Hanna weiter ins Abseits, erreicht hatte sie jedoch bisher nichts. Blieb zu hoffen, dass Cyrus ihr helfen konnte. Er hatte versprochen, sich umzuhören und seine Kontakte spielen zu lassen.

Momentan schien er sich vor allem zu amüsieren, wechselte von einer Zuschauergruppe zur nächsten und befand sich binnen kürzester Zeit in einem locker-flockigen Gespräch mit Rebecca. Hanna sah zu, wie er sie mit einigen gezielten Bemerkungen zum Lachen brachte, da stupste Jan sie an. »Da, die Ersten kommen zurück.«

Er klemmte sich die aktuelle Zeitungsausgabe unter den Arm, um zu klatschen. Seine Anzeige war erschienen. In Ermangelung einer eigenen Telefonnummer hatte er um schriftliche Chiffre-Rückmeldung gebeten. Alles äußerst geheimnisvoll. Graham Greene würde das gefallen. Der einzige Nachteil: Nun musste Jan darauf warten, ob, und falls ja, wann sich der geheimnisvolle Radiopirat schriftlich bei ihm zurückmelden würde.

Anfeuerungsrufe wurden laut. Angelika und ihre Zimmergenossinnen lieferten sich ein Kopf-an-Kopf-Rennen mit dem Jungenzimmer der Küstenschwalben. Nur Leni konnte nicht mithalten: Sie kam erst nach den vier Jungen durchs Ziel und ließ sich mit gefährlich rotem Gesicht und nach Luft schnappend auf den Boden fallen. Angelika stampfte wütend mit dem Fuß auf, ohne sich um Leni zu kümmern.

Hanna reckte besorgt den Hals. Das Mädchen krümmte sich zusammen und würgte trocken.

»Und schon geht es weiter.« Jan deutete auf den Strandweg, wo die nächsten drei Kinder auftauchten. »Die sehen aber nicht gerade glücklich aus. Ich dachte, es gibt drei Gewinnerplätze?«

»Schon, allerdings fehlt ihnen jemand. Sämtliche Bewohner eines Zimmers müssen das Ziel erreichen, damit es gilt.«

Verständnislos runzelte er die Stirn. »Aber das erhöht doch nur den Druck auf die Langsamsten.«

Hanna nickte ihm zu. »Genau. Das ist so etwas wie eine kleine Rangordnung in der großen. Deshalb hat in jedem Zimmer auch ein Kind das Sagen – und trägt die Verantwortung für die anderen.«

»Gut, dass du da nicht länger mitmachen musst.«

Hanna schwieg. Es fühlte sich an, als ließe sie jene der Kinder im Stich, die sie am nötigsten hatten: Leni, Manuel, Rita. Wo steckte Rita eigentlich? Ob die Strecke für die Kleinen aus ihrem Zimmer zu viel war?

Nach und nach trudelten die restlichen Läufer ein. Johannes, Piet, Flori und Ben standen vornübergebeugt am Rand. Elke, Tillie und Lydie saßen zu Marions Füßen und redeten durcheinander. Hanna ließ den Blick suchend über die Kinder schweifen. Rita entdeckte sie nicht. Sie drehte sich zu Jan. »Bin gleich wieder da.« Vorsichtig mischte sie sich unter die Zuschauer und hielt die Augen auf.

Cyrus kritzelte eifrig auf einen Block, während er mit Rebecca sprach. Ihre aufgesetzte Fröhlichkeit schien allerdings mehr für Dr. Gebhardt bestimmt zu sein, der nur wenig entfernt Schulter an Schulter neben Evi stand und nichts von Rebeccas Seitenblicken zu bemerken schien.

Die ersten Kinder folgten Schwester Erika zurück in Richtung des Heims. Wilko stand am Rand neben einer älteren Frau in farbenfroher Kleidung und sah ihnen mit gerunzelter Stirn hinterher.

Weiter vorne versuchte Petra, Elke auf die Beine zu ziehen.

Hanna lief auf sie zu. »Petra? Hast du Rita gesehen?«

Petra erschrak. »Ich darf nicht mit dir reden.«

»Musst du nicht, ein Nicken oder Kopfschütteln reicht.«

»Sie hat gegen Angelika verloren.« Elke sah mit großen Augen zu Hanna auf. »Irgendwann sind wir dann ohne sie weiter.«

»Verloren? Bei was?«

»Zweier-Wettrennen. Weil sie Johannes die Düne runtergeschubst hat und wir abgekürzt haben und weil das eigentlich Betrug ist.«

»Was?« Hanna verstand den Zusammenhang nicht. Vielleicht sollte sie Johannes befragen.

»Was erlauben Sie sich, Fräulein Hanna?« Bei Friedas schneidender Frage zuckte Petra zusammen und verdoppelte ihre Anstrengungen, Elke zum Aufstehen zu bewegen.

Mit zusammengekniffenen Augen baute sich Frieda vor Hanna auf. »Sie haben sich von Strandhafer fernzuhalten. Das gilt ebenfalls für unsere Angestellten und die Kinder.«

Hanna hielt dem eisigen Blick der Schwester stand. »Ich kann Rita nirgendwo entdecken.«

»Lassen Sie das getrost unsere Sorge sein. Sie haben gar nichts mehr zu melden.«

Hanna biss sich auf die Lippe. »Schauen Sie einfach nach ihr, ja?«

»Erklären Sie mir nicht, wie ich meine Aufgaben zu erledigen habe.« Unwirsch schob Frieda Petra zur Seite und beugte sich über Elke. »Und was dich angeht: Wenn du bei drei nicht auf dem Weg ins Heim bist, setzt es was. Eins …«

Hanna versteifte, bereit einzugreifen, falls die Schwester die Hand hob.

Doch so weit kam es nicht. Eilig raffte Elke sich auf.

»Na bitte, geht doch. Ein bisschen schneller, wenn ich bitten darf.«

Hanna sah den dreien seufzend nach, da sprach sie jemand von hinten an. »Es sind nur achtundfünfzig.«

»Was?« Hanna drehte sich um.

Die farbenfrohe Dame, die vorhin noch neben Wilko gestanden hatte, warf ihr unter ihrem großen Sonnenhut einen wissenden Blick zu. »Kinder. Es sind nur achtundfünfzig. Ich habe sie gezählt. Wilko sagt, es müssten neunundfünfzig sein. Selbst der Kleine mit den Verbrennungen ist mitgerannt, und einer liegt im Seehospitz.«

»Sind Sie sicher?«

»Ich habe eine Schwäche für Zahlen. Sehr beruhigend, finden Sie nicht? Beruhigender als Menschen.« Sie lächelte verhalten.

»Dann fehlt Rita also wirklich.« Fahrig fuhr Hanna sich durch die Haare. »Wir müssen sichergehen, im Heim nachsehen. Aber mir gibt dort niemand Auskunft.«

Die alte Dame tätschelte beruhigend Hannas Hand. »Meinem Neffen schon. Wilko?« Energisch winkte sie ihn zu sich. »Wir brauchen deine Hilfe!«

Sekunden später hatte sie ihn mit sich gezogen.

Minuten später standen Hanna, Jan und Rena, wie sich Wilkos Tante vorgestellt hatte, unruhig auf der gegenüberliegenden Straßenseite des Heims und warteten. Schwester Erika war in Zivilkleidung in Richtung Wohngebiet verschwunden. Kurz danach wehte ein bekanntes Lachen über die Straße. Angeregt mit Dr. Gebhardt plaudernd, schlenderte Evi den Gehweg entlang, auf dem Weg zu einem Feierabendeis, einem Getränk oder einem romantischen Strandspaziergang. Wäre Hannas Cousine so sorglos, wenn eines der Kinder fehlte? Vor wenigen Tagen noch hätte Hanna dies überzeugt verneint. Inzwischen war sie sich nicht mehr sicher, und das machte sie wütend. Wütend auf sich selbst und ihre vermaledeite Vertrauensseligkeit, ihre Angewohnheit, das Beste von ihren Mitmenschen zu glauben. *Eine wunderbare Fähigkeit*, nannte ihr Vater das, wohl weil er dieselbe besaß. Alles andere als wunderbar war allerdings die darauffolgende Enttäuschung und das Gefühl, zu naiv durchs Leben zu gehen.

Vielleicht war es an der Zeit, dass Hanna endlich damit aufhörte, dafür die Schuld bei sich zu suchen. Es war nicht ihr Fehler, dass sich Evi selbst am nächsten war. Hanna musste das nicht verstehen.

Das Tor gegenüber quietschte leise. Wilkos Hinken, während er die Straße überquerte, schien ausgeprägter als sonst. Vielleicht eine Nachwirkung seines Sturzes während des Brandes. Oder aber anderes war ihm im Moment wichtiger.

Ungeduldig sah Hanna ihm entgegen. Jan und Rena traten neben sie, schlossen die Reihe, sie alle wappneten sich.

Hannas Herz verkrampfte, als Wilko außer Atem den Kopf schüttelte. »Sie glauben, Rita ist ausgebüxt. Der Hunger treibt sie schon irgendwann zurück, sagen sie.«

»Der Hunger? Das Kind ist doch kein Stalltier!« Rena war empört.

Hanna machte etwas anderes mehr Sorgen als die kalte Reaktion der Heimleitung. »Sie hat mir versprochen, ein Auge auf Manuel zu haben, wenn er zurückkommt. Ich kann mir nicht vorstellen, dass sie trotzdem freiwillig verschwunden ist, irgendwas muss passiert sein.« Kurz spielte sie Elkes Worte durch. »Vielleicht bei dem Wettrennen zwischen ihr und Angelika um eine der Dünen am Strand. Davon, hat Elke gesagt, sei sie nicht zurückgekommen.«

»Dann gehen wir als Erstes sicher, dass sie dort nicht noch irgendwo ist.« Rena setzte sich in Bewegung. »Wir brauchen Unterstützung. Auf zum Friedhof.«

Jan stutzte. »Was wollen wir denn da?«

»Freunde bitten, uns zu helfen.« Energisch bog Rena um die nächste Straßenecke. »Menschen, auf die man zählen kann.«

Wilko drehte sich zu Hanna und Jan. »Dort sind alle gleich«, erklärte er mit einem kleinen Schulterzucken. »Es macht keinen Unterschied, wie jemand gestorben ist oder weshalb. Das Vermissen ist dasselbe. Das Denken an eine Zeit, in der es einmal anders war.«

Rena schob einen Arm unter seinen und lächelte sie alle an. »Und das knüpft ein Band, das belastbarer ist als viele andere.«

KAPITEL 57

Wilko ließ sich hinter Jan und dessen Bekannten zurückfallen. Dass dieser Cyrus sich ihnen, als sie ihm auf der Strandpromenade begegnet waren, bei der Suche angeschlossen hatte, obwohl ihm dies die schicken Lederschuhe ruinieren würde, sprach für ihn. Der nicht enden wollende Redestrom des jungen Mannes allerdings machte Wilko fahrig. Über alte Seilschaften sprach er, den Ärztekongress und Dr. Gebhardts Neurodermitis-Forschungsbericht, zu dem sich derart viele Zuhörer angemeldet hatten, dass er in den großen Saal des Conversationshauses verlegt worden war. Nicht nur für den jungen Arzt, auch für Heim Strandhafer war das ein wichtiger Schritt. Erst neulich hatte Wilko Dr. Waldeck den Großbrief eines bekannten Architekturbüros übergeben. Wenn Dr. Gebhardts Erkenntnisse tatsächlich derart bahnbrechend waren, wie alle annahmen, konnte Strandhafer zukünftig mit sehr viel mehr Kuranmeldungen rechnen und musste erweitert werden. Vorausgesetzt, das Heim erfüllte dazu die Anforderungen an das Personal – Schwestern, Kindergärtnerinnen, Pfleger. Dr. Gebhardt würde ihnen dann wohl erhalten bleiben. Das konnte Margot unmöglich gefallen. Sie hoffte schon seit Längerem, dass der zielstrebige Arzt früher oder später eine karriereförderlichere Anstellung annahm. Am besten weit weg von ihrer Insel.

Wilko lockerte die verkrampften Muskeln und setzte ein Bein vor das andere. Er war müde. Noch vor wenigen Wochen war er jeden Morgen vor dem Klingeln seines Weckers aufgewacht, hatte sich auf seinen Arbeitstag gefreut. Darauf, dafür zu sorgen, dass alles reibungslos vonstattenging, auf seine Teepause bei den Küchendamen.

Aber in der letzten Zeit hatte sich ein bisher unbemerkter Mollton zwischen die Melodien in seinem Kopf gemischt, und je mehr er nach dessen Ursache forschte, desto größer wurden die Dissonanzen.

Nicht ganz unschuldig daran war Hanna, für die nicht galt, dass etwas schon immer so gewesen war, und die tat, was sie für richtig hielt. Inzwischen war er sich sicher, dass sie es gewesen sein musste, die das Jugendamt angerufen hatte.

Das Gespräch zwischen Jan und Cyrus vor ihm geriet in politische Bahnen, wurde laut und hektisch, nur durchbrochen, wenn einer der Männer nach der richtigen deutschen Vokabel suchte. Welle nach Welle voller Silben, Vokale, Konsonanten rauschten durch Wilkos Ohren, sein Herzschlag zog an. Er stolperte.

Gezielt hob und senkte er sein linkes Bein, ließ die beiden voranlaufen, betrachtete die anderen der Suchkolonne: eine Reihe, immer zwei Menschen nebeneinander im Gleichschritt. Köpfe drehten sich nach rechts, nach links. Blicke schweiften umher, um auch nicht den kleinsten Hinweis zu verpassen.

Eine Familie Sandhasen stob über den Weg und sorgte für nervöses Auflachen.

Wilko lachte nicht. Nie wieder hatte er seit diesem Abend vor siebzehn Jahren versucht, einen Hasen zu fangen. Seinem Vater hatte er damit eine Freude machen wollen. Nur wenig später war der tot gewesen, und Rena hatte es nicht einmal über sich gebracht, jene ihrer Hühner zu köpfen, die keine Eier mehr legten.

Nicht weit von hier entfernt hatte Wilko im Sand gelegen und ausgeharrt, weil sein Bein ihm nicht hatte gehorchen wollen und das Ratschen der Waffe, das Stöhnen, die Stimmen ihn mit Angst überflutet hatten. Daran zu ersticken, hatte er befürchtet, oder einen gurgelnden Ton von sich zu geben, der ihn verriet. Die Erinnerung an diesen Abend verfolgte ihn ebenso wie jener Tag, an dem er Robert verloren hatte. Er konnte nichts dagegen machen, fast schien es, als hätte sein Kopf ein Eigenleben, bombardierte ihn regelmäßig aus dem Hinterhalt mit so klar gestochenen Bildern, als wäre seitdem keinerlei Zeit vergangen.

Durch Wilkos Oberschenkel schoss ein greller Schmerz. Er blieb stehen und ballte die Fäuste. Nicht jetzt! Er hatte die Vorzeichen ignoriert, vorhin, als er aus dem Heim getreten und über die Straße geeilt war, gehofft, die Muskeln würden sich wieder entspannen. Seit dem Brand war ihm das nicht mehr passiert, davor hatte er mehrere Jahre Ruhe gehabt.

Vorsichtig verlagerte er sein Gewicht auf die rechte Seite und zählte in Dreierschritten gegen die aufsteigende Panik an. Inzwischen kam er weiter als damals, als Rena ihn diesen Trick gelehrt hatte – landete bei Zahlen, die er sich als Kind nicht einmal hatte vorstellen können.

Jan vor ihm blieb stehen, wechselte ein paar Worte mit Cyrus und kehrte zu ihm zurück. »Ist alles in Ordnung?«

Wilko bemühte sich, ruhig zu atmen. »Erinnerungen, nichts weiter.«

»Das können keine schönen sein.«

Vorsichtig ließ sich Wilko in den Sand sinken. Hannas Freund war ein aufmerksamer Beobachter. »Klaren Himmel haben wir heute«, murmelte er, und bevor er sich zurückhalten konnte, sprach er schon weiter. »Ich weiß noch, wie tief damals die Wolken hingen. Ich habe nach den Bombern gelauscht, Rotschwänzchen haben wir sie genannt. Als wären sie dadurch weniger tödlich. Stattdessen waren da Stimmen, Schritte, eine Waffe wurde entsichert, dann ein metallisches Krachen, so endgültig. Ein paar Jahre vorher habe ich dort vorn meinen besten Freund verloren.« Er fuhr sich mit den Händen über das Gesicht. »Ich weiß nicht, weshalb ich Ihnen das erzähle. Vielleicht, weil ich die Gegend hier normalerweise meide.« Er seufzte. »Es hätte auch umgekehrt sein können. Dann wäre ich nun tot, und Roberts Bein würde ihm nicht gehorchen. Der Unterschied war ein Osterei. Seins war weiter gerollt als meines. Ich habe ihn gewinnen lassen. Ist das nicht verrückt?«

Jan setzte sich zu ihm auf den Boden. »Verrückt, aber nicht rückgängig zu machen«, sagte er sanft. »Hätten Sie damals gewonnen, säße er nun hier und würde sich dieselben Fragen stellen.«

Wilko sah den jungen Mann nachdenklich an, da wurde hinter der nächsten Dünenkuppe Hannas Stimme laut. »Hierher! Ich habe etwas gefunden. Einen Strandhafer-Sonnenhut!«

Jan sprang auf, hielt Wilko eine Hand entgegen, zog ihn empor und deutete auf seine Schulter. »Geht es besser, wenn ich Sie stütze?«

Wilko trat vorsichtig von einem Bein auf das andere, vom guten auf das schlechte. Es zitterte, aber trug ihn.

Einen Moment war er versucht, Jans Angebot auszuschlagen. Dann gab er sich einen Ruck und legte ihm einen Arm um die Schultern. Hier ging es nicht um ihn und seine Befindlichkeiten, hier ging es um das verschwundene Kind. Falls Hanna Ritas Sonnenhut gefunden hatte, war das Mädchen vielleicht ganz in der Nähe.

KAPITEL 58

Gut, dass Johannes nicht bei ihr war. Rita drückte den Rücken gegen das rostzerfressene Metall hinter sich. Das Knirschen, nachdem Angelika sie hier hineingestoßen hatte, kratzte ihr noch immer im Kopf herum, das Knarzen der Tür, das Quietschen, als davor etwas zugeschoben worden war. Danach Stille und Dunkelheit. Im ersten panischen Versuch, die schwere Tür zu bewegen, hatte Rita sich die Handfläche verletzt.

Nicht tief, ohne zu überlegen, hatte sie darübergeleckt, aber kaum Blut geschmeckt. Dafür pochte die Hand nun im Rhythmus ihres Herzens, als wollte sie ihr die Uhr ersetzen.

Wie lange saß sie schon hier? Vorwärtskriechen traute sie sich nicht. Was, wenn dort irgendwo ein Abgrund gähnte?

Anfangs hatte sie an einen bösen Streich geglaubt. Dass Angelika, nachdem sie Rita eingesperrt hatte, von ihr verlangen würde, dass die Kiebitze aufgaben und keiner der Schwestern verrieten, weshalb Johannes' Arme und Gesicht Spuren von seinem Sturz die Düne hinab in die Büsche trugen.

Sie hatte gelauscht, wütend und nicht bereit, nachzugeben. Mittlerweile würde sie alles tun, was Angelika von ihr wollte, wenn sie nur wieder hinausdürfte. Aber Angelika war nicht zurückgekommen, und hier war es nicht nur dunkel, sondern auch lautlos wie unter Wasser: kein Vogelschreien, kein Wind, keine Wellen, nur ihr eigener Atem und das stolpernde Pochen in Hand und Brust. Wände und Tür mussten wirklich dick sein.

Was gäbe Rita dafür, nun in ihrem Bett zu liegen, Lydies Schmatzen gegenüber, Tillies unruhiges Hin und Her von rechts und Elke, im Schlaf murmelnd.

Ihre Zimmergenossinnen würden im Heim von ihrem Extrawettlauf mit Angelika berichten und dass sie nicht zurückgekommen war. Man würde nach ihr suchen.

Oder waren auch in Strandhafer alle erleichtert, sie los zu sein? Hätte Rita nur ihren Brief nach Hause schicken dürfen, dann wüssten Mama und Peter wenigstens, wie sehr sie sie vermisste und sich schämte, so wütend auf das Glückskind gewesen zu sein. Dass sie eine gute große Schwester sein wollte. Aber sie konnten nicht ahnen, dass Rita nie wieder darüber nachdenken würde abzuhauen, nur damit sich Mama und Peter Sorgen machten. Dass nichts von alldem hier geplant gewesen war!

Wie lange würde sie ohne Essen und Trinken überleben?

Wie spät war es?

Rita stellte sich das Draußen vor, jeden einzelnen Schritt, den die anderen machen mussten, über Strand, durch Dünen zum Ziel des Strandlaufs. Dann zählte sie fünfmal bis sechzig. Falls ein paar Minuten verstrichen, bis Tillie, Elke und Lydia jemanden fanden, dem sie von Ritas Verschwinden erzählen konnten. Sie malte sich aus, wie sie zurück ins Heim gingen, dass jemand Angelika dazu bringen würde zu gestehen, was sie getan hatte. Zu beschreiben, wo sich der Unterschlupf befand, den diese, wie sie Rita erklärt hatte, erst vor einigen Tagen zufällig entdeckt hatte und dessen Eingang bis vor Kurzem noch im Sand vergraben gewesen war.

»Hier findet dich niemand!«, hatte Angelika gesagt und Rita einen Stoß versetzt. »Und wenn ich Sand vor dem Eingang auftürme, kannst du da drin verrotten!«

Inzwischen aber musste doch ein Suchtrupp unterwegs sein. Nicht mehr lange, und jemand würde von außen gegen die Tür hämmern, Rita wäre gefunden und gerettet. Sicher riefen sie dort draußen schon nach ihr.

Ein einsames Echo hallte von den Betonwänden. Einen Moment hielt Rita voller Hoffnung zitternd die Luft an, bevor sie begriff, dass sie ihr eigenes Schluchzen gehört hatte.

Hilflos vergrub sie die Finger im Sand. Sie wollte hier nicht verrotten. Sie wollte gefunden werden, wissen, ob sie einen Bruder oder eine Schwester bekam, zurück zu ihrer Familie, zur Schule. Sie wollte mit dem Zeigefinger die Babyhand kitzeln, auf winzig kleine Füßchen pusten, die Nuckelflasche halten. Sie wollte heimlich Spinat vom Teller des Glückskindes essen, falls es den nicht mochte, seine Schaukel anstoßen, und vor allem wollte sie verhindern, dass es jemals auf Kur geschickt wurde!

Ritas Finger umschlossen etwas Hartes im Sand, es war schmal, nur wenige Zentimeter lang und wog beinahe nichts. Kleine Stückchen des gleichen Materials lagen dahinter, dann folgte etwas Handfesteres, Längeres. Ein schmaler Ast? Vielleicht war irgendwo hier auch ein größerer. Irgendetwas, mit dem sie die Tür hinter sich aufhebeln konnte. So wie Peter es einmal mit der Tür der Toilette getan hatte, nachdem sich Rita dort eingesperrt hatte, obwohl sie das nicht durfte.

Fieberhaft tastete Rita mit beiden Händen um sich.

TOLERANZ, To-le-ranz: zulässige Abweichung zwischen festgelegter Norm und tatsächlicher Menge (beispielsweise bei der Fertigstellung von Cremes); zulässige begrenzte Widerstandsfähigkeit des Organismus gegenüber schädlichen Einflüssen; Verständnis, Akzeptanz, Rücksichtnahme anderen gegenüber

(*aus Hannas Notizbuch*)

KAPITEL 59

»Danke.« Übermüdet griff Hanna nach einem der belegten Brote, die Frau Fischer verteilte.

Seit vier Tagen und drei Nächten durchkämmten sie ohne Unterlass die Dünen. Von Rita noch immer keine Spur. Langsam, aber sicher wurde es gefährlich, geriet zu einer Frage von Leben oder Tod, wie Cyrus es in seinem letzten Radiobeitrag genannt hatte. Und damit hatten endlich auch überregionale Zeitungen, ja selbst das Fernsehen aufgehorcht. Mit der ersten Fähre heute waren weitere Journalisten angekommen, frisch, enthusiastisch und auf einen Skandal hoffend, der ihnen die unergiebige Saure-Gurken-Zeit im Sommer verkürzte.

Das plötzliche Interesse an Norderney und Ritas Verschwinden hatte auch den »Fall Manuel« ins öffentliche Bewusstsein gespült. Die Eltern des Jungen waren angereist, nachdem sie von Cyrus, der sie um eine telefonische Stellungnahme gebeten hatte, überhaupt erst vom Zustand ihres Sohnes in Kenntnis gesetzt worden waren. Gemeinsam mit Manuel und seiner Schwester Angelika hatte die Familie Norderney sofort wieder verlassen.

Hanna hatte versucht, Ritas Eltern zu informieren, jedoch nur ihre Haushaltshilfe erreicht. Ein Notfall, hatte es geheißen, Frau Nussbaum habe überstürzt ins Krankenhaus eingeliefert werden müssen, ihr Mann befinde sich an ihrer Seite.

Heim Strandhafer hielt sich weiterhin bedeckt, und von Vitagrün gab es einzig eine vielfach zitierte Pressemitteilung, die besagte, dass die Stiftung die Vorfälle zwar bedaure, doch fest hinter ihrer Heimleiterin stehe. Seit über fünfzehn Jahren, war zu lesen, habe Dr. Waldeck Heim Strandhafer mit Blick aufs Kindeswohl geführt, und ihre Biografie sei vertrauenswürdiger als die rachegetriebenen Verleumdungen einer unzufriedenen Mitarbeiterin.

Einer Mitarbeiterin, die kein einziges Mal mit der Presse gesprochen hatte, trotzdem war Hannas Bild in einigen der Zeitungen erschienen. Irgendwer hatte über sie geredet und ein Foto von ihr weitergegeben. Seitdem traute sie sich kaum mehr in die Stadt.

Hier in Frau Fischers Garten war sie vor wütenden Anschuldigungen einigermaßen sicher. Evi hatte sich eine andere Unterkunft besorgt. Hanna war das nur recht, zumindest war es so nicht länger nötig, die entwendeten Heimunterlagen vor ihrer Cousine verborgen zu halten. Auch wenn es aussah, als müsste sie diese persönlich beim zuständigen Jugendamt in Norden vorbeibringen. Noch immer war kein Mitarbeiter des Amtes auf der Insel aufgetaucht.

Sogar Evi hatte, konnte Hanna in einem Artikel lesen, sich inzwischen eingestanden, dass Hanna wohl doch nicht zu feige gewesen war, dort anzurufen. Als Kompliment war das nicht gemeint. Und auch Frau Fischer war nicht so recht einverstanden mit ihren Anschuldigungen gegenüber Strandhafer. Doch sie hatte auch ein Herz für Kinder. Rita zu finden war Hannas Zimmerwirtin wichtiger als – wie sie es formulierte – interne Politik und Scharmützel. Ihr Garten war zum Umschlagplatz sämtlicher Neuigkeiten geworden, zur Hauptzentrale aller, die sich an der Suche nach Rita beteiligten. Einwohner Norderneys, Besucher des Ärzte-Kongresses, angereiste Journalisten tauschten sich hier aus und fanden sich für die nächsten Suchrunden zusammen. Auch Marion erschien, wenn sie freihatte.

Der Fund des Sonnenhuts hatte sie dem Aufenthaltsort des Mädchens keinen Schritt näher gebracht, täglich wurde der Kreis durch die Dünen erweitert – bisher ohne Ergebnis.

Vor drei Tagen hatte Hanna mit Frau Fischers Hilfe ihre Kündigung geschrieben und diese im Schutz der Dunkelheit in den Heimbriefkasten geworfen. Seitdem fühlte sie sich leichter, wenn auch nicht befreit. Da konnten Cyrus und Jan noch so oft erklären, dass Ritas Verschwinden ihrer Beschwerde über die Heimleitung zu einer gewissen Dringlichkeit verhelfen würde. Einen Katalysator nannten sie es, eine Art Beschleuniger. Hanna hatte sich von Jan die Bedeutung erklären lassen und sie notiert.

Nachts jedoch, allein in ihrem Zimmer, hielt sie die Frage wach, weshalb es eigentlich immer erst eines Unglücks bedurfte, bevor Menschen unbequemen Warnungen Gehör schenkten oder gar über Veränderungen nachdachten. Ob sie sich anders hätte verhalten können, damit es erst gar nicht so weit hätte kommen müssen. Eine Antwort brachten ihr die unruhigen Stunden nicht, dafür lagen die Verantwortung und das Gefühl, Mitschuld zu tragen, viel zu erdrückend auf ihr.

»Hier, Kind, Tee!« Frau Fischer drückte Hanna eine dampfende Tasse in die Hand. »Machen Sie mal Pause.«

»Ich habe keine Ruhe. Nicht, bis wir sie gefunden haben.« Hanna nahm kleine Schlucke, das Getränk war wohltuend heiß und süß. Frau Fischer tätschelte ihre Schulter. Da rief jemand ihren Namen.

»Hanna?« Vier Jungen stürmten in den Garten.

»Ist Rita bei dir?« Voller Hoffnung sah Johannes sie an, während Ben, Piet und Flori hinter ihm von einem Bein auf das andere traten. Die Sandabschürfungen auf seinen Wangen und Unterarmen von dem Sturz während des Strandlaufs waren beinahe verheilt. Das war mehr, als man von Ben sagen konnte, dessen Verband über den Brandwunden noch immer unter seinem T-Shirt hervorblitzte.

Hanna schüttelte überrascht den Kopf. »Bei mir? Wie kommt ihr darauf? Und weiß jemand in Strandhafer, wo ihr seid?«

»Nein.« Johannes schluckte. »Wir dürfen nicht raus, bis Rita entscheidet zurückzukommen. Damit uns niemand befragt.«

Hanna runzelte die Stirn. »Entscheidet? Sie ist inzwischen vier Tage verschwunden. Das tut sie doch nicht freiwillig.«

Ben zupfte an seinem Ohrläppchen. »Deine Schwester hat gesagt, sie wollte abhauen, und weil du das wusstest, ist sie bei dir, weil ihr wollt, dass Strandhafer …«, er suchte kurz nach Worten, »mies dasteht. Stimmt das?«

»Meine Schwester?«

»Evi.«

Hanna zuckte zurück, als hätte sie jemand geschlagen. »Evi behauptet, ich verstecke Rita, um Strandhafer eins auszuwischen?«

Die vier Jungs sahen sie unglücklich an.

»Nicht ganz so«, traute sich Johannes als Erstes zu antworten. »Aber … alle sagen, Rita geht es gut, also … wollten wir sie besuchen. Wo ist sie?« Suchend drehte er sich um, als erwartete er, seine Freundin irgendwo gesund und munter im Garten spielend vorzufinden.

Hanna schüttelte überfordert den Kopf. »Jetzt wünsche ich mir beinahe, ihr hättet recht, und das alles wäre nur ein gemeiner Schachzug von mir – dann wüsste ich wenigstens, dass es Rita gut geht. Aber so ist es nicht. Ich habe sie seit dem Strandlauf nicht mehr gesehen, und das macht mir große Sorgen.«

»Meine Mama«, flüsterte Johannes ängstlich, »hat mal gesagt, dass ein erwachsener Mensch nur fünf Tage ohne Trinken überlebt.«

Ben griff sich an den Hals, Piet begann zu zittern.

Flori aber hob die Schultern und trat vor. »Wir können helfen. Wir waren dabei! Wir zeigen dir, wo wir abgekürzt haben und wohin Angelika und Rita gerannt sind, und Johannes«, er schlang einen Arm um ihn, »ist Ritas Freund. Sie haben ein geheimes Zeichen. Vielleicht kann er sie damit finden!«

Erleichtert bemerkte Hanna Wilko und Jan durch das Gartentürchen treten. Sie hatten in den letzten drei Stunden die Dünen durchkämmt, hätten aber sicherlich nichts gegen einen zusätzlichen Auftrag.

»Kommt mit.« Mit den Flussneunaugen im Schlepptau lief Hanna zu den auf den ersten Blick so ungleichen Männern, die sich in den letzten Tagen angefreundet hatten. Unter anderem, weil nur sie begriffen, was es mit ihrer Idee eines Wärmedetektors auf sich hatte, der – gäbe es ihn schon – ihrer Meinung nach längst Ritas Aufenthaltsort angezeigt hätte.

»Jan? Wilko? Wir brauchen euch.«

Auf ihren Broten kauend, sahen die beiden auf.

»Das hier sind Johannes, Ben, Flori und Piet – die Flussneunaugen. Sie waren dabei, als Rita verschwunden ist, und glauben, sie können uns helfen.«

Wilko wandte sich sofort zum Gehen. »Dann los. Je mehr Hilfe, desto besser.«

»Wartet!« Hanna stellte ihre Teetasse ab. »Ich komme mit.«

KAPITEL 60

Rita war durstig. In ihrem Kopf war ein an- und abschwellendes Rauschen wie Flut, Ebbe, Wellen und rieselnder Sand.

Vorsichtig tastete sie nach der Kuhle, in die sie ihr T-Shirt gelegt hatte. Aus irgendeinem Grund sammelte sich hier Feuchtigkeit, und alle paar Stunden gelang es ihr, einige Schlückchen aus dem Stoff zu saugen. Hunger hatte sie nicht. Nicht mehr. Erst war er langsam angekrochen, dann groß und immer größer geworden, dann – urplötzlich – wieder verschwunden. Als hätte er sich von ihr abgespaltet, weil bei ihr nichts zu holen war, und säße nun abwartend neben ihr, noch dunkler als die Schwärze um sie herum. Rita hatte sich dabei ertappt, mit ihm zu reden, als wäre er eine eigenständige Person.

Namen hatte sie ihm vorgesagt. Es gab Kinder mit zwei und mehr davon. Tillie beispielsweise hieß auch Marie, Piets zweiter Name war Ludwig. Beide nach den Großeltern benannt, um an sie zu erinnern. Schön fand Rita das und hatte sich überlegt, von wem das Glückskind ein Stückchen mit sich herumtragen könnte, um nie ganz allein zu sein.

Bücherlisten hatte sie sich erdacht, aus denen sie vorlesen wollte. Geschichten über kleine Hexen und Unterwasserwelten, Muscheln, ferne Länder und Affen mit roten Hintern, die aussahen wie Angelikas Gesicht.

Dazwischen fiel sie unvermittelt immer wieder in den Schlaf. So dringend wollte sie hier heraus, dass schon das heftige Wollen sie müde machte. Das Wollen, der Durst und die Dunkelheit, all das Hoffen und die Angst – inzwischen begrüßte Rita es, müde zu werden. Wenn sie schlief, ließen ihre Gefühle sie in Ruhe. Schlafen war gut. Wer schlief, brauchte nichts, und wenn Rita aufwachte, war es später. Wie viel später, das wusste sie nicht. Ohne Sonne, Mond, Sterne und Leuchtturmlicht war es unmöglich zu sagen, wie viele Tage vergangen waren. Aber zumindest wusste sie in etwa, wie oft sie aufgewacht war. Dafür hatte sie die leichten Steinchen aus dem Sand aufeinandergehäuft, für jedes Aufschrecken eines. Inzwischen waren es zu viele, um in zwei Hände zu passen. Immer wenn sie den Sand durchsiebte, fand sie weitere, wie von Wellen und Sand glatt geschmirgelt.

Wie die wohl hier hereingekommen waren? Angelika hatte behauptet, die Tür des Unterschlupfs sei erst vor Kurzem freigelegt worden. Aber auch all die Sandkörnchen hatten einen Weg hineingefunden, also war, wie überall auf der Insel, wohl der Wind dafür zuständig. Er wehte Dünen auf, verdeckte Bunker, legte Teile von ihnen wieder frei, schob Sandkörner und Muschelschalen vor sich her und war immer da, selbst wenn Rita ihn nicht hören konnte. Auch ob sie jemand fand, war seine Entscheidung, je nachdem, ob er die Tür zu ihrem Gefängnis freipustete oder für weitere Jahre vergrub.

Also bat sie den Wind um Hilfe. Das war das Erste, was sie tat, wenn sie wach wurde. Noch bevor sie nach ihrem T-Shirt tastete und den Bunkertau trank.

Das Problem war nur: Rita hatte dem Wind nichts als Gegenleistung anzubieten. Wind brauchte nichts. Wind war einfach. Wenn sie sich etwas wünschen dürfte, dann als Wind wiedergeboren zu werden.

Müde nuckelte sie am Rand des feuchten Baumwollstoffs und rollte sich ein. Etwas drückte gegen ihre Schulter, sie bewegte sich hin und her, doch es wurde nicht besser. Sie setzte sich auf und tastete im sandigen Untergrund herum, bis sie fand, was sie gestört hatte, einen Knubbel, dick und rund. Daran ein langer Stab. Dicker als alles, was sie bisher hier entdeckt hatte, lag er schwer in ihrer Hand. Rita befreite ihn von an ihm hängenden Fäden. Gut fühlte er sich an, massiv. Vorsichtig setzte sie sich auf und schwang ihn gegen die Tür.

Rums!

Er hielt stand. Zwar war er nicht fest genug, um die Metalltür aufzuhebeln, aber er machte ein ziemlich sattes Geräusch. Rita schwang ihn noch einmal. Rums! Es hallte laut, vertrieb die Stille um sie herum, und plötzlich war sie wach. Rums. Rums. Rums. Dreimal lang … rums, rums, rums, dreimal kurz. Genauso, wie Johannes und sie sich im Isolierzimmer Klopfzeichen gegeben hatten.

KAPITEL 61

Die Sonne schickte ihre Strahlen fast waagerecht auf den Sand. Bald mussten die Flussneunaugen zurück ins Heim, und sich darum zu kümmern, würde, so waren sie übereingekommen, Wilkos Aufgabe sein. Er und sein umfassender Schlüsselbund waren die beste Chance, die Jungen heimlich wieder einzuschleusen.

Wilko seufzte. Nach Ritas Verschwinden hatte er Urlaub eingereicht, den ersten seit Jahren, und er war, um ehrlich zu sein, momentan nicht gerade erpicht darauf, dorthin zurückzukehren.

»Hier haben wir die Eiderenten getroffen.« Johannes deutete vor sich, dann nach links. »Und um den Hügel da ging der Wettlauf zwischen Rita und Angelika. Nur ist Rita nicht mehr aufgetaucht.« Er, Flori, Ben und Piet liefen voran. Die Jungen waren überzeugt davon, ihre Freundin zu finden. Wilko hoffte, Hanna würde es gelingen, ihnen die Schuldgefühle zu nehmen, wenn dem nicht so war.

»Kommt schon!« Johannes winkte ungeduldig.

Wilko folgte ihm und behielt seine Befürchtungen für sich.

Seit vier Tagen fehlte von dem Mädchen jede Spur. Wäre sie hier irgendwo verunglückt, hätte sie inzwischen jemand entdeckt. Strandhafer schwieg beharrlich, und obwohl behauptet wurde, das Heim tue alles in seiner Macht Stehende, hatte Wilko nur Schwester Marion und die Oberschwester ab und an in den Suchtrupps entdeckt.

Johannes vor ihm stockte, lauschte und hob eine Hand. Dann stürmte er los. »Ich höre was!«

»Johannes, warte, vielleicht war das nur der Wind!« Hanna eilte ihm hinterher.

»Nein. Dreimal lang, dreimal kurz und wieder von vorn – das ist Rita!«

Jan, neben Wilko, runzelte die Stirn. »Dreimal lang, dreimal kurz und wieder von vorn? Das ist doch …«

Wilko merkte auf. »Das Morsezeichen für SOS.« Auch er begann, schneller zu laufen.

Immer wieder blieb Johannes kurz stehen, wandte sich hierhin und dorthin, drehte ab, machte einige Schritte, stampfte enttäuscht auf und brüllte aus vollem Hals Ritas Namen.

Dann umrundete er den nächsten Hügel und begann, mit beiden Händen zu graben. »Hier! Ich höre es genau. Hier kommt es her!«

Auch Piet, Ben und Flori ließen sich fallen und schaufelten Sand zur Seite.

Hanna kniete sich neben sie. »Die Jungen haben recht, ich höre auch etwas. Macht mit, schnell!«

Nur die obere Hälfte der Tür lag frei, durch den Rostfraß farblich kaum vom Sand zu unterscheiden. Nicht lange, und ein schwerer Riegel unter einem Ring war freigelegt. Doch selbst als sie ihn knirschend zur Seite bewegt hatten, verhinderte die restliche Sandverwehung, dass sie die Tür aufziehen konnten. Immer wieder brüllten die Flussneunaugen Ritas Namen, und aus dem Inneren war stetiges Klopfen zu hören. Dreimal lang. Dreimal kurz. Dreimal lang. Dreimal kurz. Sie gruben im Takt.

Die Sonne war fast untergegangen, als der Eingang endlich frei lag, ein Gruppenunterstand, vermutete Wilko, der einmal bis zu zwanzig Mann beherbergt hatte. Genug Sauerstoff für einige Tage, selbst wenn etliche der Luftlöcher über die Jahre vom Sand verstopft worden waren, womöglich sogar einige restliche Konserven und Wasserreserven.

Den letzten Sand schaufelten sie wie ein Rudel Hunde mit den Händen nach hinten weg, dann zogen sie die Tür auf, ruckartig, Zentimeter für Zentimeter.

Ritas Gesicht im schmalen Spalt dazwischen war schmutzig und bleich. Sie blinzelte in das abnehmende Licht. »Du hast mich gefunden.« Auf wackeligen Beinen machte sie ein paar Schritte und stürzte Johannes in die Arme.

»Ich habe unseren Geheimcode gehört!«, murmelte Johannes und hielt sie fest.

Die Flussneunaugen umrundeten Rita. Wilko aber sah Hannas entsetzten Blick, während sie dem Mädchen vorsichtig aus der Hand nahm, womit sie gegen die Tür geschlagen haben musste, und schockiert in den Unterstand starrte. Jan trat neben sie und schloss kurz die Augen. Dann drehten sich beide zu Wilko um und wiesen stumm auf den Dünenpfad.

Ohne zu wissen, worum es ging, schob Wilko die Kinder vor sich her, weg von der offenen Tür. Irgendetwas stimmte nicht. »Wir sollten los«, murmelte er. »Rita muss untersucht werden. Und ihr anderen müsst auch zurück, damit sich niemand Sorgen um euch macht.«

Fragend drehten sich die Jungen zu Hanna, die schnell zwischen sie und die offene Bunkertür trat, die Arme ungelenk hinter dem Rücken verschränkt. »Wilko hat recht. Geht schon mal vor, ich komme mit euch. Jan? Nimmst du mir das ab und würdest du … den Bunker sichern?«

Jan griff zu, drehte sich zur Seite und nickte, langsam und stetig, als hätte er vergessen, wie er damit aufhören sollte. Hanna beugte sich zu ihm. »Bleib draußen, ich bitte dich!«, flüsterte sie. »Wir geben der Polizei Bescheid.« Dann lief sie zu Rita und ging mit dem Rücken zu ihr in die Hocke. »Huckepack?«

Das Mädchen zögerte nicht. Erleichtert schlang es die Arme um Hannas Hals, umklammerte sie von hinten wie ein kleines Äffchen und ließ sich hochheben. »Können wir meine Eltern anrufen?«, bat sie kaum hörbar, dann begann sie ein heftiges Schluchzen zu schütteln. »Ich will zu meiner Mama.«

»Ich kümmere mich darum.« Hanna warf einen letzten besorgten Blick auf Jan und lief los.

Verunsichert drehte Wilko sich noch einmal um. Irgendetwas hatte sich verändert. Der ersten Erleichterung, Rita gefunden zu haben, war beinahe sofort etwas anderes, Schweres und Dunkles gefolgt.

Jan stand verloren vor dem Eingang des Bunkers, die Schultern bis zu den Ohren hochgezogen, in der Hand den Stock, mit dem Rita an die Tür gehämmert hatte.

Wilko begann zu zittern. Er erkannte einen menschlichen Oberschenkelknochen, wenn er ihn sah.

KAPITEL 62

»Aber … hätten wir vorhin nicht links gemusst?« Johannes, der neben Hanna herlief und immer wieder Ritas Rücken berührte, als müsse er sich versichern, dass sie auch wirklich echt war, sah sich verwundert auf dem Gelände des Seehospizes um.

»Nicht heute. Ich nehme euch mit ins Krankenhaus.«

»Das dürfte Frau Waldeck nicht gefallen.« Wilkos Stimme war ruhig und sachlich.

Hanna atmete tief durch. »Davon gehe ich auch aus. Aber Rita soll die bestmögliche medizinische Hilfe erhalten. Und … auch sonst will ich kein Risiko eingehen.« Sie umschlang Ritas Beine fester und hob den Kopf. »Alles andere ist zweitrangig. Das heißt …«, bittend sah sie Wilko an, »könnten Sie die Polizei alarmieren und sie zu Jan begleiten? Da gibt es etwas, das die sich ansehen sollte.«

»Ja. Das ist mir aufgefallen.«

Hanna und er teilten einen wissenden Blick, da öffneten zwei Schwestern die Türen zur Notaufnahme vor ihnen. »Was ist passiert?«

Hanna wandte das Gesicht zu dem Mädchen auf ihrem Rücken. »Das hier ist Rita. Das vermisste Kind aus Heim Strandhafer. Wir haben sie eben gefunden. Würden Sie bitte Dr. Pautsch Bescheid geben? Ich muss dringend mit ihm reden.«

In kürzester Zeit wurde ein Bett herbeigeschafft, Ritas Herzschlag und Temperatur überprüft und ihr Blut abgenommen. Johannes und seine Freunde erhielten einen Tee und machten es sich im Gang auf vier Stühlen gemütlich. Hanna hielt Ritas Hand, während ihr eine Infusion gelegt wurde, eine Schwester vorbeikam und ihr immer wieder die gleichen Fragen stellte. Rita sah alle vier

Finger vor ihrem Gesicht, wusste ihren Namen – Margarethe Pribeznik, beziehungsweise Rita Nussbaum. Nein, sie war sich nicht unsicher, sie war beides. Wie lange sie ohne Wasser und Nahrung gewesen war? Hilfe suchend sah sie zu Hanna.

»Vier Tage und drei Nächte.«

Und dann eilte Dr. Pautsch herbei. »Sie schon wieder?« Erbost starrte er Hanna an. »Bringen Sie uns wieder ein Kind, das Sie an den Rand eines Kollapses gebracht haben?«

Rita stemmte sich mühsam auf. »Hanna hat mich gerettet! Also, Johannes hat mich gerettet, mit Hanna, und sie hat mich hierhergetragen. Hanna kümmert sich um uns. Ohne sie hätte Manuel die ganze Nacht auf dem Boden gelegen.«

Verblüfft sah der Arzt zwischen Rita und Hanna hin und her, dann fiel sein Blick auf Ritas Finger, die Hannas umklammerten.

Hanna holte tief Luft. »Stellen Sie bitte sicher, dass es Rita an nichts fehlt? Danach können Sie mich immer noch anschreien, während ich versuche, Ihnen zu erklären, was meiner Meinung nach schiefläuft.«

Wenige Minuten später begleitete Dr. Pautsch Hanna aus Ritas Zimmer. »Manuel«, sagte er langsam, »ist vor einigen Tagen mitsamt seiner Schwester von den Eltern abgeholt worden. Von Heim Strandhafer wurden sie allerdings nicht informiert, dass er hier war.«

Hanna nickte. »Ja, das war ein Freund von mir.« Auch wenn Cyrus ihr bisher sonst nicht viel hatte weiterhelfen können. An den Geschehnissen in Heim Strandhafer wollte sich keine Redaktion die Finger verbrennen, hatte er ihr betrübt erklärt. Ohne eindeutige Beweise galten Vernachlässigung oder Misshandlung als Einschätzungssache. Wie hatte Evi gesagt? *Uns hat das damals doch auch nicht geschadet.* Kindeswohl schien weder für die Medien noch für die Allgemeinheit von großem Interesse. Aber vielleicht würde sich daran nun etwas ändern.

Hanna sah den Arzt bittend an. »Würden Sie Ritas Familie

benachrichtigen? Ich habe sie nicht erreicht. Konnten Sie Manuel denn gesund entlassen?«

»Fürs Erste ja. Alles Weitere muss sich zeigen.« Ratlos schüttelte er den Kopf. »Was ist hier eigentlich los?«

Hanna richtete sich auf. »Dasselbe wie das letzte Mal: Ich brauche Ihre Hilfe. Ich bin davon überzeugt, dass Heim Strandhafer nicht gut für die Kinder ist. Zwei davon sind jetzt schon als Patienten bei Ihnen gelandet, vier weitere sitzen dort vorn auf dem Gang. Ben mit einer Brandverletzung. Piet mit blauen Strichen auf der Haut und einem schmerzhaft aussehenden Ausschlag, der trotz Therapie nur teilweise besser zu werden scheint. Tun Sie mir den Gefallen und untersuchen Sie alle. Und heben Sie Ihre fachlichen Notizen auf. Für das Jugendamt.«

Rätselnd sah er sie an. »Und was haben Sie davon?«

Hanna schnaubte auf. »Ich? Gar nichts. Meine Anstellung habe ich verloren, mein Anruf beim Jugendamt war umsonst. Auf ein Zeugnis brauche ich gar nicht erst zu hoffen, und offenbar will mich niemand unterstützen. Aber Himmel noch mal«, wütend blitzte sie ihn an, »irgendwem außer mir muss das Wohl der Kinder doch am Herzen liegen! Was ist mit Ihnen? Haben Sie nicht einen Eid geschworen?«

Für einen Moment stand Dr. Pautsch ganz still. Nur neben seinem rechten Auge zuckte ein kleiner Muskel. »Das habe ich. Ich sehe mir Rita und die anderen an und erstelle ein Protokoll.« Er räusperte sich. »Das Seehospiz wurde gegründet, um kranken Kindern eine Perspektive zu geben. Und liebevolle Betreuung.«

Hanna reagierte nicht. Floskeln, Versprechungen, Parolen – davon hatte sie in den letzten Wochen so einige gehört. Nicht notwendigerweise folgten darauf auch Handlungen.

Ohne ein weiteres Wort drehte sie sich um und ging, hielt auf ihrem Weg nach draußen nur kurz neben Johannes, Ben, Flori und Piet. »Flussneunaugen, das hinter mir ist Dr. Pautsch. Er ist Ritas Arzt und wird auch einen Blick auf euch werfen. Zeig ihm deine

Brandverletzung, Ben, du deinen Ausschlag, Piet. Und beantwortet ehrlich seine Fragen. Ich habe noch etwas Dringendes zu erledigen.«

Auf dem Weg zu Strandhafer wurden Hannas Schritte zunehmend schwerer. Sie wünschte, sie wäre nicht allein, dass Jan bei ihr wäre oder Wilko. Doch auch ohne Unterstützung musste sie zu Ende bringen, was sie begonnen hatte.

Dass das Hoftor entgegen der Anordnung der Feuerwehr verschlossen war, hielt sie nicht auf. Hanna kletterte über die Mauer, durchmaß den Innenhof und betrat das Heimgebäude. Die den Treppenaufgang säumenden Ölgemälde flößten ihr keine Ehrfurcht mehr ein – samt und sonders Porträts von Ärzten einer Generation, deren Vorstellung davon, was in ihrem Fachbereich wichtig war, nicht der ihren entsprach. Als sie an dem Alkoven mit Dr. Waldecks Konterfei vorbeikam, drehte sie sich weg.

Das Gemurmel im Schwesternzimmer des ersten Stocks erstarb, als Hanna die Tür aufstieß. Erika und Evi saßen nebeneinander am Schreibtisch und sahen ihr überrascht entgegen.

Hanna hielt sich nicht mit Freundlichkeiten auf. »Wo sind Dr. Waldeck und Oberschwester Margot?«

Erika runzelte die Stirn. »Zu Hause, nehme ich an.«

»Dann rufen Sie sie besser. Wir haben Rita gefunden, und das bedeutet: Heim Strandhafer sollte sich endlich dazu verhalten. Öffentlich.« Hanna trat näher. »Nicht nur ich dürfte einige Fragen haben, auch sämtliche Reporter, die sich auf der Insel befinden.«

Evi schüttelte den Kopf. »Hanna, bist du irre?«

Hanna bedachte ihre Cousine mit einem eisigen Blick. »Ich? Wer von uns beiden hat denn mit der Presse geredet und ihnen ein Bild von mir gegeben? Ich habe mich in den letzten Tagen kaum in die Stadt getraut.«

Evi stand auf. »Es war deine Entscheidung, Heim Strandhafer anzuschwärzen.«

Und damit hatte Hanna die Bestätigung ihres Verdachts. Zwar

hatte ein Teil von ihr damit gerechnet, ein anderer jedoch hatte all die Zeit darauf gehofft falschzuliegen.

Erika griff nach dem Telefonhörer und sah unsicher zwischen den Cousinen hin und her, als Evi sich nun vor Hanna aufbaute. »Jetzt tu nicht so erstaunt. Ohne mich wärst du deiner miefigen Familie nie entkommen. Uns ging es wunderbar hier. Bis dir plötzlich die Moral dazwischenkam!« Kopfschüttelnd beugte sie sich vor. »Du machst alles kaputt! Oskars Vortrag wurde ausgesetzt. Das war seine Chance, seine hart erarbeiteten Ergebnisse zu präsentieren!«

»Hart erarbeitet?« Hanna konnte ein Auflachen nicht unterdrücken. »Ich habe von den Dias gehört. Wenn die jemandem viel abverlangt haben, dann ja wohl eher den beteiligten Kindern.«

Evi warf ungläubig die Hände in die Höhe. »Du bist einfach nicht in der Lage, das große Ganze zu begreifen, oder? Wie auch, du und deine Familie, ihr habt euch schon immer für etwas Besseres gehalten. Ein paar unangenehme Jahre machen euch allerdings noch lange nicht zu Heiligen. Moralapostel sind immer weniger gefragt. Die Zeiten ändern sich.«

Darum ging es also. Nicht um Rita, Piet, Hannas Überzeugung, vielleicht nicht einmal um Oskar Gebhardts auf der Kippe stehende Karriere. Evi sprach von etwas Tieferliegendem: von Entscheidungen, die vor ihrer und Hannas Geburt einen Graben durch ihre Familie gezogen hatten. Als sie Kinder gewesen waren, schien dieser noch überbrückbar, jetzt aber …

Sie seufzte. »Es tut mir leid.«

Erleichtert trat Evi näher. »Das ist ein guter Anfang.«

Hanna schüttelte den Kopf. Mal wieder wollte Evi nur hören und glauben, was ihr passte. So wie sie sich auch davon überzeugt hatte, dass bei dem Besitzerwechsel des ersten Familienkinos alles gerecht und ordnungsgemäß vonstattengegangen war. An die Familie der jüdischen Vorbesitzer oder den Kontrollbesuch einiger Uniformierter in Begleitung von Evis Bruder im Jahr 1938 hatte sich nach 1945 niemand mehr erinnern wollen, ebenso wenig wie daran, dass im Filmtheater Germania anschließend spezielle Aufführungen für Wehrmachtsangehörige organisiert worden und SS-Männer umsonst hineingekommen waren.

Hanna gab sich einen Ruck. »Weißt du eigentlich, dass Rosenthals vor dem Konkurs standen, als dein Vater ihr Lichtspielhaus übernommen hat? Sie hatten einen österreichischen Film vorgeführt, in dem jüdische Schauspieler mitspielten, und jemand hat sie verraten.«

Evi warf einen schnellen Blick in Erikas Richtung und schüttelte den Kopf. »Was hat das denn mit irgendwas zu tun?«

»Ich dachte, wir reden über Moral.«

»Kein Mensch interessiert sich für diese alten Kamellen.«

»Natürlich. Wenn ich entscheide, meine Beweise dafür, was hier im Heim vor sich geht, öffentlich zu machen, zählt nur die ungünstige Auswirkung auf deine Zukunftspläne.«

Evi stockte. »Beweise, welche Beweise denn?«

»Wirst du schon sehen.« Hanna ließ sich nicht vom Thema ablenken. »Aber was mit Rosenthals passiert ist, nachdem ihr das Kino für einen verblüffend geringen Preis übernommen habt, sind alte Kamellen, ja?«

Genervt drehte sich Evi zur Seite. »Enteignet hätte man sie so oder so, ein paar Wochen später sicher ohne ein solch großzügiges Übernahmeangebot wie das von Papa. Und dann wäre es ihnen kaum gelungen, problemlos auszuwandern.«

Problemlos. Auswandern. Als hätte die jüdische Familie das freiwillig getan. Als hätte Evis Bruder in dem Ganzen nicht eine erhebliche Rolle gespielt. Hannas Mutter hatte damals gesehen, wie er einige Uniformierte vor dem Hintereingang mit erhobener Hand gegrüßt hatte, am rechten Ärmel das gerade erreichte Rangabzeichen zum Hordenführer. Dann waren sie im Lichtspielhaus verschwunden. Erst später hatten sie sich zusammengereimt, was das zu bedeuten haben musste, und die Vermutung, dass er von seinem Vater dazu angestiftet worden war, hatte die Familie entzweit.

»Schluss jetzt.« Erika begann zu wählen. »Klärt eure privaten Dispute zu einem anderen Zeitpunkt. Jetzt geht es um den guten Ruf von Heim Strandhafer.«

Aus dem Telefonhörer erklang Tuten. Hanna drehte sich zur Tür. Sie hatte keine Lust, dem folgenden Gespräch beizuwohnen.

Evi griff nach ihrem Ärmel. »Moment. Wohin willst du?«

Hanna machte sich los. »Ich habe noch etwas zu erledigen. Am Strand.«

Die Tür fiel hinter ihr ins Schloss, als Schwester Erika zu sprechen begann. »Frau Dr. Waldeck? Gut, dass ich Sie erwische. Wir haben ein Problem.«

Hanna machte sich auf den Weg zum Ausgang, wütend, unruhig und bekümmert – aber hatte sie wirklich etwas anderes erwartet? Garten an Garten waren sie und Evi die ersten Jahre aufgewachsen, und Hanna hatte ihre Cousine beneidet. Die festen Glaubenssätze ihrer Kirchengemeinde hatten sie selbst immer wieder an Grenzen stoßen lassen und taten es noch. Dass sie sich, wie Evi sie zu Recht erinnert hatte, ohne die Unterstützung ihrer Cousine nun kaum hier befände, war ein deutlicher Beweis. Der Glaube, dass alle Menschen vor Gott gleich und gleich wert waren, hatte Hannas Eltern schließlich dazu gebracht, mit ihren sechs Kindern zu den Großeltern aufs Land umzusiedeln, um sich der staatlichen Überwachung zu entziehen. Weil er sich anders als sein Bruder geweigert hatte, in die Partei einzutreten, hatte Hannas Vater seine Stellung verloren. Zu essen hatten sie immer genug gehabt, gelernt, Kühe zu melken, Schweine zu verstecken, auch Menschen, und die Großeltern, die sie plötzlich hatten mit durchfüttern müssen, waren bemüht gewesen, sie nicht spüren zu lassen, wie wenig sie als Städter bei dem täglichen Arbeitspensum wirklich beitragen konnten.

Niemand von ihnen hatte damit gerechnet, dass diese Jahre für die Alliierten ein Grund sein würden, um Hannas Vater anschließend mit einer für den Wiederaufbau wichtigen Position zu betrauen. Falsch lag Evi also nicht: Es waren die Schwierigkeiten während des Kriegs gewesen, die es Hannas Familie erleichtert hatten, neu anzufangen. Ungerecht fand Hanna das nicht. Im Gegenteil. Aber Evi und sie schienen eine grundlegend unterschiedliche Auffassung von Gerechtigkeit zu haben. Oder von Verantwortung. Oder aber von Moral. Nicht länger ging es dabei um kleinere Meinungsverschiedenheiten. Denn die Unversehrbarkeit anderer Menschen ließ keinen Meinungsspielraum zu. Umso mehr, wenn es sich dabei um Kinder handelte, abhängig und verletzlich.

KAPITEL 63

Unaufhaltsam kroch die Dunkelheit näher, während Hanna neben Jan zusah, wie alle drei Beamten der Norderneyer Polizei und einige Männer der freiwilligen Feuerwehr den Bunker sicherten. Immer wieder trat einer von ihnen ins Freie und holte tief Luft.

Ritas Hilfeklopfen hallte in Hannas Kopf nach. Zum Glück hatten weder das Mädchen noch die Flussneunaugen begriffen, womit Rita gegen die Metalltür geschlagen hatte. Dass der Oberschenkelknochen kein Einzelfund war, hatte Hanna mit einem Blick durch die Bunkertür erkannt: Viele weitere Knochen waren dort zu sehen gewesen, unter anderem etliche Finger- oder Fußknöchelchen, neben der Tür zu einem Haufen geschichtet.

Unten tat sich etwas. Jan reckte den Kopf. »Unmöglich haben sie in der kurzen Zeit sämtliche Überreste sortiert. Selbst ich konnte vorhin sehen, dass es sich mindestens um vier oder mehr Menschen handeln muss.«

Die Uniformierten beratschlagten sich, dann blieb einer von ihnen zurück, während die anderen sich in Richtung Norderney Stadt entfernten.

Jan sprang auf. »Wie wollen sie herausfinden, um wen es geht, wenn sie alles liegen lassen?«

Hanna streckte die Hand nach ihm aus. »Vielleicht können sie nicht mehr machen. Ich glaube nicht, dass sie es hier oft mit so einem Knochenfund zu tun haben. Du hast doch selbst erzählt, dass sie Hilfe vom Festland anfordern mussten.«

»Und in der Zwischenzeit tun sie was? Fliereflöten? Ich meine …«, Jan nahm die Brille ab und rieb sich müde die Augen, »gar nichts unternehmen?«

»Besser das, als etwas falsch zu machen«, murmelte eine Stimme hinter ihnen.

Hanna und Jan drehten sich um.

Wilko trat zu ihnen und hob die Schultern. »Wenn ihr recht habt und die Knochen zu mehreren Skeletten gehören, dann ist das zu groß für unsere Polizei. Könnt ihr euch vorstellen, was passiert, wenn noch mehr durcheinandergerät? Selbst eine Sondereinheit dürfte einige Tage damit beschäftigt sein.«

Jan starrte auf den vor dem Bunkereingang postierten Beamten. »Und … der Todeszeitpunkt? Kann man wenigstens den eingrenzen?«

Wilko zögerte. »Wenn ich raten sollte, liegt der irgendwann in den letzten Kriegstagen. Der Unterstand war nicht gesprengt. Muss also unentdeckt geblieben sein. Nur: Warum sollten sich darin mehrere Soldaten einschließen, um sich umzubringen? Die meisten waren froh, als sie hörten, dass der Krieg zu Ende ging. Haben ihre Uniformen entsorgt und auf die Alliierten gewartet. Das ergibt keinen Sinn.«

Jan ballte die Fäuste. »Es sei denn, es waren keine Soldaten.«

Bevor Hanna ihn aufhalten konnte, eilte er den Weg zum Bunker hinunter, stolperte, fiel, rappelte sich auf und kam vor dem erschrockenen Polizisten am Eingang zum Stehen. Hilflos hob der beide Hände und trat einen Schritt zurück. Sein Waffengürtel schlug dumpf gegen die Tür hinter ihm.

»Halten Sie Abstand!« Er warf einen unsicheren Blick auf Hanna und Wilko, die Jan gefolgt waren. »Die Kollegen vom Festland können morgen sicher alle Fragen beantworten. Ich darf nicht mit der Presse sprechen.«

»Ich bin kein Reporter.« Jan holte tief Luft. »Gibt es Anzeichen, dass eines der Skelette … weiblich ist?«

Der Beamte sah ihn perplex an. »Wie kommen Sie darauf?«

»Ich suche jemanden. Sie ist etwa zur gleichen Zeit verschwunden wie die … dort drin.« Jan sah ihn an. »Würden Sie die Sondereinheit bitten, darauf zu achten, ob sie eine Deformation … an einem Bein finden? Kinderlähmung.«

Hanna erstarrte. Aber natürlich! Jan befürchtete, dass sich Ardie unter den Toten im Bunker befand.

Vorsichtig schlang sie einen Arm um seine Taille und beugte sich zu dem Norderneyer Beamten. »Dürften wir vielleicht … einen Blick hineinwerfen? Wir haben Rita hier gefunden, das verschwundene Mädchen.«

Der Polizist räusperte sich unsicher. »Sie waren das also. Und du auch.« Er drehte sich zu Wilko. »Du kennst die beiden?«

Wilko nickte, ohne zu zögern. »Ich lege meine Hand für sie ins Feuer, Jasper. Gibt es irgendwas, das du uns verraten kannst?«

»Nun ja, also: Außer den Knochen haben wir noch etwas entdeckt …« Jasper, der Beamte, zog einen handtellergroßen schwarzen Kasten aus einer der Taschen seines Gürtels und betätigte zwei Schieberegler. Helles Licht strahlte auf. Eine Hand auf dem schweren Ring der Bunkertür, blickte er zögerlich über die Schulter. »Falls Sie uns helfen können herauszufinden, was hier passiert ist, bin ich … sozusagen verpflichtet, Sie dabei zu unterstützen.«

Wilko nickte ihm beruhigend zu, und Jan und Hanna traten vor. Das Knirschen des Sandes war alles, was Hanna hörte; sie achtete nicht auf den auffrischenden Wind, nicht auf die dazwischen leise rollenden Wellen vom Strand.

Jasper wuchtete die Eingangstür auf und trat vor. »Bleiben Sie hinter mir. Wir nehmen an, dass weitere Knochen unter dem Sand vergraben sind, und nach all der Zeit dürften sie zerbrechlich sein.« Er trat einen Schritt zur Seite.

Schulter an Schulter drängten sich Hanna, Jan und Wilko zwei Schritte vorwärts und folgten dem Lichtstrahl mit den Augen. In einer Ecke stapelten sich rostige Dosen. Was sich einmal darin befunden hatte, war aus der Entfernung nicht auszumachen. Essen, vermutete Hanna und atmete zitternd aus. Die Menschen hier hatten sich noch eine Weile verpflegen können. Und wer Nahrung zu sich nahm, wollte kaum sterben. Ihr wurde kalt. Zerschlissene Stoffteile waren über den Boden verstreut, und erst als Jasper seine Taschenlampe auf eines der Bündel an der hinteren Wand richtete, erkannte Hanna, dass es einmal ein Mensch gewesen sein musste. Zusammengekauert saß das Skelett mit dem Rücken an die Wand gelehnt. Der Schädel musste sich im Laufe der Zeit gelöst haben und zur Seite gerollt sein. Unwillkürlich umschlossen ihre Finger die von Jan.

»Ich nehme nicht an, dass Sie nach all der Zeit die Kleider der … gesuchten Person erkennen?« Jasper flüsterte, als befände er sich in einer Kirche.

Jan schüttelte den Kopf. »Ich weiß nur, was meine Familie mir erzählt hat. Ich war noch nicht geboren, als man sie mitnahm.«

»Vielleicht hilft Ihnen das hier weiter.« Der Lichtkegel wanderte zur rechten Wand.

Wilko kniff die Augen zusammen. »Ein Muster?«

Hanna, deren Sicht offenbar besser war als seine, schluckte. »Das ist Schrift. Jemand hat versucht, etwas einzuritzen.«

Jasper nickte. »Vermutlich mit dem Dosenöffner. Er lag da vorn, zerbrochen und stumpf.«

»Das sind Namen.« Jans Stimme krächzte. »Frances Dubois, Pierre Lefebre, Sander van Aaken«, las er vor, dann wurde er einen Moment ganz still. »Da. Da ist sie. Ardie Henderiks.«

Wilkos Kopf fuhr zu ihm herum.

Aus Jans Kehle kam ein trockenes Geräusch. Nach einem Husten oder Würgen klang es, aber Hanna wusste es besser. Auch ihr schossen unvermittelt Tränen in die Augen. Jan riss sich von ihr los und rannte stolpernd davon.

»Warten Sie, bitte!« Jasper eilte ihm ein paar Schritte hinterher. »Ich brauche Informationen.«

Hanna hielt den Polizeibeamten zurück. »Lassen Sie ihn. Das muss ein Schock gewesen sein. Wenn Sie wollen, erzähle ich Ihnen erst einmal, was ich weiß. Also«, Hanna holte tief Luft, »Ardie war Jans Tante, die Lieblingsschwester seiner Mutter …«

KAPITEL 64

»Ich habe geahnt, dass er nach jemandem sucht.« Wilkos Augen folgten dem Schein des Leuchtturms, der für einen Moment die Straßenkreuzung vor ihnen erhellte. Er brach sich in einem Fenster des ersten Stocks der Pension Fischer, zuckte darauf hin und her und wanderte weiter.

Wilko fuhr sich durch die Haare. »Er hat mir nichts davon erzählt. Aber … all die Fragen, die er mir stellte: Was ich damals als Kind mitbekommen habe, ob ich jemanden aus den Lagern kannte oder die Besitzer der *Geselligen Klause*.«

Hanna neben ihm horchte auf. »Konntest du ihm weiterhelfen?« Dann schüttelte sie den Kopf. »Nein, natürlich nicht, davon hätte er mir erzählt.«

»Das hätte er.« Wilko lächelte verhalten. »Ihr beide seid schließlich …«

»O nein, sind wir nicht«, unterbrach Hanna eilig und unterdrückte ihren ersten Impuls: zu erklären, dass Jan fünf Jahre jünger war als sie. Das war Evis Argument, nicht ihres. »Wir sind nur Freunde.«

Wilko winkte ab. »Alles andere geht niemanden was an. Und nein, nichts von dem, was ich ihm erzählen konnte, hatte direkt mit seiner Tante zu tun.«

Das klang irgendwie äußerst bedacht und sehr vorsichtig formuliert. Nicht die Wahrheit zu sagen, ohne direkt zu lügen – das hatte Evi Hanna in ihrer Kindheit beigebracht. Ganz einfach sei das, hatte sie erklärt, man müsse nur sorgfältig die Worte wählen und seinem Gegenüber, ohne zu blinzeln, in die Augen blicken.

»Aber?« Hanna sah zu, wie Wilko eine Taschenuhr herauszog,

den Deckel aufspringen ließ, und erwartete, dass er sie nun mit einem Hinweis darauf abspeiste, wie spät es schon sei und dass er nach Hause müsse.

Doch er überraschte sie. »Ich glaube, ich sollte euch mit ein paar Leuten bekannt machen, die euch vielleicht etwas Hilfreicheres … berichten können.« Er nickte ihr zu. »Morgen. Frühstück bei mir. Nordhelmstraße 17. Um acht. Wo übernachtet Jan?«

»Gegenüber vom Leuchtturm auf dem Zeltplatz.«

Wilko hob die Augenbrauen. »Bei den Freunden der Freikörperkultur?«

»Zeltplatz ist Zeltplatz, oder?« Hanna war selbst nicht ganz sicher, weshalb sie so verteidigend reagierte.

Wilko ging nicht darauf ein. »Gut. Dann sage ich ihm Bescheid, und wir sehen uns morgen früh. Schlaf gut.«

Und als hätte er mit den wenigen Worten schon zu viel preisgegeben, drehte er sich ruckartig um, winkte kurz und eilte, das linke Bein hinter sich herziehend, die Straße entlang.

Verwundert sah Hanna ihm nach. Wilko steckte voller Geheimnisse.

Auf dem Weg durch Frau Fischers Garten sammelte sie drei vergessene Teller ein und stellte sie im Flur leise auf dem Tischchen mit dem Telefon ab. Müde stieg sie die Treppe hinauf, ließ die siebte Stufe aus und schlich zu ihrem Zimmer.

Als sie den Schlüssel zückte und die Klinke drückte, schwang die Tür auf. Seltsam – sie war sich sicher, wie immer abgesperrt zu haben.

Das Mondlicht fiel durch das Fenster auf ihr Bett. Die Decke lag lose obenauf, nicht wie sonst ordentlich gefaltet. Ihr Kissen hatte eine seltsame Delle.

Als sie eintrat, bemerkte sie als Erstes ihren Koffer. Geöffnet lag er auf dem Fußboden. Die Türen des Kleiderschranks standen auf; Blusen, Röcke und ihre beiden Trachten lagen in einem Haufen auf Evis Bett.

Jemand hatte ihre Sachen durchwühlt und es nicht einmal für nötig befunden, das zu verbergen.

»Beweise, welche Beweise?«, hörte Hanna Evis Stimme, und ihr Herz begann, im Stakkato zu schlagen. Sie hatte ihrer Cousine darauf nicht geantwortet. Doch sie hatte verraten, dass sie vorhatte, zunächst an den Strand zu gehen, nicht nach Hause. Und obwohl Evi schon vor einigen Tagen in ein viel zu teures Hotel gezogen war, weil sie es angeblich nicht ertrug, länger mit Hanna ein Zimmer zu teilen, hatte sie laut Frau Fischer noch immer ihren Pensionsschlüssel.

Mit dunkler Vorahnung durchmaß Hanna den kleinen Raum und hob ihre Matratze empor. Die Unterlagen aus Strandhafer waren verschwunden. Nun hatte sie rein gar nichts mehr in der Hand.

Das Bettgestell quietschte, als sie sich geschlagen daraufsinken ließ, die Schuhe abstreifte und die Beine anzog. Sie fühlte sich verraten, erschöpft und hilflos.

Sie hätte es sich denken müssen. Zusammenhalt war für Evi etwas, das nur dort galt, wo es ihr nutzte.

Hanna ließ ihren Blick durch das Zimmer schweifen. Sie sollte aufstehen, aufräumen. Aufräumen half ihr, die Gedanken zu ordnen. Nur mit Ordnung im Kopf ließen sich die nächsten Schritte planen. Aber welche sollten das sein? Niemand interessierte sich für ihre Meinung. Niemand nahm sie ernst. Und selbst wenn Cyrus nun, dank Ritas Auftauchens, Hanna zuliebe ein weiteres Mal versuchen würde, einen Abnehmer für seine Berichterstattung rund um das Heim zu finden – inzwischen hatte sie außer Behauptungen nichts mehr zu bieten. Aussage gegen Aussage stand es. Im Zweifel für den Angeklagten.

Ihr Vater hatte sie gewarnt, und Hanna hatte verloren.

Während sie sich langsam zur Seite sinken ließ und die Bettdecke über sich zog, fiel ihr Blick auf das Nachttischchen neben ihrem Bett. Dort hatte sie heute Morgen ihr Notizbuch neben *Der dritte Mann* gelegt. Nun lag hier nur noch der Roman aus der

Bibliothek: aufgeblättert und mit den Seiten nach unten, wie Hanna es nie tun würde. Sie streckte eine Hand danach aus, zog das Buch zu sich und hielt es in das spärliche Licht, das durch das Fenster fiel.

Jemand hatte ein Eselsohr in eine der ersten Seiten geknickt und auf der dazugehörigen Seite ungelenk mit dicker Kugelschreiberlinie den ersten Satz unterstrichen: *Man weiß nie, wann das Schicksal zum Streich ausholen wird.*

KAPITEL 65

Rita kratzte den Becher aus. Erdbeerjoghurt. Lieber als Erdbeerjoghurt hatte sie nur noch Erdbeereis. Hier im Seehospiz ließ es sich aushalten! Schon drei Mal war eine Schwester vorbeigekommen, um sicherzugehen, dass es ihr gut ging. Aufseufzend ließ sie sich in das dicke Kissen sinken und streckte sich gähnend. Hier würde sie bleiben, bis ihre Mama kam, um sie abzuholen. Nicht mehr lange würde das dauern, hatte Dr. Pautsch ihr versichert, der bei ihr zu Hause angerufen hatte. Daran hielt sich Rita fest. Gerne hätte sie selbst mit ihrer Mutter gesprochen, ihr alles erzählt, ihre Stimme gehört und dass alles in Ordnung käme. Aber die Worte des Arztes mussten reichen. Rita durfte ihr Bett nicht verlassen. Und weil Dr. Pautsch versprochen hatte, auch heute persönlich nach ihr zu sehen, obwohl er gar keinen Dienst hatte, vertraute sie ihm. Einen Ersatzplan hatte sie trotzdem. Johannes hatte gesagt, man bekomme Bauchweh und Würgereiz und werde krank, wenn man Zahnpasta esse. Und so war Rita, obwohl sie es nicht sollte, heute Nacht heimlich aufgestanden und hatte die Tube vom Waschbecken mit ins Bett genommen. Die ganze Nacht hatte sie die Zahnpasta festgehalten, denn was war schon ein bisschen krank sein gegen zurück nach Strandhafer müssen!

»Rita, bist du fertig mit dem Frühstück? Du hast Besuch.« Eine freundlich lächelnde Schwester kam herein und griff nach ihrem Tablett.

Rita versteckte die Hand mit der Zahncreme unter der Bettdecke und setzte sich auf. »Wer ist es? Johannes? Die Flussneunaugen?« Ihr Herz flatterte wild in ihr herum. »Meine Mama?«

»Nein, dein Vater.«

»Mein … was?«

»Rita?« Peter streckte den Kopf durch die Tür. Mit wenigen Schritten durchquerte er den Raum und zog sie in seine Arme. »Oh, Rita, wir haben uns solche Sorgen gemacht. Ich habe erst gestern davon gehört und bin sofort losgefahren. Geht es dir gut?«

Rita versteifte.

Vorsichtig strich er ihr eine Haarsträhne aus dem Gesicht, nahm ihre linke Hand in seine, beugte sich vor und betrachtete sie, als könne er nicht glauben, dass sie wirklich vor ihm saß. »So ein Glück«, murmelte er immer wieder, »was für ein Glück!«

Rita zog ihre Hand zurück. »Es war dunkel und kühl und so furchtbar still.« Sie rutschte zur Seite. »Keine Zeit gab es da. Hanna sagt, ich war vier Tage und drei Nächte weg.« Sie schüttelte den Kopf, in dem so viel durcheinanderflog, und hielt sich fest an der einzig wirklich wichtigen Frage. »Wie kann es sein … dass Mama und du erst gestern …« Sie schluckte. »Wo ist sie?«

»Rita?« Mit Tränen in den Augen streckte Peter eine Hand aus und ließ sie sinken, als Rita vor ihm zurückscheute.

»Wo ist Mama?« Sie ballte die Fäuste. Sie würde nicht weinen. Nicht vor Peter. Sie war stark, das sagten alle. Nur wer stark war, konnte vier Tage in so einem Bunker überstehen und schnell wieder zu Kräften kommen. *So einem* sagten sie und warfen sich dabei Blicke zu, als wäre irgendwas an dem Bunker, in dem Rita eingesperrt gewesen war, noch schlimmer als an anderen. Dr. Pautsch hatte sie sogar eine Heldin genannt.

Eine Heldin weinte nicht.

»Warum ist Mama nicht gekommen?«

Rita zog die Bettdecke bis unters Kinn, stopfte sie rechts und links um sich wie einen Kokon, der verhindern sollte, dass sie in Einzelteile zerfiel.

»Sie wollte.« Peters Stimme klang sanft. »Entgegen allen ärztlichen Empfehlungen. Sie hat sogar gedroht, sich selbst zu entlassen, um mich zu begleiten. Glaub mir, es gibt keinen Ort, an dem sie lieber wäre.«

Rita schüttelte den Kopf. Nichts war gelaufen, wie sie es sich ausgemalt hatte. Sie war verschwunden, das schon, aber nicht freiwillig. Und als sie endlich gefunden worden war, hatte ihre Mutter einfach nur Peter geschickt?

Betrübt sah er sie an. »Es wäre zu gefährlich. Du musst wissen … die Geburt war … problematisch. Sie hat viel Blut verloren, bekommt Infusionen – wie du. Sie darf die nächsten Tage nicht einmal aufstehen oder laufen. Geschweige denn irgendwo hinreisen.« Er lachte und schluchzte gleichzeitig. »Aber du hättest sie hören sollen. Sie hat versucht, ihre Ärzte zu überzeugen, sie in einem Krankenwagen hierherzutransportieren.«

Rita zog die Decke enger um sich. »Geburt …« Das war es also. Sie schluckte. Das Glückskind war da.

Peter beugte sich vor. »Ja, denk nur, du hast einen kleinen Bruder.«

Der Deckenkokon half nicht mehr. Etwas in Rita brach entzwei. Ihr Hals füllte sich mit trockenen Bröseln, sie schüttelte sich, hustete dagegen an, aber von unten drückten die Tränen. Und dann weinte sie doch. Heftig und schluchzend. Sie schnappte nach Luft, die nicht reichte, und fühlte sich absolut allein. Hätte sie nur ihren Brief abschicken dürfen, hätte sie Mama und Peter nur rechtzeitig sagen dürfen, dass es ihr leidtat! Aber jetzt war es zu spät. Nichts davon hatten sie mitbekommen, und nun gab es ihr Glückskind, sie waren zu dritt, eine richtige Familie, und Rita war nur noch … Rita.

»Er freut sich schon so, seine große Schwester zu sehen.« Peter strich ihr über die Wangen und zog sie an sich. Von sich stoßen wollte sie ihn, aber sie hatte keine Energie mehr. Er hielt sie fest, war so stabil, gemütlich und warm und … Er war da! Mama war es nicht, aber Peter hatte gesagt, sie hätte es versucht, und stattdessen war er gekommen.

Mit einem Mal gaben alle ihre Muskeln gleichzeitig nach. Sie sank gegen ihn und ließ sich sanft hin und her wiegen. Ließ zu, dass er leise Worte in ihr Haar murmelte, verstehen konnte sie sie nicht, sie lauschte seinem Herzschlag unter ihrem Ohr. Dudumm, dudumm – regelmäßig, kräftig, sicher.

Als *zweite Wahl* bezeichneten ihn einige von Mamas Freundinnen und fanden, Ritas Mutter hätte eine bessere Partie machen können, trotz Rita. Jemanden mit einer vorteilhafteren Anstellung, sportlicherer Gestalt, mehr Haar, und Peter war Rita immer etwas peinlich gewesen. Wenn er sie zur Schule brachte, verabschiedete sie sich zwei Querstraßen vorher.

Hier und jetzt aber kniff sie die Augen zusammen und kuschelte sich an ihn. »Es tut mir leid!«, schluchzte sie. »Bitte lass mich nicht hier. Du nimmst mich doch mit, oder? Ich darf bei euch bleiben?«

»Aber natürlich, Schätzchen, was für eine Frage, wir haben dich so vermisst.« Er setzte sich auf und hielt sie eine Armlänge von sich, um ihr in die Augen zu blicken. »Und hätten wir gewusst, wie schlecht es dir hier geht, hätte ich dich früher abgeholt. Ach, was sag ich – wir hätten dich erst gar nicht gehen lassen! Du gehörst doch zu uns.«

»Und das Glückskind schicken wir auch nicht hierher, ja?«

»Wen?«

»Meinen Bruder.« Noch immer flossen die Tränen über Ritas Wangen, aber lächeln musste sie auch. »Ich habe mir Geschichten für ihn ausgedacht, im Bunker. Und ein paar weitere Namen.«

Peter zog sie erneut an sich. »Lass mal hören.«

»Felix Johannes Karlson. Er darf mir auf die Nerven gehen, aber lieben tu ich ihn trotzdem. Hanna sagt, ich werde eine gute große Schwester.«

»Deine Hanna hat absolut recht. Wer ist sie?«

»Hanna war … ist … Hanna hat in Strandhafer gearbeitet, aber dann nicht mehr.«

Peter strich Rita über den Rücken. »Sobald es dir gut geht, Maus, nehmen wir die erste Fähre nach Hause. Und in der Zwischenzeit bekommt das Heim was von mir zu hören, so viel steht fest.«

Rita nickte wild. »Wir müssen mit Hanna reden, Papa. Sie hat gesagt, niemand hilft ihr. Aber jetzt, wo du da bist, können wir das!«

Einen Moment wurde Peter ganz still und sah Rita ganz seltsam an. Dann fuhr er sich eilig über die Augen. »Was immer du sagst, Tochter.« Er stand auf. »Und jetzt mache ich mich erst mal auf die Suche nach deinem Arzt!«

Erleichtert ließ sich Rita in die Kissen zurücksinken. Alles würde gut werden. Dafür würde ihr Papa sorgen … also Peter … Papa Peter.

KAPITEL 66

Als der Wecker heute Morgen geläutet hatte, war Hanna versucht gewesen, das Kissen nach ihm zu werfen. Doch kaum hatte sie die Augen aufgemacht und das Chaos in ihrem Zimmer gesehen, war an Schlaf nicht mehr zu denken gewesen.

In Windeseile war sie in eine Hose und Bluse geschlüpft, hatte den Rest ihrer verstreuten Kleidung auf Bügel gehängt und das Zimmer verlassen. Was Strandhafer betraf, steckte sie in einer Sackgasse, aber falls ein Frühstück bei Wilko Jan dabei half zu erfahren, was es mit Ardies Tod auf sich hatte, dann wollte sie dabei sein.

Nicht einmal auf dem Stadtplan musste sie nachsehen: Die Nordhelmstraße war sie oft genug entlanggelaufen, das letzte Mal mit Jan auf der Suche nach dem Radiopiraten.

Der Weg dorthin glich einem sonnigen Morgenspaziergang. Hier und da begegnete Hanna kleinen Gruppen Menschen, alle neugierig in Richtung Strand und des neu entdeckten Bunkers unterwegs. Sie unterhielten sich über den Besuch der Festlandpolizisten und den Knochenfund. Wilde Vermutungen schwirrten durch die Luft. Von einem Unfall über Selbstmord nach dem Tod des Führers bis hin zu einem mysteriösen Kampf zwischen Nazis und heimlich gelandeten Alliierten war alles darunter.

Als Hanna um die letzte Ecke bog, sah sie Jan vor der Haustür mit der Nummer 17 stehen und den von Blumen übersäten Vorgarten betrachten. Kletterpflanzen rankten an einem Spalier empor, Bienen flogen gelbe, rote und blaue Blüten an.

Hanna kam neben ihm zum Stehen. »Hast du schon geklingelt?«

Er nickte. »Vergebens.«

Der Name Janssen auf dem Schild war ausgeblichen und in steiler Handschrift verfasst. Hanna drückte den Knopf daneben. Eine melodiöse Tonabfolge war zu hören. Sonst nichts.

Hanna schüttelte den Kopf. »Pünktlich sind wir.« Sie klingelte noch einmal, diesmal länger.

Wieder nur die Melodie.

Jan trat ein paar Schritte zur Seite und warf einen Blick durch das angrenzende Fenster. »Er hat mich gestern spätabends noch persönlich eingeladen. Da kann er uns doch nicht vergessen haben.«

»Auf keinen Fall.« Hanna deutete auf den kleinen Kiesweg, der um das Haus führte. »Lass uns hinten nachsehen.«

Ihre Schritte knirschten, irgendwo unterhielten sich zwitschernd zwei Vögel und verstummten, als Hanna und Jan die Rückseite des Hauses erreichten.

Ein verblüffend großes Gartenstück erstreckte sich dort, eine Rasenfläche, etliche Beete, Bäume und Sträucher, ein Gewächshaus mit blitzblanken Scheiben. Ein Schuppen stand von Brombeerranken und Holunderästen überwuchert am hinteren Ende, groß genug, um darin Gerätschaften für eine kleine Parkanlage zu verstauen. Die Tür war mit zwei Schlössern gesichert. Auch hier begrüßte sie ein wahres Blumenmeer, kein Unkraut weit und breit, selbst das Rasenstück wirkte, als könne man darauf Golf oder Krocket spielen. Nur die Wäschespinne unterbrach die Symmetrie, stand ungünstig nahe an der Ecke des Hauses neben einem verrammelten Kellerfenster. Einige Wäschestücke flatterten daran im lauen Wind.

Auf der rückseitigen Veranda war ein Tisch gedeckt. Die Tischdecke wirkte, als hätte Wilko sie erst neulich in der Wäschetruhe seiner Großmutter gefunden. Sie hatte geklöppelte Borten und war ungebügelt. In ihrer Mitte stand eine antik wirkende Holzkiste, um diese herum Geschirr mit Goldrand, Gabeln und kleine Löffel.

Verwundert blieb Hanna stehen. »Es sind nur drei.«

»Drei was?«

»Teller, Tassen und Besteck. Ich dachte, er wollte uns jemanden vorstellen?«

Wilko trat aus der Tür zur Veranda, zuckte kurz zusammen, als er sie sah, und überspielte das schnell mit einem Lächeln. »Oh, ihr seid da. Gut. Habt ihr geklingelt? Der Wasserkessel ist so laut.« Er stellte eine Teekanne ab. »Bin gleich zurück.«

Unsicher sah Hanna zu Jan, der weder Wilko noch das Kaffeegeschirr eines Blickes würdigte. Mit zusammengekniffenen Augen umrundete er die Wäschespinne.

Eine sanfte Melodie hob an. Wilko trat vom offenen Fenster zurück, an dem ein Grammofon stand. Nur wenig später kam er wieder ins Freie, in seinen Händen ein Tablett mit drei feuerfesten Formen. Hanna schnupperte. Es roch süß und warm. Über dem goldgelben Gebäck zerflossen mit Puderzucker bestreute Butterflocken.

Wilko verteilte Gebäck und Tee und lächelte ihr zu. »Salzburger Nockerln. Die einzige Süßspeise, die ich beherrsche.« Er warf einen unruhigen Blick auf Jan, der noch immer in seinem Garten stand und die Wäschespinne untersuchte. »Wenn sie kalt werden, schmecken sie nur noch halb so gut.«

Jan reagierte nicht, also setzte Hanna sich und lächelte Wilko zu.

Sein Bein tappte im Takt der Musik. »Saison in Salzburg«, murmelte er zaghaft und sprach weiter, als wisse er nicht, was er sonst tun sollte. »Das Original, natürlich. Nicht die Kinokomödie. Dem Komponisten, Fred Raymond, sind viele Operettenlieder zu verdanken. Für die Nazis sollte er eine Durchhalte-Oper komponieren. Daraus wurde nichts. Aber eins seiner Lieder wurde ziemlich populär.« Wilko stockte und sah von Hanna zu Jan, der nun langsam auf sie zukam. »War vor eurer Zeit.« Seine Stimme zitterte, als er unruhig, aber laut genug zu singen begann, um die Melodie hinter ihnen zu übertönen. »Es geht alles vorüber, es geht alles vorbei – selbst Adolf Hitlers Partei.«

»Ich hätte es ahnen können.« Jan ließ sich Wilko gegenüber in einen Stuhl sinken. »Aber erst dein Lied eben und die Wäschespinne haben dich verraten. Um Wäsche daran zu trocknen, steht sie wirklich falsch. Und sie lässt sich nicht drehen.« Er grinste Hanna an. »Da hätten wir in den Gärten zur Straße hin lange nach einer Antenne suchen können.«

Hannas Augen wurden groß. Gebannt beugte sie sich vor. »Deshalb hast du nur für drei eingedeckt! Du wolltest uns gar niemanden vorstellen. Du bist der Radiopirat! Nach dir haben wir die ganze Zeit gesucht.«

Wilko nickte. »Unter anderem mit einer Chiffreanzeige in der Zeitung, richtig?«

Jan warf Hanna einen schnellen Blick zu. »Du hast sie also gesehen.«

Wilko nickte. »Ja, aber … Ich sende noch nicht sehr lange und … nun ja, ich hatte Angst, das wäre ein Trick der Telekommunikationsbehörde. Aber nach gestern«, zögernd griff er nach seiner Taschenuhr, »glaube ich, ich sollte ehrlich zu euch sein.«

Aufgeregt sprang Hanna auf und deutete auf den Holzkasten in der Mitte des Tisches. »Bewahrst du darin etwa die Aufzeichnungen auf, aus denen du während deiner Sendungen zitierst?«

Wilko nickte stumm.

Auch Jan hielt es nicht mehr in seinem Stuhl. »Und du lässt sie uns lesen?«

Noch immer nickte Wilko, dann gab er sich einen Ruck und sah Jan an. »Aber zuerst will ich dir etwas zurückgeben.« Er hielt die Taschenuhr in die Höhe, nestelte am Knopfloch seiner Weste herum. Dreimal rutschte ihm der kleine Haken des runden Verschlusses durch die zitternden Finger, bis er sie endlich gelöst hatte.

Jan wartete nicht so lange. Er griff danach und starrte gebannt auf den hinteren Uhrendeckel.

Hanna beugte sich neben ihm darüber. »Was ist da eingraviert?«

»Zwei überkreuzte Torfspaten.« Jans Stimme klang rau. »Damit wir nicht vergessen, woher wir kommen, sagte mein Großvater immer.« Er rümpfte die Nase. »Von ganz unten.« Vorsichtig nahm er die Uhr an sich, die Wilko ihm entgegenhielt. »Ich kenne sie nur von einem Foto. Das hier war das Erste von Wert, das sich meine Familie leistete. Außer den vielen Kindern. Jedes von ihnen durfte die Uhr ein Jahr lang tragen, eins nach dem anderen kam an die Reihe. Ardie, sagt meine Mutter, war die Letzte. Mit ihr verschwand auch das Familienerbstück.«

Wilko hielt den Blick fest auf die Uhr gerichtet. »Als du gestern den Namen deiner Tante an der Wand entdeckt hast, habe ich begriffen, dass sie euch gehört. Hinten im Gehäuse steht ein Name – Henderiks?«

»Hmm.« Jans Stimme grollte. »Bitte sag mir, dass du sie Ardie nicht abgenommen hast. Als guter, kleiner Hitlerjunge. Weil sie ihr nicht zustand.«

»Was? Nein, so war es nicht!«

»Sicher?«

»Jan!« Hanna stellte sich zwischen die beiden Männer. »Wilko hat sie dir freiwillig zurückgegeben, und er lässt uns einen Blick in seine Aufzeichnungen werfen.« Bittend drehte sie sich zu Wilko. »Erzähl uns, wie du an Ardies Uhr gekommen bist.«

»Und nichts auslassen«, befahl Jan grimmig, »kein noch so kleines Detail. Alles kann von Wichtigkeit sein!«

KAPITEL 67

NORDERNEY ANFANG MAI 1945

Um einen Sandhasen zu fangen, brauchte man eine im Sand vergrabene Schlaufe vor dem Eingang des Hasenbaus, Geduld, Körperbeherrschung und langsam schwindendes Tageslicht. Das wusste jeder auf der Insel, auch ein hinkender Zwölfjähriger. Wilko konzentrierte sich. Eine Fleischbeilage zu den immer gleichen Kartoffeln und Krautflecken der letzten Tage wäre so etwas wie ein Sonntagsbraten. Auch wenn er und sein Vater schon länger nicht mehr gemeinsam gegessen hatten.

Kam Vater nach Hause, sperrte er sich im Wohnzimmer ein. Würde Tante Rena nicht ab und an die Vorratskammer füllen, müsste Wilko Hunger leiden. »Von Luft, vergangener Liebe und Selbstvorwürfen«, murmelte Rena währenddessen immer, »kann niemand leben. Am allerwenigsten die, die nichts dafür können.«

Was genau sie damit meinte, verstand Wilko nicht, dass er aber irgendwie eine Mitschuld trug, sah er in den Augen seines Vaters. Morgens, wenn sie sich nach dem Aufstehen zufällig begegneten, abends, wenn sie die Fenster verdunkelten, oder bevor Vater hinter der verschlossenen Tür auf seinen Sessel sank, das Bild im Messingrahmen auf dem Schoß und das Grammofon so laut, dass es alles andere übertönte, selbst die Warnsirenen.

Irgendwann einmal war es anders gewesen. Wilko erinnerte sich daran wie an eine Melodie, in deren Takt sein Herz schlug. Und was es einmal gegeben hatte, das konnte man wiederfinden, sofern man sich genug darum bemühte. Daran glaubte er fest.

Deshalb sollte es heute Hasenbraten geben. Wilko hatte dem Nachbarn dabei zugesehen, wie man eine Kehle durchtrennte, Fell abzog, Innereien mit gezielten Schnitten entfernte.

Bisher war das Vaters Aufgabe gewesen. Heute würde er ihn damit überraschen. Er war schließlich schon fast ein Mann!

Das Brummen aus dem Himmel kam überraschend. Dunkle Wolken jagten einander, zu sehen war nichts, doch er hatte gelernt: Nichts zu sehen bedeutete nicht, dass keine Gefahr bestand. Mit in den Armen vergrabenem Gesicht lag er still und lauschte.

Das an- und abschwellende Stakkato wurde vom Wind zerfasert, keine Sirene war zu hören. Vielleicht würden die Rotschwänzchen heute über sie hinwegfliegen, auf dem Weg nach Hause. Zu den Familien, den Kindern, dem Abendessen, der für wenige Stunden geborgten Normalität.

Als die Himmelsgeräusche leiser wurden, richtete er sich vorsichtig auf. Sein Bein zuckte, das böse, dem er nicht mehr trauen konnte. Dann plötzlich Knirschen über Sand, Stolpern, Stöhnen, Schritte. Normalerweise war hier um diese Zeit niemand unterwegs. Wilko duckte sich tief zu Boden und blieb unbemerkt. Besser war das, in den letzten Wochen und Tagen hatte sich etwas verändert, als balle sich etwas um sie herum zusammen. Die einen bestraften Vergehen schärfer als je zuvor, die anderen sahen weg, wo sie nur konnten. Auf nichts konnte man sich mehr verlassen.

Ein Waffenratschen erklang, aber kein Schuss. Dafür ein Schlag, ein Sturz folgte, Stöhnen, Wimmern und Gemurmel. Dann entfernten sich die stolpernden Schritte weg vom Wohngebiet weiter in die Dünen hinein und wurden leiser.

Verwundert robbte er wenige Meter vor. Doch der einzige Blick, den er erhaschte, war der auf gesenkte Köpfe, Zivilkleidung und eine Uniformjacke. Ein Soldat? Nein, die Person trug einen Rock. Dann verschwand die kleine Gruppe hinter der nächsten Biegung.

Im aufgewühlten Sand vor ihm ertasteten Wilkos Finger etwas Rundes, Hartes an einer Kette. Das Mondlicht brachte die Taschenuhr zum Glänzen, brach sich an der Gravur des hinteren Deckels. Er schloss die Hand darum. Sein Vater hatte sich immer eine Taschenuhr gewünscht.

Etwas krachte dumpf und endgültig, ein Tor oder eine schwere Tür. Etwas knirschte – Metall auf Metall. Dann eilte eine einzelne Person nur wenig von ihm entfernt zurück in Richtung des Orts. Der schwere Stoff ihres Rocks schlug gegen ihre Beine. Die Waffe zitterte in ihrer Hand, die Schultern zuckten unkontrolliert. Schluchzte sie etwa?

Mühsam richtete Wilko sich auf, folgte ihr durch die Dünen, auf die Straße und hielt sich dabei im Schatten. Drückte sich neben dem Tor zum Lazarett, das im Seehospiz eingerichtet worden war, gegen die Mauer, als die Person hindurchtrat. Jemand wartete auf sie.

Wilko zog den Kopf ein.

»Ist die Umquartierung erledigt?«

»Jawohl. Auch wenn …«

»Mehr muss ich nicht wissen. Eine Seuche können wir uns nicht leisten. Nicht jetzt. Sie zu verhindern, hat oberste Priorität. Abgesehen davon sind wir auf uns gestellt, sollte der Feind kommen. Ich wusste, ich kann mich auf Sie verlassen. Loyalität macht sich bezahlt. Heil Hitler.«

KAPITEL 68

Wilko sah Jan und Hanna dabei zu, wie sie sich nebeneinander über die Aufzeichnungen aus seinem Holzkasten beugten.

»Eine Frau also«, hatte Hanna vorhin wie elektrisiert ausgerufen. »Das hätte ich nicht erwartet. Darf ich?« Auf sein Nicken hin hatte sie den Deckel geöffnet und die ersten Unterlagen verteilt.

Die Schellackplatte war zu Ende. Doch Wilko brachte es nicht über sich, aufzustehen, um sie umzudrehen oder das Grammofon auszuschalten. Das leise Knacken und Knacksen am Ende der Leerrillen füllte gnädig seinen Verstand. Die Nockerln standen unbeachtet auf einer Seite des Tisches, inzwischen kalt und in sich zusammengefallen.

Vor ihm lag aufgeschlagen das Inventurbuch aus einem Lazarett. Er senkte den Blick und ging die nächste Spalte durch.

Neben Hanna und Jan wuchs der Stapel durchgesehener Hefte. Immer wieder wiesen sie einander auf interessante Stellen hin und zitierten diese laut. Über Ardie oder die Frau aus Wilkos Erinnerung hatten sie bisher nichts gefunden.

Vor einer halben Stunde noch hatten sich die beiden darüber gefreut, in ihm jenen gesuchten Radiopiraten entdeckt zu haben, auf den sie all ihre Hoffnung gesetzt hatten. Für ein paar Sekunden war er ein Star für sie gewesen. Er wünschte ihnen und sich, dass sie auf etwas stießen, das Jan half herauszufinden, was mit seiner Tante geschehen war. Wilkos Truhe war ihre beste Chance. Langsam aber wurde er unruhig. Sie näherten sich den letzten Aufzeichnungen. Darunter lag jenes schwarze Büchlein, dem sich Wilko, wie es aussah, heute endlich würde stellen müssen. Ob er sich dazu bereit fühlte oder nicht.

Doch ohne einen kleinen Schubs wäre er das vermutlich nie.

Gegen das Vergessen hatte er seine Sendung genannt. Da durfte er sich selbst nicht ausnehmen.

Gezielt ging er die nächsten Notizen vor sich durch, in denen Medikamente gegen Typhus aufgelistet waren. Am Ende des Kriegs waren diese stetig weniger geworden, aber zumindest hatte es noch welche gegeben – im Gegensatz zu denen gegen Fleckfieber, das zwar ähnliche Symptome aufwies, aber nicht über verunreinigtes Wasser und Nahrung, sondern durch Läuse übertragen wurde.

Schmerz- und Narkosemittel waren erwähnt. Hier und da fanden sich schnell hingeworfene handschriftliche Notizen des zuständigen Sanitätspersonals. Ein Sanitäter verglich seinen Inseleinsatz mit dem vorherigen in Frankreich. Auf Norderney hatte es, erfuhr Wilko, zumindest genug ausgebildete »Menschenärzte« gegeben, auf die man hatte zurückgreifen können. Nicht nur Dentisten oder gar Tierärzte, wie anderenorts.

Viel genutzt hatte Wilko das Ostern 1941 nicht. Vater und Rena hatten sein zersplittertes Bein abgebunden und geschient, der Inselarzt hatte sie an Spezialisten verwiesen. Er sei schließlich kein Chirurg. Wilkos Erinnerungen an die Stunden danach waren ungenau. Irgendjemand hatte ihn sich doch noch mal angesehen, bevor eine Überfahrt organisiert worden war und er mehrere Wochen fern von zu Hause in einem Krankenhaus auf dem Festland zugebracht hatte, die langen Tage nur unterbrochen von einer Operation nach der anderen.

Hier wie überall, hatte der Sanitäter im Logbuch notiert, *bleibt es jenen, die an letzter Stelle stehen, überlassen, leidige Aufträge wie die Versorgung der Kranken im Lager zu erfüllen: nicht fertig Ausgebildete, Frauen, internierte Fachkräfte.*

»Hanna? Wilko?« Jan legte einen Finger unter eine Zeile der Handschrift vor ihm und sah auf. »Ich …« Er schüttelte den Kopf. »Da ist etwas.«

Hanna schob den Stuhl zurück. »Über Ardie?«

Jan schaute aufgeregt hin und her. »Nicht direkt. Es geht um eine ansteckende Krankheit in einem der Lager zu Kriegsende. Offenbar weigerten sich sowohl die Mediziner der Wehrmacht als auch der private Arzt der Insel, die Insassen zu behandeln.«

Hanna schüttelte betrübt den Kopf. »Darüber haben wir in Wilkos letzter Sendung gehört. Man hat den Lagerinsassen unterstellt, sie täten nur so, als ob, um sich vor der Arbeit zu drücken.«

Wilko nickte. »Unser Arzt war zu der Zeit bereits recht betagt. Nur deshalb hatten wir überhaupt einen. Ein jüngerer wäre sicher eingezogen worden. Ab und an hatte er Assistenten. Die waren meist aus irgendeinem Grund nicht kampffähig und kümmerten sich um alles, womit er sich nicht befassen konnte oder wollte. Einige zumindest. Andere versteckten sich hinter Vorschriften und gingen lieber kein Risiko ein.«

»Verstehe.« Jan nahm das Tagebuch in die Hand. »Aber hört mal: Ihre Unsauberkeit ist der Grund, weshalb es schlimmer wird. Ungeziefer gesellt sich zu Ungeziefer. Das Wachpersonal weigert sich, in ihre Nähe zu kommen. Hiemer drückt ein Auge zu, der Inselarzt stellt sich taub und untersagt selbst der Waldeckschen Besuche. Überlassen wir sie ihrem Schicksal, wir haben Wichtigeres zu tun. Noch können wir gewinnen.«

Hanna sprang auf. »Hiemer? Wie in Dr. Hiemer von der Stiftung? Und … die Waldecksche?« Unruhig begann sie, hin und her zu laufen. »Das hat Dr. Waldeck also gemacht, bevor sie sich nach dem Krieg um Flüchtlingskinder kümmerte – sie war die Assistentin des Inselarztes! Falls sie es war, der Wilko damals gefolgt ist …« Aufgelöst brach sie ab.

Jans Augen verengten sich. »Dann hat sie mit der Wehrmacht gemeinsame Sache gemacht.« Er ballte die Fäuste. »Sie hat Ardie und die anderen in den Bunker gesperrt. Weil sie krank waren.«

Wilko schluckte. »So viel zu ›Loyalität macht sich immer bezahlt‹.«

Jan sah von Wilko zu Hanna. »Aber wie finden wir raus, ob das stimmt, und, viel wichtiger, wie beweisen wir es?«

»Wir brauchen Hilfe.« Hanna blieb stehen. »Cyrus! Wenn jemand in der Lage ist, das zu verizif… ach, zum Teufel, Beweise dafür zu finden, Hintergrunddaten und so weiter, dann er.«

Wilko nickte. »Ihr solltet den halben Amerikaner hinzuziehen.« Er holte tief Luft und griff in seine Truhe. »Ich kümmere mich in der Zwischenzeit hierum.« Das kleine Buch in seiner Hand fühlte sich hautwarm an. »Die Aufzeichnungen meines Vaters. Womöglich findet sich darin etwas Brauchbares.« Tief atmete er gegen die Beklemmung an, die schwer auf seiner Brust saß. »Er war einer der Verantwortlichen vor Ort für die Arbeiter der Organisation Todt.«

Kurz wurde es still.

Dann nickte Jan Hanna zu, ohne Wilko anzusehen, und wandte sich zum Gehen. »Wir gehen Cyrus suchen.«

»Bin gleich da.« Hanna blieb neben Wilko stehen. »Das kann nicht einfach für dich sein. Danke.«

Wilko versuchte sich an einem Lächeln. »Das ist das Richtige zu tun wohl nie. Aber wem sage ich das.«

Er schlug die erste Seite auf. *Alois Janssen* stand dort in ausladenden schwarzen Lettern und darunter, in einer anderen Farbe: *Still kommt der Abend, wir fühlen es kaum.*

Überrascht beugte sich Hanna zu ihm. »Das kenne ich.«

»Zeilen seines … letzten Lieds. Er hat sich dazu aufgehängt. Ich habe sie auf seinen Grabstein meißeln lassen.«

»Das tut mir leid.« Hannas Hand landete sanft auf seinem Arm.

Wilko zuckte mit den Schultern. »Ich weiß noch immer nicht genau, was der Grund war: Angst, Schuldgefühl, Traurigkeit, vielleicht alles zusammen.«

Sämtliche veröffentlichte Biografien aus der Zeit, derer er habhaft hatte werden können, hatte Wilko gelesen. Gehofft, sie würden ihm helfen zu begreifen. Das Einzige jedoch, was er verstanden hatte, war, dass es zwischen diesen und den Aufzeichnungen seines

Vaters einen wesentlichen Unterschied gab. Ohne aufzublicken strich er über das genoppte Leder des Buches. »Ich habe ihn geliebt. Aber er hat nicht lange genug gelebt, um seine Haltung infrage zu stellen oder gar zu ändern.« Er schüttelte den Kopf. »Ich habe Angst vor dem, was ich hier finden könnte.«

Hannas Finger drückten seine Schulter. »Alle Menschen haben die Möglichkeit, sich zu ändern. Daran glaube ich unbedingt.«

Wilko sah dankbar zu ihr auf. Sie versuchte, ihm einen Ausweg zu schenken, und er wusste das zu schätzen. Lächelnd deutete er hinter sich. »Ich auch. Weshalb sonst bin ich Radiopirat geworden. Aber jetzt los, Jan wartet auf dich.«

KAPITEL 69

Cyrus beäugte argwöhnisch seine Pressekollegen, die ihre Kameras aufbauten, probeweise in ihre Mikrofone sprachen oder Fotos von dem Gebäude schossen. Dann drehte er sich zu Hanna, Jan und Wilko. »Lasst uns erst mal hören, was die Heimleitung zu sagen hat.«

Sie drängten sich durch die auf dem Hinterhof von Heim Strandhafer versammelten Menschen. »Danach besprechen wir das weitere Vorgehen. Das Wichtigste ist, sie nicht wissen zu lassen, was wir in der Hinterhand haben. Verstanden?«

Alle nickten zustimmend. Hanna besah sich das Publikum. Leises Flüstern war zu hören, die meisten reckten die Köpfe, um einen Blick auf das Heimgebäude werfen zu können.

Unruhig trat sie von einem Fuß auf den anderen. Als sie und Jan Cyrus im Frühstücksraum seiner Pension ausfindig gemacht hatten, war kaum genug Zeit geblieben, Wilko für die auf heute früh angesetzte Ansprache Dr. Hiemers abzuholen, so kurzfristig war diese anberaumt worden.

Da sich Neuigkeiten auf der Insel allerdings schnell verbreiteten, hatten nicht nur die Reporter und einige von Dr. Hiemers Kollegen großes Interesse an der angekündigten Stellungnahme zu Ritas Verschwinden und Wiederauftauchen. Auch Frau Fischer hatte Hanna vorhin entdeckt und ihrer Wirtin zugenickt. Frau Fröhlich, die Chefin der Konditorei, plauderte mit Eddie, seiner Schwester und deren Freunden. Selbst Evi stand mit Dr. Gebhardt etwas abseits an der Hintertür zur Küche. Hanna ballte die Fäuste, doch nun war nicht die richtige Zeit, ihre Cousine zu befragen, ob sie ihr Notizbuch und die Heimakten gestohlen hatte.

Auf keinen Fall sollten sie sich dazu hinreißen lassen, sich einzumischen, hatte Cyrus ihnen eingeschärft. Sie mussten warten, bis sich seine Kontakte vom Festland zurückmeldeten, sich ihnen die damaligen Zusammenhänge erschlossen und ihre Ergebnisse über jeden Zweifel erhaben waren. Loyalität war nicht nur etwas, das Dr. Hiemer und Dr. Waldeck zusammenschweißte. Auch der Kodex innerhalb der Ärzteschaft und die möglichen politischen Verbindungen der Stiftung waren nicht zu unterschätzen.

»Einfach«, hatte Cyrus ihnen erklärt, »wird das nicht«, und sich in die Brust geworfen. »Aber zum Glück habt ihr mich. Ich bin einer der Besten.«

Das glaube Hanna ihm. Womöglich kam er so doch noch zu dem erhofften Skandal. Vor zwei Jahren, hatte er ihnen augenzwinkernd erklärt, habe einer seiner amerikanischen Kollegen immerhin den Pulitzerpreis für eine Berichterstattung über Nervenanstalten gewonnen. Damit hatte damals auch niemand gerechnet. Doch ebenfalls Hanna habe etwas von den neuesten Entwicklungen, fand Cyrus. »Wenn alles gut geht, ändert sich demnächst etwas an der Personalpolitik in Strandhafer. Eine Backpfeife hier und da mag niemanden interessieren, ein Kriegsverbrechen dafür umso mehr.«

Hanna hatte nachdenklich genickt und Jan Cyrus unterstützt. »Letztendlich sind die Mittel egal, wenn der Zweck der richtige ist«, fand er. »Vor allem, wenn die Gegenseite zu Genüge bewiesen hat, wie wenig sie sich von Moral belasten lässt.«

So stand Hanna nun also zwischen all den Journalisten, Einwohnern und Schaulustigen im Hinterhof des Heims, wartete ab und grübelte über das Thema Gerechtigkeit. »Recht bekommen und Gerechtigkeit sind oft zwei völlig verschiedene Dinge«, sagte ihr Vater immer. Und auch wenn sie gehofft hatte, dass es diesmal anders war, musste sie ihm zustimmen. Auf direktem Wege war nichts zu erreichen. Sie musste sich damit abfinden, einen Umweg zu gehen.

Murmeln wurde laut. Im Anzug samt Einstecktuch trat Dr. Hiemer aus dem Gebäude, grüßte leutselig hier und da und erklomm mit Elan das Klettergerüst des Bootes. Während er einen warmen Blick über die Anwesenden schweifen ließ, erstarben sämtliche Gespräche.

Hanna machte sich hinter Jan so klein wie möglich.

»Vielen Dank, dass Sie alle gekommen sind.« Der Arzt musste nicht einmal die Stimme heben, so still war es. »Das zeigt mir, wie groß das Interesse an unserem Haus ist, in dem wir uns seit Jahrzehnten hingebungsvoll um kranke Kinder aus dem ganzen Land kümmern. Ihre Unterstützung während dieser Hexenjagd gegen uns als Gemeinschaft und gegen einzelne meiner Mitarbeiterinnen bedeutet mir mehr, als ich es in Worten ausdrücken kann. Danke!« Mit der rechten Hand auf das Herz gelegt, senkte er einen Moment den Kopf.

Hanna linste hinter Jans Rücken hervor. Dr. Hiemers Auftritt war wirklich gut: die demütige Haltung, die Seriosität, die wohl gewählten Sätze.

Jan beugte sich zu ihr. »Ich wette, er hat sein Rückfahrticket in der Brusttasche, die er da gerade liebevoll abklopft. Deshalb guckt er auch so dankbar.«

Mit einem kopfschüttelnden Lächeln duckte sich Hanna wieder hinter ihm. Falls er sie mit den flapsigen Worten aus den schweren Gedanken hatte reißen wollen – das war ihm gelungen.

»Ich spreche sicher für uns alle hier«, fuhr Dr. Hiemer in dem Moment fort, »wenn ich sage, wie erleichtert wir sind, dass das junge Mädchen, das von unserem traditionsreichen Strandwettlauf so unvorsichtig abgerückt ist, gesund und munter aufgefunden wurde. Besonderer Dank gebührt dabei einigen unserer Kinder. Sie haben wie wir alle nichts unversucht gelassen, sie zu finden.« In der folgenden, gezielten Pause nickten etliche der Anwesenden, andere begannen zu klatschen.

Hanna schüttelte den Kopf.

Als der Applaus verebbte, meldete sich ein kräftiger Mann in Hannas Reihe zu Wort. »Abgerückt?«, rief er grimmig. »Sie wurde eingesperrt. Weil Sie Ihre Aufsichtspflicht verletzt haben und

Ihren kleinen Patienten in den Kopf setzen, es gäbe eine natürliche Rangordnung unter ihnen. Wer weiter oben steht, darf über die anderen verfügen.«

Mühelos erhob Dr. Hiemer seine Stimme über das nun anhebende Raunen. »Wir haben alles getan, um sie wiederzufinden«, sagte er, ohne auf die Worte des Zwischenrufers einzugehen. »Und ganz Norderney hat uns dabei unterstützt. Einmal mehr hat sich gezeigt: Wir von der Insel stehen zusammen! In Notlagen wie im Alltag. Und auch dabei, Tausenden kranken Kindern pro Jahr das Leben mit immer neuem und modernem medizinischen Wissen zu erleichtern.«

Erneuter Applaus brandete auf, diesmal lauter. Genauso wie die Widerworte.

»Da habe ich aber anderes gehört.« Der erzürnte Mann ließ sich von den wohl gewählten Worten des Stiftungsmitglieds nicht ablenken. Nun drehte er sich zur Menge um und blickte den Umstehenden fest in die Augen. »Ohrfeigen, Essenszwang, ans Bett fesseln. Und wie sieht es aus mit nächtlichen Eisduschen oder dem Einsperren in Abstellkammern als Strafe?« Er wandte sich an Dr. Hiemer. »Nennen Sie das moderne Medizin?«

Etliche der Zuhörenden wurden unruhig. Einige Reporter drängten sich zu dem Mann durch, andere zum Arzt, weitere nahmen ihre Kamera zur Hand und schossen Fotos.

»Sagen Sie«, fasste der Herr nach, bevor sich Dr. Hiemer eine Antwort zurechtgelegt hatte, »kennen Sie eigentlich den Namen des Mädchens, für das Sie verantwortlich waren und das vier Tage ohne Nahrung und Wasser im Bunker verbringen musste? Und bevor ich es vergesse«, er stemmte wütend die Hände in die Hüften, »gefunden wurde meine Tochter nicht von Ihnen. Gefunden wurde sie von vier Freunden, die Ihr Heim heimlich verlassen mussten, weil es ihnen nicht erlaubt war, sich an der Suche zu beteiligen.«

Bevor ein Tumult ausbrechen konnte, klatschte Dr. Hiemer aufmerksamkeitswirksam dreimal in die Hände. »Ah«, sagte er und stieg von der Plattform des Bootes herab. »Sie sind also der Vater.« Mitleidig das Gesicht verziehend, lief er auf den Mann zu. »Ich verstehe Ihre Wut und Ihre Verzweiflung. Das müssen vier wirklich schlimme Tage für Sie und Ihre Frau gewesen sein. Ist sie hier?«

»Was? Nein, ist sie nicht, ich … wir …«

Verständnisvoll nickend legte Dr. Hiemer dem Mann eine Hand auf die Schulter und drehte ihn herum. Dabei traf sein Blick den von Hanna. Nur kurz zögerte er, dann sprach er laut weiter. »Sie sind also ganz allein hier? Ein wenig ungewöhnlich, falls Sie sich wirklich so große Sorgen um Ihre Tochter gemacht haben, wie Sie behaupten. Aber ich bin mir sicher, dafür gibt es eine Erklärung. Erst einmal würde ich vorschlagen, dass wir uns persönlich darüber austauschen, was wahr ist und was Hörensagen. Meinen Sie nicht?«

Am Hintereingang des Heimgebäudes angekommen, schob er den kopfschüttelnden Mann zu Evi und Dr. Gebhardt, flüsterte ihnen etwas zu, dann wandte er sich wieder an das unruhige Publikum. »Ein besorgter Vater hat alles Recht, um sich zu schlagen auf der Suche nach jemandem, dem er die Schuld geben kann. So sehr wir von Heim Strandhafer uns bemühen, auch wir sind nicht immer in der Lage, sämtlichen, teilweise krankhaften Eigentümlichkeiten unserer Kurkinder Grenzen zu setzen.« Beinahe schuldbewusst verzog er das Gesicht. »Ich kann Sie daher alle nur bitten: Sehen Sie es uns nach. Wir folgen Regeln, müssen darauf achten, offizielle Verfassungen einzuhalten. Wir führen – trotz aller Hingabe an unseren Beruf – eine öffentliche Einrichtung. Entscheidend ist daher die richtige Wahl unserer Mitarbeiter. Mit ihnen steht und fällt alles. Lassen Sie mich Ihnen eine besonders engagierte Kollegin vorstellen: Fräulein Hanna.«

Hanna versteinerte, als Dr. Hiemer auf sie deutete und die Menschen vor ihr automatisch eine Gasse bildeten, um sie zu ihm durchzulassen. Was hatte der Arzt vor?

»Denk daran, nichts verraten«, zischte Cyrus ihr zu, als Dr. Hiemer sie mit einem lächelnden »Nur nicht so schüchtern« nach vorn winkte.

Hannas Wangen brannten, während sie einen Fuß vor den anderen setzte und versuchte, ruhig zu bleiben. Nichts von dem, was sie herausgefunden hatten, durfte sie preisgeben. Falls sie damit Erfolg haben wollten, musste sie Stiftung und Heim in Sicherheit wiegen. Auf der anderen Seite war da nun endlich das Publikum, das sie sich immer gewünscht hatte. Würde ihr nur ein kleiner Prozentsatz Glauben schenken, wäre das ein Anfang.

Hannas Blick schweifte an Dr. Hiemer vorbei, der ihr einen auffordernden Arm entgegenstreckte. Neben dem Eingang zur Küche stand das Personal. Gerti und ihre Chefin Karin sahen Hanna neugierig an, Frieda, Erika und Rebecca eher verkniffen. Marion blickte mitleidig drein. Evi reckte neben Dr. Gebhardt neugierig den Kopf. Nur Margot ballte und öffnete ihre Hände und wirkte, als mache sie sich Sorgen.

»Eine Backpfeife hier und da mag niemanden interessieren«, hörte Hanna Cyrus' Stimme in ihrem Kopf und dann Jans: »Die Mittel sind egal, wenn der Zweck der richtige ist.«

Sie presste die Lippen aufeinander, hatte Dr. Hiemer noch nicht einmal erreicht, da hob er schon die Stimme: »Fräulein Hanna hier hat mich vor einigen Tagen davon in Kenntnis gesetzt, wo es in unserem Heim … noch Verbesserungspotenzial gibt. Und das habe ich mir sehr zu Herzen genommen.«

Hanna unterdrückte ein Schaudern, als der Arzt sie gönnerhaft an sich zog, unterhakte und sie neben sich zum Publikum drehte. »Es mag sein, dass wir Fehler gemacht haben. Auch während der Suche nach … dem verschwundenen Mädchen. Doch Fehler sind da, um daraus zu lernen, und deshalb haben wir uns entschlossen, Fräulein Hanna trotz ihrer lückenhaften Ausbildung zu übernehmen und zu fördern. Vorausgesetzt, sie qualifiziert sich weiter und überwindet ihre Unzulänglichkeiten.«

Hannas Kopf flog herum, Dr. Hiemer sah sie jedoch nicht einmal an, zog sie nur noch ein wenig näher an sich, während die ersten Reporter vorstürmten. Sein Aftershave roch nach Kräutern, sauber, frisch und unecht.

»In welcher Funktion wird sie bei Ihnen arbeiten?«, wollte jemand wissen und hielt dem Arzt ein Mikrofon entgegen, ohne Hanna eines Blickes zu würdigen.

Und ein weiterer Pressevertreter fragte: »Von welchen Fehlern sprechen Sie genau, Dr. Hiemer?«

Lächelnd winkte dieser ab. »Alles Fragen für ein gesondertes Treffen, meinen Sie nicht? Zunächst sollten Hanna und ich uns um den armen Vater des Mädchens kümmern. Dessen Nerven liegen blank. Das verstehen Sie sicher.« Damit drehte er sich um, zog Hanna in festem Griff mit sich und hielt auf die Hintertür des Gebäudes zu. »Gut gemacht«, raunte er ihr zu. »Schweigen ist Gold. Schweigen Sie weiter, und ich sorge dafür, dass Sie bei uns Karriere machen.«

Hanna schüttelte sich. Er behandelte sie wie schon Dr. Waldeck vor siebzehn Jahren: Versprechen und Drohung, Zwang und Zusicherung einer rosigen Zukunft.

Als sie sich dem Gebäude näherten, öffnete Evi ihnen die Tür und hob vielsagend eine Augenbraue. Auch sie schien der Überzeugung zu sein, Hanna sei käuflich, es komme einzig auf den richtigen Preis an.

Niemand von ihnen ahnte, was sie, Jan, Cyrus und Wilko wussten. Ohne auch nur mit einem Muskel zu zucken, hielt Hanna dem Blick ihrer Cousine stand. Egal was nun kam, es würde ihr gelingen, so zu tun, als sei sie mit allem einverstanden. Mittel zum Zweck. Evi hatte es sie schließlich gelehrt: Es galt, ihre Worte vorsichtig zu wählen und dem Gegenüber, ohne zu blinzeln, in die Augen zu blicken.

Sie ließ dem Arzt den Vortritt. Was aussah wie Ehrerbietung, hatte einen anderen Grund: Endlich konnte sie sich aus seinem Griff befreien.

KAPITEL 70

Die Morgensonne schien, als wäre alles wie immer. Als hätten die letzten vierundzwanzig Stunden nicht alles auf den Kopf gestellt. Wie schon am Vortag saß Hanna mit Jan und Wilko in dessen Garten. Allerdings war diesmal auch Cyrus dabei.

Die Informationen, die ihnen Cyrus' Kontakte zugespielt hatten, passten zwar zu ihren Vermutungen, doch egal, wie nahtlos sie sich einfügen ließen – sie brauchten Beweise.

Cyrus blätterte durch seine Notizen und ließ sich seufzend in den Stuhl zurücksinken. »Ich weiß nicht, wie es euch geht«, wandte er sich an Jan und Wilko, »aber mir ist gestern das Herz in die Hose gerutscht, als Hiemer Hanna nach vorn gebeten hat. Du allerdings«, Cyrus strahlte Hanna an und streckte ihr seine Hand entgegen, »hast reagiert wie ein alter Hase – wie ein echter Journalist!«

»Journalistin«, verbesserte Hanna ihn lächelnd.

Cyrus grinste. »Stimmt natürlich, bitte entschuldige.«

Hanna schlug ein.

Jans Blick blieb an Cyrus' Hand hängen, die Hannas Finger umschloss. Er beugte sich vor. »Hat es denn etwas gebracht, Ritas Vater und Dr. Pautsch zu verknüpfen? Hat sich etwas bei den Untersuchungen der Kinder ergeben?«

»Noch nicht.« Unruhig stand Hanna auf und schenkte sich Tee nach. »Aber wir treffen uns nachher im Seehospiz. Vielleicht weiß ich dann mehr.«

Cyrus winkte ab. »Ein paar blaue Striche auf der Haut der Kinder helfen uns sowieso nicht weiter.«

»Außerdem«, mischte sich Wilko ein und sah schuldbewusst von einem zum anderen, »habe ich womöglich überreagiert. Ich habe gehört, das ist in der Immuntherapie kein ungewöhnlicher Vorgang: Mit Kugelschreiber werden verschiedene Felder auf die Haut gezeichnet. In die werden dann unterschiedliche Destillate getropft und in die Haut eingeritzt.«

Destillat. Destillieren. Hanna griff automatisch an ihre Hosentasche, doch sie war leer. Seit dem Einbruch in ihr Zimmer war sie nicht dazu gekommen, sich ein neues Notizbuch zu besorgen.

»Nach einer Weile kann man dann überprüfen«, sprach Wilko weiter, »wo sich ein Ausschlag bildet und wo nicht. Damit weiß man, worauf die Kinder allergisch reagieren.«

Hanna wiegte den Kopf hin und her. Auch sie hatte sich gestern in der Bibliothek einige Fachzeitschriften angesehen, als sie *Der dritte Mann* zurückgegeben hatte. »Nur wird das normalerweise auf den Unterarmen gemacht«, gab sie zu bedenken. »Bei Piet und dem Mädchen, bei dem mir die Striche das erste Mal aufgefallen sind, befanden sich die Felder an Stellen, die für die Kinder nur schwer zu erreichen sind und nicht einsehbar: am Rücken und zwischen den Schultern. Außerdem hat Piet davon geredet, dass die dort aufgetragenen Salben ganz unterschiedlich gewirkt haben, einige sogar den Ausschlag noch verschlimmerten. Kommt euch das nicht seltsam vor?«

»Pharmazeutische Experimente?« Cyrus war der Erste, der verstand, worauf sie anspielte. »Das wird ja immer besser. Also, ich meine … schlimmer für die Kinder, aber besser für uns, die wir die Heimleitung unter Beschuss nehmen wollen. Dafür sollten wir nichts außer Acht lassen.«

Jan zog an seiner Pfeife und blinzelte Cyrus durch den Rauch mit zusammengekniffenen Augen an. »Das heißt dann wohl, du konntest nichts weiter Hilfreiches herausfinden?«

»Entspann dich, ich habe einiges erfahren.« Cyrus überflog die Einträge auf seinem Block. »Hiemer und Waldeck haben sich nach dem Krieg gegenseitig einen Persilschein ausgestellt und weitere entlastende Aussagen gesammelt. Sie wurden als Mitläufer eingestuft, haben ihre Geldstrafe berappt, und alles war so gut wie neu: Waldeck blieb und machte sich in der Betreuung der Flüchtlingskinder unentbehrlich. Hiemer fing bei Vitagrün an, und schließlich stellte die Stiftung Waldeck als Heimleiterin in Strandhafer ein.«

»Sie haben sich also gegenseitig unterstützt.« Jan warf Hanna einen Blick zu. »Was bedeutet: Offiziell kommen wir nicht weiter.«

Hanna schüttelte nachdenklich den Kopf. »Offiziell vielleicht nicht. Aber womöglich«, sie drehte sich zu Wilko, der in den letzten Minuten kaum von seiner Teetasse aufgesehen hatte, »mit Wilkos Hilfe. Wenn du in deiner nächsten Sendung glaubhaft erklärst, dass du etwas Belastendes gegen die beiden in der Hand hast, und«, Hanna stupste ihn an, »vielleicht eine Winzigkeit übertreibst …«

Cyrus runzelte die Stirn. »Was soll das nutzen? Seit siebzehn Jahren ist den beiden niemand auf die Schliche gekommen. Und Wilkos Publikum besteht woraus? Etwa fünfzig Leuten, die sich alle hier auf der Insel befinden? Das reicht nicht.«

»Natürlich tut es das.« Jan legte seine Pfeife ab und stand auf. »Solange die Richtigen zuhören. Hanna, das ist genial!«

Cyrus blickte verwundert zwischen Hanna und Jan hin und her. »Ihr wollt sie erpressen?«

Hanna nickte. »Wenn Wilko behauptet, er sei im Besitz von Beweisen dafür, wer schuld ist an den Toten im Bunker, habe aber erst einmal nicht vor, sie der Polizei auszuhändigen …«

Wilko rieb sich unwohl über die Unterarme, schluckte hörbar, nickte dann aber. »Ja, das könnte funktionieren. Vorausgesetzt, wir stellen sicher, dass sie zuhören, und finden einen guten Übergabeort für die angeblichen Unterlagen, an dem wir sie festsetzen können. Am besten mit etlichen vertrauenswürdigen Zeugen.«

»Wow. Damit habe ich nicht gerechnet. Mein Aufenthalt hier wird täglich spannender.« Cyrus legte einen Arm um Hanna und einen um Jan. »Ich bin dabei! Und wenn das klappt, solltest du, Wilko, über eine gemeinsame Sendung mit mir nachdenken. Aber das Wichtigste zuerst: Wie schaffen wir es, dass Hiemer und Waldeck zuhören?«

»Dafür sorge ich.« Jemand trat aus dem Schatten des Baums neben dem Haus.

Hanna, Jan und Cyrus erstarrten.

Wilko riss schützend beide Arme vor sein Gesicht. Dann blinzelte er zwischen ihnen hindurch. »Tante Rena?« Er stöhnte auf. »Was zur Hölle machst du hier?«

Die alte Dame deutete über ihre Schulter auf den Gartenschuppen. »Ich wollte an meine Lagerbestände. Für ein paar Glasscheiben. Jasper will seiner Frau zum Geburtstag ein Gewächshaus bauen. Aber«, sie lächelte in die Runde und ließ sich auf Hannas Stuhl nieder, »ich schätze, meine Abendplanung hat gerade eine neue Richtung genommen.« Eifrig beugte sie sich vor. »Eure Idee ist gut. Nur zwei kleine Verbesserungsvorschläge: Zum einen bräuchten wir unter euren vertrauenswürdigen Zeugen auch einige aus der Inselgemeinschaft plus mehrere Pressevertreter. Im Idealfall nicht weniger als fünf und diese von unterschiedlichen Zeitungen, Rundfunk- oder Fernsehstationen.«

Hanna nickte Rena zu. »Und weiter?«

»Die Übergabe.« Rena sah aufmerksam zwischen ihnen hin und her. »Die Ortswahl ist entscheidend.«

»Wir brauchen eine Stelle«, dachte Cyrus laut, »die mehrere gute Verstecke bietet, Wo finden wir die?«

»Dort, wo ich zelte! Gegenüber vom Leuchtturm.« Jan winkte in Richtung Osten der Insel. »Abends ist da nichts los, der Weg dorthin geht von der Straße ab und liegt geschützt zwischen den Dünen.«

Hanna entging nicht, dass Wilko mit seiner Tante einen schnellen Blick wechselte. »Das ist eine gute Idee«, murmelte er. »Den Pfad kennen hier alle. Insbesondere jene, die während des Kriegs auf der Insel waren.«

Bevor Hanna nachfassen konnte, was er damit meinte, mischte

sich Cyrus ein. »Vor allem müssen wir dafür sorgen, dass Hiemer und Waldeck zwischen der Sendung und dem vorgeschlagenen Treffen kaum Zeit bleibt.«

Hanna stutzte. »Du hast recht. Wie geschickt Dr. Hiemer sich auf Veränderungen einstellt, hat er gestern bewiesen. Wir sollten ihm keine Möglichkeit geben, wieder alles unter den Teppich zu kehren.«

Cyrus schlug eine neue Seite seines Blocks auf und begann, vor sich hin murmelnd zu schreiben. »Mir fallen auf Anhieb elf vertrauenswürdige Kollegen ein, die ich aktivieren kann, während Hanna ihren Termin im Seehospiz wahrnimmt.« Er nickte zufrieden. »Anschließend treffen wir uns wieder hier und unterstützen Wilko bei den Vorbereitungen zu seiner Sendung. Ich hätte dazu schon einige Ideen.« Selbstbewusst klopfte er auf seine Aufzeichnungen. »Von meiner Seite ist also nur noch eine Frage offen.« Aufmerksam wandte er sich an Wilkos Tante. »Wie genau wollen Sie es anstellen, dass Hiemer und Waldeck zuhören und in unsere Falle tappen, Gnädigste?«

Rena trank Wilkos Teetasse aus, stand auf und kniff dem überraschten Cyrus in die Wange. »Natürlich indem sie jemand, dem sie vertrauen, vorwarnt, Junge. Sie sind hier nicht der Einzige mit einer Agenda. Oder Kontakten.«

Hanna wunderte sich. Wen meinte Rena? Da zwinkerte diese Cyrus bereits zu, winkte ihnen allen zum Abschied und verschwand ohne ein weiteres Wort.

Jan zog die Taschenuhr seiner Familie aus dem Jackett. »Zwei Uhr. Wir haben noch fünfeinhalb Stunden.«

Hanna nickte in die Runde. »Das reicht. Gemeinsam schaffen wir das.«

KAPITEL 71

»Rita, du bist!«

Gerade noch rechtzeitig, bevor der Ball auf dem Boden aufkam, griff Rita zu. Sie warf ihn zweimal in die Luft, dann schleuderte sie ihn weiter. »Und ich gebe ab an … Lydie.«

Lydie sprang auf und ab. Der Ball segelte in ihre Richtung. »Erwischt«, jubelte sie, als sie ihn auffing. »Wie weit sind wir?«

»Bei achtunddreißig.« Johannes lachte. »Gut gemacht!«

Vor Stolz glühend sah Lydie um sich. »Und ich schicke ihn weiter zu … Tillie … nein … Piet … nein … Flori?« Unsicher drehte sie sich hin und her. »Ich kann mich nicht entscheiden.«

Ben kicherte. »Nimm einfach, wen du am liebsten magst.«

»Oh!« Lydie krauste die Stirn. »In Ordnung.« Sie drehte ihnen den Rücken zu und feuerte den Ball mit aller Kraft in die völlig falsche Richtung. Er trudelte in einer perfekten Kurve über das Blumenbeet hinter ihnen auf die Bank zu, auf der Hanna, Dr. Pautsch und Ritas Vater saßen.

»Hanna!«, krähte Lydie. »Du bist!«

Hanna reagierte blitzschnell und schnappte sich den Ball aus der Luft.

Flori schüttelte den Kopf. »Jetzt können wir wieder von vorn anfangen. Die Erwachsenen spielen doch gar nicht mit.«

Lydie schmollte. »Wieso?«

Piet winkte ab. »Weil sie miteinander reden.«

Tillie stellte sich neben Lydie, ließ die Unterlippe hängen und krakeelte: »Piet und Flori sagen, ihr spielt nicht mit, aber das stimmt nicht, oder, Hanna? Sonst müssen wir wieder von vorn anfangen, und wir waren schon bei … dingsbums-dreißig!«

Hanna lachte und stand auf. »Dingsbums-dreißig? Dann können wir jetzt natürlich nicht aufhören. Rita?«

Rita sah auf.

»Du bist!«

Der Ball trudelte durch die Luft, ihn aufzufangen war überhaupt kein Problem. Rita grinste Hanna an. Anders sah sie aus, fand Rita, als zu der Zeit in Strandhafer. Irgendwie … gerader. Zumindest seit sie mit Ritas Papa Peter gesprochen hatte. Heute Mittag waren sie gemeinsam ins Krankenhaus gekommen, flüsternd, kopfschüttelnd, aber zufrieden, als teilten sie ein Geheimnis.

Kurz vorher hatte eine der Schwestern die Infusionsnadel aus Ritas Arm gezogen, und nun konnte sie sich endlich wieder frei bewegen.

Rita drehte sich im Kreis, fixierte Johannes, nickte ihm zu und warf. »Johannes, du bist!«

»Piet?« Hanna winkte dem kleinen Flussneunauge zu. »Kommst du bitte? Dr. Pautsch möchte sich noch mal deinen Ausschlag ansehen.«

Piet krauste die Nase. »Wieso?«

Der Arzt kam näher und streckte eine Hand nach dem Jungen aus. »Es geht um die blauen Striche auf deinem Rücken. Ich will nur mal gucken. Indianerehrenwort.«

Piet wich zurück. »Nein!«

Hilflos wandte sich der Arzt an Hanna. »Habe ich etwas falsch gemacht?«

Hanna trat näher. »Ein Indianerehrenwort haben Rebecca und Dr. Gebhardt Piet immer gegeben.«

Piet blieb, wo er war. »Wehgetan hat es trotzdem.«

Rita, Johannes, Ben, Flori, Lydie und Tillie stellten sich vor ihn. Johannes hielt den Ball in den Händen, als könnte er Piet damit zur Not beschützen.

»Keine Sorge.« Hanna lächelte sie alle an. »Ich gehe mit und passe auf Piet auf. Hanna-Ehrenwort.«

Johannes ließ den Ball sinken. Rita entspannte sich.

Piet griff nach Hannas Hand. »Nur gucken, ja?« Er drehte sich zu Rita. »Und wenn ich zurückkomme, will ich wieder mitspielen.«

»Klar!«

»Wir sind bei einundvierzig«, rief Johannes, schleuderte den Ball von sich und rief: »Und Peter ist es!«

Ritas Papa, der Hanna, Piet und Dr. Pautsch nachgesehen hatte, war unvorbereitet: Der Ball knallte gegen seine Stirn.

Rita sprang vor und schnappte ihn sich. »Zweiundvierzig!«

»Aber gilt das denn?«, lachte Tillie.

»Na klar.« Rita stellte sich neben Peter. »Er ist mein Papa, wir sind eine Familie, also darf ich auch für ihn fangen.«

Johannes streckte einen Arm empor, wie in der Schule. »Ich bin dafür. Familie darf füreinander fangen.« Er grinste breit. »Und Freunde auch.«

Ben und Flori sahen ihn verwundert an. »Moment mal, heißt das, alle dürfen für alle fangen?«

Johannes nickte. »Genau. Also: Wer stimmt dafür?«

»Ich!« Rita streckte beide Hände mit dem Ball in die Luft. »Alle für alle!«

»Das ist wie die Musketiere.« Flori strahlte. »Nur dass wir mehr sind. Und ... ein bisschen anders.«

»O ja.« Lydie fasste Elke und Tillie an den Händen und hüpfte mit ihnen im Kreis. »Ich will auch ein Muskeltier sein.« Dann hielt sie nachdenklich an. »Aber nur, wenn es bunt ist und Fell hat und aussieht wie meine Mimi!«

Johannes, Ben und Flori kicherten.

»Genau so«, stimmte Rita Lydie zu und versuchte, ernst zu bleiben. Laut rief sie: »Wir sind die besten Muskeltiere der Welt!«

Peter drückte ihr einen Kuss auf den Kopf. »Und ob ihr das seid. Und jetzt her mit dem Ball, Tochter! Weiter geht es! Zweiundvierzig und ... Elke ist dran!«

IMMUNITÄT, Im-mu-ni-tät: angeborene Unempfindlichkeit gegen Krankheiten und ihre Erreger/die Möglichkeit des Körpers, nach dem Überstehen einer Krankheit dafür unempfänglich zu werden/die Möglichkeit, nach einer Impfung auf Krankheiten oder Keime nicht mehr oder nur wenig zu reagieren; Schutz vor dem Gesetz oder Strafverfolgung, auch völkerrechtlich (betrifft vor allem Diplomaten)

(aus Hannas Notizbuch)

KAPITEL 72

Die anderen waren noch unterwegs. Wilko hatte seinen Kellerraum vorbereitet, so gut es ging, und versucht, ihn nicht mit fremden Augen zu betrachten. Er hatte das Grammofon zurück nach unten getragen, es abgestaubt, Platten herauszogen, unsicher, welche Musikuntermalung die beste für ihr Vorhaben war. Fünf gespülte Tassen standen bereit.

Nun gab es nichts weiter zu tun als zu warten.

Mit dem kleinen Buch seines Vaters in der Hand stieg er die wackelige Treppe empor ins Erdgeschoss. Einer der ersten Sätze daraus spukte durch seine Gedanken: *An uns ist es, Abwehr zu schaffen, einen Wall, unüberbrückbar vor dem Festland. Unüberbrückbar für Deutschlands Feinde.*

Daran schien sein Vater geglaubt zu haben. Präzise hatte er festgehalten, wo welche Flakabwehrstellungen, Kommando-, Maschinen- und Mannschaftbunker standen, wo Panzersperren und weitere Ringstände entstehen sollten, wie genau die Küstensicherung geplant war. Wie viel Material dazu nötig war und auf die Insel überführt werden musste. Von den internierten Arbeitern, die dafür herangezogen wurden, kein Wort. Einzig eine Skizze eines Lagers: Grenzen, Wachtürme, Schlafbaracken mit schraffierten Bettgestellen – offenbar zwei oder drei übereinander –, Wasch- und Toilettenverschläge, viel zu wenige. Eine Kochstelle konnte Wilko nicht ausmachen.

Ohne zu zögern, lief er über die Veranda in den Garten hinaus. Schon als Junge hatte er begriffen, dass es für alles Kategorien gab, auch bei Menschen, sei es, was ihr Vermögen, ihre Beliebtheit oder ihr Ansehen anging. Aber sie richteten sich auch danach, wo jemand herkam, wie dieser aussah und ob dieser Jemand ein Zeichen trug. Ein violettes P auf gelbem Grund zum Beispiel als Nachweis, dass jemand aus Polen kam. Niederländer und Belgier wurden besser behandelt.

Ein paar späte Vögel tschilpten. Wilko hielt auf den Holunderstrauch neben dem Schuppen zu, unter dem er sich schon als Kind verkrochen hatte, wenn er nicht mehr wusste, wohin mit sich. Den Zeigefinger hielt er zwischen zwei Seiten des Tagebuches geklemmt.

Nach einigen Aufzeichnungen über Baufortschritte und fehlenden Beton hatte er erneut Umrisse des Lagers am Leuchtturm entdeckt. Diesmal von einer Zickzacklinie in zwei Hälften geteilt.

Unter den tief reichenden Ästen tauchte Wilko hindurch, setzte sich, den Rücken an den Stamm des Holunders gelehnt, und blätterte das Buch schließlich wieder auf. Blickte auf das mit wenigen Strichen umrissene Sonderlager, in denen jene aussortiert werden sollten, die nicht taten, was von ihnen verlangt wurde – oder es nicht länger konnten.

Zwangsarbeiter der Gestapo zu melden, deren Arbeitsleistung nachließ, dagegen hatte sich sein Vater verwahrt. Gleichzeitig hielt er die Einrichtung eines Sonderlagers für zweckmäßig. Weniger schrecklich oder tödlich als die Internierung in ein Arbeitserziehungslager wie Farge oder ein KZ mochte die Idee gewesen sein – doch dahinter stand der gleiche Gedanke. Die Frage war also: Hatte sein Vater Menschen gerettet? Hatte er sie stigmatisiert und ihnen das Überleben erschwert? Oder womöglich beides?

Die untergehende Sonne malte Flecken auf die aufgeschlagenen Buchseiten, und Wilko blickte auf. Die Holunderblüten, die Rena früher geerntet und für ihn ausgebacken hatte, waren Beeren gewichen, noch nicht ganz reif. Er lehnte den Kopf zurück und starrte durch das Grün in den Himmel.

Die Wut des Jungen, der er einmal gewesen war, trug er in sich, seit er denken konnte. Wut auf seinen Vater, der sich davongemacht und ihn allein gelassen hatte. Auf dessen Versagen als Vater. Der Krieg war dafür all die Zeit nur Kulisse gewesen. Dazwischen und darin hatte er Gründe gesucht, die ihm helfen sollten, seinen Verlust zu verstehen. Doch dieser, das verstand er jetzt, war nur ein unwesentliches Detail inmitten von so viel mehr, das er damals nicht zu fassen und nicht zu begreifen vermocht hatte.

Widerwillig ließ er die pergamentartigen Seiten des kleinen Buchs durch seine Finger gleiten. Die Handschrift seines Vaters floss ineinander, manchmal hektisch und verwischt, manchmal steil und soldatisch. Ein Daumenkino der Gemütslagen. Im hinteren Drittel klappte das Buch fast von selbst auf. Ein gefaltetes Blatt Papier lag zwischen den Seiten, eng beschrieben und kaum lesbar. Und doch sprangen Wilko die ersten beiden Wörter an: *Mein Sohn.*

Und dann: *Es tut mir leid.*

Wilko erstarrte. Nicht mehr lange, und die Holunderbeeren wären reif, könnten geerntet werden oder einfach herabfallen und Vögeln und Insekten Nahrung bieten. Ein Kreislauf. Alles ging immer weiter. Zumindest für die Lebenden. Etwas Tröstliches hatte das.

Dann zog er das Blatt hervor und faltete es auf.

Wenn du diesen Brief liest, war ich zu feige, mit dir zu sprechen. Ich habe Fehler gemacht. Einige betrafen uns. Dich, deine Mutter und mich. Über andere lässt sich nicht reden, sie sind nicht zu verzeihen. Aber wenn es keine Vergebung gibt, womit soll man dann leben? Ich hoffe, du findest etwas Besseres als ich, für das es sich zu kämpfen und zu leben lohnt, ich hoffe, du bist einmal mutiger als ich.

Die Tinte verschwamm vor Wilkos Augen.

Mein Sohn.

Mutiger als ich.

Etwas, für das es sich zu kämpfen und zu leben lohnt.

Noch niemals in den letzten siebzehn Jahren hatte Wilko sich so sehr gewünscht, seinem Vater etwas sagen zu können, etwas zu entgegnen.

»Wilko?« Hannas Stimme hallte dringlich durch den Garten. »Bist du hier irgendwo? Es wird Zeit!«

Er stand auf.

Eine Viertelstunde später sah Wilko sich in seinem Kellerbunker um. Es war so weit. Das erste Mal, seit er sich diesen privaten Rückzugsraum erschaffen hatte, war er direkt … belebt. Hanna, Jan und Cyrus bestaunten ebenso fasziniert wie ehrfürchtig seine Schellackplatten, zogen hier und da eine hervor und beugten sich darüber. Das erste Mal hatte Wilko für seine Sendung ein echtes Publikum – eines aus Fleisch und Blut, nicht nur eine anonyme Zuhörerschaft, von der er nicht wusste, ob sie einzig in seiner Vorstellung existierte. Am liebsten würde er sich zu ihnen gesellen, ihnen seine Lieblingsaufnahmen vorspielen, die dazugehörigen Geschichten erzählen. Doch das musste warten.

Rena schüttelte ihm das Kissen des alten Lehnstuhls auf und bedachte ihn mit einem wissenden Lächeln. Legte die heutige Musikaufnahme auf den Plattenteller. Rückte das kleine Büchlein zurecht und richtete den Schein der Leselampe aus. Dann drückte sie beruhigend seinen Oberarm und winkte den anderen. »Haltet den Atem an und drückt die Daumen.«

Hanna, Jan und Cyrus drehten sich um und verstummten, sahen zu Wilko und nickten ihm aufmunternd zu. Wilko streckte eine Hand aus und war überrascht, wie ruhig seine Finger nach dem Schalter griffen. Konzentriert atmete er durch, dann legte er ihn um.

»Herzlich willkommen zu einer weiteren Freitagssendung von *Gegen das Vergessen.* Die heutige ist eine besondere, denn ich werde Sie mitnehmen in die letzten Kriegstage auf Norderney. Einige der Unterlagen, die ich als Junge Ende April und Anfang Mai 1945 hier auf der Insel an mich genommen habe, könnten Aufschluss darüber geben, was es mit dem Knochenfund auf sich hat, der unsere ganze Insel in Atem hält. Also hören Sie gut zu, wenn ich nun aus den Aufzeichnungen eines Mannes lese, der damals für einige der Zwangsarbeiter verantwortlich war.«

Rena setzte den Tonarm präzise bemessen auf die erste Rille. Kein Knacksen war zu hören, kein Rauschen, keine noch so kleine staubige Atempause. Sanft ertönte das kurze Vorspiel, nur ein paar Takte Klavier, Streicher, dann die zurückhaltende Tenorstimme voller Schwermut.

Wilko wartete einige Sekunden, dann drehte er den Plattenspieler leiser und begann mit dem ersten Satz: »An uns ist es, Abwehr zu schaffen, einen Wall, unüberbrückbar vor dem Festland.« Stichpunktartige Eckdaten über die geplante Küstensicherung und das eigens dafür erwartete Bau- und Menschenmaterial folgten. Die Melodie von Paul Abraham bildete dazu einen überraschend stimmigen Klangrahmen. Über die verantwortliche Baufirma berichtete Wilko nur verkürzt: dass diese von seinem Vater verlangt hatte, den Parteieintritt nachzuweisen, bevor sie ihn mit einer höheren Aufgabe betraute und sich später an nichts mehr erinnern wollte, tat hier nichts zur Sache. Im Gegenteil, für ihr Vorhaben, hatte Cyrus erklärt, war es von Vorteil, dass der Verfasser der zitierten Texte anonym und Persönliches privat blieb. Über Rationierungen las Wilko also, Krankheiten und Arbeitsausfälle der Lagerarbeiter, über die schlechte Versorgung. Dann kam er zum entscheidenden Teil. Cyrus und er hatten ihn sich immer wieder vorgenommen, gekürzt und perfektioniert. Der junge Journalist hatte dafür ein ausgezeichnetes Gespür.

Wilko warf einen kurzen Blick in die Runde. Dann senkte er den Blick zurück auf die Erinnerungen seines Vaters und die darin unterstrichenen Zeilen. »Äußerst ungünstig für uns«, las er vor, »erweist es sich, Simulanten und Bummelanten der Gestapo zu melden. Sind sie erst einmal dem Arbeitslager überstellt, kehren sie nicht wieder, und uns fehlt jede Hand. Auf zwei Seiten müssen wir daher vor Ort durchgreifen: Zum einen ist eine interne Kontrollinstanz des Lagers geplant. Privilegierte und meldepflichtige Barackenälteste. Deren Strafbuch führt zur öffentlichen Nennung von Störfaktoren und einer Strafausweitung auf die gesamte Baracke zur Selbstregulierung.«

Als Wilko das erste Mal davon gelesen hatte, hatte er an die Zimmer in Strandhafer mit ihren Zimmerältesten denken müssen: ein kleines System im Großen, beides fußte auf Macht und Angst. Eine Kontrollinstanz innerhalb eines geschlossenen Gefüges, weitergetragen von einer Generation zur nächsten.

Erst als Rena eine warme Hand auf seine eiskalte legte, mit der er das Mikrofon umklammerte, riss er sich zusammen. »Jene«, las er weiter vor, »die auch dann nicht funktionieren, die sich durch besondere Faulheit oder Schwächlichkeit hervortun, sind für uns von keinerlei Nutzen. Für sie käme ein Sonderlager infrage. Abgezäunt vom eigentlichen. Keinerlei Besitztümer, stärkere Rationierung von Kleidung und Verpflegung jeder Art.«

Diesmal machte er eine bewusste Pause, räusperte sich, senkte die Stimme und griff nach dem Text, den er mit Cyrus aufgesetzt hatte. »Das Sonderlager Norderney wurde nicht errichtet. An Mitgefühl jedoch scheiterte es kaum, eher an der organisatorischen Möglichkeit zur Umsetzung. Der Unterschied zwischen jenen Arbeitern, die einsatzbereit waren, und jenen, die zu krank oder schwach dazu waren, der allerdings wurde gemacht. Insbesondere gegen Ende des Kriegs. Vielleicht erinnert sich der ein oder andere von Ihnen noch an die Tage, in denen wir alle wussten: Lange würden wir nicht mehr uns selbst überlassen bleiben. Berlin war eingenommen, weitere Städte folgten, Bremen, Oldenburg, Emden. Es gab jene, die aufhörten, Befehlen zu folgen. Und jene, die zwanghaft daran festhielten. Auf dem Festland hatten Wochen zuvor die Räumungen der Lager begonnen. Bei uns fehlte dazu die Möglichkeit. Wohin sollten wir unsere Zwangsarbeiter schicken ohne genug Schiffe und Boote zum Übersetzen?«

Wilko hielt inne. Die nächsten Sätze waren die entscheidenden. Lange hatten sie daran gefeilt. Für ihren Plan waren sie perfekt. Und doch fühlte es sich an, als würde er damit seinen Vater verraten.

Hanna, Rena, Jan und Cyrus sahen ihn an. Ihre Mienen waren angespannt.

»Good night, good night, good night«, tönte es leise aus dem Lautsprecher des Plattenspielers. Rena hatte in den letzten Minuten den Tonarm immer wieder auf den Anfang zurückgesetzt. »Schön war das Märchen, nun ist es zu Ende.«

Wilko schluckte. »Doch es war nicht zu spät dafür, zumindest einige jener mundtot zu machen, deren Zeugenaussagen sicher nicht allen behagt hätten. Ende April, Anfang Mai ging erneut eine Krankheit in den Lagern um, die für die meisten von uns kaum eine Rolle spielte: das Fleckfieber. Es waren vor allem Zwangsarbeiter«, er warf Jan einen Blick zu, »und Zwangsarbeiterinnen, die sich damit infizierten. Kurz vor der Landung der Alliierten wurden sie aus ihren Lagern begleitet, um angeblich an einem sicheren Ort medizinisch versorgt zu werden. Von Anfang an jedoch war geplant, dass dieser Aufenthaltsort ihr letzter sein sollte. Sie wurden in einen nicht länger benutzten Mannschaftsunterstand gesperrt und sich selbst überlassen – zum Sterben. Ohne Nahrung, ohne Wasser, ohne Hilfe.«

Aus den Augenwinkeln bemerkte Wilko eine Bewegung. Jan ballte die Fäuste. Hanna lehnte den Kopf gegen seine Schulter, und er schlang einen Arm um sie. Beide sahen ihn abwartend an.

Bei den nächsten Worten ließ Wilko sie nicht aus den Augen. »Die Verantwortlichen dafür werden namentlich in dem mir vorliegenden Tagebuch genannt. Allerdings«, nun kam der schwerste Teil, »geht es mir nicht darum, mit dem Finger auf Menschen zu zeigen, die zu einer anderen Zeit womöglich nur getan haben, was sie damals für richtig hielten. Zumindest nicht, ohne ihnen die Möglichkeit zu geben, sich dazu zu äußern und zu erklären.«

Nun waren es Renas Finger, die kühler waren als seine. Wilko ließ das Mikrofon los und nahm die Hand seiner Tante. »Jeder von uns sollte fair behandelt werden«, sagte er und dachte an seinen Vater, Renas großen Bruder. Auch sie hatte ihn damals verloren. Darüber hatte Wilko bisher nie nachgedacht.

»Deshalb bin ich zu einem Gespräch bereit. Um exakt zehn Uhr heute Abend warte ich auf jenem Weg, auf dem das Ruderboot unserer ehemaligen Oststation der *Deutschen Gesellschaft zur Rettung Schiffbrüchiger* ans Meer gezogen werden konnte. Von dem aus 1942 der einzige Fluchtversuch dreier Zwangsarbeiter stattfand, der für zwei von ihnen tödlich endete. Jene, die in den mir vorliegenden Aufzeichnungen genannt sind, wissen, wovon ich spreche. Für alle anderen: Schalten Sie auch nächste Woche wieder ein, wenn es heißt: *Gegen das Vergessen*!«

Wilko stellte das Mikrofon aus und ließ sich erschöpft in den Sessel zurücksinken. Sein Mund war trocken, das Kissen verrutscht, und die spitzen Federn des Sessels stachen ihm in den Rücken. Es wurde Zeit, das alte Sitzmöbel neu aufpolstern zu lassen. Oder aber sich von ihm zu verabschieden.

Er schloss die Aufzeichnungen seines Vaters. Irgendwo darin steckte der Brief an ihn. Auch diesen brauchte er nicht länger.

Er sah sich zu den anderen um. »Ich hoffe, ich war glaubhaft?«

Hanna und Jan nickten. Cyrus hielt einen Daumen in die Höhe. Rena richtete den Kragen ihres Kleides. Das hieß wohl ›Ja‹.

Wilko stand auf. »Dann sollten wir los.«

KAPITEL 73

Knapp zwei Stunden später kauerte Wilko neben Rena im Sand. »Warst du wirklich auf der Suche nach Glasscheiben für Jaspers Gewächshaus?«

»Natürlich.« Sie zog das gleiche Gesicht wie damals, als sie ihm hatte weismachen wollen, es gäbe nicht nur Feen, die Münzen gegen ausgefallene Milchzähne tauschten, sondern auch ein paar spezielle Exemplare, die jenen Kindern Wünsche erfüllten, die nach vielen Wochen aus dem Krankenhaus zurück nach Hause kamen. »Weshalb hätte ich sonst bei dir aufkreuzen sollen?«

Er schnaubte amüsiert. Einige Sandkörnchen stoben auf. Wilko unterdrückte ein Niesen. »Vielleicht weil dir nichts verborgen bleibt, was bei uns auf der Insel geschieht, und es in deiner Natur liegt, dich einzumischen.«

Sie seufzte leise. »Oder aber, weil ich etwas gutmachen will.« Wilkos Kehle verschloss sich. Gutmachen, aufwiegen, ersetzen, kompensieren – sein Vater hatte dazu keine Möglichkeit mehr gesehen. Oder die Augen davor verschlossen.

»Du hast nichts falsch gemacht.« Sein Flüstern klang kratzig.

Rena sah ihn fest an. »Doch. Du hättest jemanden gebraucht, der dir hilft bei allem, mit dem du dich rumgeschlagen hast. Jemand, der die Wahrheit auf den Tisch packt und sie gemeinsam mit dir angeht. Aber was wusste ich damals schon von Trauma, Trauer oder Kindererziehung.« Sie zuckte entschuldigend mit den Schultern. »Vor dir hatte ich noch nie so etwas wie … einen Sohn.«

Das nicht. Doch obwohl sie einige bedeutende Jahre jünger als seine Eltern war, hatte sie sich immer um ihn gekümmert – schon bevor er mit zwölf plötzlich allein dagestanden hatte. »War bestimmt nicht einfach mit mir.«

Rena lächelte überrascht. »Im Gegenteil, Wilko. Egal, was ich falsch gemacht haben mag: Nichts ist mir leichter gefallen, als für dich da zu sein.«

»Hm.« Wilko schwieg gerührt. Gefühle in Worte zu fassen, war nicht seine Stärke. Gefühle an sich waren nicht seine Stärke. Ein Grund, weshalb er sich so lange aus allem herausgehalten hatte und gut damit gefahren war. Das Problem war nur: Ließ man Gefühle einmal zu, gab es kein Zurück mehr. Bevor Wilko es sich versehen hatte, hatte er damit begonnen, sich zu sorgen und einzumischen, Stellung zu beziehen. Auch das Mitfühlen mit anderen hörte nicht mehr auf. Es war, als hätte er einen Schalter umgelegt, der danach kaputtgegangen war. Was jedoch nicht bedeutete, dass er plötzlich eloquent mit Emotionen umgehen konnte.

»Hm.«

Lächelnd griff sie nach seiner Hand. »Ich weiß.«

Erleichtert lehnte er sich gegen sie. Damals wie heute – Rena hatte ihn schon immer verstanden. Auch ohne weitschweifige Erklärungen.

»Seit wann weißt du es eigentlich, das mit meiner Piratensendung?«

Seine Tante verdrehte die Augen. »Für wie dumm hältst du mich? Dein Kellerbunker, die alten Platten deines Vaters, deine Stimme! Du hast ja nicht mal einen Verzerrer benutzt! Solltest du aber. Vor allem jetzt, da du berühmt wirst.«

»Berühmt? Wohl kaum.«

»Nach heute Abend dürften sich die Zuhörer deiner Sendung vervielfachen. Und falls Herr Rabenstein dich wirklich anstellt …« Ihr Griff um seine Finger verstärkte sich. Einige Sekunden dachte Wilko, sie wolle ihm Mut machen, da wies sie mit der anderen Hand nach vorn. »Sieh mal! Dort!«

Hinter der nächsten Düne lag Hanna neben Jan. Cyrus kauerte

weiter links, ein Fernglas vor den Augen. Seine Kolleginnen und Kollegen hatten sich hinter den Büschen verteilt. Einige Freunde Renas hatten sich zu ihnen gesellt. Nur Herrn Rudolf konnte Wilko erkennen, er trug wie immer einen Hut.

Dann streifte ein Lichtkegel über die Straße, bewegte sich auf sie zu. Ein Fahrzeug! Das meinte Rena also! Es ging los.

Wie verabredet schickte Wilko ein kurzes Signal mit seiner Taschenlampe zu den anderen und runzelte die Stirn. Entgegen ihrer Erwartung bog das Auto nicht auf den Weg in Richtung Zeltplatz. Es fuhr weiter die Straße entlang. Verblüfft richtete Wilko sich auf.

Auch Cyrus sprang auf die Füße, raunte Jan und Hanna etwas zu, die sich aufrappelten.

Die Rücklichter des Wagens wurden kleiner, entfernten sich die Straße entlang, bogen schließlich nach rechts. Wilko sprang auf. Sie hatten einen fatalen Fehler begangen! Sie hatten Dr. Hiemer und Waldeck unterschätzt.

KAPITEL 74

»Shit! Shitshitshitshit!« Fluchend lief Cyrus neben Hanna her.

»Damit hätten wir rechnen müssen!«

Jan drehte sich nach hinten. »Beeilt euch!«

Jan, Hanna und Cyrus rannten an der Spitze, gefolgt von einigen Insulanern und Reportern, deren Taschen mit dem schweren technischen Gerät sie beim Laufen behinderten, in Richtung Flughafen. Ganz zum Schluss bemühten sich Rena, die sich immer wieder die Seite hielt, und Wilko mitzuhalten, wurden aber immer weiter und weiter abgehängt. Der Lichtschein des Leuchtturms glitt über die Straße, erhellte das im Dunkeln liegende Gebäude auf der anderen Seite und das davor abgestellte Auto.

Mit unrhythmischem Stottern erwachte ein Motor zum Leben, das folgende Dröhnen zitterte unter Hannas Haut. Dann folgte das Flapp-Flapp-Flapp der Flugzeugpropeller, erst langsam, dann immer schneller und schließlich regelmäßig.

»Verdomme!« Jan warf seine Tasche in den Graben neben der Straße. »Sie gehen davon durch!« Keuchend rannte er voran.

»Das darf nicht geschehen!« Cyrus schien nicht einmal aufzufallen, dass Jans Sprache durcheinandergeriet. »Wir müssen sie aufhalten!«

Hanna schlüpfte aus den Sandalen, in die immer wieder Sandkörnchen gelangten und ihr das Rennen erschwerten. Achtlos ließ sie sie liegen und lief barfuß weiter.

Das Dröhnen nahm ab, dann wieder zu. Hanna, Cyrus und Jan sprangen über den niedrigen Zaun, der das Rollfeld zur Straße hin abgrenzte. Hinter ihnen wurden Rufe laut. Hanna stolperte gegen Jan, der sie geistesgegenwärtig auffing.

Einige von Cyrus' Kollegen waren stehen geblieben und richteten ihre Kameras ein. Andere versuchten, im Laufen ihre Aufnahmegeräte anzustellen. Was genau sie sich davon erhofften, war Hanna ein Rätsel. Ein Flugzeugmotorengeräusch würde ihnen kaum weiterhelfen. Neben Cyrus und Jan stob sie um die letzte Ecke des flachen Gebäudes – und blieb frustriert stehen. Vor ihren Augen nahm die wendige kleine Maschine Fahrt auf, rollte über die Bahn und stieg in den Himmel.

Cyrus blickte ihr bewundernd hinterher. »Eine Junkers. Mit so einer wollte ich schon immer mal fliegen.«

Hanna platzte der Kragen. »Das ist das Erste, was dir dazu einfällt? Wir haben verloren!«

»Nicht ganz.« Jan deutete zur Seite, wo das Leuchtturmlicht zwei nahe beieinanderstehende Silhouetten streifte. »Offenbar durften nicht alle mitfliegen.«

Unbeweglich sahen die beiden Menschen ihnen entgegen. Erst als sie sie fast erreicht hatten, erkannte Hanna die Gestalt ihrer Cousine. Neben ihr stand nicht, wie sie vermutet hatte, Dr. Gebhardt, sondern Dr. Hiemer.

Lächelnd senkte er den Kopf zum Gruß, als begegneten sie sich bei einer Freizeitveranstaltung. »Guten Abend, die Herrschaften.« Seine Augen glitten über die Anwesenden und verengten sich, als er Hanna entdeckte. »Haben Sie sich verlaufen?«

Evi lachte auf. »Nicht erst seit heute, würde ich meinen.« Sie besah sich Hanna von oben bis unten. »Bist du etwa barfuß unterwegs? Ist das der erste Schritt zur Ganzkörper-Freikultur?«

Hanna zwang sich, nicht ertappt auf ihre Füße zu sehen und Evis Blick standzuhalten, während Dr. Hiemer sich an den Rest der Anwesenden wandte und bedauernd den Kopf schüttelte. »Ich fürchte, für den normalen Personenbetrieb ist geschlossen. Oder hat jemand von Ihnen hier eine Privatmaschine stehen?«

»Weder wir«, Cyrus trat vor, »noch Sie, Dr. Hiemer, wenn ich das eben richtig gesehen habe. Die flotte kleine Tante Ju, deren Start wir eben verfolgen durften, war, nehme ich an, Ihre?«

»Ich habe sie nur einem … jungen Freund in Zeitnot geliehen. Das ist kaum ein Verbrechen.«

»Einer gesuchten Person damit zur Flucht zu verhelfen, allerdings schon.« Hanna sah ihn wütend an.

Hinter ihr schlossen Renas Freunde und Cyrus' Kollegen auf. Einige von ihnen hielten ein Mikrofon in der Hand, andere machten Filmaufnahmen, zückten Stift und Block, schossen eifrig Bilder und runzelten fragend die Brauen.

Evi schüttelte den Kopf. »Gesuchte Person? Das ist ja wohl kaum ein stehender juristischer Terminus. Was soll das überhaupt bedeuten?«

»Seien Sie nicht zu hart zu Ihrer Cousine, Fräulein Grimm.« Dr. Hiemer strich sich ein unsichtbares Stäubchen vom Revers seines Jacketts. »Wie mir zugetragen wurde, hat Fräulein Hanna ein paar … begriffliche Probleme. Kann nicht einmal richtig lesen oder schreiben und braucht ein Notizbuch, um sich Fachtermini zu merken.«

Als Hanna Evi grinsen sah, begann es in ihren Ohren zu rauschen. Sie hatte also nicht nur ihr Notizbuch gestohlen, sondern auch Dr. Hiemer davon in Kenntnis gesetzt. Das Blut schoss Hanna in die Wangen. Sie fühlte die Blicke der Umstehenden auf sich, den von Cyrus, Wilko, Rena und Jan. Jan, der sie anlächelte, wegwerfend mit den Schultern zuckte und die Augen verdrehte.

Sie schluckte, holte tief Luft und nickte. »Sie haben also von meiner Lese- und Rechtschreibschwäche gehört. Sicher gibt es dafür einen stehenden medizinischen Fachausdruck, den ich im Gegensatz zu Ihnen beiden vermutlich nicht richtig aussprechen würde. Das ist auch der Grund, weshalb ich bisher keine weiterführende Ausbildung gemacht habe. Sie hält mich allerdings nicht davon ab, es weiter zu versuchen. Oder Richtig von Falsch zu unterscheiden. Etwas, womit Sie, Herr Hiemer, offenbar schon länger ein begriffliches Problem zu haben scheinen.«

Hinter Hanna wurde überraschtes Lachen laut. »Gut gekontert«, murmelte jemand, und jemand anders sagte: »Das muss ich mir aufschreiben.«

Cyrus stellte sich neben sie. »Um genau zu sein, seit mehr als siebzehn Jahren. Lassen Sie mich nachsehen …« Er blätterte durch seinen Notizblock, und Hanna musste lächeln. Die aufgeschlagenen Seiten waren leer. Cyrus veranstaltete eine Show für den Arzt, den er nicht aus den Augen ließ. »Uns wurden Hinweise auf zwölf an Fleckfieber erkrankte und 1945 spurlos verschwundene Zwangsarbeiter zugespielt, deren Überreste vor wenigen Tagen hier auf der Insel entdeckt wurden. Und jetzt raten Sie mal, wer nicht nur zur Zeit ihres Auffindens, sondern, viel wichtiger, auch zur Zeit ihres Verschwindens hier auf der Insel war: Sie, Herr Hiemer.«

Der Blitz eines Fotoapparats erhellte das dunkle Flughafengelände, dann noch einer. »Ist das wahr?« Weitere Bilder wurden geschossen. »Was sagen Sie dazu?«

Der Arzt hielt eine Hand vor sein Gesicht. »Hören Sie auf zu fotografieren! Ja, womöglich gab es damals während meines nur wenige Monate dauernden Aufenthalts auf der Insel einen so oder so ähnlich gelagerten Vorfall. Nur habe ich damit nichts zu tun.«

»Aber«, einer der Reporter trat vor und hielt Dr. Hiemer ein Mikrofon vor das Gesicht, »wir alle haben die Radiosendung heute gehört – *Gegen das Vergessen*. Darin war von Beweisen die Rede.«

Dr. Hiemer horchte auf. »Und konnte einer von Ihnen diese sichten?«

Sein Gegenüber schüttelte den Kopf. Dr. Hiemer verzog siegessicher das Gesicht. »Das habe ich mir gedacht.« Er wandte sich an alle. »Sie als Profis sollten sich nicht auf Verschwörungstheorien eines Amateurs berufen, der seine Identität verheimlicht, und dies sicher aus gutem Grund.«

Cyrus' Kollegen warfen ihm einen unsicheren Blick zu. Da trat Wilko vor und stellte sich neben Hanna. »Kein Grund. Nicht mehr.« Er wandte sich an die Anwesenden. »Mein Name ist Wilko Janssen.

Ich bin der Radiopirat. Cyrus kennt mich. Ich war viele Jahre Hausmeister von Heim Strandhafer. Und ich bin im Besitz etlicher Aufzeichnungen, die ein neues Licht auf einige bisher ungelöste Geschehnisse in den letzten Kriegstagen werfen dürften. Wie beispielsweise auf das Verschwinden der zwölf an Fleckfieber erkrankten und verschwundenen Zwangsarbeiter.«

Dr. Hiemer schüttelte nachsichtig den Kopf. »Was auch immer Sie zu glauben wissen, es hat nichts mit mir zu tun. Für Frau Waldecks Taten zu dieser Zeit«, er machte eine kleine Pause und schien nachzudenken, »kann ich mich allerdings nicht guten Gewissens verbürgen.«

Hanna starrte ihn an. Die nun auf Dr. Hiemer einprasselnden Fragen gerieten in den Hintergrund, während sie sich die Schläfen massierte. Mit einigem hatte sie gerechnet, aber nicht damit. Dr. Hiemer schien mehr als gewillt, die abwesende Heimleiterin den Wölfen vorzuwerfen. Oder besser der Presse. Loyalität schien für ihn eine Einbahnstraße zu sein – dann nämlich, wenn es galt, seine eigene Haut zu retten.

Bittend hob er die Hände. »Ich gebe Ihnen mein Ehrenwort als langjähriges Stiftungsmitglied. Wir werden die Behörden bei den Untersuchungen gegen Frau Waldeck unterstützen, so gut wir können, und, wenn nötig, Konsequenzen ziehen.«

»Sie sprechen von Entlassung?« Die Stifte der Reporter schwebten über ihren Blöcken.

»Warten wir doch erst einmal ab. Zunächst ist Frau Waldeck aufgrund dieses nicht näher ausgeführten Verdachts natürlich beurlaubt. Bis auf Weiteres übernimmt Oberschwester Margot ihre Aufgaben. Wenn das alles wäre …«

»Ist es nicht.« Jan stellte sich Dr. Hiemer, der sich mit Evi zum Gehen gewandt hatte, in den Weg. »Eine Frage haben Sie uns nämlich nicht beantwortet: Wo genau ist Dr. Waldeck, und wer saß in Ihrem Flugzeug?«

»Das sind streng genommen zwei Fragen.« Dr. Hiemer bedachte

Jan mit einem herablassenden Lächeln und legte einen Arm um Evi. »Wir haben keine Ahnung, wo sich Frau Waldeck momentan genau befindet. Fräulein Grimm und ich haben heute Abend ihren Verlobten verabschiedet, der wegen einer dringenden Forschungsangelegenheit in einem unserer Labore benötigt wird: Dr. Gebhardt. Wenn Sie uns nun entschuldigen würden. Es ist spät geworden, und wir haben intern noch einiges zu klären.«

Hanna sah zu, wie Evi Arm in Arm mit Dr. Hiemer das Flugplatzgelände verließ, in das davor geparkte Auto stieg und verschwand.

Verlobter? Seit wann?

Dann stutzte sie. Aber natürlich hatte Dr. Hiemer keine Ahnung, wo sich Dr. Waldeck *momentan genau* befand. Hanna sah in den Himmel, wo die Lichter des kleinen Flugzeugs längst nicht mehr sichtbar waren. Wenn es darum ging, die Wahrheit geschickt zu umgehen, waren Dr. Hiemer und Evi sich offenbar sehr ähnlich.

KAPITEL 75

Hanna bemühte sich um ein gleichbleibendes Tempo – langsam genug, um Seitenstechen zu verhindern, schnell genug, um ihre Muskeln zu spüren. Die Sonne hatte gerade mal über den Horizont geblinzelt, als sie wach geworden war, den Kopf so übervoll, dass an erneutes Schlafen nicht zu denken gewesen war.

Laufen aber half. Mehr noch als Aufräumen. Von Frau Fischers Pension war sie in Richtung Osten der Insel gestartet. Ihr Weg hatte sie am rückliegenden Teil von Wilkos Grundstück entlanggeführt, an der Meierei, und nachdem sie sich einige Hundert Meter durch trockenen Sand gequält hatte, war sie ans Ufer ausgewichen. Der Untergrund dort war feucht und fest, und sie war in einen entspannenden Rhythmus gefallen.

Über Dr. Waldeck hatte Hanna nachgedacht, während die Zeichen der Zivilisation immer weniger geworden waren. Darüber, was mit ihr geschehen würde. Dass sich die ehemalige Heimleiterin stellen würde, daran glaubte Hanna nicht.

Einige Hundert Meter weiter gab es nur noch Wind, Wellen, Sand und Himmel. Ob es Dr. Hiemer gelingen würde, ein weiteres Mal unbelastet aus allem hervorzugehen, fragte sich Hanna und umrundete eine Kolonie Möwen, die sich von ihr nicht stören ließ. Sorgen schien er sich keine zu machen. Weshalb auch. Das Heim hatte seinen Sündenbock, und glaubte man Cyrus' zynischer Vermutung, würde Frau Waldeck dafür gut bezahlt.

An der Inselspitze, von wo sie nach Borkum hinübersehen konnte, entdeckte Hanna drei kleine Heuler. So entspannt aalten sie sich in der Sonne, dass sie umdrehte, um sie nicht aufzuschrecken.

Über die Aufzeichnungen von Wilkos Vater grübelte sie auf dem Rückweg. Wilko hatte ihr, Cyrus und Jan davon und von dem Brief, den er darin gefunden hatte, berichtet. Sie alles lesen lassen. Hanna fand, als Abschiedsbrief taugte dieser nicht. Erklärte zu wenig und ließ zu viel offen. Wie konnte man einen Zwölfjährigen damit allein lassen? Aber auch daran, was Wilko über Herrn Janssens Begräbnis erzählt hatte, musste sie denken, während sie zurück in Richtung Norderney lief. Wie leicht war es, jemanden zu verurteilen und sich dadurch auf die scheinbar richtige Seite zu stellen. Eine ehrliche Auseinandersetzung wurde unnötig, wenn Abgrenzung ausreichte, um sich innerhalb des aktuellen Systems einzurichten. Manche, wie Evi, Dr. Gebhardt und Dr. Hiemer, waren darin wendiger als Hanna, ihr Vater, Jan, Rena und selbst Wilko, der zugegeben hatte, lange Jahre die Augen verschlossen zu haben, weil es nun mal schmerzloser war, sich nicht einzumischen.

Auf der Uferpromenade verlangsamte Hanna das Tempo, rollte mit den Schultern und schlackerte mit den Armen. Alles Mögliche ging ihr durch den Kopf, doch auf eine Frage hatte sie keine Antwort: Wie sollte es mit ihr weitergehen? Zurück zu ihren Eltern, einen Pflegejob im Seniorenheim ihres Vaters annehmen, erst einmal wieder in ihr ehemaliges Kinderzimmer ziehen – das konnte sie sich nicht vorstellen.

Seufzend öffnete sie die Tür des Lotto-Toto-Geschäfts mit seinen engen Gängen und vollgestopften Regalen.

»Sie sind aber früh dran, Hanna! Sie sind doch Hanna, richtig?« Die Dame hinter der Kasse winkte ihr zu. »Mein Sohn hat mir von Ihnen erzählt.«

»Ihr Sohn?«

»Eddie. Eddie sagt«, die Dame lächelte, »Sie sind eine Wucht, aber nicht zu haben.«

Hanna musste lachen. »Ach ja?«

»Ja, weil Sie die Kinder im Kopf haben und wie Sie ihnen helfen können. Also spielen die jungen Männer nur die zweite Geige.« Sie öffnete den quietschenden Klappbereich zum Verkaufsraum, trat hindurch und kann näher. »Unter uns: richtig so! Ich habe es genauso gehalten. Erst den Kiosk meiner Eltern ausgebaut und mir dann einen Mann gesucht, der dazu passt. Falls Sie aber hier Karriere machen«, sie zwinkerte Hanna zu, »sollten Sie wissen, dass mein Junge seine Auserwählte auf Händen tragen würde.«

»Ähm, ja, das ist sicher wunderbar für sie.« Hanna wischte sich den Schweiß von der Stirn. »Eigentlich bin ich auf der Suche nach einem Notizbuch.«

»Oh. Das tut mir leid. Nach so etwas wird hier nicht oft gefragt. Das letzte habe ich vor ein paar Tagen verkauft. Aber ich hätte da noch ein paar Kalender von diesem Jahr, die ich Ihnen für einen wirklich guten Preis überlassen kann.«

Für einen Moment war Hanna versucht. Dann winkte sie ab. »Nein, vielen Dank. Ich möchte lieber etwas ohne Zeiteinteilung, etwas ... Unabhängiges.«

Das Glöckchen über der Tür bimmelte, als ein weiterer Kunde eintrat. »Gudrun, du musst mir helfen. Unsere Enkelin hat Geburtstag, und wir wollen ihr ein Päckchen schicken – aber so kostengünstig wie möglich!«

Hanna duckte sich durch die Tür hinaus auf die Straße. Die Milchbar öffnete gerade, die Veranda wurde mit Tischen und Stühlen bestückt, Lieferanten bedienten die Küchen der Hotels an den Hintereingängen. Ein Tuten weiter vorn deutete an, dass bald die nächste Fähre vom Festland am Hafen anlegen würde. Hanna lief auf die Anlegestelle zu. Das trubelige An- und Abreisen gefiel ihr. Familienmitglieder begrüßten sich, Touristen betraten, sich begeistert umblickend, die Insel. Menschen, die zum Arbeiten aufs Festland mussten, warteten entspannt darauf, die Fähre zu betreten. Andere, die Norderney nach ihrem Urlaub wieder verließen, warfen sehnsuchtsvolle Blicke zurück.

»Hanna? Hanna! Bist du gekommen, um uns nachzuwinken?« Rita wedelte mit beiden Armen in der Luft, und Hanna kam amüsiert näher, als das Mädchen nun um die zwei Koffer vor sich und ihrem Vater herumsprang und ihr entgegenhüpfte.

»Eigentlich bin ich zufällig hier. Aber natürlich winke ich euch nach. Ihr reist also heute ab?«

»Ja!« Rita war nicht zu bremsen, drehte übermütige Kreise um Hanna. »Wir müssen. Weil, du weißt doch, ich habe jetzt einen Bruder. Der wartet auf mich!«

»Und er freut sich sicher schon.«

»Das sagt Papa auch. Oh, guck mal, Papa, es geht los, komm!« Rita eilte auf die Fähre zu.

Ritas Vater nahm die Koffer auf. »Lauf schon mal vor, ich bin gleich da.« Er drehte sich zu Hanna um. »Danke. Für alles. Ohne Sie …« Er schüttelte kurz den Kopf. »Ich habe vorhin noch mit Dr. Pautsch geredet. Und mit meiner Frau. Auf eine Anzeige werden wir verzichten. Ich bin einfach nur froh, Rita mitnehmen zu können. Wir gucken jetzt nach vorn. Und ich hoffe, auch für Sie wird alles gut.«

Hanna bemühte sich um ein Lächeln und nickte. Sie wünschte Rita und ihm alles Gute. So wie Johannes, Manuel und all den anderen Kindern.

»Komm schon, Papa!« Rita beugte sich über die Reling. »Sonst sind die besten Plätze besetzt!« Sie eilte vor und zurück und winkte ihrem Vater, ihr zu folgen.

»Sie sieht glücklich aus.«

Hanna drehte sich um.

Dr. Pautsch schirmte die Augen mit einer Hand vor der Sonne ab und sah Rita und ihrem Vater hinterher. »Ich habe sie trotzdem an einen Kollegen verwiesen. Für den Fall der Fälle. So ein Trauma ist nicht zu unterschätzen.«

»Gute Idee.« Hanna suchte mit dem Blick die Fähre ab, aber Rita und ihr Vater waren verschwunden. »Ich habe Rita in all den letzten Wochen nie so entspannt erlebt wie eben. Ich hoffe, das bleibt so.«

»Und ich hoffe, Sie bleiben.«

»Bitte was?« Hanna stutzte überrascht.

Dr. Pautsch zuckte mit den Schultern. »In einigen Wochen beginnt unser erster Ausbildungsjahrgang zur Kinderkrankenschwester. Zusätzliche Kurse zur Kindergärtnerin, eigenes Zimmer im Schwesternwohnheim bei uns auf dem Gelände. Guter Verdienst und die Chance auf eine anschließende Anstellung. Was sagen Sie?«

Hanna schwieg. Hinter ihr stampfte die Fähre los.

»Keine Sorge, ich weiß um Ihre Dyslexie. Lassen Sie sich davon nicht aufhalten. Wir helfen Ihnen.«

Die Menschen am Kai zerstreuten sich, die meisten in Richtung Stadt, einige wenige bogen direkt zum Ufer ab in Richtung Meer. Hanna drehte sich langsam einmal im Kreis.

Die Fähre beschrieb einen großen Bogen und nahm Fahrt auf. An der hinteren Reling stand eine einsame Gestalt neben einem übergroßen Lederkoffer und darauf eine beinahe ebenso große Tasche. Um den Kopf trug sie ein modisches Tuch, das Gesicht hinter der Sonnenbrille war kaum zu erkennen. Hanna aber kannte die Hose mit dem hohen Bund, hatte sie selbst einmal getragen, vor einigen Wochen erst. Es fühlte sich an wie eine Ewigkeit.

Zögernd hob sie eine Hand, doch Evi rührte sich nicht.

Sie holte tief Luft. »Das ist wirklich ein sehr nettes Angebot, Dr. Pautsch …«

»Oh-oh!« Der Arzt lächelte. »Wieso nur glaube ich, als Nächstes folgt ein Aber?«

»Aber«, Hanna zuckte mit den Schultern, »in den letzten Wochen haben mir alle möglichen Menschen erklärt, woran es mir mangelt. Nur einer hat mir gezeigt, dass das völlig egal ist, weil es darauf ankommt, sich verständlich zu machen und sich selbst zu verstehen. Es geht nicht darum, was andere denken. Es geht darum, was ich will.«

Das war es. Sie würde nicht darauf warten, was andere ihr

anboten, egal, wie nett es gemeint war. Das hatte sie viel zu lange gemacht.

Hanna richtete sich auf. »Ich werde Lehrerin. Für Sport. Und irgendetwas anderes.« Sie lachte ausgelassen.

»Eine gute Entscheidung.« Dr. Pautsch nickte ihr zu. »Andere darin zu bestärken, an sich zu glauben und das Richtige zu tun, diese Fähigkeit haben nicht alle. Viel Erfolg.« Damit drehte er sich um und schlenderte davon.

Verwundert blickte Hanna ihm hinterher. Hatte er da eben wirklich über ihren Berufswunsch gesprochen? Oder über sich selbst und ihr Zusammentreffen in der letzten Zeit?

KAPITEL 76

»Ich habe dir etwas mitgebracht.«

Wilko warf einen Blick auf die Schubkarre und die darin aufgereihten Anpflanztöpfchen. Die Vergissmeinnicht mussten dringend in die Erde. Zuvor hatte er jedoch noch etwas anderes zu tun. Senkrecht stieß er die Schaufel vor sich in die Erde und zuckte zusammen. Normalerweise grub er flache Kuhlen, setzte eine Blume hinein und klopfte die Erde fest. Diesmal aber ging es nicht um die Wurzeln der Pflanzen. Es ging um seine eigenen. Oder besser, um die seines Vaters. Und dazu musste er tiefer graben.

»Ich möchte dir etwas zurückgeben. Ich habe es gelesen und brauche es nicht mehr. Was ich gesucht habe, habe ich darin nicht gefunden. Weitergeholfen hast du mir trotzdem.«

Inselfunk sollte Wilkos Programm heißen, das einmal pro Monat auf der Welle des NDR gesendet werden und eine Mischung aus Inselneuigkeiten und Historischem bieten würde. Geschichten, die die Zuhörer dazu brachten, nachzudenken, mehr wissen zu wollen – und vielleicht auch, hierherzureisen. Cyrus hatte seine Vorgesetzten davon überzeugt. Nach einem halben Jahr würde überprüft, ob der Inselfunk Hörer anzog. Wilkos Berühmtheit, wie Tante Rena es formuliert hatte, war also eine auf Zeit. Doch das störte ihn nicht. Auch er könnte so sehen, ob es das war, was er wirklich wollte.

Zwei Hand tief hatte er die Grube ausgehoben, zog das Tagebuch seines Vaters hervor, legte es hinein und schob Erde darüber. Dann setzte er drei Vergissmeinnicht darauf und ließ sich für einen Moment auf die Umrandung sinken. Die Blüten nickten ihm zu. »Wer weiß«, murmelte er, »wären wir älter geworden miteinander, du und ich, hätten wir aneinander lernen können. Du an mir, ich an dir.« Dann stemmte er sich in die Höhe und legte kurz eine Hand auf den Grabstein. »Das ist es, was ich wirklich vermisse.«

Als er sich umdrehte, sah er Herrn Rudolf den Friedhofsgang herunterwinken. »Wilko? Bist du fertig mit deinem Besuch?«

Wilko warf einen schnellen Blick hinter sich. Nichts Ungewöhnliches. Alles, wie es sollte, nur weitere Vergissmeinnicht. Niemand käme auf die Idee, er habe dort etwas vergraben. Und selbst, wenn. Er hob einen Arm und nickte. »Bin ich. Alles in Ordnung bei Ihnen?«

Herr Rudolf kam ein paar Schritte näher. »Nicht wirklich.« Er blieb stehen. Schüttelte den Kopf. Winkte ab. »Ich will dich nicht stören. Bist du auf dem Weg nach Hause?«

Wilko stutzte. Das war eigentlich sein Plan gewesen. Nach Hause und Musik hören, denken und für sich sein. Vielleicht seinen ersten Inselfunk vorbereiten. Aber der alte Herr sah einsam aus. Einsamer als sonst.

»Nicht unbedingt.« Wilko lief ihm entgegen. »Was gibt es denn?«

»Adas Geburtstag.« Erst jetzt bemerkte Wilko die Schnittblumen in seiner Hand: ein Strauß wilder Kamille, Korn- und Mohnblumen, die nun schon die Köpfe hängen ließen. Adas Lieblingsblumen. Bittend sah ihn Herr Rudolf an. »Und, nun ja, das ist immer so ein Tag, an dem ich … ein bisschen Gesellschaft gebrauchen kann. Also nur, wenn es dir nichts ausmacht.«

Wilko nahm eines seiner Antopfpflänzchen aus der Schubkarre und lief dem alten Herren entgegen. »Mochte Ada eigentlich auch Vergissmeinnicht?«

Herr Rudolf strahlte auf. »Ich trug eines als Abzeichen, als wir uns kennenlernten.«

»Na dann.« Wilko hielt die Pflanze empor. »Wollen wir dieses hier auf ihr Grab setzen?«

»Gerne. Der Friedhofsgärtner sagt, ich sollte lieber mehrjährige Pflanzen wählen. Aber Ada fand, die schönsten Dinge wiederholen sich nicht. Man müsse sie immer wieder finden.«

KAPITEL 77

Der Wind zerrte an Hannas Haaren. Möwen schrien und umkreisten die Menschen an Deck. Hanna winkte. Sie hatte nicht mit einem derart großen Abschied gerechnet. Marion, Eddie, seine Schwester und Freunde, Wilko und Rena standen am Kai neben einigen der Inselbewohner, mit denen Hanna gemeinsam nach Rita gesucht hatte. Etliche der Kinder von Strandhafer waren da: die Flussneunaugen und die verbliebenen Kiebitze. Dr. Pautsch, der sich mit Margot unterhielt. Frau Fischer, die beide Arme über den Kopf gestreckt hielt wie bei einer Gymnastikübung. Cyrus, der ein tischdeckengroßes Tuch schwenkte, als wolle er Jan und Hanna mit einem ausgeklügelten Fahnenalphabet zum Abschied noch ein Geheimnis mitteilen.

Was Hanna betraf, war alles gesagt. Rena hatte sie mit Margot besucht, die dabei geholfen hatte, Dr. Hiemer und Dr. Waldeck in die Falle zu locken. Die Oberschwester hatte Hanna gestanden, dass sie es gewesen war, die Hanna und Jan bei ihrem Einbruch im Büro der Heimleiterin überrascht hatte. Allerdings nicht, um Beweismittel verschwinden zu lassen, sondern um sie sicherzustellen. Nachdem Hannas Anruf ans Jugendamt herausgekommen war, hatte sie befürchtet, Dr. Waldeck würde die Akten in ihrem Büro bereinigen. Zusammen mit Dr. Pautschs Protokollen zu Manuel, Rita und den Flussneunaugen würde sie die Unterlagen persönlich nach Norden bringen. Auch wenn keiner von ihnen daran glaubte, dass dies etwas verändern würde. Einige weitere Anschuldigungen im Verfahren gegen die abwesende Dr. Waldeck machten keinen Unterschied.

Hanna hatte gewonnen und auch wieder nicht. Blieb zu wünschen, dass Margot als Nächstes zwei Ärzte zur Seite gestellt bekam, die das Wohl der ihnen anvertrauten Kinder im Auge behielten. Immerhin hatte sie sich diesmal ein Mitspracherecht erbeten. Margot hoffte, ihre Geldgeber hätten aus den letzten Wochen gelernt. Hanna war sich da nicht so sicher. Dr. Waldeck blieb verschollen, und Dr. Gebhardt hatte eine führende Position in einem der Stiftung nahestehenden Pharmaunternehmen erhalten, das zufälligerweise demnächst gleich drei neue Neurodermitis-Medikamente auf den Markt bringen wollte. Damit war auch klar, wohin die Ergebnisse seiner angeblich nie stattgefundenen Tests sowie die Film- und Fotoaufnahmen verschwunden waren. Wie sollte sich etwas Grundlegendes ändern, wenn es vor allem um Gewinn und nebenbei um Schadensbegrenzung und den eigenen Ruf ging?

Die Menschen am Hafen wurden kleiner, die Insel schrumpfte. Hanna warf einen letzten Blick auf die Türme des Heims, die Uferpromenade, das fröhlich flatternde Rot-Weiß der Fahne auf dem Dach der Milchbar. Dann drehte sie sich um. Einiges hatte sie nicht verändern können, aber es wenigstens versucht. Bei anderem hatte sie mehr Glück gehabt. Aber wie hatte Dr. Pautsch gesagt? Es war eine Fähigkeit, andere darin zu bestärken, an sich zu glauben und das Richtige zu tun. Vielleicht also brauchten manche Reformen nur mehr Zeit.

Tiefes Tuten durchrüttelte den Schiffsrumpf, als Juist in Sicht kam, und Hanna schüttelte den Kopf, in dem sich die Vibrationen und Klänge zu einer von Wilkos Operettenmelodien vermischten. »Schön war das Märchen, nun ist es zu Ende.«

Sie sah zum Horizont und wartete darauf, dass das Festland in Sicht kam. Nach jedem Ende folgte etwas Neues. Vorausgesetzt, man bemühte sich darum.

Neben ihr lehnte sich Jan gegen die Reling. »Die Engländer haben die Inseln damals *die Igel* genannt. Angeblich, weil sie beim Überfliegen mit unzählbaren Flakschüssen rechnen mussten. Wie

Stachel.« Er lächelte sie an. »Aus der Luft betrachtet sehen sie aber aus wie Kommas. Für Wörter, die noch kommen müssen.«

Er kramte in der rechten Tasche seines Jacketts, und Hanna schüttelte lachend den Kopf. »Ein sehr poetisches Bild. Ich hätte eher erwartet, du findest, sie sehen aus wie irgendeine komplizierte elektrotechnische Verbindung.«

»Jetzt, wo du es sagst … nur die Kabel dazwischen fehlen.« Lächelnd steckte er sich die Pfeife in den linken Mundwinkel, um beide Hände frei zu haben, und schlüpfte aus dem Jackett.

»Weißt du, was ich sehe?« Hanna lächelte ihn an. »Seepferdchen, die hintereinander herschwimmen. Wir haben offenbar sehr unterschiedliche Sichtweisen.«

»Unterschiede ergänzen sich.« Endlich hatte er aus seinem Kleidungsstück befreit, wonach er die ganze Zeit gesucht hatte. »Ich habe etwas für dich. Hier.«

Hanna nahm das schmale Buch entgegen und blätterte es auf. Es war leer.

»Ein neues Notizbuch.« Er zuckte mit den Schultern, als bedeute es nicht viel.

»Danke.« Hanna umklammerte das Büchlein fest und sah aufs Wasser hinaus.

So blieben sie stehen, bewegungslos, bis ihre Fähre die vom Festland kommende kreuzte. Auf dem Oberdeck stand eine Gruppe Kinder, die zu ihnen hinüberwinkten. Halbzeit.

Die Kinder wurden kleiner, ihr Schreien leiser, und Norderney war kaum mehr zu sehen.

»Sehr geehrte Fahrgäste«, schnarrte eine Stimme blechern und laut, »in wenigen Minuten legen wir in Norddeich an. Bitte machen Sie sich bereit auszusteigen. Wir hoffen, Sie haben Ihre Fahrt mit uns genossen.«

Jan tat einen Schritt zurück. »Darf ich dir schreiben, wenn du wieder zu Hause bist und ich in Groningen?«

Sie nickte. »Das würde mir gefallen.«

»Und wie sieht es aus mit Besuchen? Wir sind himmelsbreit 450 Kilometer entfernt, aber … das lässt sich doch machen.«

»Himmelsbreit?«

Er sah sie überrascht an. »Ja, sagt man nicht so? In direkter Linie zwischen dem einen und dem anderen Ort?«

»Du meinst Luftlinie!« Hanna musste lachen. Dann schüttelte sie den Kopf. »Aber himmelsbreit ist wirklich schön! Es klingt irgendwie wesentlich …«

»… poetischer.«

»Genau.«

Schweigend sahen sie sich in die Augen. Die Fähre tutete, nur ein paar weitere Minuten. Sie würden anlegen und in unterschiedliche Richtungen davonfahren. Aber sie konnten sich schreiben, einander besuchen. Und überhaupt wären sie nur einen Himmel breit voneinander entfernt.

HIMMELSBREIT, him-mels-breit: Abstandsbezeichnung (vergleichbar mit dem deutschen »Luftlinie«) zwischen zwei Orten. Oder zwei Menschen.

(aus Hannas Notizbuch)

DANKSAGUNG

Kein Manuskript, kein Buch gelingt ohne Hilfe und Unterstützung. Mein herzlicher Dank gilt:

Kirsten Hoffmann und ihrem Team vom Niedersächsischen Landesarchiv, Abteilung Aurich

Matthias Pausch vom Stadtarchiv Norderney

Dr. Christian Hoffmann und seinem Team vom Niedersächsischen Landesarchiv, Abteilung Hannover

Helmut Henschel, Axel Eilts und dem Team vom Niedersächsischen Landesarchiv, Abteilung Oldenburg

Dorothea Martin

Kevin Clarke

Elke Koepping

Dr. Sonja Lieb

Anja und Simon Cames

Dr. Beate Grünberg, Hartger Holm-Grünberg und Familie

Frank Eggen und Patrick Möller

Christiane Neudecker

Sabine Korneli und Thomas K. Müller

Doris und Henk Veenstra

Ute und Gerhard Martin

Bas Hiemstra

Katrin Kroll

Steffi Korda

Sarah Mainka

Johanna

Allen Interviewpartner*innen, die mit mir immer wieder über ihre Kuraufenthalte sprachen, sowie den Einwohnern und Einwohnerinnen des Seniorenhauses *To Huus Nordernee.*

Meiner Familie, die mir persönliche Einblicke verschaffte und mir mit Erinnerungen weiterhalf – mündlich wie schriftlich.

Dem Team von Heyne Hardcover.

EIN PAAR WORTE ZUM THEMA HISTORISCH VERBÜRGTES UND FIKTION

Die Idee zu *Gezeitenkinder* entstand während eines Familienurlaubes, der zugleich eine Reise in die Vergangenheit und Erinnerung war.

Die dazugehörige Recherche fand in den folgenden drei Jahren statt und beinhaltete zahllose Interviews, Gespräche und Aufenthalte in diversen Archiven wie auch mehrere Wochen auf Norderney.

Die hier beschriebenen Personen sind nicht real. Ihre Haltungen, Taten und Überzeugungen sind zum Teil inspiriert von echten Menschen und deren Werdegang – deutschlandweit. Heimleiter und -leiterinnen mit fragwürdiger Vergangenheit während der NS-Zeit waren keine Seltenheit. Eine der bekanntesten dürfte die HNO-Ärztin Ingeborg Sanders sein, Horst Wessels Schwester. Ab 1947 betrieb sie immerhin für zwei Jahre ausgerechnet das ehemalige jüdische Kinderheim auf Norderney.

Akten von rund dreißig Erholungsheimen aus der Zeit halfen mir dabei, Heim Strandhafer zum Leben zu erwecken. Ein Heim, das es so nicht gegeben hat. Im Roman verortet ist es übrigens auf dem ganz realen Gelände der jetzigen Grundschule.

Bei anderem, wie der Milchbar, Hotels, dem Friedhof, Atmosphärischem, Strandgegebenheiten oder dem Ärger rund um den FKK-Strand, ließ ich mich von Erinnerungen und Erzählungen von Zeitzeug*innen inspirieren.

Und obwohl auf Norderney nachweislich die Organisation Todt tätig war, es Lager für Zwangsarbeiter*innen und einen tödlichen Fluchtversuch gegeben hat, existieren keinerlei Hinweise darauf, dass dort einige von ihnen wegen einer ansteckenden Krankheit eingesperrt und dem sicheren Tod überlassen wurden. Im Gegensatz zu anderen Orten Deutschlands zur selben Zeit.

Hintergründe des Geschehens und der handelnden Personen fußen daher also mal mehr, mal weniger auf einer Vielzahl an recherchiertem Material und persönlichen Gesprächen. Die *Gezeitenkinder* als solches sind aber eine fiktive Geschichte.